ल
अनज

CW01402454

लड़की अनजानी सी

अजय के. पांडेय

प्रभात
पेपरबैक्स
www.prabhatbooks.com

प्रकाशक
प्रभात पेपरबैक्स

4/19 आसफ अली रोड, नई दिल्ली–110002
फोन : 23289777 • हेल्पलाइन नं. : 7827007777
इ–मेल : prabhatbooks@gmail.com ❖ वेब ठिकाना : www.prabhatbooks.com

संस्करण
प्रथम, 2020

सर्वाधिकार
सुरक्षित

अनुवाद
स्वेता परमार

मूल्य
तीन सौ रुपए

अ.मा.पु.स. 978-93-5322-927-6

मुद्रक
आर–टेक ऑफसेट प्रिंटर्स, दिल्ली

───────── ★ ─────────

LADKI ANJANI SI
novel by Shri Ajay K. Pandey
(Hindi translation of 'A GIRL TO REMEMBER')

Published by **PRABHAT PAPERBACKS**
4/19 Asaf Ali Road, New Delhi-110002
by arrangement with Srishti Publishers

ISBN 978-93-5322-927-6

₹ 300.00

लेखक और उनके कार्यों के लिए प्रशंसा

“क्या एक आई.टी. पेशेवर बेस्ट सेलिंग पुस्तकें लिख सकते हैं? दो बेस्ट सेलर के लेखक अजय पांडे के बारे में यह कहा जा सकता है।”

—द हिंदू

“भावना के आखिरी शब्द अजय के लिए ताकत बन जाते हैं, जो प्यार के अपने वादे को पूरा करने के लिए जीवित रहना चाहते हैं।”

—बिजनेस स्टैंडर्ड

“…अपनी पीड़ा को लिखित रूप में प्रसारित करते हैं। नतीजा? दो सर्वश्रेष्ठ बिकनेवाले उपन्यास, ‘यू आर द बेस्ट वाइफ’ और ‘लड़की अनजानी सी’, जो एक सच्ची प्रेम कहानी पर आधारित हैं।”

—दि एशियन एज

“…अकेलेपन पर विजय प्राप्त करनेवाली अर्ध-आत्मकथात्मक पुस्तक।”

—मिड-डे

“…कोई भी, जो निजी संबंधों में अकेलेपन से जूझ रहा है, इसमें किसी-न-किसी चरण के माध्यम से खुद को जोड़कर देख सकता है।”

—डेक्कन क्रॉनिकल

“…पांडे ने जे.के. रॉलिंग और देवदत्त पटनायक, जो भारत में सबसे अच्छी बिक्री सूची के शीर्ष पर रहते थे, उनसे ज्यादा पसंद किया जानेवाला लेखन लिखा।”

—मिड-डें

“…अजय के. पांडे ने गंदे रोमांटिक साहित्य की लेखनी को बड़ा झटका दिया।”

—क्वाट्‌र्ज इंडिया

“…एक बेस्ट सेलिंग किताब बनाई गई है।”

—स्क्रॉल.इन

"एक असली प्रेम कहानी, जो आपको भावनाओं के समंदर में खींच लेगी।"

—जागरण

"ऐसी कुछ किताबें हैं, जो सिर्फ कहानियाँ ही नहीं हैं, बल्कि जीवन की वास्तविकताओं का प्रतिबिंब हैं। 'यू आर द बेस्ट वाइफ' ऐसी एक किताब है।"

—राइटर्स मेलन

"इस भारतीय लेखक ने यह मानने के कई कारण दिए हैं कि भारत ने न केवल अच्छे तकनीकी दिमाग दिए हैं, बल्कि साहित्यिक प्रतिभाएँ भी दे रहे हैं।"

—द ट्रुथ इंडिया

"···लोगों के बीच एक लाख से अधिक प्रतियाँ बेची गईं, जिस तरह से किसी पहले के लेखक की प्रतियाँ कभी नहीं खरीदी गई हैं।"

—बुक गीक्स.इन

''एक खूबसूरत आत्मा 'भावना' के प्रेमपूर्ण दिल ने अजय को वापस लड़ने और सकारात्मक तरीके से फिर से जीवन को देखना शुरू करने के लिए प्रोत्साहित किया।''

—इंडिया कैफे '24

"यह अब तक की सबसे शुद्ध, दिल को सुकून देनेवाली प्रेम कहानियों में से एक है, जिसे मैंने कभी पढ़ा है···"

—सलिसनलाइन.इन

यह पुस्तक
अंकिता को समर्पित है

मुझे मालूम है कि औपचारिकताओं की
कोई आवश्यकता नहीं है, लेकिन फिर भी···तुम्हारे कारण
मैं खुद को भाग्यशाली और धन्य महसूस करता हूँ।

अभिस्वीकृति

नमस्ते दोस्तो,

मैं आपको शुरुआत में यह बताना चाहता हूँ कि इस पुस्तक को लिखना मेरे लिए एक बेहद कठिन अनुभव रहा है। सिर्फ इसलिए नहीं कि मैंने अपना आराम क्षेत्र छोड़ दिया है और कुछ नया करने की कोशिश की है, बल्कि एक कारण यह भी है कि क्योंकि यह कहानी कई मायनों में विशिष्ट है। यह कहानी मेरे एक मित्र के वास्तविक वृत्तांतों पर आधारित है, जो अपनी पहचान को उजागर नहीं करना चाहता। मैंने उसकी कहानी सुनी और उसमें कई बदलाव भी किए हैं, लेकिन मूल संदेश के साथ कोई छेड़छाड़ नहीं की—गलती स्वीकार करना सबसे बड़ी सजा है।

मेरे कुछ पाठकों ने मेरी कहानियों के दुःखद अंत के बारे में शिकायत की है। लेकिन दोस्तो, कभी-कभी गंतव्य पर पहुँचने से अधिक महत्त्वपूर्ण होता है यात्रा करना। मुझे उम्मीद है कि आप इस संदेश को गहराई से महसूस करते हुए मुझे समझेंगे और हमेशा इसी तरह से मुझसे प्यार करते रहेंगे।

मैं अपने पूरे परिवार के प्रति आभार प्रकट करता हूँ, जो मेरे पास हर वक्त खड़ा रहा था और मेरे साथ प्रत्येक कदम उठाने का फैसला किया।

अवांछित शब्दों से छुटकारा पाने और इस पुस्तक को सुचारु ढंग से पढ़ने के लिए मैं अपनी लेखक मित्र प्रियंका लाल को धन्यवाद देना चाहता हूँ, वह वह हैं, जो जानती हैं कि एक साधारण लड़की को एक सपनों जैसी लड़की में कैसे बदला जाए!

धन्यवाद जयंत कुमार बोस और अरुप बोस, मुझ पर विश्वास दिखाने के लिए।

मेरी संपादक मित्र स्तुति, जिन्होंने इस पुस्तक को एक आकर्षक और पढ़ने में वांछनीय बनाने में मदद की। उनके बिना इस पुस्तक को प्रकाशित करना संभव नहीं था।

जयंती रमेश, सतीश सुंदरम और दीप्ति तलवार को हृदय से कृतज्ञता और विशेष धन्यवाद।

फिल्म जगत् के 'सेवेन हॉर्स प्रोडक्शन' के दोस्तों में से निर्माता अदित सिंह और अजय मोहन कौल (निर्देशक और संपादक) को मेरा सहृदय धन्यवाद।

मेरी कहानियों को स्वीकार करने के लिए अपने पाठकों को मैं अनेक धन्यवाद देना चाहता हूँ। मैं कोशिश करता हूँ कि प्रत्येक संदेश और टिप्पणियों का जवाब ईमानदारी से दे पाऊँ। चाहे आप मानो या न मानो, लेकिन आप लोगों ने ही मुझे इस मुकाम पर पहुँचाया है और जो भी मैं आज हूँ, आप सब के ही कारण हूँ। मैं सौभाग्यशाली हूँ और उन सभी अद्भुत दिलों का शुक्रिया अदा करता हूँ, जो मेरे समर्थन में अपने स्वयं के व्यक्तिगत मानदंड लिये खड़े थे। आपके द्वारा की गई समीक्षा और प्रतिक्रिया किसी भी लेखक को बढ़ावा देने के लिए मूक, लेकिन कुशल तरीका है। मैं निम्नलिखित पाठक मित्रों का शुक्रिया अदा करना चाहता हूँ, जो अब मेरे जीवन का हिस्सा बन गए हैं, मेरे विस्तारित परिवार—शुभजीत दास, शीतल पुजारी, आनंदिनी अय्यप्पन, ललिता शर्मा, लता शर्मा, मोना शर्मा, पवन शर्मा, ग्रिष्मा निनावे, अपर्णा जयराम, अंकिता कुमार, लावण्या राजानल, हीना पटेल, तेजल दवे, सुनैना कपूर, स्वीटी चटवाल जौहर, श्रुति कमला, नेहा यादव, मंजूषा गुरजादा, अवंतिका चट्टोपाध्याय, तानिया चटर्जी, गुरु प्रिय, मर्लिन फेलिशा और अर्पिता सक्सेना।

आप सभी के लिए ढेर सारा प्यार। मुझे एक लेखक बनाने के लिए धन्यवाद, हालाँकि मैं हमेशा विनम्रता से आपको मुझसे एक लेखक मित्र के रूप में व्यवहार करने के लिए कहूँगा।

कभी आत्मसमर्पण मत करना!

—अजय

एक महिला—किसी के लिए एक माँ होती है, एक बहन होती है, एक दोस्त होती है या एक बेटी होती है। जब आप पिता या पति बन जाते हैं तो आप इन रिश्तों को बेहतर समझ सकते हैं। एक रिश्ता सभी भावनाओं की माँ सरीखा होता है। आप महसूस करेंगे''वह सिर्फ एक शरीर नहीं है; वह उससे ज्यादा है।

—माँ

प्रस्तावना

2015
पुणे

प्रसिद्ध मनोविश्लेषक कार्ल जंग ने एक बार कहा था कि सब बात में दो पक्ष होते हैं। मैं और अधिक सहमत नहीं हो सका। मैं दृढ़ता से विश्वास करता हूँ कि प्रत्येक जीवित व्यक्ति के पास उसके व्यक्तित्व के दो पहलू होते हैं। एक आमतौर पर अच्छा होता है और दूसरा बुरा होता है। एक आधा सकारात्मक है और आधा नकारात्मक है। एक तरफ जहाँ स्वर्गदूत शासन करते हैं और दूसरा, जहाँ वे चलने से डरते हैं। यह कहानी उस राक्षस के बारे में है, जो हमारे भीतर रहता है, जो बेहद कुशलता से हमारे अंदर के फरिश्ते को शांत करता है और अपने अंधे प्रलोभन के साथ जीत जाता है।

मैं नील कुमार हूँ, जो पुणे शहर के पॉश इलाके में स्थित डी.ए.वी. प्राइवेट स्कूल में गणित के शिक्षक के रूप में आराम से सेवारत हूँ। यहाँ मेरे भोजन और आवास का खयाल रखा जाता है तथा मेरा वेतन मेरी आवश्यकताओं और इच्छाओं को पूरा करने के लिए पर्याप्त है। कुल मिलाकर जीवन सामान्य रूप से अच्छा है, लेकिन मैं अपने शरीर के अधीन हूँ। मैं अपनी इच्छाओं को छिपाने की भरपूर कोशिश करता हूँ, लेकिन मेरे अंदर का राक्षस नग्न पैर देखकर अपनी प्यास बुझाने के लिए बाहर आने की कोशिश करता है। एक नंगे, अशक्त, मुलायम, लंबे पैर मुझ में छिपे राक्षस को जगा देते हैं। मुझे लगता है, मेरे दिमाग में ही कुछ गड़बड़ है।

यह मेरी कहानी है और वास्तव में मेरे अपने दिल की आवाज सुनने के लिए ही मुझे काफी मुश्किल होती थी, उस लड़की को धन्यवाद—नहीं, बल्कि एक अविस्मरणीय लड़की को धन्यवाद।

एक

2015
डी.ए.वी. प्राइवेट स्कूल, औंध, पुणे

वह उच्च वर्गीय, सह-शिक्षा स्कूल शहर के सर्वश्रेष्ठ स्कूलों में से एक था। केंद्र में स्थित और परिष्कृत। अधिकांश छात्र समृद्ध और अच्छे परिवारों से आए थे और स्कूल ने उन्हें तुलनात्मक शुल्क के लिए पर्याप्त सुविधाएँ और आधुनिक सुविधाएँ प्रदान की थीं। माता-पिता जिस तरह से जल्दी में अपने बच्चों को स्कूल में छोड़ने आते थे, उनके तरीके को देखते हुए मुझे ऐसा महसूस हुआ जैसे कि वे छह घंटे तक शांति से और स्वतंत्रता से रहने के लिए उन्हें वहाँ स्कूल में छोड़ने आते थे।

स्टाफ आवास परिसर के भीतर था और स्कूल भवन से लगभग एक किलोमीटर की दूरी पर था। यह मेरे जैसे स्नातक के लिए एक सुविधाजनक व्यवस्था थी, जिसे एक सभ्य स्थान खोजने के लिए बहुत समय और प्रयास करना पड़ता था।

लेकिन पिछली रात मुझे स्टाफ कॉलोनी छोड़ने के लिए कहा गया था। हालाँकि हाल ही में स्कूल के अहाते में चक्कर लगाते हुए ये अफवाहें मुझे कुछ हद तक तैयार कर चुकी थीं। आदेश के पीछे कारण खोजने की कोशिश में मुझे एक आधिकारिक कारण बताया गया—नियमों में संशोधन ने स्टाफ क्वार्टर में केवल परिवार के लोगों को रहने की अनुमति दी थी। अविवाहित या अकेले इनसान को कोई पसंद नहीं करता। लेकिन मेरे बहुत सारे बैचलर सहयोगी अभी भी आरामदायक और आरामदेह स्थिति में थे।

वास्तविक कारण, जिसका उन्होंने खुलासा नहीं किया और किसी ने करना भी नहीं चाहा, हालाँकि उन्होंने अनुमान लगाया कि मैं अपनी एक छात्रा को पढ़ाने के बहाने पिछले दोपहर उसके साथ सो गया था। वह लड़की कोई मामूली लड़की नहीं, बल्कि मेरी एक छात्रा थी और एक बेहद प्रभावशाली पिता की एकमात्र बेटी थी—एकदम

सटीक नुस्खा मेरे जीवन और कॅरियर को बरबाद करने के लिए।

ईमानदारी से अगर कहूँ तो मैं संत नहीं था। हकीकत में मैंने कई बार खुद को दानव के रूप में देखा था। लेकिन इस बार मैंने गलती नहीं की थी। घटनाओं ने कुछ इस तरह से दरशाया था, जिससे कि मैं अपराधी की तरह दिखने लगा था। मैंने अपने जीवन में कई रिश्तों को शामिल किया था, ज्यादातर वे, जिनसे कोई नाता नहीं जुड़ा था, लेकिन मेरे छात्रों के साथ मैंने ऐसा कभी नहीं किया। मैंने कभी भी किसी लड़की को मजबूर कर दबाव नहीं बनाया था, न ही मैंने कभी भी तेज आवाज में गलत टिप्पणी की। मैं मानता हूँ कि हो सकता है, मैंने उनकी अपने दिमाग में नग्न कल्पना की हो और वह सब किया और कहा हो, जिससे कि मेरी इंद्रियों को आनंद मिलता था, लेकिन मैंने कभी मानव होने की हद को पार नहीं किया था। मेरे अंदर मानवता बाकी थी।

अब मैं एक आवास एवं नौकरी की तलाश कर रहा था और सोच रहा था कि स्कूल ने अगर मुझे निकाला है तो उसके पीछे मेरा कुछ भला ही होगा। जैसे ही मैं स्कूल के गेट के दूसरी तरफ एक प्रॉपर्टी डीलर के कार्यालय में अधीरता से बैठा था, बाहर सड़क पर चल रहे यातायात से ज्यादा तेज दिमाग में चीजें दौड़ रही थीं। मेरे पास तीन बड़े बैग थे—डीलर के कार्यालय की अधिकांश जगह घेरते हुए। कोई भी अनुमान लगा सकता था कि मैं जगह पाने की कितनी जल्दी में था।

अब मैं एक आवास एवं नौकरी की तलाश कर रहा था और सोच रहा था कि स्कूल ने अगर मुझे निकाला है तो उसके पीछे मेरा कुछ भला ही होगा। जैसे ही मैं स्कूल के गेट के दूसरी तरफ एक प्रॉपर्टी डीलर के कार्यालय में अधीरता से बैठा था, बाहर सड़क पर चल रहे यातायात से ज्यादा तेज दिमाग में चीजें दौड़ रही थीं। मेरे पास तीन बड़े बैग थे—डीलर के कार्यालय की अधिकांश जगह घेरते हुए। कोई भी अनुमान लगा सकता था कि मैं जगह पाने की कितनी जल्दी में था।

मैं ब्रोकर के सामने काफी उम्मीद से बैठा हुआ था। उसे देखकर लग रहा था कि वह मुझे चिढ़कर देख रहा था। मैंने ध्यानपूर्वक उसके दफ्तर को देखा, जो कि अच्छी तरह से सुसज्जित और शानदार था। मेरे सस्ते भुगतान के तहत अतिथि आवास को देने में वह थोड़ा नकारात्मक भाव लिये था। जैसा कि मैंने आपको बताया कि पुणे में आवास ढूँढ़ना एक अविवाहित व्यक्ति के लिए काफी मुश्किल काम है। पुणे को 'पूर्व के ऑक्सफोर्ड' के रूप में जाना जाता है। इसके लिए शहर के कुछ लोकप्रिय शैक्षिक संस्थानों को धन्यवाद। देश में आए कुल अंतरराष्ट्रीय छात्रों में से लगभग आधे पुणे में अध्ययन करते हैं, इसलिए आप भीड़ की कल्पना कर सकते हैं। और एक यह

भी कारण है कि यह एक आई.टी. हब है, इसलिए शहर में अन्य राज्यों से अच्छी कमाई करनेवाले लोगों की भी अच्छी संख्या यहाँ है। किराए पर देने का व्यवसाय यहाँ काफी अच्छा व समृद्ध है और ब्रोकरों ने इससे उदारतापूर्वक धन अर्जित किया था।

उस आदमी के रवैए को देखते हुए मुझे पता था कि यह कठिन होगा, लेकिन मेरे पास दूसरा विकल्प क्या था? जब भी मेरी आँखें उसके चेहरे पर जाती थीं तो क्षणिक रूप से वे उसकी तैलीय गरदन पर रुक जाती थीं, जहाँ एक मोटी सोने की चेन लटकी हुई थी। उसने तुरंत मुझे मेरी उस स्टील की चेन की याद दिला दी, जिसे मैं ट्रेनों में यात्रा करते समय अकसर अपने सामान को सुरक्षित करने के लिए उपयोग करता था।

मैं लगभग एक घंटे से उसके कार्यालय में था। मैं चाहता था कि स्कूल के खत्म होने से पहले एक जगह मिल जाए, ताकि छात्र मुझे न देख पाएँ, वरना अगर उन्होंने प्रश्न पूछना शुरू कर दिया तो बेहद मुश्किल हो जाएगी; क्योंकि उनके बारे में मेरे पास कोई जवाब नहीं था। लेकिन मेरी नियति राख से लिखी गई थी।

जैसे ही उसे यह एहसास हुआ कि मैं अमीर ग्राहकों में से एक नहीं था, उसका भूरे रंग का चेहरा और गहरा व उदास हो गया था। जब उसकी पीली आँखें मुझे निराशा से देख रही थीं, तब आखिरकार उसके मोटे काले होंठ कुछ बोलने के लिए खुले—"मिस्टर नील, ये बहुत ही मुश्किल है कि इतने छोटे से समय में हम आपको एक फ्लैट दे पाएँ। इसके अलावा, आपकी मूल्य सीमा भी बहुत कम है।" उसके इस छोटे से वाक्य ने, जो मराठी लहजे में बोला गया था, ने मेरी उम्मीदों पर पानी फेर दिया।

"मैं एक पी.जी. के रूप में भी सहूलियत से रह सकता हूँ।" मैंने अपने आपको सांत्वना देते हुए बेहद दीन भाषा में कहा।

उसने उत्तेजना में लंबी साँस ली, अपना फोन उठाया और ब्राउज करना शुरू कर दिया।

"तुम्हारे लिए एक पी.जी. खोजने की कोशिश करता हूँ।"

"कहीं किस्मत चमकी?" मैंने लगभग बीस मिनट के बाद संकोच से पूछा तो उसने मुझ पर एक नजर डाली, जो कह रही थी कि मैं अभी उसकी सभी परेशानियों का मुख्य स्रोत था।

मैं लगभग एक घंटे से उसके कार्यालय में था। मैं चाहता था कि स्कूल के खत्म होने से पहले एक जगह मिल जाए, ताकि छात्र मुझे न देख पाएँ, वरना अगर उन्होंने प्रश्न पूछना शुरू कर दिया तो बेहद मुश्किल हो जाएगी; क्योंकि उनके बारे में मेरे पास कोई जवाब नहीं था। लेकिन मेरी नियति राख से लिखी गई थी।

जल्द ही छात्र अपने अभिभावकों की ओर स्कूल से बाहर आने लगे। अधिकांश एयर कंडीशन वाली स्कूल बसों में घर जाते थे, जो उन्हें ले जाने की प्रतीक्षा कर रही थीं। किसी के पास फैंसी कारें थीं, जो चॉफर द्वारा संचालित थीं। कुछ ऑटो के लिए इंतजार कर रहे थे और कुछ अन्य साझा सवारी के लिए इंतजार कर रहे थे। कोई भी चिल्लाहट की मिश्रित ध्वनि सुन सकता था। माता-पिता ध्यानपूर्वक उन्हें ले जा रहे थे। कुछ माताएँ और कुछ नौकरानियाँ गप-शप कर रही थीं और सुपर-सक्रिय आइसक्रीम, कोला व कैंडी बेचनेवाले अपना-अपना काम कर रहे थे।

> उसने मुझे चिढ़ते हुए देखा। यह अब तक का सबसे लंबा संपर्क था आँखों द्वारा, जब से हम पूरे समय में साथ थे। उसकी मोटी तोंद हर साँस के साथ आगे व पीछे हिल रही थी, पेट पर उसकी शर्ट के बटन किसी भी समय उड़ते-से प्रतीत हो रहे थे। भारत में कुपोषण के लिए जिम्मेदार व्यक्ति की तरह वह आदमी लग रहा था।

मैंने ब्रोकर के कार्यालय की पारदर्शी काँच की खिड़की से यह सब देखा। मेरी आँखें मसाला कोला बेचनेवाले एक घुड़सवार पर ठहर गईं। यह फरवरी का एक गरम दिन था और उसके गाड़ी पर ठंडा कोला ग्लास के पोस्टर पर सिर्फ एक नजर ने मेरी प्यास बढ़ा दी थी। मैंने जगह खाली करने की वजह से जल्दबाजी में होने के कारण सुबह से कुछ भी न खाया था और न ही पिया था। मेरा निर्जलित शरीर स्वयं की प्यास शांत करने के लिए ताजा कोला की माँग कर रहा था।

मैंने ब्रोकर को देखा। उसने अपनी आँखों को अपने फोन में गड़ा रखा था। मेरे मुँह से अचानक निकल गया, "सर, क्या मैं कुछ ठंडा पीने बाहर जा सकता हूँ?"

उसने जवाब में गरदन तक नहीं हिलाई। पर मुझे काफी यकीन था कि उसने सब सुना। मैं दरवाजे से बाहर निकल आया था।

"ओ मास्टर साब''' शिक्षक महोदय'''अपना सामान अपने साथ ले लो। यहाँ पर इसकी सुरक्षा की कोई गारंटी नहीं है।"

"लेकिन मैं कुछ मिनटों में वापस आऊँगा।" मैंने आश्चर्यचकित स्वर में कहा।

उसने मुझे चिढ़ते हुए देखा। यह अब तक का सबसे लंबा संपर्क था आँखों द्वारा, जब से हम पूरे समय में साथ थे। उसकी मोटी तोंद हर साँस के साथ आगे व पीछे हिल रही थी, पेट पर उसकी शर्ट के बटन किसी भी समय उड़ते-से प्रतीत हो रहे थे। भारत में कुपोषण के लिए जिम्मेदार व्यक्ति की तरह वह आदमी लग रहा था।

"कृपया अपना सामान लेकर जाइए।" उसने एक गंभीर अभिव्यक्ति के साथ कहा और अपने फोन पर वापस चला गया।

यह मुझे दूर भेजने के लिए एक विनम्र तरीका था। मैंने अपना सामान लिया और खुद को कोला सेवारत आदमी की तरफ मोड़ लिया, फिर उससे एक गिलास के लिए अनुरोध किया। कोला देनेवाले आदमी का बर्फ व नीबू मिश्रण करने का ऐसा अनोखा प्रदर्शन पेटेंट था, जो कि अब भी मुझ जैसे पीने की पेशकश करनेवाले अधिकांश लोगों के लिए एक रहस्य है।

मैंने एक घूँट भरा। मैं कोला का स्वाद नहीं ले पाया, लेकिन उसका मिश्रण मेरी चिंता को थोड़ा ठंडा कर रहा था और मुझे अच्छा लगा।

मेरे पास स्पष्ट कारण थे, जिस वजह से स्कूल के मुख्य द्वार की ओर मेरी पीठ थी, लेकिन यह देखने के लिए मैंने सहजता से अपना रुख थोड़ा बदला, ताकि देख सकूँ कि क्या कोई परिचित चेहरे हैं या नहीं ? यही वह समय था, जब मैंने देखा कि अनजान आँखों की एक जोड़ी मेरी तरफ देख रही है। वह इतने असाधारण तरीके से खड़ी थी और एकटक देख रही थी, जिस कारण मुझे बेहद आश्चर्य हुआ, क्योंकि वह एक अज्ञात लड़की थी।

वह उसी स्टॉल की तरफ चलने लगी, जहाँ मैं भी खड़ा था। शायद उसे भी कोला का गिलास लेना था। उसने स्कूल की वरदी पहन रखी थी। छोटी स्कर्ट उसके घुटने से ऊपर ही समाप्त हो गई और उसकी धारीदार शर्ट अच्छी तरह से व्यवस्थित थी। वह एक नियमित छात्रा की तरह लग रही थी। उसकी उपस्थिति में कुछ भी खास उल्लेखनीय नहीं था। पर वह मेरे पास ऐसे आकर खड़ी हुई, जैसे कि वह किसी उद्देश्य से वहाँ आई थी। मुझे एहसास हुआ कि वह मेरी तरफ आ रही थी, न कि घुड़सवार की तरफ जा रही थी। उसकी अनजान आँखें मुझ पर अटकी थीं और यह बात मुझे थोड़ा परेशान कर रही थी। मुझे लगता है कि स्कूल में मेरे बारे में जो अफवाहें थीं, उसके परिसर में फैलने का डर था, जिसने मुझे इस सांसारिक घटना के बारे में काफी सचेत कर दिया। मुझे उसके बारे में संदेह हुआ, क्योंकि जिस तरह से वह मुझे देख रही थी, उससे लग रहा था कि वह मुझे और मेरे रहस्य के बारे में जानती है।

कुछ सेकंड में ही वह मेरे सामने खड़ी थी और उसकी आँखों में मुझे पहचानने की एक चमक थी।

वह पतली, लंबी और बेहद गोरी थी। उसके अन्य शरीर के मुकाबले उसका पेट अजीब तरीके से मोटा लग रहा था, जो कि मध्य भाग से भरा हुआ-सा दिखता था। उसकी स्कर्ट के नीचे से दिख रहे उसके पैरों में कोई सुंदरता नहीं थी। वे एक पतली फ्रेम को रोकनेवाले बाँस की छड़ की एक जोड़ी की तरह लग रहे थे।

"गुड आफ्टरनून, नील सर!" उसकी प्यारी, किंतु डरावनी-सी आवाज आई, "आपने इतने सारे बैग क्यों ले रखे हैं ? क्या आप कहीं जा रहे हो ?" उस लड़की ने

पूछा। उसकी आवाज और चेहरे में वास्तविक चिंतित दिलचस्पी दिख रही थी।

परिस्थितियों के बावजूद मैं सुखद तौर पर आश्चर्यचकित था। मैं सोच रहा था कि क्यों वह एक ऐसे शिक्षक में रुचि दिखा रही है, जो उसे जानता नहीं है?

"मैं अपना आवास बदल रहा हूँ।" मैंने सीधे उसके चेहरे को देखते हुए जवाब दिया। उसकी भूरी आँखें लगभग मेरी आँखों की तरह से थीं। मुझे वह बहुत परिचित-सी लग रही थी, पर ऐसा क्या था? मैंने सोचा।

"सर, मैं पिहू हूँ। दसवीं कक्षा की छात्रा।" उसकी आवाज काफी प्यारी थी, जो उसकी उम्र में आम बात है। बस, जब हम बड़े होते हैं, तब ही हमारी आवाज और हमारे चारों ओर की दुनिया कम सुखद व विनम्र हो रही है।

"अगर आपको बुरा न लगे तो मैं पूछना चाहती हूँ, सर," उसने नम्रता से शुरुआत की, "क्या आप स्टाफ क्वार्टर छोड़ चुके हैं? तो आप कहाँ स्थानांतरित हो रहे हैं? मुझे उम्मीद है कि आप स्कूल नहीं छोड़ रहे हैं।" उसकी आवाज धीमी हो गई। आवाज में अचानक गिरावट से पता चला कि वह पूरी तरह से इस विचार से दु:खी थी।

> वह लड़की, जो अब तक मीठी, विनम्र और चिंतित दिखाई दे रही थी, अब बहुत घुसपैठ करनेवाली लग रही थी। मैं उसे कोई स्पष्टीकरण नहीं देना चाहता था और न अब झूठ बोलना चाहता था। मेरी जिंदगी में पहले से ही काफी कुछ चल रहा था और बहुत सारे प्रश्नों का जवाब देने से उसे सच का पता चल सकता था। मैं इन खतरनाक छात्रों के माध्यम से कम-से-कम अफवाहों से बच सकता हूँ।

और मैं सोच रहा था कि कैसे मैं यह बात प्रॉपर्टी डीलर से सुनना चाहता था, जो बात उसने मेरे आवास के बारे में पूछने के लिए शुरू की थी।

"ओह हाँ, मैंने स्कूल के फ्लैट को छोड़ दिया है; क्योंकि मेस में खाना अच्छा नहीं था।"

"हम्म्! तो आपको पहले से ही एक और आवास मिल गया है?" उसने फिर से पूछा।

वह लड़की, जो अब तक मीठी, विनम्र और चिंतित दिखाई दे रही थी, अब बहुत घुसपैठ करनेवाली लग रही थी। मैं उसे कोई स्पष्टीकरण नहीं देना चाहता था और न अब झूठ बोलना चाहता था। मेरी जिंदगी में पहले से ही काफी कुछ चल रहा था और बहुत सारे प्रश्नों का जवाब देने से उसे सच का पता चल सकता था। मैं इन खतरनाक छात्रों के माध्यम से कम-से-कम अफवाहों से बच सकता हूँ।

"हाँ।" मैंने कहा और अपना गिलास हॉकर को वापस करने के लिए घूम गया।

शायद नींद से वंचित पीले चेहरे ने इस तथ्य को प्रकट कर दिया होगा कि मेरी 'हाँ' नकली थी। मैं यह कहते समय अपनी आवाज में हताशा सुन सकता था और प्रार्थना कर रहा था कि इस लड़की का ध्यान उस पर न जाए।

"अगर आप चाहें तो मैं आपकी मदद कर सकती हूँ!" उसने विनम्रतापूर्वक पेशकश की, जो जोर देकर मुझे अपने विकल्पों का वजन करने के लिए कुछ सेकंड दे रही थी।

"मेरी मदद? किस बारे में?" मैंने शालीनता से पूछा। लेकिन मेरे दिल के अंदर मैराथन चला रहा था, हर धड़कन के साथ कुछ सकारात्मक सुनने के लिए वह कामना कर रहा था।

"हमारे घर में किराए के लिए एक जगह उपलब्ध है।" उसने कहा। मेरी आँखें एक पल में उसके ऊपर अटक गईं। बाद में उसने बताया, "हमारे किराएदार हाल ही में विदेश चले गए।"

मैं अति प्रसन्नता महसूस कर रहा था कि कम-से-कम मेरे पास अब एक विकल्प था। मैं पिहू को गले लगाकर खुशी से रोना चाहता था। मैंने चमत्कार होने के बारे में सुना है, लेकिन वे मेरे साथ कभी नहीं हुए थे। लगभग आधे दिन निराशाजनक बैठने के बाद मेरे लिए यह आशीर्वाद एक चमत्कार से कम नहीं था। भाग्य ने कभी मेरा साथ नहीं दिया था—न तो एक बच्चे के रूप में और न ही अब। लेकिन इस लड़की ने मुझे एक नई आशा दी थी। जो कुछ भी उसने कहा, मैं अपना उत्साह और खुशी व्यक्त नहीं कर सका; क्योंकि वैसा करना मुझे परेशानी में डाल सकता था। इस मामले में मकान मालिक या मकान मालिक की बेटी के सामने खुशियों को व्यक्त करना गलत रणनीति थी।

"किराया क्या होगा?" मैंने हिचकिचाहट से पूछा, क्योंकि मुझे पता था कि इस स्कूल में ज्यादातर बच्चे पॉश इलाकों से आए हैं।

"जो भी आप देना चाहें, सर!" उसने कहा।

मुझे आश्चर्य हुआ कि कहीं यह कटाक्ष तो नहीं था; लेकिन जल्द ही मुझे यकीन हो गया था कि वह मेरे प्रति सम्मानजनक भाव रखती थी।

मैंने कोला सेवारत आदमी की ओर देखा, यह सोचकर कि क्या पेय का दाम बढ़ रहा था? क्या मैं अस्पष्ट व असमंजस की स्थिति में था। वह आदमी मुझे देखकर मुसकराया और अपने पीले व भूरे रंग के दाँत दिखाने लगा। उन दाँतों की निचली झलक ने मुझे आश्वासन दिया कि मैं सपना नहीं देख रहा था। मुझे एक लड़की द्वारा किराए पर एक घर देने की पेशकश की जा रही थी, जो जाहिर तौर पर मेरी छात्रा थी और किराया भी मुझे ही तय करना था।

"पिहू, कृपया अपने माता-पिता से बात करके पुष्टि कर लो। मुझे पहले से ही एक फ्लैट मिल गया है और अगर मैं तुम्हारा प्रस्ताव मान लेता हूँ तो उस फ्लैट को छोड़ना होगा और अगर तुम्हारा परिवार मना कर देगा''तो''मुझे बाद में ऐसी कोई परेशानी नहीं चाहिए।" मैंने अपनी आवाज को शांत रखने की कोशिश करते हुए कहा।

"हाँ, आपकी चिंता जायज है, सर।" उसने कहा, "मुझे अपनी माँ से बात कर लेनी चाहिए।" यह कहकर उसने अपने सेलफोन को बाहर निकाला। मुझसे कुछ कदम दूर जाते हुए उसने कॉल की, जिसे मेरे भाग्य का फैसला करना था। मुझे यकीन नहीं था कि अंतत: चीजें किस तरह व्यवस्थित होंगी; लेकिन जिस तरह से अब तक सब चल रहा था, मुझे बहुत उम्मीद थी। मेरा दिल थोड़ी देर के लिए घबरा गया, जब मैंने देखा कि डरपोक-सी दिखनेवाली पिहू फोन में आक्रामक रूप से बोल रही थी। वह अपनी माँ से बात करते हुए बेचैनी से चल रही थी।

> *"पिहू, कृपया अपने माता-पिता से बात करके पुष्टि कर लो। मुझे पहले से ही एक फ्लैट मिल गया है और अगर मैं तुम्हारा प्रस्ताव मान लेता हूँ तो उस फ्लैट को छोड़ना होगा और अगर तुम्हारा परिवार मना कर देगा''तो''मुझे बाद में ऐसी कोई परेशानी नहीं चाहिए।" मैंने अपनी आवाज को शांत रखने की कोशिश करते हुए कहा।*

मेरी घर पाने की उम्मीद पक्की हो गई, जब मैंने उस लड़की को इतना मजबूत देखा था। मैं देख सकता था कि वह अपनी माँ के साथ बहस कर रही थी, वह भी मेरे लिए! यही काफी था। मैं बहुत आश्चर्यचकित था, लेकिन कुछ मिल जाने के लिए भगवान् को कुछ रिश्वत देने के प्रस्ताव रख रहा था। बार-बार एक ही बात कह रहा था—'कृपया इस बार मेरी मदद करो, भगवान्। मैं कसम खाता हूँ कि मैं अपने पूरे जीवन के लिए किसी के पैरों को नहीं देखूँगा।'

उसने मुझे अपनी आँखों के किनारे से देखा और फिर कॉल बंद कर दी और मेरी तरफ चलना शुरू कर दिया। मतदान हो गया था। निर्णय ले लिया गया था और मैं बिग बॉस फाइनल की तरह हर आने-जानेवाली साँस के साथ परिणाम का इंतजार कर रहा था, जिसे घोषित किया जाना था।

"तो, निर्णय क्या है?" मैंने पूछा, अपनी उत्तेजना को दूर रखने में मैं नाकाम रहा था।

फिर उसने पूछा, "सर, आपके पास क्या केवल यही तीन बैग हैं?"

"हाँ।" मैं कहने में कामयाब रहा।

"ठीक है फिर, चलिए, चलते हैं।" उसने एक बड़ी मुसकराहट लाते हुए कहा

और मैं इस खूबसूरत संयोग के लिए अपने सितारों को पता नहीं कितना धन्यवाद कर रहा था, जो कि काफी नहीं था। हमने जल्दी ही एक ऑटो को बुलाया और उसने उसे निर्देश देकर उस स्थान के बारे में बताया, जहाँ हमें जाना था—मेरा नया घर, अगर सब ठीक रहा तो—पंचशील नगर।

"ठीक है फिर, चलिए, चलते हैं।" उसने एक बड़ी मुसकराहट लाते हुए कहा और मैं इस खूबसूरत संयोग के लिए अपने सितारों को पता नहीं कितना धन्यवाद कर रहा था, जो कि काफी नहीं था। हमने जल्दी ही एक ऑटो को बुलाया और उसने उसे निर्देश देकर उस स्थान के बारे में बताया, जहाँ हमें जाना था— मेरा नया घर, अगर सब ठीक रहा तो—पंचशील नगर।

सफर शांतिपूर्ण रहा, सिर्फ बीच-बीच में पिहू घर जाने के लिए ड्राइवर को निर्देश देती थी। मैं बस, बैठकर बाहर देख रहा था। पिछले चौबीस घंटों में चीजें हाथ से निकलने और वापस आने के तरीके से अभिभूत महसूस कर रहा था। कहाँ अपने बसे हुए जीवन का मैं आनंद ले रहा था और आज वहीं वापस आ गया, जहाँ कुछ साल पहले था—बेघर और बेरोजगार! अब, जैसे ही ऑटो गंतव्य पर पहुँच रहा था, मेरे मस्तिष्क में संदेह के बादल गहराने लगे थे।

मुझे समझ नहीं आ रहा था कि मैं पिहू के माता-पिता से क्या कहने जा रहा था, क्योंकि मुझे उसके बारे में कुछ नहीं पता था। वह कुछ क्षणों पहले तक मेरे लिए अस्तित्व में नहीं थी और अब मेरी सारी आशाएँ उससे ही जुड़ी थीं।

"तो आप किस कक्षा में पढ़ती हैं, पिहू?"

"दसवीं में हूँ, सर!"

"ओह! मैंने पिछले पूरे साल नौवीं कक्षा को गणित पढ़ाई थी, लेकिन मैं आपको पहचान नहीं पा रहा हूँ।" मैंने ईमानदारी से कहा और उसके चेहरे को पढ़ने की कोशिश की। मैंने उसे कहीं देखा जरूर था, इसमें कोई संदेह नहीं था; लेकिन मैं उसे पहचान क्यों नहीं पा रहा था, यह मेरी समझ से परे था।

"ऐसा इसलिए है, क्योंकि पिछले साल भी मैं दसवीं कक्षा में ही थी। मैं फेल हो गई थी।" उसने फुसफुसाते हुए कहा और आँखें निराशा से झुका लीं और स्पष्ट रूप से परेशान हो गई।

बेशक, इस तरह मैं उसे जानता था। यह स्कूल में एक बड़ी आम बात थी, क्योंकि वह अकेली थी, जो दसवीं में फेल रही थी। एक पलक झपकाए बिना मेरे दिमाग ने उसे एक बिगड़ी लड़की का खिताब दे दिया था, जो कि उसके अंकों के अनुसार निर्धारित किया गया मत था और मैं अलग नहीं था।

मैंने उससे उसकी कक्षा के शिक्षक, उसके शौक और अतिरिक्त गतिविधियों के बारे में कुछ और सवाल पूछे, बस, सामान्य रूप से उसके बारे में जानने के लिए। मैंने इस साल की परीक्षाओं के लिए उसकी तैयारी के बारे में भी पूछा और उसने जवाब देने के बजाय चीख निकाली। ऐसा नहीं है कि मैं उसकी तैयारी या नतीजे के बारे में बहुत चिंतित था; मैं बस, किसी भी तरह पूरी तरह से उसके माता-पिता को मनाने में सक्षम होना चाहता था, यहाँ तक कि अगर मुझे पिहू की झूठी प्रशंसा करनी पड़े या फिर एक कहानी बनानी पड़े तो भी। तभी ऑटो एक स्पीड ब्रेकर पर उछाला। शायद चालक ने इसे नहीं देखा था और उस झटके ने हमें हमारी सीटों से ऊपर उछाल दिया। जब हम वापस जगह पर आए तो वह मेरे थोड़ा सा करीब स्थानांतरित हो गई थी और उसकी स्कर्ट थोड़ी ऊपर तक चली गई थी, जिससे मुझे उसकी जाँघों का एक छोटा सा दृश्य मिल गया। जितना मैंने अन्य चीजों के बारे में सोचने की कोशिश की, उतना ही ध्यान वहीं जा रहा था। मेरी टेस्टो स्टेरॉन प्रणाली में उछाल आ रहा था। यह एक लाख अवांछित जीवों की तरह था, जो मेरे अंदर सक्रिय हो रहा था और मुझे चरम के एक उच्च स्तर तक पहुँचा रहा था। मैं कभी समझ नहीं पाया कि महिलाओं के इस विशेष शरीर के हिस्से से ही मैं क्यों इतना आकर्षित होता हूँ? मैंने अपनी नजर सड़क की तरफ घुमा ली। पिहू मेरी छात्रा थी और शायद मकान मालिक भी—एक तरह से। हाल ही में स्कूल में जो हुआ था, उसके बाद मैं कोई परेशानी नहीं चाहता था। जब मैंने उसे फिर से देखा कि क्या उसने मेरे आचरण में इस बदलाव को देखा है, तो मैंने उसके चेहरे को उत्तेजित करने के कुछ प्रकार को देखा, जिसे देखना मुझे असुविधाजनक लग रहा था।

> ***मैंने अभी वादा किया था कि मैं महिलाओं की तरफ नहीं देखूँगा और यहाँ सर्वोच्च देवता मेरी क्षमता का परीक्षण कर रहे थे। काश, मैं वास्तव में अपने शब्दों पर अटल रह पाता और अपने विचारों पर नियंत्रण कर सकता!***
> ***मैंने अपनी ऊर्जा को उसके शब्दों पर ध्यान देकर केंद्रित किया और जवाब देने से पहले कथित तौर पर मुसकराया, "यह सुनकर वाकई अच्छा लगा। मैं भाव-विभोर हो गया। धन्यवाद।"***

"सर, आप जानते हैं, आप मेरे पसंदीदा शिक्षक हो।" वह मुझे चमकती हुई बता रही थी।

अगर उसने उन शब्दों को आसानी से कहा होता तो मैंने इसे आसानी से सँभाला होता, जैसा कि कई अन्य छात्रों ने कहा था। लेकिन उसने मेरा हाथ अपने हाथ में ले लिया और अपने सिर को, यह कहकर, मेरे कंधे पर रख दिया था। बिल्कुल इस तरह से,

जैसे मैं उसका प्रेमी था। मुझे आश्चर्य हुआ कि वह क्या कर रही थी! क्या वह मेरे कंधे पर झपकी लेने की योजना बना रही थी? इस इशारे ने अनिवार्य रूप से मेरे सिर में पहले से उत्पन्न होनेवाले विचारों को बढ़ावा दिया। मैंने अपनी आँखें दूर कर लीं और आसमान की तरफ देखने लगा। हे भगवान्! फिर से नहीं!

मैंने अभी वादा किया था कि मैं महिलाओं की तरफ नहीं देखूँगा और यहाँ सर्वोच्च देवता मेरी क्षमता का परीक्षण कर रहे थे। काश, मैं वास्तव में अपने शब्दों पर अटल रह पाता और अपने विचारों पर नियंत्रण कर सकता!

मैंने अपनी ऊर्जा को उसके शब्दों पर ध्यान देकर केंद्रित किया और जवाब देने से पहले कथित तौर पर मुसकराया, "यह सुनकर वाकई अच्छा लगा। मैं भाव-विभोर हो गया। धन्यवाद।"

मैं उसके कंधों को पकड़ना चाहता था। मैंने उसे वास्तविकता में हिलाकर उसे मुझसे दूर जाने के लिए कहा। लेकिन यह प्रस्ताव बहुत जोखिम भरा होता, क्योंकि मुझे अभी भी उसकी मदद की जरूरत है। वार्त्तालाप को अनौपचारिक रखते हुए मैंने जारी रखा, "क्या तुमने किराए के बारे में अपने माता-पिता से बात की थी? मेरा मतलब है, मुझे पता है कि तुमने अपनी माँ से बात की थी"क्या वह जो भी मैं भुगतान करना चाहता हूँ, उसके लिए तैयार हैं?"

उसने एक 'हाँ' में सिर हिलाकर जवाब दिया। मेरी साँस तेज चलने लगी (खुशी में)।

"तुम्हारे पिताजी ने क्या कहा होगा? क्या तुम्हें उनसे साथ पता करने की जरूरत नहीं है?"

वह इस सवाल से नाराज दिख रही थी। उसकी मुसकराहट गायब हो गई और वह उदास हो गई। अनजाने में मैंने निषिद्ध विषय पर शुरुआत की थी।

उसने अप्रभावित दिखाई देने की कोशिश की और फिर जवाब दिया, "मेरे पिता नहीं हैं।"

□

दो

जब पिहू ने ऑटो ड्राइवर को अंततः रुकने के लिए कहा, उस वक्त तक हमने स्कूल से लगभग 4 किलोमीटर की यात्रा तय कर ली थी। मैं नीचे उतर गया और अपने बैग बाहर खींच लिये। चारों ओर देखकर मैं बेहद आश्चर्यचकित था। हम पॉश बेनर क्षेत्र में थे और हर घर के ड्राइव वे में बी.एम.डब्ल्यू या मर्सिडीज खड़ी थी। आपको लगेगा कि वे सब एक-दूसरे से ईर्ष्यावश सिर्फ दिखावा करने के लिए कार खरीद रहे थे; प्रत्येक पिछले की तुलना में बेहतर और बड़ी थी। गमलों में लगे पौधे और चहारदीवारी पर हेजेज की बाड़ बहुत सफाई से लगी हुई थी। उनके रख-रखाव ने उन्हें काफी अच्छी तरह से बनाए रखा था और काफी आकर्षक भी। जहाँ तक मेरी आँखें देख सकती थीं, मुझे एक भी चीज अपनी जगह से बाहर नहीं दिखाई दी। कोई भटकते जानवर नहीं, कोई कूड़ा नहीं, न ही बेकार में उगनेवाली झाड़ियाँ दिखीं। यह आश्चर्यजनक था। लेन के दोनों किनारों पर छायादार पेड़ थे और कुछ पेड़ फूलों के भी थे। मुझे यह अनुक्रम एक सपने की तरह लग रहा था कि अचानक कुत्ते के भौंकने की आवाज से तंद्रा भंग हुई।

अलग-अलग नस्लों के कुछ कुत्ते अपने संबंधित घरों के मुख्य द्वार पर निकल आए, जब उन्हें एक अजीब वाहन की आवाज सुनाई दी, जिसका शोर उनकी अलसाई दोपहर की शांति को भंग कर रहा था।

पिहू घूम गई और एक ऐसे घर में घुसी, जो इलाके में सबसे छोटा लग रहा था। तब मैंने वह दो मंजिला घर देखा, जो अब तक मेरी पीठ के पीछे था। घर जोर से चीख रहा था, "मैं बहुत बूढ़ा हूँ।" फीका रंग पड़ी दीवारों ने पुष्टि की कि लंबे समय से किसी ने इस पर ध्यान नहीं दिया था। पड़ोसी घरों की तुलना में यह घर एक दूसरी ही दुनिया से लग रहा था। उजड़ा बगीचा, उड़े हुए रंग और इधर-उधर उगनेवाले झाड़ियों को देखते हुए लगा कि इसे देखभाल के लिए आपातकालीन उपचार की आवश्यकता थी।

एक महान् स्थान और खराब रख-रखाव मालिक की वित्तीय स्थिति के बारे में

चाबी लेने के लिए पिहू सीढ़ियों पर चढ़कर गई थी। मैंने अनजान बगीचे और छोटी सी पार्किंग की जगह देखी, जिसमें निश्चित रूप से एक फैंसी कार को खड़ा नहीं कर सकते थे। यह घर एक पॉश इलाके में होने लायक नहीं था। लेकिन इसके अंत में, अगर यह लड़की वास्तव में यहाँ रहती है और छात्रावास से बाहर निकलने के बाद मुझे इस इलाके में आवास मिल जाएगा, तो मैं स्वीकार करता हूँ—चमत्कार होते हैं।

बहुत कुछ कहता है। अब मैं समझ सकता था कि यह अजीब लड़की मुझे किराए पर आवास देने के लिए इतनी बेताब क्यों थी! हो सकता है कि मालिकों को भी एक आपातकालीन बदलाव की आवश्यकता हो।

"सर, इसका भू-तल किराए पर उपलब्ध है। कृपया यहाँ प्रतीक्षा करें, मैं आपके लिए चाबियाँ ले आती हूँ।" पिहू खुशी में चिल्लाई। वह मुझे चारों ओर सब दिखाने के लिए उत्सुक थी। उसमें एक अजीब उत्साह था, जिसने मुझे कुछ हद तक असहज बना दिया। हालाँकि कुछ भी हद से बाहर नहीं था, जैसा कि जब कोई बच्चा अपने पसंदीदा रिश्तेदार को देखता है या जब कोई उन्हें उनकी पसंदीदा आइसक्रीम खिलाता है, तो मैंने उसमें बच्चों के समान भावनाएँ और अभिव्यक्ति देखी। मैंने खुद से कहा कि मुझे हर समय मेरे आस-पास उत्तेजना के प्रति आदी व सहज होना चाहिए, इसके बजाय उसे अचंभित महसूस करना चाहिए।

चाबी लेने के लिए पिहू सीढ़ियों पर चढ़कर गई थी। मैंने अनजान बगीचे और छोटी सी पार्किंग की जगह देखी, जिसमें निश्चित रूप से एक फैंसी कार को खड़ा नहीं कर सकते थे। यह घर एक पॉश इलाके में होने लायक नहीं था। लेकिन इसके अंत में, अगर यह लड़की वास्तव में यहाँ रहती है और छात्रावास से बाहर निकलने के बाद मुझे इस इलाके में आवास मिल जाएगा, तो मैं स्वीकार करता हूँ—चमत्कार होते हैं।

मैंने फिर से चारों ओर देखा और देखा कि पिहू आराम से सीढ़ियों पर चढ़ रही है। यह उसके लिए एक काम की तरह लग रहा था। 'आलसी लड़की।'

आखिरकार, काफी देर के बाद पिहू अपने साथ चाबियों को लेकर वापस आई। उसने लकड़ी का वह दरवाजा, जो भू-तल वाले घर का था, अपने गुच्छे की एक चाबी से खोला।

जैसे ही उसने दरवाजा खोला, बल्ब जलाने के लिए स्विच ऑन किया और कमरे में चारों ओर घूमते हुए तेजी से प्रवेश किया। मैं उस जगह को अच्छी तरह देखने के लिए उत्सुक था; लेकिन अंदर जाने में घबराहट हो रही थी। एक खाली घर और एक

किशोर लड़की वास्तव में मेरे लिए एक अनुशंसित संयोजन नहीं थे। मैं किसी को भी गलत इंप्रेशन देना नहीं चाहता था। एक दिन में बहुत कुछ गलत हो गया था। मेरा कॅरियर, चरित्र और लगभग मेरा पूरा जीवन दाँव पर था।

मैंने भगवान् का शुक्रिया अदा करने के लिए अपना सिर उठाया। मेरे सिर पर छत थी। वह तब था, जब मैंने छत पर लगे पंखे को देखा, जो काफी चिकना और तुलनात्मक रूप से नया था। कर्मचारियों के फ्लैट की सुविधाओं के बाद यह स्थान आवश्यक सुविधाओं के साथ एक होटल की तरह लग रहा था। मैं इस जगह पर उतरने के लिए बेहद खुश था। और फिर मुझे सोचने पर चिंता होने लगी˙˙किसकी? किराया क्या होगा?

"अंदर आइए, सर।" पिहू ने मुझे देखने के लिए सिर झुकाया। मैं अंदर गया। घर विशाल लग रहा था। बैठकवाले कमरे को दो कमरे से घेरा गया था। दाईं ओर के कमरे के पीछे एक छोटा कमरा था, जो कि रसोईघर था। रसोई के केंद्र में दो कुरसियों के साथ एक पुरानी, लेकिन मजबूत लकड़ी की मेज थी। चीजों का भंडारण करने के लिए खाना पकाने के स्लैब के नीचे लकड़ी के रैक थे। एक कोने में बरतन आदि धोने के लिए एक छोटा सिंक। रसोई के बगल में एक छोटा सा, लेकिन साफ गुसलखाना था।

शयनकक्ष में गद्दे और दो मुलायम दिखनेवाले तकिए के साथ एक डबल बेड था, जिसमें अभी कवर नहीं चढ़ा था। लकड़ी की अलमारी कमरे की एक दीवार से लगी थी। बीच में एक पूर्ण लंबाई वाला दर्पण था—कमरे को पार करते हुए एक नजर देखने के लिए जब मैंने देखा तो अपने प्रतिबिंब को देखने पर जो एकमात्र शब्द ध्यान में आया, वह था—शक्तिहीन।

मैंने भगवान् का शुक्रिया अदा करने के लिए अपना सिर उठाया। मेरे सिर पर छत थी। वह तब था, जब मैंने छत पर लगे पंखे को देखा, जो काफी चिकना और तुलनात्मक रूप से नया था। कर्मचारियों के फ्लैट की सुविधाओं के बाद यह स्थान आवश्यक सुविधाओं के साथ एक होटल की तरह लग रहा था। मैं इस जगह पर उतरने के लिए बेहद खुश था। और फिर मुझे सोचने पर चिंता होने लगी˙˙˙किसकी ? किराया क्या होगा ?

हम चारों ओर चलते गए और जगह देखी। अंत में बैठक के कमरे में लौट आए—वहीं, जहाँ मैंने अपने बैग छोड़े थे। मैंने वहाँ धूल की कोई परत नहीं देखी, जो आमतौर पर बंद घरों में होती है। इसका मतलब यह था कि ज्यादा समय से मकान खाली नहीं था। पिहू ने एक गोल लकड़ी की मेज के चारों ओर एक बुनी हुई कुरसी पर खुद को आरामदायक अवस्था में बैठा लिया और दूसरी कुरसी लेने के लिए मेरी तरफ इशारा

किया। उसने मुझे व्यापक मुसकराहट से कहा कि हम उसकी माँ की प्रतीक्षा कर रहे थे।

मैंने अपने दिमाग में चल रहे अराजक विचारों को व्यवस्थित करने के लिए कड़ी मेहनत की कोशिश की। तभी मुझे किसी की आवाज सुनाई दी, जो पुकार रही थीं—"पिहूऊऊऊ…"

एक महिला की मीठी व मुलायम आवाज, जिसमें बेहद प्यार भरा था, पिहू के साथ अपने रिश्ते को दिखाने के लिए दृढ़।

"माँ, मैं यहाँ हूँ।" पिहू ने उसी समान प्यार भरे स्वर में जवाब दिया।

कुछ ही क्षणों में एक औरत ढीली नीली जींस और पीला टॉप पहने प्रवाह से बैठक के कमरे में दाखिल हुई। मैंने पहले पिहू और फिर उस महिला को देखा। उनकी विशेषताओं में अनोखी समानता को देखते हुए मुझे यह पुष्टि करते हुए देर नहीं लगी कि वह पिहू की माँ थीं।

पिहू अपनी माँ की तरह दिखती थी, लेकिन कुछ तो छिपा–सा था। शायद एक जीवंतता। मुझे नहीं पता और वह महिला? वह एक सत्रह वर्ष की उम्र की लड़की की माँ की तरह नहीं दिखती थी। कहीं भी कोई अनावश्यक वसा नहीं थी। उसके अंडाकार चेहरे पर लंबी व नुकीली नाक थी। उसके ऊँचे गाल उसके चेहरे को एक अजीब आकर्षण दे रहे थे। उसकी त्वचा चमक रही थी और वह अपने पतले होंठों पर हलकी गुलाबी लाली लगाए हुए थी। छोटे, बॉयिश कट ने उसके चेहरे को साँचे में ढाल रखा था। मैंने उसकी नाजुक गरदन का भी जायजा लिया और जिस तरह से उसके ऊपर का टॉप उसके स्तनों के ऊपर से उसके सपाट पेट पर लहरा रहा था। मेरी आँखें वहाँ अटक गई थीं, जहाँ पर टॉप और जींस एक साथ मिल रहे थे। मेरे भीतर का शैतान उसे छूना चाहता था, कुछ और तलाश करना चाहता था। मैं लगभग पंखे से यह उम्मीद कर रहा था कि वह अपनी हवा से उसके टॉप को थोड़ा ऊपर उड़ा दे। जैसे ही पिहू ने आगे बढ़कर अपनी खूबसूरत माँ को गले लगाया, मेरी आँखें उसके आकार का

> पिहू अपनी माँ की तरह दिखती थी, लेकिन कुछ तो छिपा–सा था। शायद एक जीवंतता। मुझे नहीं पता और वह महिला? वह एक सत्रह वर्ष की उम्र की लड़की की माँ की तरह नहीं दिखती थी। कहीं भी कोई अनावश्यक वसा नहीं थी। उसके अंडाकार चेहरे पर लंबी व नुकीली नाक थी। उसके ऊँचे गाल उसके चेहरे को एक अजीब आकर्षण दे रहे थे। उसकी त्वचा चमक रही थी और वह अपने पतले होंठों पर हलकी गुलाबी लाली लगाए हुए थी। छोटे, बॉयिश कट ने उसके चेहरे को साँचे में ढाल रखा था।

जायजा ले रही थीं, फिर उसके पैरों की तरफ मेरी दृष्टि गई। मेरे दिमाग में बहुत कुछ चल रहा था, लेकिन मेरे दिमाग में सबसे भारी शब्द थे, 'वह मकान मालकिन है!'

जब आपके सामने एक अच्छा फ्लैट होता है और जेब में ज्यादा पैसा नहीं होते हैं तो मकान मालिक भगवान् से अधिक सम्मान का हकदार है।

"हाय, आप कैसे हैं, सर?" खूबसूरत आवाज ने मुझसे पूछा।

मैंने उसे किसी अन्य भगवान् की तुलना में एक विनम्र मुसकराहट दी। उसे देखने के लिए मैं मुड़ गया। मैं एक पिल्ले की तरह था, बस, मेरे पास पूँछ नहीं थी, अन्यथा मैं उसे हिलाता।

"मैं अच्छा हूँ, मैडम।" मकान मालकिन का स्वागत करते हुए मैंने कहा, "आप कैसी हैं?" उसने मुझे 'सर' के रूप में संबोधित किया था। मुझे पता था कि वह मुझसे बड़ी थी, लेकिन यह शब्द मेरे पेशे के आधार पर मेरे लिए एक नामकरण की तरह है। शिक्षा उद्योग में एक बार जब आप शिक्षक बन जाते हैं तो संपूर्ण ब्रह्मांड—छात्रों के माता-पिता, उनके दादा-दादी, उनके बच्चे और हर कोई, जो जितना ज्यादा आपके पेशे को जान लेता है— आपको 'सर' के रूप में संबोधित करता है।

> *मैंने देखा कि मेरी और पिहू की आँखें एक जैसी थीं। यह एक अद्भुत संयोग था।*
> *"जगह कैसी लगी आपको?" अन्नू मुझे देखकर मुसकराई— "आशा है, आपको कमरा पसंद आया होगा। मुझे पता है कि यह थोड़ा अस्त-व्यस्त है···" फिर उसने अपनी बेटी को बनावटी गुस्से से घूरकर देखा और फिर बोली, "लेकिन इसने मुझे ग्यारहवें घंटे में सूचित किया!"*

"बहुत बढ़िया!" उसने धीरे से अपना हाथ मिलाने के लिए आगे बढ़ाया और कहा, "मैं अन्नू हूँ।"

मुझे वास्तव में उसका शालीनता से हाथ मिलाना पसंद आया।

"मैं नील कुमार हूँ।"

उसने मुझे एक प्यारी सी मासूम मुसकराहट दी, जैसे कि वह कुछ जाँच कर रही है या समझने की कोशिश कर रही थी, और मुझे यह भी पता है कि कोई आपको संदिग्ध रूप से कैसे देखता है! उसकी नजर दोनों के बीच कहीं थी। मैंने सोचा कि उसने मेरे चेहरे पर कुछ असामान्य तो नहीं खोजा या शायद वह किसी ऐसे शख्स को जानती थी, जो मेरे जैसा दिखता होगा। शायद एक अजनबी के चेहरे को घूरना, यह एक पारिवारिक शौक था।

मैंने देखा कि मेरी और पिहू की आँखें एक जैसी थीं। यह एक अद्भुत संयोग था।

"जगह कैसी लगी आपको?" अन्नू मुझे देखकर मुसकराई—"आशा है, आपको

कमरा पसंद आया होगा। मुझे पता है कि यह थोड़ा अस्त-व्यस्त है···" फिर उसने अपनी बेटी को बनावटी गुस्से से घूरकर देखा और फिर बोली, "लेकिन इसने मुझे ग्यारहवें घंटे में सूचित किया!"

मुझे आश्चर्य हो रहा था कि वह इस जगह को बेकार कह रही थी! फिर मैंने सोचा, निश्चित रूप से उसने कभी एक अविवाहित लड़के का कमरा नहीं देखा होगा।

"कोई समस्या नहीं···यह काफी अच्छा है।"

"क्या यह सब आपका सामान है?" उन्होंने मेरे तीन बैगों को देखकर कहा।

"हाँ जी।"

मैं वास्तव में झूठ बोलना चाहता था और थोड़ी देर के लिए आराम करना चाहता था। मेरा शरीर बुरी तरह थक गया था, क्योंकि पिछले चौबीस घंटों में बहुत कुछ अनुचित, अनिश्चित-सा हो गया था और मुझे कुछ आराम की जरूरत थी, लेकिन ऐसा लगता है कि मुझे अभी भी कुछ सवालों के जवाब देने की जरूरत है। कोई भी गलत जवाब मुझे वापस फ्लैट में से बाहर धक्का दे सकता है।

"क्या आप अपने परिवार के साथ यहाँ रहेंगे, सर?"

इस सवाल को सुनकर मेरा गला सूख गया। मुझे आश्चर्य हुआ कि अगर मेरे जवाब अन्नू की अपेक्षाओं से मेल नहीं खाते तो मैं इस जगह को भी खो सकता हूँ। प्रॉपर्टी डीलर के कार्यालय में अनुभव के बाद मुझे नहीं लगता था कि मुझे और नकारात्मक जवाब बरदाश्त करने का साहस था।

मुझमें छिपे राक्षस ने मुझे पिहू की तरफ को देखने को मजबूर किया। मुझे जगह देने से पहले उसने मेरी स्थिति को अपनी माँ को क्यों नहीं समझाया? अब मैं खड़ा था, झूठ बोलने और जगह रखने के मध्य···विचार करने के लिए अब मैं मजबूर था।

लेकिन पिहू सिर्फ एक किशोरी थी, मेरे दिल ने कहा। उसने मेरी जिस तरह से मदद की थी, वह उसकी उम्र के हिसाब से काफी थी। मैंने अपनी सारी हिम्मत जुटाई और कहा, "मैं विवाहित नहीं हूँ और मेरा परिवार दूसरे शहर में रहता है। मैं अकेला रहता हूँ।"

अन्नू का चेहरा गंभीर हो गया। एक मुसकराती हुई मकान मालकिन अचानक गंभीर हो रही थी, लेकिन मैं हैरान था। मेरा जवाब पिहू के चेहरे पर एक मुसकराहट ले आया था। मैं महसूस करने के मामले में थोड़ा असमंजस में था कि मेरी वैवाहिक स्थिति ने उसे और उसकी माँ को इतने अलग तरीके से प्रभावित किया।

"क्षमा करें, सर!" अन्नू ने विनम्रतापूर्वक कहा और अपनी बेटी की ओर रुख किया।

"पिहू, क्या हम एक पल के लिए कुछ बात कर सकते हैं?" वह बैठक के कमरे से बाहर निकल गई।

जब से हम पहली बार मिले, पहली बार पिहू के लिए मुझे बुरा लगा। क्या वह परेशानी में थी?

पिहू ने मुझे पलटकर एक बार देखा, जब वह अन्नू के साथ बाहर जा रही थी। मैंने एक सहानुभूतिपूर्ण झलक उसे दिखाने की कोशिश की, लेकिन वह मुझे आँख मारते हुए बाहर निकल गई। वह बस, मुसकरा रही थी। यह देखकर मैं बुरी तरह से चौंक गया। आखिरकार, जब आप पहली बार किसी से मिलें तो इस व्यवहार की उम्मीद कभी नहीं करते हैं, विशेष रूप से जब कोई आपके स्कूल का शिक्षक हो।

> पिहू ने मुझे पलटकर एक बार देखा, जब वह अन्नू के साथ बाहर जा रही थी। मैंने एक सहानुभूतिपूर्ण झलक उसे दिखाने की कोशिश की, लेकिन वह मुझे आँख मारते हुए बाहर निकल गई। वह बस, मुसकरा रही थी। यह देखकर मैं बुरी तरह से चौंक गया। आखिरकार, जब आप पहली बार किसी से मिलें तो इस व्यवहार की उम्मीद कभी नहीं करते हैं, विशेष रूप से जब कोई आपके स्कूल का शिक्षक हो।

मैं अपने बंद हुए फोन की तरफ देखने लगा। मैंने उसे ऐसे देखा, जैसे कि वह पृथ्वी पर सबसे बड़ा आविष्कार था।

उनकी निजी चर्चा बिल्कुल निजी नहीं थी। स्वाभाविक रूप से, उनके जैसे शांत इलाके में आप किसी को फुसफुसाते हुए भी सुन सकते थे। अन्नू अपने घर में रहनेवाले एक व्यक्ति के साथ स्पष्ट रूप से असहज लग रही थी।

माँ-बेटी की जोड़ी ने कुछ समय के लिए तर्क-वितर्क किया। दोनों घर की दिशा में बार-बार देखते हुए बात कर रहे थे—अन्नू उत्तेजित; पिहू बेहद उत्साहित, लेकिन आखिरकार वे समान सम्मति तक पहुँच गए थे।

"माफ कीजिएगा सर, पिहू ने मुझे आपके सभी विवरण नहीं दिए थे।" उसने संकोच से कहा। उसका 'माफ करना' शब्द मेरे कानों में तेजी से सुनाई दिया और मुझे यकीन था कि यह मुझे वहाँ से निकलने के लिए कहने का एक विनम्र तरीका था। मुझे नहीं पता था कि क्या कहना है, क्योंकि मेरी सभी उम्मीदें ध्वस्त हो रही थीं।

मैंने ऊपर केवल तभी देखा, जब मैंने अन्नू को कहते सुना, "कोई बात नहीं।"

"आपने अपनी माँ को क्या कहा, पिहू?" मैंने एक नकली उज्ज्वल मुसकान से पूछा, इस उम्मीद से कि यह मूड को थोड़ा सा हलका कर देगा।

"मैंने उनसे बस, यही कहा, सर कि आप सिर्फ परिवार के सदस्य की तरह हैं।"

पिहू ने निर्दोषता से कहा, लेकिन यह कहते हुए मुझे उसकी आँखों में अजीब सी चमक दिखाई दी। किशोर बच्चे मुझे भ्रमित कर देते हैं और पिहू तो सबसे चुनौतीपूर्ण गुत्थी थी, जो समझ नहीं आ रही थी।

मैंने उसे एक निराशाजनक झलक दी और वह किसी भी कारण से बस, मुसकरा रही थी। मैं पिहू पर विस्फोट करना चाहता था, उसे अपना दिन बरबाद करने के लिए। अब तक तो वह प्रॉपर्टी डीलर ही मेरे लिए जगह ढूँढ़ लेता। लेकिन पिहू जाने अपनी ही किस दुनिया में खुशी से खोने लगती थी।

मैंने खुद को शाप दिया। मुझे इस लड़की के शब्दों पर विश्वास क्यों था? मेरे भाग्य ने भी मुझसे मुँह मोड़ लिया था और मैंने बात करने का फैसला किया।

"मुझे खेद है, मैम! मुझे लगता है कि यह सब एक बड़ी गलतफहमी के दौरान हुआ।" मैंने पिहू को देखकर कहा, जिसने अपनी अजीब मुसकराहट बरकरार रखी हुई थी और फिर मैंने अन्नू को देखा, जो उड़ी हुई-सी थी…पर क्यों? अतः मैंने फिर कहा, "मेरा कोई इरादा नहीं था कि मैं आपको ऐसी विकट परिस्थिति में लाऊँ। किंतु आपको ज्यादा चिंतित होने की आवश्यकता नहीं है; मैं कोई दूसरी जगह खोज लूँगा। आप कृपया बेफिक्र रहें, आपका निर्णय बिल्कुल ठीक है।" मैंने एकदम मुसकराते हुए निर्बाध रूप से झूठ बोला। मैंने झूठ बोलने की कला में महारत हासिल की थी। आखिरकार, मैंने इसका अभी तक के अपने पूरे जीवन में अभ्यास किया था।

मैंने उसे एक निराशाजनक झलक दी और वह किसी भी कारण से बस, मुसकरा रही थी। मैं पिहू पर विस्फोट करना चाहता था, उसे अपना दिन बरबाद करने के लिए। अब तक तो वह प्रॉपर्टी डीलर ही मेरे लिए जगह ढूँढ़ लेता। लेकिन पिहू जाने अपनी ही किस दुनिया में खुशी से खोने लगती थी।

"नहीं सर…बिल्कुल कोई परेशानी नहीं। आप यहाँ ठहर सकते हैं।" वह मुसकरा रही थी और उसने सिर को झुका रखा था।

अन्नू ने अचानक मेरे चेहरे पर एक वास्तविक मुसकराहट ओढ़ा दी और मैंने उसकी तरफ ऐसे देखा, मानो मैं कह रहा हूँ कि वह सही कह रही है कि यह कोई मजाक तो नहीं, लेकिन वह मुसकराकर 'हाँ' में गरदन हिला रही थी। मेरे अंडाकार चेहरे पर लाखों डॉलर की, कान से कान तक मुसकराहट छा गई।

अन्नू ने फिर आगे कहा, "सिर्फ एक अनुरोध है, सर। चूँकि आप यहाँ अकेले रहेंगे, इसलिए हम पीछे के दूसरे कमरे को बंद कर देंगे। मुझे उम्मीद है कि आपके लिए यह ठीक है?"

जब मैंने अपना सिर स्वीकृति में हिलाया तो उसने इस बात को स्वीकार कर लिया।

उसने तुरंत ही फिर कहा, "पिहू और मैं पहली मंजिल पर रहते हैं। आप जब चाहें, छत का मुफ्त उपयोग कर सकते हैं।"

मैंने खुद को काफी राहत के साथ खुश और काफी ऊर्जावान् महसूस किया। तब अन्नू ने घर के बारे में मुझे एक समर्थक की तरह विस्तार से समझाया और सारी सुविधाओं के बारे में अवगत कराया। उसने मुझे रसोई क्षेत्र, भंडारण स्थान, गीजर, बिजली का मीटर, कचरा बाहर फेंकने का स्थान, मुख्य द्वार की घंटी और आर.ओ. से पानी की आपूर्ति। उसके स्पष्ट निर्देशों ने यह भी समझा दिया कि मैं उसका पहला किराएदार नहीं था, जिसे वह समझा रही थी, बल्कि मुझसे पहले भी कई बार यह प्रक्रिया हो चुकी होगी।

यद्यपि इस जगह पर दुविधा समाप्त हो गई थी, फिर भी मेरी पीड़ा का कोई अंत नहीं था। उसकी मदद, उसकी व्याख्या और हलका शिष्टाचार, सबकुछ मुझे बेचैन बना रहा था। मैं उस चीज को स्पष्ट करना चाहता था, जो मेरे लिए सबसे ज्यादा महत्त्वपूर्ण थी। इसके बिना यह सब व्याख्या बेकार होगी।

"मैडम, किराया क्या होगा?" मैंने हिचकिचाहट से पूछा। इस आखिरी बाधा को पार करने के लिए सचमुच मैंने अपनी पीठ के पीछे अपनी उँगलियों को 'क्रॉस' कर रखा था।

पिहू फिर से मुसकराई और मैंने मुश्किल से अपने क्रोध को नियंत्रित किया। मुझे आश्चर्य हुआ कि उस छोटी लड़की के दिमाग में क्या चल रहा था, क्योंकि स्पष्ट रूप से कुछ तो खुराफाती था।

मैंने खुद को काफी राहत के साथ खुश और काफी ऊर्जावान् महसूस किया। तब अन्नू ने घर के बारे में मुझे एक समर्थक की तरह विस्तार से समझाया और सारी सुविधाओं के बारे में अवगत कराया। उसने मुझे रसोई क्षेत्र, भंडारण स्थान, गीजर, बिजली का मीटर, कचरा बाहर फेंकने का स्थान, मुख्य द्वार की घंटी और आर.ओ. से पानी की आपूर्ति। उसके स्पष्ट निर्देशों ने यह भी समझा दिया कि मैं उसका पहला किराएदार नहीं था, जिसे वह समझा रही थी, बल्कि मुझसे पहले भी कई बार यह प्रक्रिया हो चुकी होगी।

अन्नू पर दोबारा मैंने ध्यान केंद्रित करते हुए कहा, मुझे पता था कि मैं पाँच हजार रुपए का भुगतान करने का प्रबंधन कर सकता हूँ; लेकिन मेरे व्यवसाय के कौशल ने मुझे सबसे कम कीमत निर्धारित करने के लिए प्रेरित किया था। मुझे यकीन था कि यह जगह किराए पर बाहर निकल जाएगी, लेकिन मुझे अपने खर्चों को भी ध्यान में रखना था। मैंने इस सवाल को रखने पर मकान मालकिन के चेहरे की अभिव्यक्ति से उनके नाराज

होने की जाँच करने की योजना बनाई, ताकि मैं तय कर सकूँ कि मुझे किराया बढ़ाने की आवश्यकता है या नहीं।

"मुझे लगता है कि तीन हजार रुपए पर्याप्त किराया है।" पिहू की मीठी व धीमी आवाज अन्नू के ठीक पीछे से आई। मुझे नहीं पता कि अन्नू ने कैसे प्रतिक्रिया व्यक्त की होगी, क्योंकि मैं खुद सकते में आ गया था। मैं इस बार अपनी मुसकान को नकली तौर पर नहीं दिखा सका, क्योंकि किराए की कीमत को जोर से कहने में बहुत शर्म आ रही थी। शहर के मध्य में एक अर्द्ध-सुसज्जित फ्लैट की पूरी मंजिल के लिए तीन हजार रुपए एक बहुत ही कम कीमत थी।

अन्नू ने पिहू को देखा। फिर उसकी आँखें मुझे देखने के लिए मुड़ीं।

"मैं पाँच हजार रुपए तक भुगतान कर सकता हूँ।" मैंने अपनी तरफ से कीमत बढ़ा दी।" मैं नहीं चाहता था कि मेरी निर्धारित की हुई किराए की कीमत पर यह घर मेरे हाथ से निकल जाए।

"मुझे कोई समस्या नहीं थी, सर। जितना आप आराम से खर्च कर सकते हैं, उतने ही किराए का भुगतान करें।" पिहू ने उदारतापूर्वक पेशकश की। मुझे आश्चर्य हुआ कि यहाँ कौन मकान किराए पर दे रहा था! अन्नू ने केवल मुझे देखा, मुसकराई और गरदन हिलाकर पुष्टि की। मैं समझ नहीं सका कि पिहू ने अपनी माँ से यह करने के लिए क्या कहा होगा? क्या वह उसे किसी बात को लेकर ब्लैकमेल कर रही थी? क्योंकि वहाँ मेरे द्वारा निर्धारित किए गए किराए पर मुझे फ्लैट देना स्वीकार था। अन्यथा यह संभव नहीं था।

"मुझे कोई समस्या नहीं थी, सर। जितना आप आराम से खर्च कर सकते हैं, उतने ही किराए का भुगतान करें।" पिहू ने उदारतापूर्वक पेशकश की। मुझे आश्चर्य हुआ कि यहाँ कौन मकान किराए पर दे रहा था! अन्नू ने केवल मुझे देखा, मुसकराई और गरदन हिलाकर पुष्टि की। मैं समझ नहीं सका कि पिहू ने अपनी माँ से यह करने के लिए क्या कहा होगा? क्या वह उसे किसी बात को लेकर ब्लैकमेल कर रही थी?

फिर अन्नू ने एक भयानक सवाल पूछा, "आपने स्टाफ क्वार्टर क्यों छोड़ा? मुझे लगता है कि ज्यादातर शिक्षकों को स्कूल परिसर में ही रहना पड़ता है।"

मुझे झिझक हुई बताने में, फिर एक साँस के साथ मैंने जवाब दिया, "असल में, उन्होंने उन्हें विशेषत: पारिवारिक लोगों के लिए दिया है।"

उसने मेरा यह बहाना स्वीकार कर लिया था और मेरे इरादे पर कोई संदेह नहीं किया था। पहली बार अपने अविवाहित होने को मैंने सही जगह पर इस्तेमाल किया था

और वह भी दो महिलाओं के सामने।

उसने अपना नंबर साझा किया और कहा, "अगर आपको किसी तरह की मदद की जरूरत है तो कृपया मुझे कॉल करने में संकोच न करें।" उसके पतले होंठ मुसकराते हुए बेहद आकर्षक लग रहे थे।

यह मेरा एक भाग्यशाली दिन था। एक खूबसूरत मकान, जो बेहद कम किराए पर था और साथ में फ्लैट की मकान मालकिन के लिए जो विनम्र थी और एक बेहद खूबसूरत महिला का फोन नंबर, जिसे उसने खुद मुझसे साझा किया था। मैं चीजों के चलते मंद-मंद अपने में ही मुसकरा रहा था, जब मैंने देखा कि हालाँकि अन्नू ने पहली मंजिल की ओर सीढ़ियों पर चलना शुरू कर दिया था, पिहू अभी भी मेरे साथ कमरे में ही थी। मुझे नहीं पता था कि वह मुझे इस तरह क्यों देखती रहती थी और मुसकराती थी।

"पिहू, जल्दी आओ···मैं ज्यादा देर तक दोपहर का भोजन नहीं रख सकती।" अन्नू ने सीढ़ियों से बुलाया।

"माँ, मैं सर की मदद करना चाहती हूँ।" लड़की ने जवाब दिया।

"आ जाओ, पिहू! आपको दवा लेने में देरी हो जाएगी।" अन्नू ने तर्क देने की कोशिश की और थोड़ा क्षोभ से कहा।

"पिहू, परेशान मत हो। मेरे पास बहुत सामान नहीं है। मैं प्रबंध कर लूँगा। तुम जाओ! तुम्हारी माँ तुम्हारा इंतजार कर रही हैं।"

"पिहू, जल्दी आओ···मैं ज्यादा देर तक दोपहर का भोजन नहीं रख सकती।" अन्नू ने सीढ़ियों से बुलाया।
"माँ, मैं सर की मदद करना चाहती हूँ।" लड़की ने जवाब दिया।
"आ जाओ, पिहू! आपको दवा लेने में देरी हो जाएगी।" अन्नू ने तर्क देने की कोशिश की और थोड़ा क्षोभ से कहा।
"पिहू, परेशान मत हो। मेरे पास बहुत सामान नहीं है। मैं प्रबंध कर लूँगा। तुम जाओ! तुम्हारी माँ तुम्हारा इंतजार कर रही हैं।"

"सर, आप चिंता मत कीजिए, मैं ठीक हूँ।"

पिहू बहुत प्यारी और सहायक लग रही थी। मेरा मतलब है, जो एक अजनबी के लिए झूठ बोलती है, बल्कि एक पसंदीदा शिक्षक के लिए झूठ बोलती है और जो नगण्य किराए पर अपने घर का एक हिस्सा प्रदान करती है, वह पूछ रही थी कि वह मदद कैसे कर सकती है? इसलिए मैंने उसे एक बैग खाली करने को दिया, जिसमें मेरी सारी किताबें थीं। आखिरकार, मैं एक शिक्षक था। लेकिन मेरा पुस्तक संग्रह इस बात को प्रतिबिंबित नहीं करता, जिसका मैं चित्रण करने की कोशिश कर रहा हूँ। मेरे पास केवल गणित की कुछ किताबें थीं, एक भौतिकी की पुस्तक थी और एरोटीका का एक

पूरा भंडार था। मुझे एहसास हुआ कि मुझे जोखिम नहीं लेना चाहिए था; लेकिन अब बहुत देर हो चुकी थी।

चूँकि पिहू किताबों के ढेर को अलग कर रही थी, उसने एक किताब को उठाया और उसका शीर्षक 'फिफ्टी शेड्स ऑफ ग्रे' को पढ़ा। "मैंने इस पुस्तक के बारे में बहुत कुछ सुना है। क्या मैं इसे पढ़ने के लिए उधार ले सकती हूँ?"

एक किशोरी 'फिफ्टी शेड्स ऑफ ग्रे' को पढ़ने की मेरी अनुमति माँग रही थी! मैंने अगर यह पुस्तक इसे दे दी तो क्या होगा, यदि उसकी माँ को पता चलेगा कि उसके तथाकथित गणित शिक्षक उसे जीव-विज्ञान से संबंधित किताबें दे रहे थे? आप समझ सकते हैं कि मेरा क्या मतलब है!

"नहीं।" मैंने तुरंत कहा और फिर थोड़ा सा शांत होकर फिर कहा, "मेरा मतलब है, तुम्हारी बोर्ड की परीक्षाएँ पास आ रही हैं। मुझे लगता है कि अभी तुम्हें अपने अध्ययनों पर अधिक ध्यान केंद्रित करने की जरूरत है।"

वह कोई अपराध-बोध नहीं लेना चाहती है। मुझे नहीं लगता कि वह इस मामले में बहुत उलझ गई, क्योंकि उसका अगला सवाल था, "आपको मेरी माँ कैसी लगीं?"

पूरी तरह से असंबंधित, अप्रासंगिक और काफी तर्कहीन-सा सवाल था वह! लेकिन उस सवाल से मैंने वापस सोचा कि मैंने जितनी भी अश्लील साइट पर 'हॉट मॉम' के वीडियो देखे थे, पिहू की माँ उन सबसे ऊपर थी। वह बेहद खूबसूरत और 'हॉट' थी।

"तुम्हारी माँ बहुत दयालु और कुशल हैं, पिहू। हर बात का काफी खयाल रखती हैं।" मैंने जोर से जवाब दिया और अपने उस राक्षस, जो मेरे दिमाग में था, को थोड़ा आराम करने के लिए कहा।

यह सुनकर पिहू ने मुझे गले लगा लिया। यह कहना अतिशयोक्ति नहीं होगा कि मैं चौंक गया था। मुझे इसकी उम्मीद नहीं थी और हालाँकि यह उसकी तरफ से एक 'रिफ्लेक्स एक्शन' की तरह लग रहा था, लेकिन मैं इस बात से काफी असहज था।

"थैंक यू, सर।"

"तुम्हारी माँ बहुत दयालु और कुशल हैं, पिहू। हर बात का काफी खयाल रखती हैं।" मैंने जोर से जवाब दिया और अपने उस राक्षस, जो मेरे दिमाग में था, को थोड़ा आराम करने के लिए कहा। यह सुनकर पिहू ने मुझे गले लगा लिया। यह कहना अतिशयोक्ति नहीं होगा कि मैं चौंक गया था। मुझे इसकी उम्मीद नहीं थी और हालाँकि यह उसकी तरफ से एक 'रिफ्लेक्स एक्शन' की तरह लग रहा था, लेकिन मैं इस बात से काफी असहज था।

यह एक बेहद शर्मनाक स्थिति थी। यहाँ मैं उसकी माँ के बारे में कल्पना कर रहा था, जबकि वह मेरे बहुत करीब रहना चाहती थी। मुझे उसे जाने के लिए आग्रह करना पड़ा और कहना पड़ा कि अन्नू उसका दोपहर के भोजन पर इंतजार कर रही है और वह सहमत हो गई।

जब वह चली गई तो मुझे एक घबराहट महसूस हो रही थी कि वह वापस आकर और सवाल न पूछने लगे! लेकिन शुक्र है, वह चली गई थी।

मैंने उसके जाने के बाद दरवाजा बंद कर दिया कि कहीं वह फिर से अपना दिमाग न बदल दे और कुछ समय के लिए लेटने लगा। मैं उस समय सिर्फ खुद के साथ समय बिताने की अतृप्त इच्छा कर रहा था, क्योंकि चीजें पिछले कुछ दिनों से नियंत्रण से बाहर थीं। मैंने गहरी साँस ली और दिन का विश्लेषण करने की कोशिश की। मैंने छत के पंखे पर नजरें गड़ा ली थीं। एक चालाक मुसकराहट ने मेरे चेहरे को चमका दिया, जैसे ही मैं बिस्तर पर लेट गया था। पिहू ने मुझे उस पर एक साफ बेडशीट और तकिया कवर डालने में मदद की थी।

'दो महिलाएँ और एक पुरुष किराएदार—एक साथ एक घर में!' मैंने सोचा। 'एक कामुक फिल्म के लिए एकदम सही विषय।' मैंने अपने विचारों पर मूर्खता से मुसकराते हुए कहा। पिहू की माँ मेरे दिमाग में घूम रही थी।

मैंने एक कुटिल मुसकराहट से कहा, 'मुझे लगता है कि मुझे तुम्हारी माँ वास्तव में बहुत ज्यादा पसंद आई, पिहू।'

□

तीन

जिस तरह से चीजें निकलकर आ रही थीं, उस तरीके के बारे में मैं बेहद उत्सुक महसूस कर रहा था। परिवार के अन्य सदस्य कहाँ थे? एक बँगले का एक हिस्सा कौन किराए पर देता है? हालाँकि मैं मानता हूँ कि बँगले की स्थिति बहुत उच्च कोटि की नहीं थी, लेकिन फिर भी, क्यों? क्या यह पैसे के लिए था? यदि हाँ तो उन लोगों को आसानी से कोई भी ऐसा व्यक्ति मिल सकता था, जो उस जगह और स्थान के लिए खुशी से पर्याप्त किराए का भुगतान कर सकता था। वह इतने कम किराए पर क्यों सहमत हुई? सिर्फ इसलिए कि मैं पिहू का पसंदीदा शिक्षक हूँ? यह बहुत जायज कारण नहीं लगता है और वह लड़की भी एक अलग ही दुविधा-सी है। मैं उसका पसंदीदा शिक्षक क्यों हूँ? मुझे नहीं लगता कि मैंने कभी उसे पढ़ाया है। वास्तव में, जिस तरह से दोनों माँ और बेटी मेरी तरफ घूरती हैं, वह बहुत ही अजीब है। क्या उन्हें कुछ संदेह था?

मेरा दिमाग प्रश्नों के साथ तालमेल कर रहा था, लेकिन मेरी वित्तीय अक्षमता ने एक महँगे फ्लैट का किराया देने के बारे में सोचकर सारी तिकड़में लड़ाना बंद कर दिया था।

मुझे स्कूल से जुड़े कुछ ही समय हुआ था और ऐसे ज्यादा लोग नहीं थे, जिन्हें मैं दोस्त कहकर बुला सकूँ। वहाँ पर कुछ लोगों ने मेरे परिचितों का काम किया था; लेकिन वे नहीं चाहते थे कि उनकी नौकरी पर कोई आँच आए, इसलिए उन्होंने अपनी नौकरियों को बचाने के लिए मुझे अनदेखा करना शुरू कर दिया।

हालाँकि, वहाँ बड़ी संख्या में लड़कियाँ थीं, जिनके साथ मेरा दोस्ताना व्यवहार था। उन सुंदरियों में से अधिकांश ने मेरे साथ कई शामें बिताने का आनंद लिया। लेकिन जितना अधिक मैंने उनको गले लगाया, उतना ही कभी-कभी मुझे आश्चर्य होता था कि दुनिया में मैं कितनी प्रेमिकाएँ बना रहा था! क्या यह मेरा पतला, खूबसूरत गोरा चेहरा था या फिर चॉकलेटी ब्राउन आँखें? या कि भरे हुए होंठ, जो किसी भी महिला को उत्तेजित

कर सकते थे या हास्य की भावना? या सिर्फ आकर्षक व्यक्तित्व, जो अपना जादू चलाने का काम करता था?

लेकिन अगर कुछ भी अलग है तो वह है सच्ची दोस्ती और मेरे लिए यह एक रहस्य बना रहता, अगर मेरा सहकर्मी आरव नहीं होता। वह एक लड़का था, जो मुझे एक मिनट में खुश कर सकता था और बस, वहाँ होने से मेरा हर पल बेहतर कर सकता था। वह मुझे थोड़ा मानवीय महसूस कराता था। मेरे पास दोस्त बनाने का एक अलग तरीका है। काफी स्वाभाविक रूप से चर्चा के सबसे गरम विषय के बारे में बात करता हूँ, लोगों में शायद कभी समान रुचिवाले भी टकर जाते हैं। कुछ लोग इस विषय का आनंद लेते हैं, कुछ इसे पसंद करने का नाटक करते हैं और कुछ मुझे सीधे बता देते हैं; लेकिन कोई भी इस पर उतनी चर्चा नहीं कर सकता, जितना मैं करता था। मेरी किस्मत थी, जो कि आरव मुझे मिला, क्योंकि हम दोनों एक ही विषय में उत्कृष्ट थे और हमारी आदतों ने भी पूरी तरह एक-दूसरे से दोस्ती कर ली थी।

हमारा वार्त्तालाप काफी रोमांचक होता था। मैंने अपनी चर्चाओं के बारे में कहानियाँ सुनाईं, जो काफी रोमांचक थीं। मैंने उसे वे कहानियाँ सुनाईं कि···मैंने महिलाओं को कैसे बहकाया, मैंने उन्हें कैसे छुआ और उन्हें उत्तेजित कर दिया। उनमें उस एक आवश्यकता की शुरुआत की, जिससे वे तब तक अज्ञात थीं। आरव उन कहानियों को सुनना और उनके बारे में कल्पना करना पसंद करता था। प्रारंभ में वह केवल इस बात में रुचि रखता था कि मैंने यह कैसे किया!

हमारा वार्त्तालाप काफी रोमांचक होता था। मैंने अपनी चर्चाओं के बारे में कहानियाँ सुनाईं, जो काफी रोमांचक थीं। मैंने उसे वे कहानियाँ सुनाईं कि···मैंने महिलाओं को कैसे बहकाया, मैंने उन्हें कैसे छुआ और उन्हें उत्तेजित कर दिया। उनमें उस एक आवश्यकता की शुरुआत की, जिससे वे तब तक अज्ञात थीं। आरव उन कहानियों को सुनना और उनके बारे में कल्पना करना पसंद करता था। प्रारंभ में वह केवल इस बात में रुचि रखता था कि मैंने यह कैसे किया! जैसे कि महिलाओं की सहमति कैसे मिली, उन्हें मेरे प्यार में पड़ने में कितना वक्त लगा और मैंने उन्हें किस हद तक तलाशने का कार्य किया और भी बाकी कार्यों के बारे में···आदि। जैसे-जैसे समय बीत रहा था और हम पक्के दोस्त बन गए थे, तब तक मुझे समझ आ गया था कि वह भी उन जरूरतों का गुलाम था। ईमानदारी से मैं सुनिश्चित तौर पर कह सकता हूँ कि हर किसी को इन सब चीजों की जरूरत है; लेकिन शायद हमारे भीतर के राक्षस हमारे दैविक रूप की तुलना में मजबूत थे।

जिसने मुझे याद दिलाया, मुझे अगले दिन स्कूल में रहना था और आरव अकेला

ही था, जो मुझे अब तक की कोई आंतरिक जानकारी दे सकता था। मेरे साथ एक अस्पृश्य व बीमार अपराधी की तरह व्यवहार किया जाएगा। मुझे विश्वास था कि मेरे खिलाफ आरोप अभी तक साबित नहीं हुए हैं। मैंने अपनी आँखें बंद कर लीं और अगले दिन चीजों को बेहतर बनाने की उम्मीद की।

आरव और मैं स्कूल के स्टाफ कैफेटेरिया में बैठे थे। यह छात्रों के कैंटीन के बगल में था, लेकिन फिर भी इस तरह से अलग हो गया कि छात्र हमें परेशान नहीं कर सकते, हालाँकि स्टाफ के सदस्य कैंटीन में बैठे छात्रों की निगरानी कर सकते हैं।

"वाह···तुम तो बहुत खुशकिस्मत हो! तुम दो महिलाओं के साथ एक घर में स्थानांतरित हो गए हो।" आरव ने अपनी कॉफी का एक घूँट भरते हुए एक जोरदार आवाज में कहा।

मैं गंभीर आचरण को बनाए रखने के लिए कड़ी मेहनत कर रहा था, क्योंकि इस तरह के गंभीर आरोपों के मुकाबले मेरे मूर्खतापूर्ण रवैए के रूप में मेरी खुशी को गलत समझा जा सकता था। हालाँकि मुझे यकीन था कि मेरी छाती गर्व से फूल गई थी। मैंने जो काम पूरा किया था, उस पर गर्व में सीना चौड़ा हो गया। आरव की आँखों से पता चला कि वह मेरी उपलब्धि की गहराई को समझ गया था। आखिरकार सच्चे दोस्त, जो जीवन में निष्ठुरता के एक ही स्तर का आनंद लेते हैं और चीजों की सबसे अधिक चीजों में कुछ बारों का पता लगा सकते हैं—दूसरे की काररवाई के पीछे के इरादे को समझते हैं।

"यार, मैं नहीं जानता! मैं भाग्यशाली हो भी सकता हूँ, भगवान् जानता है।" मैंने अपने दोस्त को देखा और एक अजीब अभिव्यक्ति के साथ फिर कहा, "लेकिन मैं उत्साहित से ज्यादा चिंतित हूँ।"
"तुम क्यों चिंतित हो?" आरव ने आकस्मिक रूप से पूछा। उसके मुँह में समोसे का एक बड़ा टुकड़ा भरा हुआ था, जिसे उसने तभी खाया था।

"यार, मैं नहीं जानता! मैं भाग्यशाली हो भी सकता हूँ, भगवान् जानता है।" मैंने अपने दोस्त को देखा और एक अजीब अभिव्यक्ति के साथ फिर कहा, "लेकिन मैं उत्साहित से ज्यादा चिंतित हूँ।"

"तुम क्यों चिंतित हो?" आरव ने आकस्मिक रूप से पूछा। उसके मुँह में समोसे का एक बड़ा टुकड़ा भरा हुआ था, जिसे उसने तभी खाया था।

"यह सब बहुत अजीब है, क्या तुम्हें नहीं लगता? अचानक एक छात्रा मेरी मदद करती है, सभी को राजी कर लेती है और केवल कुछ हजार रुपयों के लिए? मैं पुणे के सबसे पॉश इलाके में से एक में अर्द्ध-सुसज्जित घर के नीचे के पूरे हिस्से में रह रहा हूँ।"

"इसके बारे में अजीब बात क्या है?"

मैंने उसे देखा। वह इस बिंदु को कैसे अनदेखा कर सकता है!

"सबकुछ, यार! क्या तुम देख नहीं सकते?" मैंने मेज पर चाय का कप रखा और अपने सिर को भ्रम में हिलाकर बैठ गया। "मुझे यकीन है कि कुछ तो गड़बड़ है। कुछ छूट-सा रहा है। जिस तरह से वे दोनों मुझे देखती हैं, वह कभी-कभी डरावना होता है। माँ और बेटी मुझे ऐसे स्कैन करती हैं, जैसे मैं पृथ्वी पर आखिरी व्यक्ति हूँ! और जिस तरह से यह लड़की हर समय मुसकराती रहती है, मुझे लगता है कि वह कुछ तो चाहती है।"

"वह बच्ची-सी लड़की, जो दसवीं कक्षा से है?" आरव ने लगभग उसको अपमानित करते हुए कहा।
"तुम उसे कैसे जानते हो?"
"मैंने उसे आठवीं कक्षा में अंग्रेजी पढ़ाई है।" आरव ने कहा।
"ओह! वह पढ़ने में कैसी थी?"
"कमजोर और लापरवाह! वह स्कूल में भी नियमित नहीं थी, पढ़ाई की बात तो छोड़ ही दो।

आरव ने मेरी प्रतिक्रिया पर ध्यान दिया और मेरी चिंता को दूर कर दिया। वह खुशी में बोला, "शायद दोनों तुम्हें चाहती हैं।"

"नहीं यार, मैं समझता हूँ, जब एक औरत को भूख लगती है। उनके साथ ऐसा नहीं है, उन दोनों के मुझे देखने के तरीके में कुछ अजीब बात है। मैं समझ सकता हूँ..." मैंने विचारपूर्वक कहा, "...पिहू एक अपरिपक्व किशोरी है, इसलिए शायद वह सोचती है कि मैं उसका पसंदीदा शिक्षक हूँ और उसने मुझे मन में बैठा लिया है या जो भी कारण हो। लेकिन उसकी माँ ऐसा क्यों व्यवहार करेगी?"

"अपरिपक्व किशोरी कौन है? तुमने उसका क्या नाम बताया था?" उसने अपनी कॉफी और समोसा बीच में छोड़ते हुए कहा।

"पिहू!" मैंने कहा।

"वह बच्ची-सी लड़की, जो दसवीं कक्षा से है?" आरव ने लगभग उसको अपमानित करते हुए कहा।

"तुम उसे कैसे जानते हो?"

"मैंने उसे आठवीं कक्षा में अंग्रेजी पढ़ाई है।" आरव ने कहा।

"ओह! वह पढ़ने में कैसी थी?"

"कमजोर और लापरवाह! वह स्कूल में **भी नियमित** नहीं थी, पढ़ाई की बात तो छोड़ ही दो।"

"ओह! कोई कारण है उसके अनियमित रहने का?"

उसने थोड़ी देर सोचा और कहा, "मुझे पूरी तरह नहीं पता है। मुझे लगता है कि

शायद वह बीमार है। उसकी कक्षा के शिक्षक बेहतर जानते होंगे। अगर तुम और जानना चाहते हो तो उनसे पूछो।"

"यह बहुत ही ज्यादा अजीब है।"

इन सब तथ्यों ने मुझे और भी उलझन में डाल दिया था।

"अन्नू में इतना आत्मविश्वास व कुशलता है और ऐसा लगता है कि उसकी बेटी के साथ उसकी बहुत अच्छी समझ है। वह अपनी बेटी की पढ़ाई के साथ इतनी लापरवाह कैसे हो सकती है? कोई उपस्थिति नहीं, बोर्ड में असफल होना, पढ़ाई पर ध्यान नहीं देना और इससे भी ज्यादा लापरवाही यह है कि अजनबी को उनके घर में रहने के लिए आमंत्रित कर लिया''मेरा दिमाग बहुत सारे सवालों से जूझ रहा था।"

"श्रीमान गणित के शिक्षकजी! अपने तर्क लगाने बंद कीजिए, जो आपको प्रभावित नहीं करते हैं। हर समस्या का समाधान होना जरूरी नहीं है।"

उसने मेज पर चाय का खाली प्याला रख दिया और अपने हाथों को झाड़ लिया।

"हाँ''तुम सही कह रहे हो।" मैंने गंभीरता से कहा और अपनी चाय भी समाप्त कर दी।

"तुम्हारे लिए एक बुरी खबर मिली है।" उसने हिचकिचाहट से कहा और मेरी आँखों में झाँका। "शनिवार को स्कूल की अनुशासनात्मक समिति ने तुम्हें बुलाया है। उन्होंने मुझे तुम्हें यह बताने के लिए कहा था। मुझे लगता है कि उन्होंने औपचारिक पत्र जारी किया है; लेकिन उनके पास कोई पता नहीं था, जहाँ वे भेज सकें।" यह कहकर उसने मुझे सम्मन सौंप दिया।

"घटिया लोग! पहले ही उन्होंने मुझे स्कूल परिसर से बाहर फेंक दिया है। अब यह''अनुशासनात्मक समिति!" मैं गुस्से में भिन्नाया।

"क्या किसी ने मेरी शिकायत की है?" मैंने आरव को देखकर पूछा, "मैं यह समझने की कोशिश कर रहा था कि इस तरह किसने मेरी पीठ में खंजर घोंपा होगा!"

"यकीन से तो नहीं कह सकता, पर शायद''अनन्या के माता-पिता ने ऐसा किया है।"

□

चार

ऐसे तीन प्रकार के छात्र होते हैं, जिनसे एक शिक्षक रू-ब-रू होता है। पहला पढ़ाकू, दूसरा—रचनात्मक, जो अध्ययन में अच्छे नहीं हैं और तीसरा, जो न तो अध्ययन कर रहे हैं और न ही कुछ रचनात्मक करते हैं, लेकिन अभिमानी बहुत होते हैं। अनन्या तीसरी श्रेणी में आती थी।

वह एक अमीर समृद्ध परिवार से थी और अपने साथी समूह में उसका काफी प्रभुत्व था। मैंने उसे स्कूल में कई सांस्कृतिक कार्यक्रमों में भाग लेते देखा था और उसके लिए अत्यधिक तैयारी करते हुए भी पाया, लेकिन उसका पढ़ाई में बहुत अधिक ध्यान नहीं था।

मैंने उस पर केवल तब ध्यान दिया, जब आरव ने मुझे बताया कि वह अचानक लंबी हो गई है और उसके आकार में भी काफी इंच की वृद्धि हुई है, जिस कारण उसकी स्कर्ट काफी ऊँची हो गई है।

मुझे वह दिन स्पष्ट रूप से याद है, जैसे कि यह कल की ही बात हो। मैं कक्षा में टैंजेंट एवं पैराबोला पढ़ा रहा था और अनन्या सामने की सीट पर बैठी थी। मैं अपनी आँखों के कोने से देख रहा था कि उसके चेहरे पर एक चंचल मुसकान थी। मैं नहीं चाहता था कि पूरी कक्षा के सामने मैं उसे बार-बार देखूँ, इसलिए मैंने छात्रों को एक प्रश्न सुलझाने के लिए दिया और गलियारे में घूमना शुरू कर दिया, ताकि उस विषय के आधार पर उनकी समझ का आकलन किया जा सके।

अभ्यास पुस्तिका के माध्यम से नजर डालने के दौरान मेरी नजरें अचानक उसके ऊपर के पैरों के खुल हुए हिस्से पर अटक गईं। मैं वहीं पर रुक गया। मैं धीमा चलकर उसकी लंबी झलक ले रहा था, जब अचानक वह लंबे पैरों की स्वामिनी मेरी ओर मुड़ गई। हमारी नजरें टकराईं। मुझे नहीं पता था कि उसके दिमाग के अंदर क्या चल रहा था या अगर उसने मुझे खुद को देखते देखा, लेकिन उसने मुसकराहट दी। यह एक मासूम छात्रा की सम्मानित मुसकान नहीं थी, बल्कि यह एक ऐसी मुसकान थी, जो कहती थी

कि वह जानती थी कि मैं क्या कर रहा था! अनन्या ने अपनी स्कर्ट नीचे खींचने की जरा भी कोशिश नहीं की, यहाँ तक कि एक इंच भी नहीं। मुझे ही खुद को सँभालना पड़ा; यह मेरे कार्यस्थल में नहीं होना चाहिए था।

मैंने पैराबोला से फोकस खो दिया और मेरे टैंजेंट को कुछ सिग्नल मिला, हालाँकि स्थिति को बचाने के लिए मेरी कड़ी मेहनत करने के बावजूद मैं विफल रहा।

मैंने किसी तरह तुरंत ही अपनी क्लास खत्म की और जल्दी से स्टाफ कर्मचारियों के कमरे की तरफ चल दिया था।

उस रात मुझे फोन पर एक संदेश मिला, जिसने मुझे दुविधा में डाल दिया था।

"हाय सर, मैं अनन्या।"

स्कूल की नीति के अनुसार, प्रत्येक शिक्षक को अपने छात्रों व छात्राओं को कुछ अंतिम मिनट के प्रश्नों के मामले में पूछताछ करने के लिए, विशेष रूप से परीक्षाओं के दौरान, छात्र/छात्रा के साथ अपना नंबर साझा करना पड़ता था। मेरे बहुत से छात्रों के पास मेरा फोन नंबर भी था और जो व्हाट्सएप पर कई बार सवाल पूछे जाने पर मुझे पिंग करने के लिए इस्तेमाल किया जाता था। उन्हें प्रबंधित करना मुश्किल नहीं था, क्योंकि मैं अपनी सुविधानुसार जवाब दे सकता था और यह कोई परेशानी की बात नहीं थी।

स्कूल की नीति के अनुसार, प्रत्येक शिक्षक को अपने छात्रों व छात्राओं को कुछ अंतिम मिनट के प्रश्नों के मामले में पूछताछ करने के लिए, विशेष रूप से परीक्षाओं के दौरान, छात्र/छात्रा के साथ अपना नंबर साझा करना पड़ता था। मेरे बहुत से छात्रों के पास मेरा फोन नंबर भी था और जो व्हाट्सएप पर कई बार सवाल पूछे जाने पर मुझे पिंग करने के लिए इस्तेमाल किया जाता था। उन्हें प्रबंधित करना मुश्किल नहीं था, क्योंकि मैं अपनी सुविधानुसार जवाब दे सकता था और यह कोई परेशानी की बात नहीं थी।

लेकिन यह संदेश ऐसा बिल्कुल नहीं था, जो मैंने पाठ में समझाया था। मेरे अंदर के जानवर को शुरुआती झटका लगा था। मैं ऐसे क्रिया-कलापों का एक समर्थक था। मेरे पास अतीत में हुए ऐसे कई अनुभव थे और मैं यह अनुमान लगा सकता था कि किस संदर्भ में क्या संदेश आना था।

"हाय अनन्या, तुम कैसी हो?" मैंने तुरंत जवाब दिया।

"मैं बहुत बढ़िया हूँ, सर!"

हम बातचीत करने लग गए, परीक्षाओं और अन्य ऐसी चीजों की तैयारी के बारे में बात करते हुए। मैंने अपने फोन को एक सेकंड के लिए भी नहीं छोड़ा और तुरंत

प्रत्येक संदेश का जवाब दिया। कई गणितीय और सांसारिक रेखाओं में घूमने के बाद उसने अंतत: लिखा—

"सर, मुझे घातीय वक्र को समझने में आपकी मदद चाहिए।"

"वाकई? ठीक है, मैं किसी भी समय मदद के लिए तैयार हूँ। यह मेरे लिए बड़ी खुशी की बात होगी।" मैंने बिना किसी भी इमोजी के साथ जवाब दिया; लेकिन संदेश जोरदार और स्पष्ट था।

> *उस दिन से व्हाट्सएप पर चैट करना हमारी रोजमर्रा की रीति बन गई। वह मुझे कुछ गणित की समस्या के साथ पिंग करती, लेकिन बातचीत को हमेशा कुछ और दिलचस्प बनाने के लिए प्रेरित करती। प्रत्येक गुजरनेवाले दिन के साथ उसके पैरों का ऊपरी हिस्सा ज्यादा दिखना शुरू हो गया। यह एक प्यासी शार्क को रक्त की पेशकश करने के समान था।*

मैं जानता था कि यह सीमा से बाहर था। लेकिन मेरे दिमाग और शरीर ने स्कूल की किताबों, छात्र और शिक्षक की सीमाओं से परे कुछ समझ लिया था। और मैं आपको बता दूँ, मैं इसे आंतरिक दानव के अवसर में बदलने की तलाश नहीं कर रहा था। अधिकांशत: मैं बस, एक अच्छा समय व्यतीत करना चाहता था, जिससे मेरी उग्र कल्पना को कुछ ईंधन मिल रहा था। वह सत्रह वर्ष की थी। यह वह उम्र थी, जहाँ वह वर्जित राहों पर चलना चाहती थी या शायद वह पहले से ही इस वर्जित फल का स्वाद चख चुकी थी और कुछ और विविधता चाहती थी। वैसे भी, मुझे पता था कि मुझे कहाँ रुकना था! मेरे अपने फायदे के लिए मैं उसकी नजदीकी से अधिकतर अच्छे पल बनाना चाहता था।

उस रात हमने व्हाट्सएप पर सबसे लंबे समय तक बात की। अगर ईमानदारी से कहूँ तो गणित और उसके प्रश्नों के बारे में बस, कुछ ही चर्चाएँ हुईं; लेकिन ज्यादातर वक्र से संबंधित थीं। वह बेहद चतुर थी और मैंने यह सुनिश्चित किया था कि मैंने ऐसा कुछ भी नहीं लिखा, जो मेरे खिलाफ जा सकता था। यह एक गणना की गई चाल थी।

उस दिन से व्हाट्सएप पर चैट करना हमारी रोजमर्रा की रीति बन गई। वह मुझे कुछ गणित की समस्या के साथ पिंग करती, लेकिन बातचीत को हमेशा कुछ और दिलचस्प बनाने के लिए प्रेरित करती। प्रत्येक गुजरनेवाले दिन के साथ उसके पैरों का ऊपरी हिस्सा ज्यादा दिखना शुरू हो गया। यह एक प्यासी शार्क को रक्त की पेशकश करने के समान था।

मेरी पिपासा व इच्छाओं में जो मुख्य लालसा का कारण था, वह यह कि यह शार्क एक साल से प्यासा था। मुझे पता था कि मैं उससे बहुत ज्यादा नहीं जुड़ सकता था;

लेकिन हर गुजरती रात के साथ मेरी छोटी सी कल्पना जंगली होती जा रही थी, जब भी मैं उससे बात करता था। हालाँकि मैंने दुनिया के सभी प्रयास किए कि अपने शब्दों में ऐसा कुछ संकेत न दूँ।

एक दिन उसने मेरे घर आने के लिए मेरी अनुमति माँगी। मैंने कहा, "नहीं।" एक स्पष्ट 'नहीं,' क्योंकि हमें स्कूल की तरफ से दिए गए निर्देशों के अनुसार घर में पढ़ाने की इजाजत नहीं दी गई थी और लड़कियों को तो बिल्कुल ही नहीं।

"सर, आप मुझे गणित का शिक्षण दे सकते हैं? मैं वास्तव में कोई भी सवाल हल करने में सक्षम नहीं हूँ।" उसका संदेश व आग्रह मासूम-सा लग रहा था।

कभी-कभी घर में छात्रों से मिलने के लिए गणित शिक्षक होने का एक लाभ है, किंतु छात्राओं को छोड़ दें।

"नहीं, इसकी अनुमति नहीं है।" मैंने वापस टाइप किया।

उसने जवाब नहीं दिया, लेकिन बदले में कुछ प्यार भरी मुसकानों को भेजा। इसने मुझे महसूस कराया कि जैसे मैं इस ब्रह्मांड में छोड़ा गया एकमात्र गणित शिक्षक था।

"लेकिन तुम कल कक्षा के बाद अपनी क्वैरी के साथ आ सकती हो अथवा एक या दो बार घर पर भी आ सकती हो, अगर बहुत ही ज्यादा जरूरी हो तो।"

> अनन्या अपनी माँ के साथ दरवाजे पर खड़ी थी। उसने तंग जींस और एक उज्ज्वल गुलाबी पोलो गरदन वाली टी-शर्ट पहन रखी थी। वह स्कूल में दिखनेवाली छात्रा से बिल्कुल अलग दिख रही थी और मुझे आश्चर्य हुआ कि वह इतनी अलग क्यों लग रही थी, इसलिए मुझे बेहद मधुर एहसास हुआ।

उसने इस बात पर कई फ्लाइंग किस इमोजिस भेजे। चैट समाप्त हो गई, लेकिन मेरी कल्पना नहीं।

जब मैंने फोन को एक तरफ रखा तो शरीर के एक विशेष हिस्से ने अपनी उपस्थिति को थोड़ा सा कठोर महसूस कराया। यह एक आरामदायक अनुस्मारक नहीं था और मुझे यकीन नहीं था कि चीजें कैसे ठीक से निकल पाएँगी।

मैं उस दिन को कभी नहीं भूल सकता, जब अनन्या ने मेरे घर में प्रवेश किया था। स्कूल का एक उसूल तोड़ने की शुरुआत थी, वह भी अर्ध-वार्षिक परीक्षाओं से ठीक पहले।

इतने में ही मेरे दरवाजे पर एक दस्तक हुई। हमारी पिछली रात की बातों के आधार पर मुझे पता था कि दूसरी तरफ कौन था। मैंने एक विनम्र मुसकान के साथ दरवाजा खोला।

अनन्या अपनी माँ के साथ दरवाजे पर खड़ी थी। उसने तंग जींस और एक उज्ज्वल गुलाबी पोलो गरदन वाली टी-शर्ट पहन रखी थी। वह स्कूल में दिखनेवाली छात्रा से बिल्कुल अलग दिख रही थी और मुझे आश्चर्य हुआ कि वह इतनी अलग क्यों लग रही थी, इसलिए मुझे बेहद मधुर एहसास हुआ।

उसके अतिरिक्त उभरे वक्र गद्देदार वायर्ड ब्रा से सुसज्जित थे। मैं अनन्या के इस अवतार को देखकर हतप्रभ रह गया। वह एक शालीन पढ़ाकू लड़की की तरह दिख रही थी, जो उसके पीछे अपने गणित के सवालों को सुलझाने के लिए आई थी और उसकी अवधारणाएँ एवं उसकी शांत-सी मासूम उपस्थिति के कारण भी मैं उसके सामने खड़ा था।

"हाय सर, मेरी माँ से मिलें।" अनन्या ने अपनी माँ से परिचय कराया। अनन्या की माँ चालीस वर्ष के लगभग लग रही थीं। उन्होंने हरे व पीले रंग की सलवार-कमीज पहनी थी, जिसने उन्हें सिर से पाँव तक ढक रखा था। वह अनन्या से थोड़े छोटे कद की थीं।

"हैलो मैम, आप कैसी हैं?"

"बिल्कुल ठीक हूँ, सर। थैंक यू।" उसने विनम्रता से कहा और मैंने उन्हें अंदर आने के लिए इशारा किया।

मुझे आश्चर्य हुआ कि क्या उसकी माँ तब भी मुझे 'सर' कहेंगी, अगर उन्हें पता चले कि उनकी बेटी और मेरे बीच क्या चल रहा है? पर शायद मेरा पेशा ऐसा है।

अनन्या की माँ ने अंदर आते हुए कहा, "थैंक यू, सर। अनन्या आपकी प्रशंसक है। वह आपके बारे में बात करती है और जिस तरह से आप पढ़ाते हैं, उस बात की प्रशंसा करती है।"

मैंने उदारता से मुसकराते हुए कहा, "सादर आभार।" मैं उन्हें बैठक क्षेत्र में ले गया, जिसमें लकड़ी की चार कुरसियों ने एक छोटी लकड़ी की मेज को घेरा था। घर साफ-सुथरा था। लिविंग रूम एक अविवाहित व्यक्ति का था। वहाँ कूलर और वॉटर फिल्टर ने जगह को आरामदायक और गरमी में जीवन आसान बना दिया था। दीवार के एक भाग में खाना पकाने के क्षेत्र के रूप में इस्तेमाल किया जानेवाला एक छोटा सा शेल्फ था, जिसमें उसके आस-पास नक्काशीदार कुछ भंडारण स्थान था। मेरे पास गैस कनेक्शन था और खाना पकाने के लिए कुछ उपलब्ध बरतनों के साथ उसे काफी अच्छी तरह से प्रबंधित किया गया था। बाईं ओर एक दरवाजा था, जो एक संलग्न शौचालय के साथ छोटे, लेकिन आरामदायक बेडरूम का नेतृत्व करता था। जगह छोटी थी, लेकिन प्रस्तुत करने योग्य और मेरे लिए बेहद सुविधाजनक थी। चूँकि मुझे अकेले रहना पड़ता था, इसलिए मुझे वह ज्यादा बुरा नहीं लगा।

"क्या आप कुछ पानी पिएँगी?" मैंने आग्रह किया।

दोनों ने विनम्रतापूर्वक अस्वीकार कर दिया।

मैंने अनन्या की माँ को इस तरह से समझाया कि उन्हें यह महसूस करना पड़े कि उनकी उपस्थिति मेरे लिए एक विशेष विशेषाधिकार थी। मैंने उनके आराम की विशेष देखभाल की। आखिरकार, मैं नहीं चाहता था कि वह मुझे गलत तरीके से परखें, यद्यपि मैं उनकी बेटी के साथ सही नहीं था।

"क्या आप कुछ पानी पिएँगी?" मैंने आग्रह किया। दोनों ने विनम्रतापूर्वक अस्वीकार कर दिया। मैंने अनन्या की माँ को इस तरह से समझाया कि उन्हें यह महसूस करना पड़े कि उनकी उपस्थिति मेरे लिए एक विशेष विशेषाधिकार थी। मैंने उनके आराम की विशेष देखभाल की। आखिरकार, मैं नहीं चाहता था कि वह मुझे गलत तरीके से परखें, यद्यपि मैं उनकी बेटी के साथ सही नहीं था।

"सर, अनन्या एक बहुत ही मेहनती लड़की है।" अनन्या की माँ ने अनुरोध किया, "लेकिन उसे गणित में समस्या हो रही है। इस बार उसने गणित में अपने अंकों के बारे में बताया। मैंने उसे अपनी किताबों से बहुत पढ़ते देखा है, लेकिन किसी भी तरह से अंक बढ़ नहीं पा रहे हैं। हम गणित विशेषज्ञ नहीं हैं और यह नहीं समझते कि हम इसकी मदद कैसे कर सकते हैं?"

उन्होंने अपने हाथों को देखा और संकोच से कहा, "यदि आप इसे नियमित ट्यूशन प्रदान कर सकते हैं तो उससे इसे बहुत मदद मिलेगी।" उन्होंने धाराप्रवाह अंग्रेजी में बात की थी और स्कूल के प्रबंधन नियमों के अनुसार, माता-पिता को पता था कि इसे अनुमति नहीं दी गई थी।

जब उन्होंने बात की तो मुझे लगा कि वह कर्नाटक से थीं। मैं कन्नड़ उच्चारण को उनकी अंग्रेजी में स्पष्ट रूप से सुन सकता था। उन्होंने जो सोना पहना हुआ था, उसके छल्ले और उनके कपड़े—सबने यह स्पष्ट कर दिया कि वह एक बेहद संपन्न परिवार से आई थीं।

"मैम, मुझे अनन्या को पढ़ाने में बेहद प्रसन्नता होगी। यह एक शानदार छात्रा है और थोड़ा मार्गदर्शन के साथ बहुत बेहतर कर सकती है।"

मैंने एक संत की तरह घोषित किया, जो पृथ्वी पर जीवों के कल्याण के लिए खुद को भूखा रखता था, "लेकिन स्कूल के नियमों की अनुमति नहीं है। मुझे आशा है कि आप समझ गई होंगी।" मैंने एक बार अनन्या को भी नहीं देखा।

मेरे पास नियम थे। मैंने जानबूझकर उन्हें उसका ध्यान दिलाया, ताकि वह व्यवस्था को समझ सकें।

"सर, अनन्या ने मुझे बताया कि उसे ज्यामिति को समझने में कुछ समस्या है। आप जानते हैं, अर्ध-वार्षिक परीक्षा अगले सप्ताह के लिए निर्धारित की गई है। यदि आप इसके साथ कुछ समय बिता सकें तो यह बहुत मददगार होगा।"

अनन्या की माँ ने अनन्या की जींस-पहनी जाँघों को चिंता में छुआ।

> "सर, अनन्या ने मुझे बताया कि उसे ज्यामिति को समझने में कुछ समस्या है। आप जानते हैं, अर्ध-वार्षिक परीक्षा अगले सप्ताह के लिए निर्धारित की गई है। यदि आप इसके साथ कुछ समय बिता सकें तो यह बहुत मददगार होगा।"
> अनन्या की माँ ने अनन्या की जींस-पहनी जाँघों को चिंता में छुआ।
> "ठीक है, चूँकि आप पहले से ही यहाँ हैं, मुझे लगता है कि मैं आज कुछ घंटे दे सकता हूँ।" और मैंने खुद को उसकी माँ की आँखों में नायक की तरह दिखाने की कोशिश की।

"ठीक है, चूँकि आप पहले से ही यहाँ हैं, मुझे लगता है कि मैं आज कुछ घंटे दे सकता हूँ।" और मैंने खुद को उसकी माँ की आँखों में नायक की तरह दिखाने की कोशिश की।

"धन्यवाद, सर। सहमत होने के लिए बहुत-बहुत धन्यवाद।" अनन्या की माँ ने आभार प्रकट किया और मैं अपनी आँखों के कोने से कान तक मुसकान लिये अनन्या को देख सकता था। मैंने अपने हाथ से आभार व्यक्त किया और मुसकराया।

"अभी मुझे कहीं जाना है, इसलिए मैं आप दोनों को छोड़ रही हूँ। जाते वक्त लेने आ जाऊँगी। इसे लेने के लिए मैं दो घंटे में वापस आऊँगी।"

उन्होंने एक बार कहा था, लेकिन मैंने इसे तीन बार सुना—'दो घंटे।' मैं पहले से ही अनन्या की जाँघों को फिर से देखना शुरू कर चुका था।

"माँ, क्या यह सचमुच बहुत अच्छा नहीं है कि सर मेरी मदद करने के लिए सहमत हो गए? मैं इस अवसर का अधिक-से-अधिक लाभ उठाना चाहती हूँ। जब हम पाठ पूरा कर लेंगे तो मैं आपको एक कॉल कर दूँगी।"

अनन्या ने अपनी माँ को मासूमियत भरी कृतज्ञता से देखा। उसके शब्दों ने मेरी इच्छा में ईंधन डालने का कार्य किया। यह लड़की कुछ और थी। अगर यह अपनी माँ के सामने इस तरह बात कर सकती है तो मुझे यकीन नहीं था कि दो घंटे में क्या होने वाला था!

अनन्या की माँ ने हामी भर दी और उसे छोड़ दिया। जब वह अलविदा कहने के लिए अनन्या की ओर लौटकर आई तो अनन्या पहले से ही अपने बैग को खोल रही थी और मोटी किताबें निकाल रही थी। उसकी माँ ने अपनी छोटी बेटी को मेरी सुरक्षा में छोड़ दिया।

मैंने कमरे में आकर चुपचाप दरवाजा बंद कर दिया। मौन एक ऐसी प्रत्याशा से भरा था, जिसमें कठिन गणितीय अवधारणाओं को सीखने के बारे में कुछ लेना-देना नहीं था।

अनन्या की माँ ने हामी भर दी और उसे छोड़ दिया। जब वह अलविदा कहने के लिए अनन्या की ओर लौटकर आई तो अनन्या पहले से ही अपने बैग को खोल रही थी और मोटी किताबें निकाल रही थी। उसकी माँ ने अपनी छोटी बेटी को मेरी सुरक्षा में छोड़ दिया।

मैं अपनी साँस को नियंत्रित कर रहा था और आवाज को सँभाल रहा था। मैंने कहा, "मैं देखता हूँ कि तुम किस समस्या का सामना कर रही हो।"

अनन्या ने गहरी लंबी साँस ली और कहा, "जी, जरूर।"

❑

पाँच

यद्यपि साँसों की आवाज एक दूसरे ही स्तर तक पहुँच गई थी, कमरे में गरमी सभी मापों को पार कर रही थी। हमारी पहली निजी बैठक में कुछ नहीं हुआ। हाँ, आगे आनेवाली बैठकों के लिए और भी बहुत कुछ था।

मैं अपने आप में संयंत्रित था, क्योंकि मुझे पता था कि वह मेरी छात्रा थी और यह सब जानने के लिए अभी इतनी बड़ी नहीं थी कि इन सबसे क्या हो सकता है! मेरे पास इस बैठक से उभरनेवाले उत्तेजक विचारों के लिए पर्याप्त संग्रह था और उसके दोहरे अर्थों के प्रश्नों के लिए जवाब भी थे, जिसे मैंने बेदखल कर दिया था। मुझे यकीन था कि वह इससे ज्यादा नहीं चाहती है और हम चैट पर अपना यह छोटा सा खेल जारी रख सकते थे।

लेकिन पहली बैठक में स्पष्ट विफलता ने अनन्या को हतोत्साहित नहीं किया। उसकी माँ दूसरे सत्र में पूरे समय बैठी रहीं। अपनी बेटी का उन्होंने लगभग एक घंटे तक इंतजार किया था, लेकिन उस सत्र के बाद वे नहीं आईं। शायद अनन्या को अपनी माँ से गणित के सवालों को सुलझाने में असुविधा हुई। आनेवाले सत्रों में उसके संदेह के सवालों की आवृत्ति में वृद्धि हुई, जिस वजह से हमारी दोस्ती बढ़ रही थी।

अब वह अकेली आती थी। मैंने उसके लिए कुछ प्रोटोकॉल बनाए थे, अगर वह सचमुच आना जारी रखना चाहती थी तो उसे 'T' का पालन करना बिल्कुल जरूरी था। जब वह आती थी तो उसे हेलमेट पहनना पड़ता था, ताकि कोई भी उसे पहचान न सके। वह देर शाम को नहीं आ सकती थी। अगर उसे कोई मिल जाता था और उससे पूछता कि वह स्टॉफ कॉलोनी में क्या कर रही थी, तो वह कहती थी कि वह मेरी किताबें वापस करने आई थी। यह सब प्रबंधन के लिए काफी आसान लग रहा था।

मुझे स्पष्ट रूप से याद है कि वह जनवरी के एक शनिवार का दिन था। मैंने बस, दोपहर का भोजन पूरा कर लिया था, जिसे मैंने खुद पकाया था। पुणे सर्दियों में बहुत ठंडा

नहीं होता, बल्कि दिन में काफी गरम होता है। मैंने कूलर बंद कर दिया, जिसे मैंने खाना पकाने के दौरान चल रखा था।

घर बहुत शांत था। मैं घड़ी की टिक-टिक भी सुन सकता था। एक आराम से दोपहर के भोजन ने मुझे एक मधुर मनोदशा में डाल दिया और मैं अनुग्रह महसूस कर रहा था। मैंने फ्रिज से एक छोटा चॉकलेट निकालकर खोला और उसे बेडरूम में ले गया। मैं लेट गया और छाती तक खुद को ढक लिया। चॉकलेट जैसे ही मेरे मुँह में पिघली, उसकी मुलायमता ने मुझे उन दूधिया, सफेद टाँगों की याद दिला दी और मुझे उत्तेजित कर दिया। मैं अपने मस्तिष्क में दिख रहे दृश्यों का आनंद ले रहा था और उस अलसाई दोपहर के साथ खुद को संतुष्ट करने के लिए तैयार था। जब मैंने अपने दरवाजे पर दस्तक सुनी तो मेरा दिमाग और बाकी शरीर भी एकजुट होकर मेरे आनंद के लिए काम कर रहा था। और वह एक स्टॉप बटन की तरह था, जिसने सबकुछ तुरंत रोक दिया था। अत्यधिक कठिनाई के साथ मैं अपने दरवाजे तक गया।

"हाय अनन्या, कैसी हो तुम?" मैंने आगंतुक को देखने पर कहा।

उसने गहरे पीले रंग की वी गले की टी-शर्ट के साथ एक छोटी लैवेंडर रंग की स्कर्ट पहन रखी थी। मैं उसके पैरों को देख सकता था और जिस स्थिति में था, उसके लिए यह एक बहुत ही आरामदायक संयोजन नहीं था। नजदीकी निरीक्षण पर मुझे एहसास हुआ कि उसके कप के आकार फिर से बढ़ गए हैं। मैं अपनी आँखों के सामने उस दृश्य को देखकर काफी खुश था, लेकिन उसके वहाँ आने के बारे में नहीं। अर्ध-वार्षिक परीक्षा खत्म हो गई थी और इस तरह के कपड़े पहने हुए किसी छात्रा की उपस्थिति से लोग अनभिज्ञ नहीं रहेंगे।

"क्या मैं अंदर आ सकती हूँ?" अनन्या ने नेत्र विस्फारित करते हुए पूछा।

मैं उसे निहारने में इतनी गड़बड़ी कर रहा था कि भूल गया कि हम अभी भी दरवाजे पर थे।

"हाँ, जरूर।" मैं जल्दी से पलट गया उसके लिए रास्ता बनाते हुए। मैंने घर का

"क्या मैं अंदर आ सकती हूँ?" अनन्या ने नेत्र विस्फारित करते हुए पूछा। मैं उसे निहारने में इतनी गड़बड़ी कर रहा था कि भूल गया कि हम अभी भी दरवाजे पर थे। "हाँ, जरूर।" मैं जल्दी से पलट गया उसके लिए रास्ता बनाते हुए। मैंने घर का दरवाजा खुला छोड़ दिया, ताकि जो भी लोग वहाँ से गुजरें, उन्हें किसी भी तरह का गलत संदेश न जाए।

दरवाजा खुला छोड़ दिया, ताकि जो भी लोग वहाँ से गुजरें, उन्हें किसी भी तरह का गलत संदेश न जाए।

वह एक कुरसी पर आरामदायक अवस्था में बैठ गई और मैंने उससे थोड़ा समय माँगा, ताकि मैं स्नानघर में जाकर अपने चेहरे पर कुछ पानी छिड़क सकूँ। मैंने छोटी दीवार पर टँगे दर्पण में खुद को देखकर आनेवाले कार्य के लिए खुद को तैयार किया था। जब तक मैं बैठक में वापस आया, तब तक अनन्या पसीने में नहा चुकी थी। वह एक समाचार-पत्र से खुद को हवा कर रही थी और घर का दरवाजा उसने बंद कर दिया था।

"आज बहुत गरमी है, सर। मैं मुश्किल से यहाँ साँस ले पा रही हूँ।"

> *"तुम्हारी परीक्षाएँ समाप्त हो चुकी हैं। तुम्हें ब्रेक लेना चाहिए। वैसे, आज तुम किस विषय का अध्ययन करना चाहती हो?"*
> *"बीजगणित।" उसने पुस्तक को अपनी गोद में रखा और पृष्ठों को पलटने लगी।*
> *मेरी आँखें उसकी चिकनी खुली ऊपरी टाँगों को निहारने लगीं। वे किसी लोशन के प्रभाव में चमकते हुए अपना जादू चला रही थीं।*

जब उसने यह कहा तो मुझे बेहद शर्मिंदगी महसूस हुई और मैंने उससे दूसरे कमरे में आने की पेशकश की, क्योंकि पंखा वहाँ अधिक प्रभावी था और कूलर भी सीधे हवा फेंकता था।

उसने कुरसी छोड़ दी और कमरे में कदम रखा, क्योंकि मैंने कूलर चालू कर दिया था। उसके चेहरे पर बिल्कुल भी घबराहट नहीं थी। स्वाभाविक रूप से वह कमरे में चली गई और मेरे बिस्तर पर बैठ गई।

"तुम्हारी गणित की परीक्षा कैसी रही?" मैंने दरवाजे पर खड़े होकर ही पूछा।

उसने अजीब सा चेहरा बनाया और बोली, "मैंने अच्छा नहीं किया। अभ्यास के लिए आपने जो प्रश्न दिए थे, उनमें से कोई भी परीक्षा में नहीं पूछा गया था।"

"मैंने तुम्हारा प्रश्न-पत्र नहीं बनाया था।" मैंने खीझते हुए जवाब दिया।

"ओह⋯!" बहुत बोलनेवाली बहिर्मुखी अनन्या शांत हो गई।

"बहुत निराश मत हो। हो सकता है कि मैं अंतिम परीक्षा का प्रश्न-पत्र निर्धारित करूँ।"

उसके चेहरे पर मुसकराहट लौट आई।

"तुम्हारी परीक्षाएँ समाप्त हो चुकी हैं। तुम्हें ब्रेक लेना चाहिए। वैसे, आज तुम किस विषय का अध्ययन करना चाहती हो?"

"बीजगणित।" उसने पुस्तक को अपनी गोद में रखा और पृष्ठों को पलटने लगी।

मेरी आँखें उसकी चिकनी खुली ऊपरी टाँगों को निहारने लगीं। वे किसी लोशन के

प्रभाव में चमकते हुए अपना जादू चला रही थीं।

मैंने उस पृष्ठ को देखा, जो उसने खोला था और एक प्रश्न की तरफ इशारा किया था।

"इस सवाल में एक्स का मूल्य क्या है?"

मैंने किताब पर एक उँगली की ओर इशारा किया और गलती से उसके पैर को मेरी उँगली ने छू लिया।

मेरे शरीर में एक सनसनी-सी दौड़ गई। उसका ठंडा शरीर और अतिरिक्त मुलायम व चमकदार त्वचा मेरी सीमाओं का परीक्षण कर रही थी और मुझे खुद को उसमें खोने के लिए आमंत्रित कर रही थी। उसने अपनी आँखें बंद कर लीं और एक गहरी साँस ली। जब उसने अपनी आँखें दोबारा खोलीं तो कहा—

"मुझे यहाँ बहुत गरमी महसूस हो रही है। क्या मैं अपना टॉप उतार सकती हूँ? क्या यह ठीक रहेगा, सर?"

अनन्या ने मुझे उम्मीद भरी आँखों से देखा और इससे पहले कि मैं कुछ कह सकूँ, उसने उसे ऊपर खींचकर उतार लिया था। उसकी ब्रा स्ट्रैप्स उसके स्पेगेटी स्ट्रैप्स के पीछे से झाँक रही थीं। उसके कप कुछ और मिलीमीटर बड़े हो गए थे, जैसे वह चाहती थी कि वह स्ट्रैप्स को भी उतारकर फेंक दे।

अनन्या मेरे करीब आ गई। उसने किसी प्यासे की तरह अपनी आँखों से मुझे देखा। मैं जैसे खड़ा-खड़ा ही जम गया था।

"सर, मैं सिद्धांतों से तंग आ गई हूँ। क्या आप व्यावहारिक उदाहरणों के साथ समस्याओं की व्याख्या कर सकते हैं?"

"गणित में कोई व्यावहारिक उदाहरण नहीं है।" मैंने कहा तो उसने मुझे भूखे कुत्ते की तरह देखा।

उसने पूछा, "हम एक पैराबोला के अंदर एक टेनजेंट कैसे डालते हैं?" उसकी साँसें तेज हो रही थीं।

मैं एक इंच भी नहीं चला था। यह इस तरह से नहीं होना था। किसी चीज ने मुझे अपने पाजामे में ही रोक दिया और मेरे अंदर के उग्र राक्षस को मार डाला। मुझे एहसास हुआ कि वह प्यार एवं वासना के बीच के अंतर को समझने और इतनी मासूम उम्र में अपनी कामुकता के साथ प्रयोग करने के लिए बहुत अपरिपक्व थी।

मैंने अपने चेहरे को उससे दूर कर दिया और कठोरता से कहा, "अनन्या, तुम्हें अब यहाँ किसी भी सवाल का हल जानने के लिए आने की आवश्यकता तथा अनुमति नहीं है।"

□

छह

डी.ए.वी. स्कूल अपने सख्त नियमों व विनियमों के लिए बेहद प्रतिष्ठित था। उस स्कूल में छात्रों, माता-पिता और शिक्षकों के बीच पारदर्शिता बनाए रखने पर जोर दिया जाता था। वहाँ हर महीने के अंतिम शुक्रवार को पैरेंट्स-टीचर मीटिंग्स का अनिवार्य रूप से आयोजन किया जाता था।

इस बार इन मीटिंग्स में मेरे लिए कुछ बुरा होने की संभावना थी। क्या होगा, अगर पिहू की माँ को मेरे स्कूल के आवास को छोड़ने का सच पता लग गया तो..."मैं बहुत ज्यादा परेशान था।

एक, मैं पहले से ही रडार के नीचे था और मुझे अनुशासनात्मक समिति के समक्ष उपस्थित होना था तथा दो, मैं इस हवेली को छोड़ना नहीं चाहता था, जिसे अचानक एक दुआ के रूप में मुझे दिया गया था, वह भी लगभग मुफ्त में।

मैं जीवन की वास्तविकताओं से अवगत था। मुझे पता था कि अन्नू किसी को भी, किसी भी दिन उस किराए से कई गुना ज्यादा किराए पर उस हवेली को दे सकती थी, जिसमें रहने के लिए मैं सहमत हुआ था। और यही कारण है कि मैंने अपने किसी भी बैग को अभी तक पूरी तरह से खोला नहीं था। मैंने खुद को मजबूत बना लिया था और जो कुछ भी होता है, उसे अपनाने के लिए अपने आपको तैयार कर लिया था।

पिछले दिनों जो मेरे साथ घटित हुआ, पर मैं बहुत पछतावा कर रहा था। मैं चीजों से बाहर निकलने के तरीके खोजने की कोशिशें कर रहा था, हर सेकंड से खेद व्यक्त करते हुए। जिस तरह से मैंने अपनी इच्छाओं का नेतृत्व किया था और कैसे वह मेरे अपने पतन का कारण हो गया था, लेकिन फिर भी, अफसोस, इन सबने मुझे बहुत ज्यादा नहीं बदला और यह बेहद मूर्खतापूर्ण बात थी और इस बात पर खेद महसूस करने से भी ज्यादा मैं अपनी लापरवाही के लिए खुद को धिक्कार रहा था।

दरवाजे पर दस्तक सुनाई देने और मैं अपनी इच्छाओं से बाहर निकल गया।

मैं डर रहा था कि यह अन्नू हो सकती थी। मैंने घर व्यवस्थित करना शुरू कर दिया। एक अविवाहित के फर्श पर कई चीजें बिखरी होती हैं, जिन्हें छिपाने की आवश्यकता होती है; जैसे—गंदे अंडरवियर, छोटे छेदवाले बदबूदार मोजे और भगवान् जाने क्या-क्या! मेरे मामले में मुझे दोनों को छिपाने की जरूरत थी। मैं नहीं चाहता था कि मेरी मकान मालकिन मुझे इस जगह को देने के अपने फैसले पर पछतावा करना शुरू कर दे।

दरवाजा खोलने पर मैंने अपनी परेशानी को छिपाने की कोशिश की।

"हाय पिहू! क्या हाल है?"

इससे पहले कि मैं उसे प्रवेश करने के लिए कहूँ, वह अंदर थी। यह शिष्टाचार उसकी उम्र के बच्चे से अप्रत्याशित था। मैं अकसर सोचता था कि अन्नू का बच्चा इतना अलग कैसे हो सकता था, जबकि वह खुद बेहद शालीन और शिष्टाचारी थी। मुझे यह बहुत खराब लगा। अत्याचार की इंतहाँ! ठीक है, घर उसका ही था, लेकिन इस तरह मेरे कमरे में प्रवेश करना विसंगतिपूर्ण था।

"क्या मैं अंदर आ सकती हूँ, सर?" उसने अंदर आते हुए पूछा।
मैं अभी भी दरवाजे पर खड़ा था।
"तुम पहले से ही घर के अंदर हो, पिहू।"
"ओह, धन्यवाद, सर।" उसने मुसकराकर मुझे अपने अधिकांश दाँत दिखाते हुए जवाब दिया।

"क्या मैं अंदर आ सकती हूँ, सर?" उसने अंदर आते हुए पूछा।

मैं अभी भी दरवाजे पर खड़ा था।

"तुम पहले से ही घर के अंदर हो, पिहू।"

"ओह, धन्यवाद, सर।" उसने मुसकराकर मुझे अपने अधिकांश दाँत दिखाते हुए जवाब दिया।

उसके बाद मुझे उसकी अपरिपक्वता की एक और झलक मिली। वह चमकदार पीली सूती नेकर पहने हुए सीधे कुरसी पर जा बैठी। उसका बाँस जैसा पतला, अनाकर्षक पैर मेरा ध्यान आकर्षित करने में असफल रहा। मैंने चुपचाप भगवान् को धन्यवाद दिया कि उसने इसे इतना औसत रूप दिया है।

लेकिन इसके बावजूद वह मेरे घर में बैठी है, इस बात की मुझे चिंता हो रही थी। मैंने दरवाजा चौड़ा खुला छोड़ दिया था और उससे एक सुरक्षित दूरी रखी थी। मुझे पहले से ही यौन दुर्व्यवहार करनेवाले शिक्षक का खिताब मिला हुआ था।

"पिहू, मुझे लगता है कि तुम्हें अपनी माँ की अनुपस्थिति में यहाँ नहीं आना चाहिए।" मैंने गंभीरतापूर्वक कहा।

"पर क्यों ?" उसने मुझसे सवाल किया, जैसे कि मैंने उसका जन्मसिद्ध अधिकार छीन लिया था।

ऐसा कुछ नहीं था, जिसे सत्रह वर्षीय लड़की को समझाया जाना चाहिए, मैंने सोचा। मुझे कभी-कभी लगा कि लड़कियों को यह ज्ञान सहजता से मिलता है। और इसलिए आज के माता-पिता इस तरह की शिक्षा के साथ काफी तत्पर हैं—अच्छा स्पर्श, बुरा स्पर्श, समस्या से बाहर रहना, अजनबियों से मुलाकात नहीं करना, किराएदारों के पास नहीं जाना, अगर घर पर कोई न हो तो! लेकिन उसे कैसे समझाया जा सकता है ? उसे कोई तर्कसंगत बात समझने का मन नहीं था, ऐसा लग रहा था।

वह मुझे लगभग घूरकर पूछताछ कर रही थी। तब मैंने जोर से, स्पष्ट रूप से इंगित करते हुए कहा, "यहाँ आने से तुम्हारी माँ नाराज हो सकती हैं।"

"क्यों ?" उसने वास्तव में अचंभित स्वर में पूछा। "हम जो कर रहे हैं, क्या वह गलत है ?"

सच कहूँ तो कुछ भी गलत नहीं था; लेकिन आप समझ सकते हैं कि जहाँ से मैं आ रहा था!

ऐसा लग रहा था जैसे वह अपने ही खजाने को खोजने में लगी हुई थी। अपनी कई किताबों को मैंने ताक पर एक सीधी लाइन में करीने से रख रखा था। वह उन्हें देख रही थी।

> "सर, क्या आपने इन सब पुस्तकों को पढ़ लिया है?" उसने उन्हें आश्चर्यचकित होकर देखा और पूछा।
> "मैं एक शिक्षक हूँ।" मैंने कहा।
> "मुझे पता है।" उसके चेहरे पर एक बेजान मुसकराहट थी।
> एक गंभीर चेहरा हमेशा दिमाग की उधेड़-बुनों को छुपाता है। मजबूर शांतता के साथ वह मेरी किताबों के माध्यम से रू-ब-रू हो रही थी, जिस कारण मैं संदेह में था। वह कमरे में कुछ खोज रही थी।

"सर, क्या आपने इन सब पुस्तकों को पढ़ लिया है ?" उसने उन्हें आश्चर्यचकित होकर देखा और पूछा।

"मैं एक शिक्षक हूँ।" मैंने कहा।

"मुझे पता है।" उसके चेहरे पर एक बेजान मुसकराहट थी।

एक गंभीर चेहरा हमेशा दिमाग की उधेड़-बुनों को छुपाता है। मजबूर शांतता के साथ वह मेरी किताबों के माध्यम से रू-ब-रू हो रही थी, जिस कारण मैं संदेह में था। वह कमरे में कुछ खोज रही थी।

"क्या तुम कुछ ढूँढ़ रही हो ?" मैंने उससे पूछा।

आखिर में उसने चारों ओर देखा, इस उम्मीद से कि वह जिस चीज की तलाश में थी, वह दिख जाए।

"मुझे आपके परिवार की फोटो नहीं दिख रही है।"

किसी ने इतने लंबे समय बाद मुझसे परिवार के बारे में बात की थी। एक पल के लिए मुझे आश्चर्य हुआ कि क्या मेरा परिवार था? असल में, मेरे जीवन के बारे में अपने पूरे विवरण में मैंने कभी अपने परिवार के बारे में कुछ भी नहीं बताया है। मैंने अपने दिमाग में विचारों को घुमाया और धीरे से पिहू से पूछा, "क्यों? क्या हर किसी के लिए अपने घर में पारिवारिक तसवीर रखना अनिवार्य है?"

"हाँ, मेरे सभी दोस्तों के घर पर हैं।" उसने बड़ी निर्दोषता से जवाब दिया था।

मुझे फिर से एहसास हुआ कि उसके साथ तर्क करना व्यर्थ था। वह जिद्दी थी और बात करते समय अपने कान बंद कर लेती थी, यह लग रहा था। वह थोड़ा आगे बढ़ गई।

"तुम यहाँ मुझसे मेरे परिवार की तसवीर के बारे में पूछने आई हो?" अब मैं बेचैन हो रहा था और चाहता था कि वह वहाँ से चली जाए।

"नहीं!" उसने मुसकराकर जवाब दिया और कुरसी पर बैठ गई।

मैं भी अनिच्छा से सामनेवाली कुरसी पर बैठ गया।

अचानक उत्तेजना से वह सीधी बैठ गई और पूछने लगी, "आप परियों या देवताओं में विश्वास रखते हैं?"

मैं समझ नहीं पा रहा था कि उससे कैसे निपटना है!

"क्या तुम यह पूछने आई हो?" मैंने थोड़ा गुस्से में पूछा।

"नहीं, मैं आपको कुछ दिखाना चाहती थी," उसने कान से कान तक वाली मुसकराहट से कहा और फिर अपनी जेब से एक फोन बाहर निकालकर मुझे दिखाया, "मुझे एक नया फोन मिला है। मैं चाहती हूँ कि आप इसे देखें।"

मैंने फोन उठाया और इसे चारों ओर से देखा। एक आईफोन! मैंने अभिनय किया कि मैं इस बात से प्रभावित हूँ और दिलचस्पी लेता हूँ। लेकिन अपने दिमाग में मैं सोच

मैंने फोन उठाया और इसे चारों ओर से देखा। एक आईफोन! मैंने अभिनय किया कि मैं इस बात से प्रभावित हूँ और दिलचस्पी लेता हूँ। लेकिन अपने दिमाग में मैं सोच रहा था, 'क्या दसवीं कक्षा की लड़की को एक महँगे फोन की आवश्यकता होती है?' यह जानकर कि उस सवाल से मुझे एक लंबा, असंबंधित उत्तर मिलेगा, मैंने कुछ और पूछा— "इस फोन की विशेषता क्या है?"

रहा था, 'क्या दसवीं कक्षा की लड़की को एक महँगे फोन की आवश्यकता होती है?' यह जानकर कि उस सवाल से मुझे एक लंबा, असंबंधित उत्तर मिलेगा, मैंने कुछ और पूछा—

"इस फोन की विशेषता क्या है?"

"सर, इसमें एक नया 6-कोर जी.पी.यू. है, जो अन्य फोन की तुलना में 50 प्रतिशत तेज है। हेडफोन जैक ने एप्पल को अपने नए आईफोन को पतला बनाने और बैटरी की उम्र को बढ़ाने में मदद की है। आप जानते हैं, स्टीरियो स्पीकर भी है। इसमें सभी नवीनतम ऐप्स, सुंदर इंटरफेस हैं और यह वजन में बहुत हलका है।" वह ऐसे बोल रही थी, जैसे रटकर आई हो।

यह विश्वास करना मुश्किल था कि वह उन सभी के बारे में जागरूक थी। जिस तरह से उसने आमतौर पर बात की, उसके बारे में मुझ पर एक बहुत ही आश्चर्यजनक प्रभाव पड़ा। यह पहली बार था, जब मैंने सोचा कि उसमें कुछ दिमाग भी है।

मैंने अपनी भौहें उठाकर उसे जताया कि मैं प्रभावित हुआ था।

"वाह, निश्चित रूप से यह एक बहुत ही अच्छा फोन है। कोई अन्य विशेष सुविधा भी है इसमें?" मैंने ठंडे स्वर में पूछा।

जिस लड़की ने कुछ सेकंड पहले बुद्धिमानी दिखाई थी, उसने इतनी बचकानी बात कही कि मुझे लगा था कि मेरा जीवन भर में जो विश्लेषण था, वह विफल रहा, जब उसने कहा, "हाँ, आप फोन कॉल भी कर सकते हैं।"

                                                      ❑

सात

मेरे काम के साथ क्या होगा?

मैं दुआ कर रहा था कि स्कूल मुझे एक निष्कासन-पत्र जारी न कर दे!

कहीं वे मुझे एक नकारात्मक चरित्र प्रमाण-पत्र तो नहीं दे देंगे?

क्या मुझे अपनी तरफ से कोई स्पष्टीकरण या कुछ तर्क प्रदान करने की इजाजत दी जाएगी? क्योंकि इस बार मैंने वास्तव में ऐसा कुछ नहीं किया, जैसा उन्होंने सोचा था कि मैंने किया होगा!

मैं सोने के लिए कड़ी मेहनत कर रहा था, लेकिन इन विचारों ने मुझे परेशान और जाग्रत् रखा। मैं बिस्तर पर करवटें बदलता रहा।

जब से आरव ने मुझे बताया था कि मुझे अगले शनिवार को स्कूल की अनुशासनात्मक समिति द्वारा बुलाया गया था। मैं घबरा गया था। मुझे आश्चर्य हुआ कि क्यों अनन्या ने मेरे बारे में शिकायत की? जबकि मैंने तो कुछ भी नहीं किया था! बेहद हास्यास्पद था यह! मुझे हमेशा पता था कि वह किसी और की तुलना में अधिक अहंकारी है; लेकिन मैंने अपने सबसे बुरे सपने में भी यह कल्पना नहीं की थी कि वह इतनी नीच हरकत कर सकती है!

हमारे स्कूल की अनुशासनात्मक समिति में निराशाजनक व्यक्तियों का एक समूह शामिल था, जो दूसरों की खुशी को आसानी से स्वीकार नहीं कर सकता था। वे अपनी खुशी और खोखली छवि को बनाए रखने के लिए मेरे नाम पर जिंदगी भर के लिए एक कालिख लगा देंगे।

आजकल अधिकांश कॉरपोरेट दिग्गजों की तरह सभी स्थापित स्कूल अपने कर्मचारियों की पृष्ठभूमि की जाँच को प्राथमिकता देते हैं। कोई भी लिखित अनुभव प्रमाण-पत्र पर मोटे काले अक्षरों द्वारा अंकित या लिखित निशान या यहाँ तक कि अनुशासनात्मक समिति से एक हलका सा मेरी त्रुटियों के बारे में सम्मन भी, परिणामस्वरूप, मेरे जीवन को बरबाद कर सकता है।

मैंने पहले से ही अन्य स्कूलों में नौकरी तलाशनी शुरू कर दी थी और नौकरी डॉट कॉम पर अपना सी.वी. अपडेट भी कर चुका था। मैं किसी भी आवेदन की रिक्तता को खोना नहीं चाहता था और इस सब के बाद मैं आश्वस्त था कि सभी अवांछित परेशानियों के लिए सिर्फ मैं खुद ही पूरी तरह उत्तरदायी हूँ।

पुणे में मैं एक वर्ष से रह रहा था। जैसा मैंने कहा, मेरे पास कोई बहुत खास या पक्के दोस्त नहीं थे। जब मैं स्टाफ क्वार्टर में था तो मैं आरव के घर पर जा सकता था। अब मैं एक शानदार पॉश कॉलोनी में था, जिसमें अपने पड़ोसी से बातचीत करने के लिए भी सोचना पड़ता था। सड़कों पर हमेशा एक मौन पसरा रहता था। कुछ गार्ड बस, लेन की लंबाई को घूमते हुए नापते थे और निश्चित अंतराल के बाद सीटी बजाकर संकेत दिया करते थे कि सब ठीक है, लेकिन इसके अलावा, ऐसा लगता था कि इस पॉश इलाके को एक मृत समाज में स्थानांतरित कर दिया गया है।

> *यहाँ पर रहना शुरू करने के बाद, जब मैं दोस्ताना बातचीत चाहता था तो मुझे आरव की बहुत याद आती थी। मेरे लिए दोस्ती का सबसे अच्छा हिस्सा उसके जैसे अच्छे दोस्त का होना था कि हम एक ही तरह के विचारों पर बातचीत कर सकते थे और किसी भी समय खुशी के शिखर तक पहुँच सकते थे। अब वह मेरे आस-पास नहीं था और मैं उसे अपने डर के साथ रात के सन्नाटे में परेशान नहीं करना चाहता था।*

यहाँ पर रहना शुरू करने के बाद, जब मैं दोस्ताना बातचीत चाहता था तो मुझे आरव की बहुत याद आती थी। मेरे लिए दोस्ती का सबसे अच्छा हिस्सा उसके जैसे अच्छे दोस्त का होना था कि हम एक ही तरह के विचारों पर बातचीत कर सकते थे और किसी भी समय खुशी के शिखर तक पहुँच सकते थे। अब वह मेरे आस-पास नहीं था और मैं उसे अपने डर के साथ रात के सन्नाटे में परेशान नहीं करना चाहता था।

मैंने अनन्या से बात करने की कोशिश की थी। मैं चाहता था कि वह शिकायत वापस ले। मैंने मनाने की भी कोशिश की; लेकिन मैं नहीं जा सका। शायद उसके माता-पिता ने उसका सेल फोन छीन लिया था। ईमानदारी से कहूँ तो मैंने अनन्या को कभी भी बहुत ज्यादा पसंद नहीं किया था। मेरे लिए वह मुझे बस, देखकर खुशी पाने की एक वस्तु मात्र थी। बस, इससे ज्यादा और कुछ नहीं। उसके साथ मैंने कुछ नहीं किया था और न ही कुछ ऐसा कभी करना चाहता था। मैंने स्पष्ट रूप से उसे बस, आँखों से निहारनेवाली कैंडी के रूप में वर्गीकृत किया था। कोई भी वादा तोड़ा नहीं गया था, इसलिए यह पूरा मामला मेरे लिए काफी झटका देनेवाला था।

रात के 11 बज रहे थे। मैं जाग रहा था और बेचैन व अकेला महसूस कर रहा था तथा कभी भी बेरोजगार होने के डर से निराशा में डूब गया।

अचानक मुझे ऐसा महसूस होने लगा कि मुझे बंद कर दिया गया था और मैं बेहद अकेला, एकांत में था। यह एकाकीपन मैं बरदाश्त नहीं कर पा रहा था। मैं झटके के साथ बैठ गया और नीली टी-शर्ट, जो दरवाजे के पीछे लटक रही थी, उसे उठाई और पहनकर बैठक क्षेत्र में आया। मैंने प्रवेश द्वार खुला छोड़ा और ठंडे मौसम को तुरंत अंदर खींच लिया। फिर थोड़ा टहलने की सोचते हुए मैं बाहर चला गया। तब मैंने पहली मंजिल पर देखा। घर अँधेरे में आराम कर रहा था। मुझे लगता है कि अन्नू और पिहू दोनों अब तक सोए होंगे।

मेरे स्मार्ट फोन पर सौम्य संगीत चल रहा था। मैं अपने सूखे हुए गले को स्वर्ण इलीक्सिर के साथ गीला कर रहा था और जीवन की विलासिता में प्रसन्न हो रहा था। हालाँकि शराब किसी को भी चीजों को बेहतर करने की इजाजत नहीं देती है; लेकिन शायद हमें कुछ ताजा हवा की आवश्यकता महसूस होने पर कुछ चीजों को खराब करने से कम शर्मिंदा होने के लिए आश्वस्त करती है।

सुखद मौसम मेरी इच्छाओं को जाग्रत् कर रहा था। और मैं यहाँ दो पागल महिलाओं के साथ क्यों फँसा था, यह समझ नहीं पा रहा था। मुझे ऐसा लग रहा था कि मुझे बाहर जाना चाहिए और जीना चाहिए। मेरे पास दवा थी, जो सभी समस्याओं का इलाज थी।

मैं अंदर गया और दरवाजा बंद कर लिया। मैं आश्वस्त था कि अब कुछ भी मुझे परेशान नहीं करेगा, मैंने अपना पुराना साथी बाहर निकालकर उसका ढक्कन खोला और मैकडॉवेल नंबर 1 की कुछ बूँदें डालीं। यह ब्रांड मेरा बेहद पसंदीदा था। आखिरकार, मैं एक शिक्षक हूँ। मैं संभवत: महँगा स्वाद नहीं ले सकता था। मेरे स्मार्ट फोन पर सौम्य संगीत चल रहा था। मैं अपने सूखे हुए गले को स्वर्ण इलीक्सिर के साथ गीला कर रहा था और जीवन की विलासिता में प्रसन्न हो रहा था। हालाँकि शराब किसी को भी चीजों को बेहतर करने की इजाजत नहीं देती है; लेकिन शायद हमें कुछ ताजा हवा की आवश्यकता महसूस होने पर कुछ चीजों को खराब करने से कम शर्मिंदा होने के लिए आश्वस्त करती है।

थोड़ी ज्यादा पी लेने के बाद मुझे बाहर जाकर स्वच्छ हवा लेने की तलब उठी। बगीचा टहलने के लिए बहुत छोटा था, इसलिए मैंने छत पर जाने का सोचा। अन्नू ने मुझे बताया था कि मैं इसे किसी भी समय इस्तेमाल कर सकता था। मैंने छत की तरफ कदम उठाए। बोतल अभी भी एक हाथ में ली हुई थी। शराब में तर गीले होंठों के साथ मैंने अकेली रातों के अपने साथी को चूमा। ताजा हवा, एक डिस्पोजेबल प्याला और मेरे

दिल को बेहद प्रिय एक बोतल! एक आदमी को और क्या चाहिए?

मैं पहली मंजिल पर था, जब मैंने कुछ आवाजें सुनीं। मैंने छोटी, आधी खुली खिड़की में झाँका तो अंदर मंद प्रकाश दिख रहा था।

"माँ, यह कहानी नई नहीं है।" पिहू ने मासूम-सी आवाज में कहा था। बातचीत सुनने के लिए मैं सीढ़ियों पर रुक गया।

बिस्तर खिड़की के करीब होना चाहिए, मैंने अनुमान लगाया, क्योंकि मैं माँ व बेटी को स्पष्ट रूप से सुन सकता था। मुझे नहीं पता कि कैसे, किंतु मैं जमीन पर बैठ गया, बिल्कुल दरवाजे से सटकर। मैं दो पागल नारियों के बीच के वार्त्तालाप पर ध्यान केंद्रित करना चाहता था। मैंने बोतल को अपनी छाती के करीब ले जाकर पकड़ लिया।

"बेटा, मैं हर रोज तुम्हें एक नई कहानी कैसे सुना सकती हूँ?" थकी हुई माँ ने धीरे-धीरे कहा।

"अगर आप केवल पुरानी कहानियाँ ही सुना सकती हैं तो मुझे परी की और राक्षस की कहानी सुनाओ।"

"पिहू, तुम हर दिन उस कहानी को सुनती हो।" अन्नू की आवाज में खीज व उत्तेजना थी।

'रोज-रोज!' मुझे ठंडी लग रही थी। हालाँकि मैं नशे में था, लेकिन कुछ सेकंड के लिए मैकडॉवेल ने अपना प्रभाव खो दिया था। क्या यह एक मूर्ख लड़की है, जो रोज, बार-बार वही कहानी सुनती है? और मुझे यकीन नहीं था कि मैं उसकी उम्र के किसी और को जानता था, जो कहानी सुनकर सोता होगा। मेरा अपने सिर पर बोतल मारने का मन कर रहा था।

मेरी तंद्रा वापस तब टूट गई, जब अन्नू ने दूसरी कहानी का वर्णन करना शुरू किया।

"एक समय की बात है, एक देवता स्वरूप आदमी था। वह सफेद रंग के कपड़े पहनता था, जो हवा में लहराते रहते थे; और उससे बहुत दूर एक राक्षस रहता था, जो एक काला सूट पहनता था।"

"माँ, राक्षस हमेशा काले कपड़े ही क्यों पहनता है? आज उसके कपड़ों का रंग बदलो।"

"एक समय की बात है, एक देवता स्वरूप आदमी था। वह सफेद रंग के कपड़े पहनता था, जो हवा में लहराते रहते थे; और उससे बहुत दूर एक राक्षस रहता था, जो एक काला सूट पहनता था।"
"माँ, राक्षस हमेशा काले कपड़े ही क्यों पहनता है? आज उसके कपड़ों का रंग बदलो।"
अन्नू ने उसके इस विचार को समझा और बोली, "ठीक है, आज हम उसे नीला बना देते हैं।"

अन्नू ने उसके इस विचार को समझा और बोली, "ठीक है, आज हम उसे नीला बना देते हैं।"

मेरी निगाहें स्वत: ही अपनी शर्ट की नीले रंग की बाँहों पर चली गईं। व्हिस्की का प्रभाव लगभग खत्म हो गया था। मैं चुपचाप वहाँ से निकल गया। मेरे अंदर जो राक्षस था, मैं उसे उन पर हावी होने देना नहीं चाहता था।

मैंने अपनी हथेली को अपने सिर पर मारा। सत्रह वर्षीय एक लड़की को बचपन की कहानी सुनने की इच्छा कैसे हो सकती है ? एक शिक्षक होने के नाते मैंने विभिन्न उम्र के सैकड़ों छात्रों से बातचीत की थी। यह लड़की निश्चित रूप से अजीब थी!

इससे पहले कि मैं पूरी तरह से अपना पारा खो देता, मैं छत के दूसरे छोर पर चला गया। उस क्षेत्र की आबोहवा काफी तरोताजा कर रही थी। मुला नदी स्वच्छ चाँदनी में चमकते हुए घर की सीमाओं के पीछे शांत रूप से बहती थी। शहरीकरण के साथ नदी ने अपनी मूल पहचान खो दी और एक नहर में बदल गई। हालाँकि वह प्रदूषित थी, किंतु कम-से-कम नदी के चारों ओर कोई अवैध निर्माण नहीं था और यह दोनों तरफ हरा-भरा था।

प्रकृति की सुंदरता, पानी की शांति और सस्ती व्हिस्की ने मुझे सपनों में पहुँचा दिया था। ठंडी हवा पत्तियों को हिला रही थी और इन सबने मिलकर मेरे अतीत से धूल उड़ा दी। जैसे ही यादों की बाढ़ शुरू हुई, मैं अपने परिवार के बारे में न सोचने की मदद नहीं कर सका।

प्रकृति की सुंदरता, पानी की शांति और सस्ती व्हिस्की ने मुझे सपनों में पहुँचा दिया था। ठंडी हवा पत्तियों को हिला रही थी और इन सबने मिलकर मेरे अतीत से धूल उड़ा दी। जैसे ही यादों की बाढ़ शुरू हुई, मैं अपने परिवार के बारे में न सोचने की मदद नहीं कर सका। जब मैं लड़का था तो मैं कितना बुरा था! मैंने अपने पूरे बचपन को यह सोचकर बिताया कि मैं बड़ा कब होऊँगा और अब मैं वयस्क था, तो मैं सोच रहा था कि मैं क्या बन गया था! मैं अकसर कामना करता हूँ कि काश, मैं फिर से एक बच्चा हो सकता, ताकि मैं एक बार फिर बड़ा होता और जो भी मैं बनना चाहता हूँ, वो बनता!

मेरे पिता की स्टेट बैंक ऑफ इंडिया में हस्तांतरणीय नौकरी थी। हम हर कुछ सालों में एक शहर से दूसरे शहर में जाते रहे थे और देश के लगभग हर हिस्से में रहे थे।

हम अल्मोड़ा में रह रहे थे, जब मेरे लिए चीजें बदलने लगी थीं। उस वक्त मैं लगभग आठ साल का था। लगातार स्थानांतरण की वजह से मैं कभी भी लंबे समय तक चलनेवाली दोस्ती नहीं कर सका और मैं दोस्त बनाने में बुरा था। मैं इलाके के बच्चों के साथ खेलता था और उनसे परिचय बढ़ाता था, लेकिन कभी उन्हें दोस्त नहीं बनाता

था। मैं दोस्तों से अलग होने की कल्पना नहीं कर सकता था। तो उनसे दूर होने के समय में मैं अपने बिस्तर पर बैठकर खिड़की से बाहर देखता था। मेरी कक्षाएँ दूसरी शिफ्ट में आयोजित की गई थीं, इसलिए सुबह 7:30 बजे से मैं मूर्खता से बैठकर सड़क की तरफ देखता था। उन दिनों में मुझे लड़कियों के लिए लालच या आग्रह नहीं था। जाहिर है, मैं यह समझने के लिए बहुत छोटा था। लेकिन स्कूल की लड़कियों को अपनी विविध लंबाई की स्कर्ट्स में गुजरते वक्त देखने से मुझे अजीब संतुष्टि मिलती थी। मैं हमेशा उनके पैरों की तरफ देखता था। वे सभी सुंदर, अलग थे। कुछ अतिरिक्त उजागर हुए थे, कुछ असाधारण रूप से दिखते थे और कुछ अतिरिक्त लंबे स्कर्ट से बहुत ज्यादा छुपाए गए थे। मुझे नहीं पता कि क्यों, लेकिन पैरों ने हमेशा मेरा ध्यान आकर्षित किया था।

> जाहिर है, मैं यह समझने के लिए बहुत छोटा था। लेकिन स्कूल की लड़कियों को अपनी विविध लंबाई की स्कर्ट्स में गुजरते वक्त देखने से मुझे अजीब संतुष्टि मिलती थी। मैं हमेशा उनके पैरों की तरफ देखता था। वे सभी सुंदर, अलग थे। कुछ अतिरिक्त उजागर हुए थे, कुछ असाधारण रूप से दिखते थे और कुछ अतिरिक्त लंबे स्कर्ट से बहुत ज्यादा छुपाए गए थे। मुझे नहीं पता कि क्यों, लेकिन पैरों ने हमेशा मेरा ध्यान आकर्षित किया था।

समय के साथ-साथ लड़कियों के पैरों को देखने की मेरी आदत बन गई। मैं घंटों तक वहाँ बैठता था। वास्तव में, यह सबसे यादगार यादों में से एक है, जब दसवीं कक्षा की एक लड़की ने मेरे गाल को छुआ और कहा, '... तुम सचमुच बहुत प्यारे हो।' उस रात मुझे सोने के लिए कुछ घंटे लग गए थे। स्पर्श गाल पर था, लेकिन उसने अनजाने में मुझमें कुछ और एहसास जगा दिए थे, जिसे समझने में मैं असफल रहा था। आखिरकार, मैं केवल दस साल का था।

मेरा बचपन शानदार नहीं था, लेकिन मेरे पास हमेशा जरूरत का सामान रहता था। मैं एक माँग करनेवाला बच्चा था और मेरे माता-पिता ने उन माँगों को पूरा करने के लिए अपनी पूरी कोशिश की थी। मैं अपनी माँ के मुकाबले अपने पिता के करीब था। असल में, मैं अकसर उस बैंक का दौरा करता था, जहाँ पर उन्होंने काम किया था। मुझे अपने पिता पर गर्व था, जो भी वह करते थे। मुझे केवल यह समझाया गया कि बहुत से लोगों ने पैसे के साथ सबकुछ खरीदा है और बैंक में मैंने उन्हें अपने पिता के सामने बैठे देखा। मैंने सोचा कि मेरे पिता उस पैसे के मालिक थे। मुझे लगता था कि वह इस धरती पर सबसे अमीर आदमी थे। यही कारण है कि मेरी महँगी माँगों को वे किसी-न-किसी कारण से टाल देते थे। वास्तविकता मेरे जीवन में काफी देर बाद आई।

हमारा चार सदस्यों का एक छोटा परिवार था। जबकि माँ और पिताजी ठीक थे, मेरे जीवन में एक खलनायक था, जो मुझसे कई साल पहले पैदा हुआ। मेरे सामने, वह किताबों में हर समय डूबा रहता था, जिसके कारण सब मुझे मेरे पूरे जीवन में सुनाते रहे थे—'अपने भाई को देखो, वह कितना अच्छा है!'

हर समय उसके अनुकूल बातें होती थीं और उसकी सराहना की जाती थी। पढ़ाई के लिए, उसके इतने नम्र होने के लिए, उसके ईमानदार होने के कारण और अधिकतर इसलिए, क्योंकि उसने कभी भी किसी चीज की माँग नहीं की। इन सभी कारणों से मैंने उससे नफरत करना शुरू कर दिया। मैं परेशान था, पढ़ाई या अध्ययन में कोई भी इतना अच्छा कैसे हो सकता है! अब जब मैं वापस देखता हूँ तो मुझे लगता है कि यह निरंतर तुलना दूसरों से तुलना करने में अधिक थी। और मेरा भाई, उसने हमेशा मेरी प्रशंसा की। मुझे उसे समझने में बहुत देर हो चुकी थी।

हमारा चार सदस्यों का एक छोटा परिवार था। जबकि माँ और पिताजी ठीक थे, मेरे जीवन में एक खलनायक था, जो मुझसे कई साल पहले पैदा हुआ। मेरे सामने, वह किताबों में हर समय डूबा रहता था, जिसके कारण सब मुझे मेरे पूरे जीवन में सुनाते रहे थे—'अपने भाई को देखो, वह कितना अच्छा है!'

मैं कॉन्वेंट स्कूल की प्रवेश परीक्षा को पास करने में असफल रहा, लेकिन मेरा भाई उसमें सफल रहा। मैंने हमेशा छोटी सी स्कर्ट पहने लड़कियों के साथ पढ़ने का सपना देखा था। और अब, मेरा भाई मेरा सपना जिएगा, हालाँकि उसे लड़कियों की स्कर्ट या जूट बैग में कोई दिलचस्पी नहीं थी।

यह जीवन की विडंबना है। जितना अधिक आप एक चीज को चाहते हैं, उतना अधिक बल पूरा ब्रह्मांड उसे आपसे दूर करने में लगा देता है। अंत में, मैंने अपने भाई के पास एक किलोमीटर दूर एक औसत स्कूल में प्रवेश लिया। मैं उसके साथ आता था और नंगे पैरों को अपने स्कूल जाने से पहले कुछ मिनटों के लिए देखता था।

जैसे-जैसे वक्त गुजरा, मेरे पढ़ाकू भाई ने D.C.E. की परीक्षा उत्तीर्ण की। दिल्ली कॉलेज ऑफ इंजीनियरिंग में उसे दाखिला मिल गया और हम सभी दिल्ली चले गए। मुझे फिर से अपना स्कूल बदलना पड़ा। और फिर वही पुराना गीत सुनना पड़ा, "अपने भाई को देखो! वह समय बीतने के दौरान हमेशा बुद्धिमान रहा है। बेहद मेहनती है और अब उसे इसका फल मिला है।"

जिस दिन मेरे भाई को आई.आई.टी. में असफलता मिली थी, मैंने भगवान् को बहुत धन्यवाद दिए थे, नहीं तो मेरे परिवार ने मेरा जीवन नरक बना दिया होता!

मैं अपने भाई के इंजीनियरिंग कॉलेज में जिज्ञासावश दो बार गया और उसने कभी आने के लिए कहा भी नहीं मुझे। वहाँ मैंने पाया, उसके बैच में कोई आकर्षक लड़कियाँ नहीं थीं। इसके अलावा, उसने मेकैनिकल इंजीनियरिंग ले ली थी। यह लोगों का एक समूह था, जो अपनी दुनिया में बेहद खुश था और अगर गलती से उन्हें एक खूबसूरत लड़की मिली तो पूरा कॉलेज उसके चारों ओर घूमना शुरु कर देगा। इन लड़कों की खेदजनक स्थिति को देखने के बाद मैंने पूरी तरह इंजीनियर बनने की अपनी इच्छा को समाप्त कर दिया।

मैं अपने भाई के इंजीनियरिंग कॉलेज में जिज्ञासावश दो बार गया और उसने कभी आने के लिए कहा भी नहीं मुझे। वहाँ मैंने पाया, उसके बैच में कोई आकर्षक लड़कियाँ नहीं थीं। इसके अलावा, उसने मेकैनिकल इंजीनियरिंग ले ली थी। यह लोगों का एक समूह था, जो अपनी दुनिया में बेहद खुश था और अगर गलती से उन्हें एक खूबसूरत लड़की मिली तो पूरा कॉलेज उसके चारों ओर घूमना शुरू कर देगा। इन लड़कों की खेदजनक स्थिति को देखने के बाद मैंने पूरी तरह इंजीनियर बनने की अपनी इच्छा को समाप्त कर दिया।

लेकिन मैं मध्यम वर्ग के परिवार से संबंधित था और ये चीजें पूरी तरह से हमारे निर्णय के अनुसार आधारित नहीं होती हैं। इसलिए मेरे पिता ने मुझे कई अन्य बेकार परीक्षाओं के बीच आई.आई.टी. जे.ई.ई. फॉर्म भरने के लिए मजबूर किया। लेकिन मेरी रैंक मेरी सीट सुरक्षित नहीं करवा सकी। स्वाभाविक रूप से झुकाव, कड़ी मेहनत या चमत्कार के बिना मुझे कोई रास्ता नहीं मिला। अंत में, मैंने जगन विश्व स्कूल में बी.एस-सी. करने के लिए प्रवेश लिया।

मेरा परिवार सांत्वना से परे उदास था। जगन विश्वस्कूल ने भी उन्हें उनके छोटे बेटे की तरह खुश करने में विफल कर दिया। उन्होंने शिकायत की, मुझे शृंखला तोड़ने के लिए दोषी ठहराया गया और मैंने इंजीनियरिंग करने के महान् भारतीय मार्ग का पालन नहीं किया। मेरी जिंदगी को इसका महत्त्व नहीं मिला!

मैं परेशान था और घर आने के लिए लगभग डर गया, लेकिन कम-से-कम मेरे पास अपनी शिक्षा का पीछा करने का अभियान था। संघर्षशील बचपन के बाद मुझे अंततः जगन विश्वस्कूल में मेरी आजादी और खुशी मिली।

□

आठ

अगली सुबह जब कोई दरवाजे पर दस्तक दे रहा था तो मैं अपने कमरे को साफ कर रहा था और चीजें अपने सही स्थानों पर रख रहा था। मैं स्वच्छता के लिए बहुत उत्साही नहीं था, लेकिन मुझे भी गंदा और बिखरा घर पसंद नहीं था, इसलिए धीरे-धीरे काम करने में कामयाब रहा। मैं उस शीट को तह करने के साथ काम खत्म करने का इंतजार कर रहा था; लेकिन कुछ सेकंड के बाद दरवाजा फिर से खटखटाया गया था और फिर, फिर से। प्रत्येक गुजरते पल के साथ दस्तक तेज हो रही थी। मुझे लगता है कि यह पिहू थी और मैं उसे देखने में देरी करना चाहता था, भले ही थोड़ा सा विलंब।

"सर! आप यहाँ हैं?" एक आवाज ने बुलाया। यह अन्नू थी। मैं घूम गया।

"बस, एक सेकंड, अन्नूजी।" कहकर मैं दरवाजे की ओर चल दिया था। मैंने दरवाजा खोला।

पिहू भी वास्तव में वहाँ थी, अपनी बत्तीसी दिखाती हुई। अन्नू ने एक आरामदायक हलके भूरे रंग की कुरती और गहरा पाजामा पहन रखा था। वह इस साधारण वेश-भूषा में अच्छी लग रही थी। मैं उसकी कुरती की कठोर किनारी देख सकता था। खैर, वह हमेशा स्मार्ट कपड़े पहनती थी।

पिहू को देखकर मुझे याद आया कि वह सुंदर महिला एक माँ थी। मैं इस बड़े बँगले और उसकी वैवाहिक स्थिति के पीछे की कहानी जानने को बेहद उत्सुक था। मैंने उसे अंदर आमंत्रित किया, लेकिन उसने मना कर दिया।

हम तीनों चुपचाप खड़े थे। आखिरकार अन्नू ने बात शुरू की—

"माफ कीजिएगा, लेकिन क्या हम आपको परेशान कर रहे हैं, सर?"

"नहीं-नहीं, ऐसा कुछ भी नहीं है, अन्नूजी।" मैंने ऐसे व्यवहार किया जैसे कि मानव जाति के सबसे बड़े रहस्य को हल करने के लिए मुझे ही पैदा किया गया था।

"यह एक ऐसा फॉर्म है, जिसे आपको भरने की जरूरत है।" अन्नू ने मेरे चेहरे के सामने कुछ कागजात रखे।

"यह फॉर्म किसलिए है ?"

"पुलिस वेरिफिकेशन के लिए···किराएदारों की मूल जानकारी हेतु।"

"ओह !" मैंने कहा। औपचारिकतावश वह यहाँ आई है। वह एक मकान मालिक के रूप में आई थी। मैंने उससे कागजात ले लिये और उसे आश्वासन दिया कि मैं इन्हें भर दूँगा और कुछ समय में वापस कर दूँगा।

"धन्यवाद, मैं आपसे और भी कुछ पूछना चाहती थी। यदि आपको कोई फर्क नहीं पड़ता है तो क्या आप मुझे बता सकते हैं कि आप कितने दिन यहाँ रहने की योजना बना रहे हैं ?"

मैंने अपनी प्रतिक्रिया पर सोचा और वह वहाँ पर खड़ी दिख रही थी। वह जवाब लिये बिना नहीं छोड़ेगी, मुझे यकीन था। उसने मुझे उसी अजीब तरीके से देखा, जैसा पिहू ने किया था और मैंने अपना वजन एक पैर से दूसरे पैर पर बदल दिया। 'क्या उनके पास जीवन में कुछ और करने के लिए नहीं है ?' उनकी संयुक्त नजरें मुझे काफी परेशान कर रही थीं।

मैं चिल्लाया, "शायद छह महीने···क्या कोई चिंता की बात है ?" यकीन नहीं था कि मैं छह महीने के लिए अपना काम बरकरार रखूँगा या नहीं। फिर भी, मैंने एक सीमित समय-रेखा देने की हिम्मत की।

"आप अपना खाना कैसे मैनेज कर रहे हैं, सर?"
"मैं स्वयं पकाता हूँ।" मैंने इस बार एक आत्मविश्वास भरी मुसकान के साथ कहा।
"आप महान् हैं!" अन्नू ने कहा।
माँ और बेटी महानता के कुछ खेल खेल रही थीं। धन्यवाद के अंत में मुझे इस अंतहीन महान् गाथा के लिए उन्हें विचलित करने की आवश्यकता थी।

"यह बहुत अच्छी बात है !" पिहू एक विजेता की भाँति चिल्लाई।

अच्छी ? वह ऐसे क्यों खुश होगी ? यह बिल्कुल मेरी समझ के बाहर था।

"आप अपना खाना कैसे मैनेज कर रहे हैं, सर ?"

"मैं स्वयं पकाता हूँ।" मैंने इस बार एक आत्मविश्वास भरी मुसकान के साथ कहा।

"आप महान् हैं !" अन्नू ने कहा।

माँ और बेटी महानता के कुछ खेल खेल रही थीं। धन्यवाद के अंत में मुझे इस अंतहीन महान् गाथा के लिए उन्हें विचलित करने की आवश्यकता थी।

"तो, आप कहाँ काम करती हैं, अन्नूजी ?"

"मैं पोलारिस अस्पताल, वाकाड में काम करती हूँ। मैं वहाँ नर्सिंग स्टाफ की प्रमुख हूँ।"

तो यह है उसकी फिटनेस का रहस्य और उसने मेरे आराम व भोजन की परवाह
क्यों की! शायद उसके पेशे के कारण यह गुण इसमें शामिल हो गया था।

"मेरा आपसे एक अनुरोध है, सर।" अन्नू ने थोड़ा हिचकिचाहट के साथ कहा
और मैंने गरदन हिलाई।

"आमतौर पर मैं हर सुबह पिहू को स्कूल छोड़ देती हूँ। उसने मुझे एक अच्छी व
जिम्मेदार माँ की दृष्टि से देखा है। क्या आपके लिए यह संभव हो पाएगा कि आज पिहू
आपके साथ स्कूल जाए?"

पिहू को देखकर ऐसा लग रहा था कि वह स्कूल जाने के लिए मर रही थी। वह
बेहद चमक रही थी, जो किसी भी क्षण खुशी से विस्फोट कर सकती थी। मैं उसके लिए
उसका जुनून देख सकता था। मैं बिल्कुल मना
कर देना चाहता था, क्योंकि अनन्या के कारण
मेरी स्थिति पहले से काफी खराब थी और
पिहू एक अनावश्यक परेशानी होने जा रही थी।
लेकिन जब मैं इस जगह के बारे में सोचता हूँ
तो समझ आता है कि इतने कम भुगतान किए
जानेवाले किराए में ऐसा घर मिलना नामुमकिन
था। इस पक्ष ने मुझमें जिम्मेदारी पैदा की थी।

इससे पहले कि मैं कुछ भी जोर से कह
सकूँ, अन्नू ने कहा, "कोई जबरदस्ती या
मजबूरी नहीं है, सर।"

"नहीं‌...कोई बात नहीं, अन्नूजी! कोई
समस्या नहीं।" मैंने तुरंत उसे बताया।

> *"मुझे घर के फॉर्म और
> विवरण भरने की जरूरत है,
> अन्नूजी! क्या मैं इस घर के
> मालिक का नाम जान सकता
> हूँ?" मैंने फॉर्म को देखते हुए
> पूछा।*
> *"यह संपत्ति मेरे नाम पर
> है‌..." वह सबकुछ यही था,
> जो उसने धीमी सी आवाज में
> कहा और अचानक दरवाजे की
> घंटी बजी। अन्नू ने गेट तक
> जाकर उसे खोल दिया।*

उन दोनों के चेहरों पर उज्ज्वल मुसकराहट थी। वह अस्पताल के लिए निकलने
की तैयारी कर रही थी, लेकिन मैंने थोड़ी देर के लिए उसे रोक दिया—

"मुझे घर के फॉर्म और विवरण भरने की जरूरत है, अन्नूजी! क्या मैं इस घर के
मालिक का नाम जान सकता हूँ?" मैंने फॉर्म को देखते हुए पूछा।

"यह संपत्ति मेरे नाम पर है‌..." वह सबकुछ यही था, जो उसने धीमी सी आवाज
में कहा और अचानक दरवाजे की घंटी बजी। अन्नू ने गेट तक जाकर उसे खोल दिया।

"हाय, डॉ. वेदांत! गुड मॉर्निंग!" जब उनकी आवाज मुख्य द्वार की घंटी के नीचे
डूब गई थी।

पिहू अभी भी मेरे साथ खड़ी थी। वह लड़की, जो अब तक किसी भी कारण से
मुसकरा रही थी, वह अचानक दुःखी हो गई थी। उसने मेरे संदेह में जोड़ा। इसने मुझे मेरे

डर से भी रू-ब-रू कराया था कि अन्नू के पास यह विशेष डॉ. वेदांत था।

"क्या बात है, पिहू, तुम कुछ परेशान लग रही हो? सब ठीक तो है?"

"डॉ. वेदांत!" उसने कहा, लेकिन मेरी ओर देखा तक भी नहीं। मैंने अनुमान लगाया कि वह शायद लगातार आनेवाला आगंतुक होना चाहिए, क्योंकि पिहू को अतिथि को बधाई देने के लिए भी नहीं जाना था। मुझे पता था कि वह अजीब थी और केवल मेरे लिए अजीब होने की यह विशेषता थी। मैंने पुष्टि की।

"तुम उसे क्यों पसंद नहीं करती हो?" मुझे नहीं पता कि मैं जानने के लिए क्यों उत्सुक था!
"क्योंकि वह एक डॉक्टर है और वह अकसर यहाँ आता है और..." वह झिझकने लगी।
"और?" मैं लगभग चिल्लाया।
"वह माँ को रात के खाने की और कॉफी की तारीखों के लिए पूछता है, वह भी अकेले, मेरे बिना।"

"तुम परेशान हो, पिहू! क्या कुछ गलत है?"

"क्योंकि मुझे वह बिल्कुल भी पसंद नहीं।"

अन्नू डॉ. वेदांत के साथ लौट आई।

"वेदांत! मिलिए इनसे, ये हैं नील सर, हमारे नए किराएदार।"

वेदांत और मैं एक-दूसरे से मिले। इसके बावजूद मैंने पिहू के मनोभावों को समझने की कोशिश की कि ऐसी क्या बात थी, जो उसे परेशान कर रही थी।

"पिहू, जाओ, जल्दी से तैयार हो जाओ। तुम नहीं चाहती होगी कि नील सर को तुम्हारे कारण देर हो जाए।" अन्नू ने वेदांत के साथ अस्पताल जाने से पहले अपनी बेटी को निर्देश दिया था।

पिहू और मैं अब अकेले रह गए थे।

"तुम उसे क्यों पसंद नहीं करती हो?" मुझे नहीं पता कि मैं जानने के लिए क्यों उत्सुक था!

"क्योंकि वह एक डॉक्टर है और वह अकसर यहाँ आता है और..." वह झिझकने लगी।

"और?" मैं लगभग चिल्लाया।

"वह माँ को रात के खाने की और कॉफी की तारीखों के लिए पूछता है, वह भी अकेले, मेरे बिना।"

मुझे लगता है कि पिहू को ऐसा लगता है कि उसे अकेला छोड़ दिया गया था, जो दस या बारह वर्षीय बच्ची के लिए सोचना आम बात है, लेकिन सत्रह वर्ष में...?

"तुम्हें शिकायत नहीं करनी चाहिए, पिहू। तुम्हारी माँ एक वयस्क महिला हैं। वह

जानती हैं कि वह क्या कर रही हैं, और यदि वह उसके साथ अकेली जा रही हैं तो इसका मतलब है, शायद वह उसे पसंद करती होंगी!"

"नहीं, वह उसे पसंद नहीं करतीं!" पिहू ने एक निश्चित आत्मविश्वास से कहा तो मुझे थोड़ा आश्चर्य हुआ।

"तो वह उसके साथ बाहर क्यों जाती हैं?"

"क्योंकि वह एक अच्छा डॉक्टर है।"

□

नौ

अंततः शनिवार का दिन आ ही गया, जिसका बहुत समय से इंतजार था।

मुझे अनुशासनात्मक समिति द्वारा बुलाया गया था। समिति की असहज बेंच मुझे मेरे पीछे से तंग कर रही थी और मेरा इंतजार करना और भी ज्यादा तनावपूर्ण बना रही थी। मैं लगभग एक घंटे से इंतजार कर रहा था और कुछ भी करने के लिए नहीं था, सिवाय प्रतीक्षा करने के। यह ऐसा था, जैसे मेरे लिए यह निर्णय लेने जैसा हो कि मैं स्वर्ग में रहूँगा या नरक में ? मैं खुद को ऐसा महसूस कर रहा था, जैसे मैं बलिदान के लिए तैयार की गई भेड़ होऊँ!

एक चपरासी मेरे पास आया।

"सर, वे आपको अंदर बुला रहे हैं।"

मुझे बेंच छोड़ने के लिए खेद नहीं था, लेकिन मुझे अगले कदम उठाने के लिए कुछ प्रयास करने थे।

पूरा कमरा भरा हुआ था। तीन महिलाओं सहित ग्यारह शिक्षक एक लंबी मेज के पीछे बैठे थे। मैं इस तथ्य के बारे में जानता था कि उनमें से कुछ बहुत ही बेकार शिक्षक थे, जिन्हें अपने विषय को पढ़ाने के लिए बहुत कम ज्ञान था, इसलिए स्वेच्छा से पूरी पीढ़ी की नैतिक जिम्मेदारी ले ली थी। मैंने देखा था कि उनमें से कुछ स्कूल में अपना पूरा समय यह देखने में बरबाद कर रहे थे कि जिसमें उन्हें यह देखना था कि कौन सा लड़का किस लड़की के साथ घूम रहा था, किनकी स्कर्ट बहुत अधिक छोटी थी, किनके मोजे बहुत कम लंबे थे और इसी तरह के सभी विवरण। मुझे पूरा यकीन नहीं था कि क्या यह वास्तव में उनके कर्तव्य-क्षेत्र का हिस्सा था या उनकी इच्छाओं के प्रति कर्तव्य था!

स्कूल दोपहर 2 बजे समाप्त हुआ था और अब 4 बजे सब समाप्त-सा हो गया था। कमरे में कोई भी जल्दी में नहीं लग रहा था। उनके चेहरे पर कोई बेचैनी नहीं थी। वे सब फिर से देख रहे थे कि जैसे वह दुनिया में हर समय था। वास्तव में, वे मजेदार शो के शुरू होने का इंतजार कर रहे थे, जैसे कोई मजेदार मूवी चलने वाली थी।

मैंने लंबी मेज के दूसरी तरफ रखी हुई एकमात्र अकेली कुरसी को लिया। मुझे लगभग दो मीटर दूर बैठाया गया, जैसे कि कहीं मैं उन पर कुछ उछाल दूँगा या अगर मैं बहुत करीब बैठूँगा तो उन्हें मार दूँगा!

किसी भी परिचय के बिना उनमें से सबसे पुराने में से एक—प्रिंसिपल—ने मुझसे कड़ाई से बात करनी शुरू की।

"श्रीमान नील कुमार, हमें एक लिखित शिकायत मिली है कि आप एक छात्रा को निजी तौर पर पढ़ा रहे थे?"

मैं अंदर तक हिल गया था। क्या यह निजी ट्यूशन के लिए केवल विस्तृत सेटअप है? मैंने माना कि अनन्या के माता-पिता उच्च पद पर कार्यरत होंगे, तभी उनकी बेटी का नाम जाँच में आया। इसके अलावा, उसे नाम देने और आरोप लगाने से एक घोटाला हो गया होगा। मैंने माना कि वे उन आरोपों से बचना चाहते थे।

आदरणीय प्रिंसिपल मैडम ने एक पेपर को पढ़ना जारी रखते हुए तथा स्कूल के नियम स्पष्ट रूप से बताते हुए कि आपको ऐसी गतिविधियों में शामिल नहीं होना चाहिए, फिर उन्होंने अपने दोनों हाथ बाँधकर मेज पर रखते हुए मेरी तरफ देखते हुए मुझसे पूछा—

आदरणीय प्रिंसिपल मैडम ने एक पेपर को पढ़ना जारी रखते हुए तथा स्कूल के नियम स्पष्ट रूप से बताते हुए कि आपको ऐसी गतिविधियों में शामिल नहीं होना चाहिए, फिर उन्होंने अपने दोनों हाथ बाँधकर मेज पर रखते हुए मेरी तरफ देखते हुए मुझसे पूछा—
"कृपया यह बताइए कि ऐसा करने के लिए आपकी क्या मजबूरी थी? आप आरोप स्वीकार करते हैं, ऐसा मेरा मानना है।"

"कृपया यह बताइए कि ऐसा करने के लिए आपकी क्या मजबूरी थी? आप आरोप स्वीकार करते हैं, ऐसा मेरा मानना है।"

"आरोप!" मुझे लगा जैसे भारत का मुखिया मेरे खिलाफ फैसला घोषित करनेवाला था। और सबसे बुरा हिस्सा यह था कि मुझे बचाने के लिए कोई नहीं था।

"क्या आप आरोप स्वीकार करते हैं?" उन्होंने अपनी आवाज ऊँची की, जबकि सभी मुझे बिना पलक झपकाए देख रहे थे।

"नहीं, मैं उन्हें स्वीकार नहीं करता हूँ। मैं विनती करता हूँ, एक बार फिर से गौर कीजिए।" मैंने किसी स्वतंत्रता सेनानी की तरह बात की और अंग्रेजों के सामने आत्मसमर्पण करने से इनकार कर दिया।

"हमें पता चला है कि एक छात्रा अकसर आपके कमरे में आती रहती है।" उसने अपनी बात समाप्त की और समिति के पुरुषों को देखकर समझ सकता था कि वे बड़े

खुश थे और एक–दूसरे की ओर एक अजीब चमक से देख रहे थे।

मैंने अपने सारे धैर्य को इकट्ठा किया और उन परिस्थितियों में जितना संभव हो, उतना विनम्रतापूर्वक उत्तर दिया। "मैडम, मैंने उसी रात में आपको सबकुछ समझाया था, जब मुझे स्टॉफ क्वार्टर छोड़ने के लिए कहा गया था। मैंने अनन्या के बारे में भी आपको बताया था। मैंने आपको बताया था कि वह अपने सवालों से संबंधित संदेह दूर करने के लिए आई थी।"

"लेकिन पैनल आपसे सुनना चाहता है···"

"अनन्या को गणित की कुछ समस्याओं पर चर्चा करनी थी, जिसके लिए वह अपनी माँ के साथ मेरे घर पर आती थी। मैंने उससे कभी पैसे नहीं लिये। वह सिर्फ एक-दो बार समझाने का दौर था, जिसके लिए पैसा लेने की आवश्यकता नहीं थी। वह किसी भी तरह से ट्यूशन नहीं था, बल्कि सिर्फ परामर्श था, क्योंकि बदले में मैंने कोई फीस भी नहीं माँगी।"

आरोप लगाने और सफाई देने का शुरुआती दौर पूरा हो गया था। मैंने एक लंबी साँस ली।

"अनन्या को गणित की कुछ समस्याओं पर चर्चा करनी थी, जिसके लिए वह अपनी माँ के साथ मेरे घर पर आती थी। मैंने उससे कभी पैसे नहीं लिये। वह सिर्फ एक–दो बार समझाने का दौर था, जिसके लिए पैसा लेने की आवश्यकता नहीं थी। वह किसी भी तरह से ट्यूशन नहीं था, बल्कि सिर्फ परामर्श था, क्योंकि बदले में मैंने कोई फीस भी नहीं माँगी।"

बनावटी हँसियाँ अधिक स्पष्ट हो गईं। मैंने कड़वाहट भरा शब्द 'फीस' कहा था। उन्होंने कल्पना करनी शुरू कर दी होगी कि अगर नकद नहीं है तो मुझे कुछ दयालु भुगतान किया जाना चाहिए। मैं इतना मूर्ख कैसे हो सकता था!

"मि. नील, एक छात्रा परीक्षा के बाद भी आ रही है और काफी लंबे समय तक वह सब चल रहा है···!" पैनलिस्टों में से एक बयान ने कई व्यंग्यात्मक भौहें उठाईं।

मैं चुप रह गया। मैंने अनुमान लगाया कि वे उन घंटों के बारे में अधिक जानते थे, जो मैंने गुजारे थे।

"मि. नील, आपके गैर–जिम्मेदाराना व्यवहार के कारण अन्य छात्राएँ भी ट्यूशन की माँग कर रही हैं। इन सबके चलते किसी के लिए कोई अधिमान्य उपचार नहीं होना चाहिए।"

"वह मुझसे पेपर पर चर्चा कर रही थी, क्योंकि उसने महसूस किया कि उसने अच्छा प्रदर्शन नहीं किया था। लेकिन अगर आपको लगता है कि यह उपचार वरीयता के

तहत था तो मुझे खेद है। मैं सुनिश्चित करता हूँ कि भविष्य में इसे दोहराया नहीं जाएगा।"

"आप क्या पढ़ा रहे थे—'जीव विज्ञान?" एक शिक्षक ने मजाक कर दिया। उनमें से बाकी की हँसी छूट गई, जैसे कि उन्होंने सबसे मजेदार मजाक किया था। प्रिंसिपल और मैं गंभीर बने रहे। कमरा बेकार के लोगों से भरा था, जिसमें सभी को अपने मालिक को खुश करने के लिए चापलूसी की भाषा में महारत हासिल थी। मुझे अपना शिकार बनाने में असमर्थ, एक टिप्पणी से दूसरे पर जाते, एक शिक्षक ने बड़ा साहसिक प्रश्न किया—

"क्या आपने उसके साथ सेक्स किया था?"

मैंने अपनी कलाई घड़ी पर देखा। इस बिंदु पर आने के लिए उन्हें पंद्रह मिनट लग गए थे। यह सब बेकार का ड्रामा और बकवास अनुशासनात्मक समिति! वे सिर्फ इस बात में दिलचस्पी रखते थे कि क्या मैंने सेक्स किया था?

मैं गलती नहीं मान रहा था, क्योंकि इस बार मेरी एकमात्र गलती नहीं थी। "नहीं, मैं ऐसा क्यों करूँगा? मैं उसका शिक्षक हूँ। और ट्यूशन में ये सारी बातें कहाँ से आ जाती हैं?"

सब तरफ एक असहज मौन था। वे मेरी इस रूखी प्रतिक्रिया से खुश नहीं थे।

"क्या आप कुछ और पूछना चाहते हैं?" मैंने स्पष्ट रूप से अपनी नापसंदगी को जाहिर किया।

"मि. नील, आप बाहर इंतजार कर सकते हैं। हम आपको जल्द ही कॉल करेंगे।" प्रिंसिपल ने निर्देश दिया।

"क्या आप कुछ और पूछना चाहते हैं?" मैंने स्पष्ट रूप से अपनी नापसंदगी को जाहिर किया।
"मि. नील, आप बाहर इंतजार कर सकते हैं। हम आपको जल्द ही कॉल करेंगे।" प्रिंसिपल ने निर्देश दिया।

असहज बेंच पर कुछ देर और इंतजार करने के बाद फैसले की घोषणा की गई। मुझे दोषी पाया गया था। मैंने सोचा कि कैसे और क्यों, लेकिन फिर यह समझ गया कि स्कूल की छवि मेरे जैसे शिक्षक की तुलना में कहीं अधिक महत्त्वपूर्ण थी। मुझे दो विकल्प दिए गए थे—

या तो मैं अपना इस्तीफा दे सकता हूँ, नोटिस की अवधि तक सेवा कर सकता हूँ और फिर छोड़ सकता हूँ।

या, वे मुझे तत्काल प्रभाव से प्रतिबंधित कर देंगे।

अगले ही दिन मैंने अपना इस्तीफा दे दिया और अपनी नोटिस अवधि के दिनों की गिनती शुरू कर दी।

□

दस

मुझे नोटिस अवधि के दौरान कोई वेतन नहीं मिलना था और अतिरिक्त किराए ने मेरे खर्चों में वृद्धि कर दी थी। फरवरी का महीना था। अंतिम परीक्षा से पहले स्कूल अध्ययन–अवकाश के लिए कुछ दिनों में बंद हो जाएगा और फिर गरमी की छुट्टियाँ होंगी। मुझे जून या जुलाई से पहले एक और नौकरी पाने की कोई गुंजाइश नहीं दिखी। तब तक मुझे बचाने की आदत नहीं थी, इसलिए मैं शक्तिशाली था। अधिकाधिक मैं एक या दो महीने के लिए प्रबंधन कर सकता था, लेकिन उसके बाद क्या होगा ?

हर बार जब मैं संकट में होता था तो अपनी एकमात्र रिश्तेदार अपनी माँ को याद करता था। हम भारतीयों में एक बात आम होती है। अमीर या गरीब, संत या डाकू, हर किसी को अपनी माँ के प्रति अत्यधिक सम्मान होता है। मेरे पास एक भाई है, जो वाशी में रहता है, जो मेरी जगह से सिर्फ एक सौ पचास किलोमीटर दूर है। यह सड़क से आसानी से सुलभ है। लेकिन अब उसके साथ मेरा कोई रिश्ता नहीं था। और सिर्फ मैं ही उसके लिए जिम्मेदार था।

चूँकि मेरे पास कोई नहीं था, जहाँ मैं जा सकूँ, इसलिए मैंने अगले दिन दिल्ली के लिए ट्रेन की टिकट बुक कर ली, हालाँकि यह मेरे लिए थोड़ा संकोचजनक था। माँ से मिलने में भी अजीब लग रहा था। आखिरकार, बहुत लंबे समय से मैं उनसे नहीं मिल पाया था; क्योंकि मैं अपने खालीपन के साथ व्यस्त था।

मैंने अन्नू को सूचित किया कि मुझे कुछ दिनों के लिए जाना है और पिहू के चेहरे पर नजर नहीं डाली, जो बहुत उदास थी। अपने ही विचारों से चिंतित मैंने चुप रहने और दिल्ली के लिए रवाना होने को चुना।

एक ट्रेन यात्रा की खुशी और दर्द ऐसा अंतहीन समय है, जो आपके पास होता है। लेकिन, फिर एक भ्रष्ट शरीर को स्वतंत्र दिमाग से अधिक कोई नहीं डरा सकता है। एक बार आराम से बैठने के बाद मैंने अपने शुरुआती दिनों को याद करना शुरू कर दिया।

मैं छठी कक्षा में था, जब मेरे स्कूल से पहली बार शिकायत मिली। मैं पढ़ने की

मेज पर एक नग्न तसवीर बनाते हुए रँगे हाथ पकड़ा गया था। मेरे तत्कालीन कक्षा अध्यापक ने मेरे माता-पिता को एक नोट लिखकर बुलाया, जो इस प्रकार था—'नील गंभीर अनुशासनात्मक अपराध में शामिल है। माता-पिता से अनुरोध है कि वे आकर मिस मीतू से मिलें।'

"यह चित्रकला बहुत अच्छी है। नील संभवतः इतनी अच्छी तरह से नहीं नहीं बना सकता।" मेरी माँ ने टिप्पणी की। उनकी आँखें अभी भी उस ड्रॉइंग पर थीं। उन्हें यकीन नहीं था कि उनका बेटा उस प्रकार का स्केच बना सकता था!
अच्छी चित्रकला! मैं इसे अपनी उत्कृष्ट कृति के रूप में दावा करने के लिए मर रहा था। सभी वक्र व स्तनों का उतार-चढ़ाव सबकुछ इतने परिपूर्ण थे। यह विडंबना थी कि महान् कलाकार को उनकी देनदारी नहीं मिल रही थी। और बेटे के प्रेम में अंधी माँ ने मुझे कोई क्रेडिट नहीं दिया।

चूँकि मेरे पिता बैंक में व्यस्त थे, केवल माँ ही मेरे साथ थीं। जब शिक्षक ने लकड़ी पर कला का वह टुकड़ा प्रदर्शित किया तो यह अपमानजनक था। मुझे यकीन नहीं है कि उन्होंने मेरी कला की बारीकी से जाँच की है, लेकिन मैंने मीतू मैडम के चेहरे को बनाने का प्रयास किया था। वह मेरी क्लास टीचर थीं। नाजुक वक्रों को जो मैंने इतनी कलात्मक रूप से दिखाया था, वह मेरी ज्वलंत कल्पना का परिणाम था। यदि श्री एम.एफ. हुसैन द्वारा तसवीर बनाई गई होती तो उन्हें दस लाख डॉलर का भुगतान किया गया हो, लेकिन जब मैंने ऐसा किया तो मेरी माँ को शिकायत के साथ बुलाया गया था।

वह शर्मनाक था, जब मेरी माँ उन अतिरिक्त वक्रों और सही शरीर की रूपरेखा देख रही थीं। उस समय मेरी चकित माँ ने पूछा, "यह नील द्वारा बनाया गया था?"

"हाँ।" मीतू मैडम ने पुष्टि की।

"यह चित्रकला बहुत अच्छी है। नील संभवतः इतनी अच्छी तरह से नहीं नहीं बना सकता।" मेरी माँ ने टिप्पणी की। उनकी आँखें अभी भी उस ड्रॉइंग पर थीं। उन्हें यकीन नहीं था कि उनका बेटा उस प्रकार का स्केच बना सकता था!

अच्छी चित्रकला! मैं इसे अपनी उत्कृष्ट कृति के रूप में दावा करने के लिए मर रहा था। सभी वक्र व स्तनों का उतार-चढ़ाव सबकुछ इतने परिपूर्ण थे। यह विडंबना थी कि महान् कलाकार को उनकी देनदारी नहीं मिल रही थी। और बेटे के प्रेम में अंधी माँ ने मुझे कोई क्रेडिट नहीं दिया।

लेकिन मीतू मैडम ने पुष्टि की कि मुझे रँगे हाथ पकड़ा गया था और मेरी माँ को

मेरे खिलाफ कोई सख्त कारवाई करने के अनुरोध के साथ गहराई से माफी माँगनी पड़ी, क्योंकि मैं सिर्फ एक बच्चा था।

लेकिन क्या उसने वास्तव में मेरे काम को पहचाना नहीं था? मुझे जल्द ही मेरा जवाब मिल गया, जैसे ही हम घर पहुँचे। एक अकेला पल ढूँढ़कर माँ ने मुझ पर विस्फोट किया, "नील, तुम्हारे साथ क्या परेशानी है? तुम इन छोटी चीजों में अपनी ऊर्जा क्यों बरबाद कर रहे हो? इन मूर्खतापूर्ण हरकतों से दूर हो जाओ। एक दिन यह तुम्हारी जिंदगी बरबाद कर देगी।"

"तुम जीवन में क्या करना चाहते हो?"
यह एक सवाल नहीं था, यह एक ताना था। मैंने उस प्रश्न को अपने जीवन के सबसे महत्त्वपूर्ण कुछ सेकंड दिए।
"मैं कॉन्वेंट स्कूल में एक शिक्षक बनना चाहता हूँ।"
यह उनके लिए अजीब था। जब सभी महत्त्वाकांक्षी शिक्षकों को सरकारी स्कूल की नौकरी करने का सपना देखना था तो मैं एकमात्र व्यक्ति था, जो एक कॉन्वेंट स्कूल में शिक्षक बनना चाहता था!

कुछ मिनट पहले मुझे विश्वास था कि मैं एम.एफ. हुसैन था और अब अचानक, मैं बेकार हो गया था। यह एक माँ का गुस्सा था, जो सामान्य रूप से मुझे अप्रासंगिक लगा, लेकिन अगर सबकुछ कहा और किया जाए तो वह पहली महिला थी, जिसने बिना शर्त मुझे प्यार किया और दिया था और जिसने मेरे लिए बिना शर्त प्यार का प्रतीक स्थापित किया था। बाकी लोगों ने मुझे या तो अनदेखा कर दिया या गलत तरीके से याद किया।

मुझे याद नहीं कि कभी मैंने अपने परिवार को खुश किया होगा, क्योंकि यह काम हमेशा मेरे भाई ने किया। जब मेरे भाई ने नोएडा में महिंद्रा सत्यम में डी.सी.ई. परिसर में काम करना शुरू किया तो वे सब बेहद उत्साहित थे। उत्सव खत्म होने के बाद मेरे पिता ने मुझसे पूछा—

"तुम जीवन में क्या करना चाहते हो?"

यह एक सवाल नहीं था, यह एक ताना था। मैंने उस प्रश्न को अपने जीवन के सबसे महत्त्वपूर्ण कुछ सेकंड दिए।

"मैं कॉन्वेंट स्कूल में एक शिक्षक बनना चाहता हूँ।"

यह उनके लिए अजीब था। जब सभी महत्त्वाकांक्षी शिक्षकों को सरकारी स्कूल की नौकरी करने का सपना देखना था तो मैं एकमात्र व्यक्ति था, जो एक कॉन्वेंट स्कूल में शिक्षक बनना चाहता था!

कोई भरोसा नहीं था, कोई अतिरिक्त लाभ नहीं, कम छुट्टियाँ, अधिक काम का

दबाव और क्या नहीं! मेरे पिता ने कुछ भी नहीं कहा और मेरी माँ ने एक अजीब सा चेहरा बनाया।

चूँकि मैं हमेशा बेहतर प्रदर्शन करने के दबाव में था, इसलिए मैं जीवन में शुरुआती सहकर्मियों के साथ होड़ करने में पीछे रह गया था। जब मैं बीस वर्ष का था, तब मैंने धूम्रपान करना शुरू कर दिया। मुझसे मत पूछना कि कैसे या क्यों? लेकिन मेरी बुराइयों की पूरी सूची में शत्रुओं का खतरा अधिक होता है। इसलिए मैंने वह छोड़ दी।

मैं अकसर घर से पैसे माँगता हूँ, एक बहाना या दूसरा बनाता हूँ। मेरी आदतों से ज्यादा दिनों तक सब अनजान नहीं रहे और मेरे पिता ने मेरा जेबखर्च देना बंद कर दिया। क्या आप विश्वास कर सकते हैं कि मैं अपने खर्चों का प्रबंधन कैसे कर सकता था? उन्होंने कभी मुझे यह बताने की जरूरत नहीं समझी कि मैं कहाँ गलत था? उन्होंने कभी भी मुझे यह समझाने के लिए अपना समय नहीं निकाला कि ज्यादा बुद्धिमान नहीं होना भी ठीक था और मैं औसत रहकर भी अपने जीवन के साथ बेहतर कर सकता था। मुझे कई बार उनके सामीप्य से इतनी परेशानी महसूस होती थी, क्योंकि उनके पास मुझे बोलने के लिए केवल एक पंक्ति होती थी—'…अपने भाई को देखो।'

> माँ हमेशा मेरे साथ खड़े रहना चाहती थीं और मेरा समर्थन करती थीं, लेकिन मेरे पिता के साथ मेरा गुस्सा इतना था कि मैंने उन्हें मुझे बचाने के लिए कई मौके नहीं दिए। उन्होंने शायद ही कभी मेरी किसी और के साथ तुलना की थी, बल्कि उन्होंने हमेशा मुझे अपनी क्षमताओं का अधिक-से-अधिक लाभ उठाने के लिए प्रोत्साहित किया, लेकिन मैंने उनकी बातों पर कोई ध्यान नहीं दिया।

मैं और खराब संगत में घिर गया और मैंने खुद को बरबाद होने देने की कोई कसर नहीं छोड़ी। मेरी माँ के पास बहुत पैसा नहीं था और मैं इन आदतों के साथ अकेले लड़ रहा था। इसलिए मैंने घर से चीजों को चोरी करना शुरू कर दिया, जिन्हें मैं बेच दिया करता था।

माँ हमेशा मेरे साथ खड़े रहना चाहती थीं और मेरा समर्थन करती थीं, लेकिन मेरे पिता के साथ मेरा गुस्सा इतना था कि मैंने उन्हें मुझे बचाने के लिए कई मौके नहीं दिए। उन्होंने शायद ही कभी मेरी किसी और के साथ तुलना की थी, बल्कि उन्होंने हमेशा मुझे अपनी क्षमताओं का अधिक-से-अधिक लाभ उठाने के लिए प्रोत्साहित किया, लेकिन मैंने उनकी बातों पर कोई ध्यान नहीं दिया।

सबकुछ ठीक चल रहा था, जब तक कि मैं पच्चीस वर्ष का था। हमारा परिवार एक साथ रहता था, चाहे कुछ भी हो जाए; लेकिन हम सब एक-दूसरे के लिए हमेशा थे।

मेरे पिता के साथ मेरे मतभेदों और मेरी माँ की सलाह के प्रति मेरी अज्ञानता के बावजूद मेरे भाई निखिल ने हमेशा मुझे प्रोत्साहित किया।

उसे मुझ पर गर्व नहीं था, लेकिन वह मुझे अपने जीवन की हर छोटी घटना में सुनिश्चित तौर पर शामिल करता था। फिर उसे टी.सी.एस., मुंबई में नौकरी मिल गई और उसे स्थानांतरित कर दिया गया। मुझे भी पुणे में शिक्षक का काम मिला और मैं भी स्थानांतरित हो गया; लेकिन सच्चाई यह थी कि उनके काम को नए स्थान पर स्थानांतरित करने का एकमात्र कारण यह नहीं था और तब तक जो कुछ भी मेरे जीवन में हुआ था, वह भी आंशिक रूप से मेरी करनी ही थी।

निखिल ने नेहा से विवाह किया, जो उसके साथ कार्यालय में कार्यरत थी। निखिल उस तरह का लड़का था, जो प्रेमपूर्ण, ईमानदार, यथार्थवादी, बात करने में बहुत मृदु और रिश्तों के प्रति काफी निष्ठावान् था। हमारे परिवार में जुड़ा नया व्यक्ति, मेरी भाभी नेहा, बेहद खूबसूरत थीं। वह परिवार के साथ एकदम फिट बैठती थी कि जैसे कि हम उसे हमेशा से जानते थे। सिर्फ उसकी शारीरिक सुंदरता ही कारण नहीं था, बल्कि उसकी बुद्धिमानी व आकर्षण को देखकर और इस तरह की सुंदरता को देखने पर मेरे मन में अजीब तरह के विचार उभरने लगे थे। मैं झूठ नहीं बोलूँगा, मैंने बहुत कोशिश की। गलत तरीके से देखने से बचने के लिए मैंने कड़ी मेहनत की। किंतु अपने मन को मैं नियंत्रित नहीं कर सका। आखिरकार, वह मेरे भाई की पत्नी थी। हम एक ही छत के नीचे रहते थे, यह मेरी नई शक्तियों के बारे में सोचने से रोकने के लिए मेरी शक्तियों से परे था।

> *उसके विचार मेरे भूखे दिमाग और विकृत आत्मा के लिए जैकपॉट के जैसे आकर्षक थे। उस तरह की सोच में मैंने उस दिन एक रिश्ता मार डाला था। मैंने उसे अपनी संतुष्टि के लिए मुलायम गुड़िया की तरह देखा। तब से मेरे कार्यों में बदलाव आ गया। उसके कपड़े, सहायक उपकरण, अंतर्वस्त्र, जूते–लगभग हर चीज, जो उसने इस्तेमाल की थी, मेरे लिए आकर्षण का केंद्र थी। जब वह साड़ी पहनती थी तो मैं केवल उसके बिना ढके हिस्से को ही देख सकता था। और तब उन खुले हिस्सों की चमक में मैं डूब-सा जाता था।*

नए साल की पूर्व संध्या की बात है। माँ और पिता एक पुराने रिश्तेदार से मिलने के लिए अल्मोड़ा गए थे। निखिल और नेहा एक पार्टी के लिए तैयार हो रहे थे। निखिल ने मुझसे कहा कि वे जा रहे थे और मैं उनके पीछे से दरवाजा बंद करने आया था। जब मैंने नेहा को देखा तो मुझे शर्म आती थी कि मैं उसका देवर था। वह बेहद खूबसूरत व उत्तेजक लग रही थीं। उसने काले रंग की पोशाक पहनी थी, जो उसकी जाँघों पर

समाप्त हो गई थी। पोशाक चमकदार थी, लेकिन उसके चिकने पैरों की चमक से मैं मारा गया था। मैंने किसी अन्य शरीर के हिस्से को कभी नोटिस नहीं किया। केवल लंबे और खूबसूरत पैरों पर अटककर ही रह गया था मैं, जो कि छोटे कपड़ों के साथ अतिरिक्त उजागर थे। ऊँची एड़ी में वे पैर मेरे दिमाग में छाप छोड़ रहे थे। मैं उन्हें घर में चलते हुए देखने की कल्पना कर रहा था। उनमें कुछ तो जादुई था। उस रात उसे इस तरह देखकर मैंने आधिकारिक तौर पर हमारे रिश्ते को खो दिया। उस वक्त मैं नेहा के अलावा कुछ भी नहीं सोच सकता था।

उसके विचार मेरे भूखे दिमाग और विकृत आत्मा के लिए जैकपॉट के जैसे आकर्षक थे। उस तरह की सोच में मैंने उस दिन एक रिश्ता मार डाला था। मैंने उसे अपनी संतुष्टि के लिए मुलायम गुड़िया की तरह देखा। तब से मेरे कार्यों में बदलाव आ गया। उसके कपड़े, सहायक उपकरण, अंतर्वस्त्र, जूते—लगभग हर चीज, जो उसने इस्तेमाल की थी, मेरे लिए आकर्षण का केंद्र थी। जब वह साड़ी पहनती थी तो मैं केवल उसके बिना ढके हिस्से को ही देख सकता था। और तब उन खुले हिस्सों की चमक में मैं डूब-सा जाता था।

स्वाभाविक रूप से नेहा को एहसास हुआ कि उसे मुझसे अतिरिक्त ध्यान मिल रहा था। उसके बाद उसने मुझे कई बार दिन में घूरते हुए पकड़ा।

एक दिन हम भोजन की मेज पर आमने-सामने बैठे थे। शाम की चाय पी रहे थे, जब मैंने अपनी आँखों को उसके स्तनों की दरार पर अटका रखा था। वह समझ गई थी कि मैं क्या कर रहा था और हमारी आँखें टकराईं। मैंने अपना चाय का कप मेज पर वापस रखा, लेकिन वह एक इंच भी नहीं हिली। यह मेरे लिए एक संकेत था। शायद वह मुझे लुभाने के लिए साहसी लग रही थी। मैं इससे ज्यादा स्वीकार नहीं कर सकता था। वह अभी भी मेरे भाई की पत्नी है। लेकिन हाँ, हमने इस साहस को आगे बढ़ाया, जिसका मतलब है कि हमारे बीच बात और शरारती मुसकराहट साझा होने लगी। वह घर पर ऐसे तैयार होती, जैसे कि मेरे लिए हो रही है और मैं भी उसकी तरफ काफी ध्यान देने लगा। हमारे व्हाट्सएप चैट संदेश अनौपचारिक बातचीत के साथ शुरू हुए और मिनटों के मामले में कुछ ज्यादा साहसी हो गए। एक दिन मैं कुछ काम के लिए बाहर था, जब मुझे नेहा का संदेश मिला कि वह घर पर अकेली थी। मैं वापस लौट आया, केवल उसे उसी छोटी काले रंग की पोशाक में ढूँढ़ने के लिए, जिस तरह से मैंने उसे देखा था। मुझे यकीन नहीं था कि वह क्या चाहती थी, लेकिन मुझे पता था कि मैं वहाँ क्यों था! उसके मोहक शरीर और मेरी अनियंत्रित इच्छा ने हमारे जुनून को नई ऊँचाइयों तक पहुँचा दिया।

लोग कारण देते हैं, बहाने देते हैं और परिस्थितियों पर दोष देते हैं। पर मैं नहीं करूँगा। मैंने दीवार तोड़ने में कामयाब होने की कोशिश की थी, हालाँकि थोड़ा सा।

हमने जुनून से एक-दूसरे को चूमा था और मैं उससे ज्यादा चाहता था और बहुत ज्यादा चाहता था, लेकिन दोनों तरफ से नैतिकता के नियम हमें और ज्यादा नहीं डगमगाने दे रहे थे। हमारे बहाने का कोई निष्कर्ष नहीं था। कहीं-न-कहीं हम सबकुछ तोड़ने के लिए तैयार नहीं थे।

> *मैं कल्पना कर रहा था कि उसके नग्न शरीर और सही वक्र को देखकर मैं कैसा महसूस करूँगा, जब मेरी आँखें उसकी मोटी सी सोने की चेन पर रुक गईं, जो बिस्तर पर यूँ ही पड़ी हुई थी। मैंने उस राशि की गणना की, जो मुझे उसे बेचकर प्राप्त हो सकती थी। धीरे-धीरे उसे मैंने अपनी जेब में डाल लिया।*
>
> *मैं पहली बार चोरी नहीं कर रहा था। मेरे पिता ने जब से मेरा जेबखर्च बंद किया है, मुझे अकसर घर से चोरी करने के लिए प्रेरित किया गया था, लेकिन यह सबसे महँगा पाप था, मैं कहूँगा। यह मुझे मेरे परिवार की कीमत पर मिल रहा था।*

अलग होने के बाद भी हम अभी भी अकेले थे। मैं बिस्तर पर बैठा था, जबकि नेहा शायद कपड़े बदलने के लिए स्नानघर की ओर चली गई थी। मेरी माँ घर जल्द ही लौटने वाली थीं।

मैं कल्पना कर रहा था कि उसके नग्न शरीर और सही वक्र को देखकर मैं कैसा महसूस करूँगा, जब मेरी आँखें उसकी मोटी सी सोने की चेन पर रुक गईं, जो बिस्तर पर यूँ ही पड़ी हुई थी। मैंने उस राशि की गणना की, जो मुझे उसे बेचकर प्राप्त हो सकती थी। धीरे-धीरे उसे मैंने अपनी जेब में डाल लिया।

मैं पहली बार चोरी नहीं कर रहा था। मेरे पिता ने जब से मेरा जेबखर्च बंद किया है, मुझे अकसर घर से चोरी करने के लिए प्रेरित किया गया था, लेकिन यह सबसे महँगा पाप था, मैं कहूँगा। यह मुझे मेरे परिवार की कीमत पर मिल रहा था।

नेहा और मैं एक सपनों की दुनिया में रह रहे थे। हमारा मानना था कि कोई भी हमारे बारे में नहीं जानता था। उसे अतिरिक्त सावधान रहना पड़ा और प्यार से चुंबन लेने के लिए छिपाने में अतिरिक्त प्रयास करना पड़ता; क्योंकि जिस क्षण हम अकेले होते थे, मैं उसे कसकर बाँहों में भर लेता और चुंबनों की बौछार कर देता था। चुराए गए स्पर्श, छोटे, लेकिन प्यार भरे गहरे चुंबनों ने हमारी आग को बढ़ावा दिया।

फिर निखिल ने काम से कुछ दिनों की छुट्टी ले ली। वह और नेहा नैनीताल के लिए एक छोटे अवकाश पर गए। मुझे नहीं पता कि वहाँ क्या हुआ, लेकिन जब वे लौट आए तो उसने मुझे टालना शुरू कर दिया। निखिल, वह लड़का, जो मेरे जीवन में सबसे

बुरे चरणों में खड़ा था, उसने मुझसे रूखा व्यवहार शुरू कर दिया। मैंने सोचा कि वह शायद कुछ जान गया है, लेकिन मुझे यकीन नहीं था। उस दिन से नेहा कभी घर पर अकेले नहीं रही थी। जब भी निखिल शहर से बाहर होता था तो वह कुछ बहाना बना लेती और रात को अपने दोस्तों या माता-पिता के यहाँ बिताती। और तब से एक महीने के भीतर निखिल को मुंबई में नौकरी मिल गई।

जब वे जा रहे थे तो मैंने कहा—

"मैं मुंबई में तुम लोगों से मिलने आया करूँगा।"

नेहा ने कुछ भी नहीं कहा; लेकिन मुझे निखिल से दृढ़ उत्तर मिला, "कृपया मेरे घर कभी भी मत आना।"

और मुझमें यह पूछने का साहस नहीं था कि उसे बुरा क्यों लगा, क्योंकि वह हमेशा सौम्य भाषा बोलनेवाला व्यक्ति रहा था। उसका कठोर जवाब यह दरशाता था कि मैंने उसे वापस न लौटने के लिए प्रेरित किया था। मैंने उसे बदतर व्यवहार के लिए बदल दिया था और रिश्तों से अपना विश्वास दूर कर लिया था।।

❑

ग्यारह

मैं दिल्ली में हजरत निजामुद्दीन रेलवे स्टेशन पर उतरा और ओला कैब को द्वारका जाने के लिए किराए पर लिया। माँ से मिलने के लिए मेरे मन में बिल्कुल भी उत्साह नहीं था। शायद इसलिए, क्योंकि मैं उनके पराजित चेहरे को फिर से देखना नहीं चाहता था। और पिताजी, मुझे यह भी यकीन नहीं था कि वह मुझे देखना चाहेंगे। मैं निश्चित रूप से उनसे मिलना नहीं चाहता था। आखिरकार, मैं उनके जीवन की सबसे बड़ी निराशा था और वह मेरे जीवन की।

द्वारका सेक्टर 11 में दो कमरों का फ्लैट मेरे माता-पिता के लिए पर्याप्त था। यह वह घर नहीं था, जहाँ हम बड़े हुए थे। मेरे पिता के हस्तांतरणीय नौकरी के लिए धन्यवाद। मेरे पिता ने सेवानिवृत्ति के बाद उस फ्लैट को खरीदा था। वे चाहते थे कि पूरा परिवार एक साथ रहे। मेरे पिता की सेवा उनकी कड़ी मेहनत का इनाम है। सभी महान् सपने की तरह यह भी अवास्तविक था कि मैं लगभग एक साल बाद अपनी माँ से मिल रहा था। जब भी मुझे पैसे चाहिए होते थे, मैंने उनसे संपर्क किया। कभी-कभी मैं अपनी माँ को उनके स्वास्थ्य की जाँच करने के लिए बुलाता था, लेकिन वे मुझे हर रविवार को बुलाया करतीं। यह एक माँ का वात्सल्य होता है शायद। उन्होंने मेरे जैसे व्यक्ति से भी नफरत करने से इनकार कर दिया था।

लोग कहते हैं कि दुनिया में सबसे अच्छी दवा है—अपनी माँ को गले लगाओ। जब मैंने अपनी माँ को गले लगाया तो मैं जीवन में जो कुछ भी हो रहा था, उन सबके बारे में भूल गया। मेरे स्वास्थ्य और कल्याण के बारे में पूछने और उनके बारे में पुष्टि करने के बाद उन्होंने पूछा—

"सब ठीक है न? तुम फरवरी में दिल्ली आ रहे हो? अभी स्कूल में परीक्षाएँ चल रही होंगी। तुम्हारे स्कूल ने तुम्हें कैसे अनुमति दे दी?"

मैंने उस समय माँ के व्यवहार को थोड़ा अलग पाया। उन्होंने हमेशा घर पर मेरा स्वागत किया था और कभी सवाल नहीं किया कि मैं वहाँ क्यों या कैसे उतरा था?

“मुझे आपकी बहुत याद आ रही थी, माँ।” मैंने एक मुसकान के साथ कहा।

“क्या वाकई तुम अपनी माँ को याद कर रहे थे? क्या कुछ बुरा हुआ है?”

“मुझे आपसे मिलने आने के लिए क्या कुछ बुरा होने का इंतजार करना चाहिए, माँ?” मैंने चिंतित स्वर में पूछा, जब वह मुझे एक गिलास पानी दे रही थीं।

“पिछली बार जब तुमने कहा था कि मेरी याद आ रही है, तब तुम्हारी नौकरी छूट गई थी, क्योंकि तुम्हें निकाल दिया गया था।”

यह सच है कि किसी से भी ज्यादा माँ को पता चल जाता है कि उसके बच्चे के साथ क्या हुआ है! मैं मुसकराया। मैं उनके गले लगकर रोना चाहता था, लेकिन मैंने ऐसा नहीं किया।

मैंने निखिल और अन्य रिश्तेदारों के बारे में पूछा और माँ ने मुझे सब बताया। माँ, मौसी और ताऊजी के साथ सभी चीजें अच्छी व खुशहाल चल रही थीं। माँ से बात करने के बाद मुझे एहसास हुआ, मेरे पास अभी भी बहुत से रिश्तेदार थे।

मैंने विशेष रूप से कुछ भी खास बातचीत नहीं की थी माँ के साथ, किंतु फिर भी हमारी बातें काफी लंबी चलीं। फिर मैंने कपड़े बदलकर खाना खा लिया। अगली शाम माँ और मैं टेलीविजन देख रहे थे। हमेशा की तरह मेरे पिता जल्दी सोने के लिए चले गए थे। वह लगभग रात के 10 बजे की बात थी। माँ कुछ टी.वी. धारावाहिकों को वापस देख रही थीं। मुझे पता था कि पिताजी मेरे कारण जल्दी नहीं सो रहे थे, लेकिन क्योंकि घर की रानी के हाथ में टी.वी. का रिमोट था। मैं वास्तव में उन कार्यक्रमों का प्रशंसक नहीं था, पर माँ का साथ देने के लिए बैठा था।

हमेशा की तरह मेरे पिता जल्दी सोने के लिए चले गए थे। वह लगभग रात के 10 बजे की बात थी। माँ कुछ टी.वी. धारावाहिकों को वापस देख रही थीं। मुझे पता था कि पिताजी मेरे कारण जल्दी नहीं सो रहे थे, लेकिन क्योंकि घर की रानी के हाथ में टी.वी. का रिमोट था। मैं वास्तव में उन कार्यक्रमों का प्रशंसक नहीं था, पर माँ का साथ देने के लिए बैठा था।

“क्या तुम्हारी हाल ही में निखिल से बात हुई?” अचानक माँ ने सवाल किया।

“नहीं माँ, उसने कभी फोन नहीं किया।”

विराम विचारशील था।

“...इसलिए मैं भी नहीं करता।”

उस चुप्पी में कई अनकही चीजें थीं, जो मैं समझा और माँ ने भी ऐसा किया।

“तुम एक बार तो उससे मिलने की कोशिश कर सकते थे। वह तुम्हारे घर से कुछ घंटे की दूरी पर है।”

कम-से-कम यह पहली बार नहीं था, जब माँ ने हमारे बीच बनाए गए अंतर के पुल को तोड़ने का आग्रह किया था। पर मैं उसे कैसे बता सकता हूँ कि मैंने उस सड़क को खुद बंद कर दिया था? जो भी हुआ, उसके बाद अपने प्यारे भाई का सामना करना मेरे लिए अजीब था।

माँ का निरंतर बात करना और उसे सहन करना थोड़ा मुश्किल था। मैंने सोचा, अब उस बारे में बात कर लेनी चाहिए, जिस कारण से मैं वहाँ आया था।

"माँ, परीक्षा के बाद स्कूल में छुट्टियाँ हो जाएँगी। चूँकि मैं स्थायी कार्यकर्ता नहीं हूँ, इसलिए वे मुझे तनख्वाह नहीं देंगे···।"

माँ को जल्द ही समझ में आ गया और मुझसे उन्होंने सवाल पूछा, "तुम्हारे खर्च के लिए कितना पैसा पर्याप्त होगा?"
"पता नहीं।" मैंने एक लंबी साँस ली, यह दिखाने के लिए कि मैं परेशान था।
मैं जानता था कि उनके पास बचत किए हुए ज्यादा पैसे नहीं होंगे, लेकिन मुझे यह भी पता था कि वह कहाँ से इसे प्रबंधित कर सकती हैं।
"मुझे कोशिश करने दो।"

"क्या तुमने नौकरी को अपनाते हुए यह नहीं कहा था कि तुम स्थायी हो?" उन्होंने मेरी बात काटी।

यह माताओं के साथ समस्या है। उन्हें याद रखने के तरीके आम व्यक्ति से ज्यादा याद होते हैं और प्रशासनिक बहाने की ज्यादा समझ नहीं होती है।

"नहीं माँ। अगर कोई काम नहीं तो कोई वेतन भी नहीं।"

"तो दो महीने के लिए कोई वेतन नहीं?"

"तीन महीने।"

माँ को जल्द ही समझ में आ गया और मुझसे उन्होंने सवाल पूछा, "तुम्हारे खर्च के लिए कितना पैसा पर्याप्त होगा?"

"पता नहीं।" मैंने एक लंबी साँस ली, यह दिखाने के लिए कि मैं परेशान था।

मैं जानता था कि उनके पास बचत किए हुए ज्यादा पैसे नहीं होंगे, लेकिन मुझे यह भी पता था कि वह कहाँ से इसे प्रबंधित कर सकती हैं।

"मुझे कोशिश करने दो।"

"क्या आप पापा से पूछोगी?"

"नहीं, पापा आसानी से कुछ भी देने के लिए तैयार नहीं होंगे। उनके पास लाखों प्रश्न होंगे।"

"तो, क्या आप निखिल से पूछने जा रही हैं?" मैंने बात इस तरह से की, जैसे कि वह मेरे आत्म-सम्मान से समझौता कर रही हों।

“मुझे यकीन नहीं कि वह तुम्हारी मदद करने के लिए तैयार होगा। चलो, देखते हैं कि मैं क्या कर सकती हूँ!”

हालाँकि माँ के पास बहुत सारे अगर-मगर थे, लेकिन एक बात में माँ की मैं सराहना करता था कि वह संसाधनपूर्ण थीं। यह मेरे लिए पहली बार नहीं था कि मैं माँ से कुछ माँग रहा था, पर मुझे पता था कि वह सबकुछ व्यवस्थित कर लेंगी।

मैंने अपना रिमोट उठाया और समाचार चैनलों को बदलने लगा। चैनल बदलते हुए मैंने ए.बी.पी. समाचार पर रोक दिया। एक घनी दाढ़ीवाला व्यक्ति अपने फेफड़ों से चिल्ला रहा था—“सन्नाटे को चीरती हुई, सुन्न कर देगी···” वह शो की अपनी ही शैली में मेजबानी कर रहा था।

मुझे अकसर आश्चर्य होता था कि क्या वह वास्तव में लोगों के चैनल द्वारा काम पर लिया गया था। मेरे लिए दुर्भाग्य की बात थी कि उस दिन का प्रकरण बलात्कार पर था!

वह अपने ही तरीके से चिल्लाकर बोल रहा था, जो मेरे कानों को बहुत बुरा लग रहा था, “इससे मिलिए, यह वो बलात्कारी है, जो रेडियो कैब चालक है, जिसने अपनी ही एक महिला यात्री के साथ दुर्व्यवहार किया है···”

वैसे हमारी दिल्ली भी कितनी प्यारी है, मैंने सोचा! यहाँ जब एक कुत्ता भी भौंकता है तो मीडिया में खबर आ जाती हैं।

उस वक्त मेरी माँ ने कहा, “क्या राक्षस है!” और मैंने यह अजीब बात देखी। पीड़ित महिला के बारे में सोचने के बजाय मैं ड्राइवर के बारे में सोच रहा था। मैं उसके दिमाग को समझने की कोशिश कर रहा था कि क्यों उसने खुद को महिला पर मजबूर कर दिया था!

मैं अपने ही विचारों से हिल गया था और अपनी माँ की तरफ पलटा तो वह फिर बोलीं, “कितना घृणित!” मेरी माँ ने समाचार के साथ-साथ दोहराया।

मैंने तुरंत चैनल बदल दिया। मैंने पाया कि मेरी माँ ऐसी चीज देखने के लिए असहज हैं। मेरे अंदर की आवाज ने कहा कि मैं उनके पीछे भी बहुत कुछ कर रहा था, यहाँ तक कि उनके घर के अंदर भी। तब उन्हें कुछ पता नहीं

मैंने तुरंत चैनल बदल दिया। मैंने पाया कि मेरी माँ ऐसी चीज देखने के लिए असहज हैं। मेरे अंदर की आवाज ने कहा कि मैं उनके पीछे भी बहुत कुछ कर रहा था, यहाँ तक कि उनके घर के अंदर भी। तब उन्हें कुछ पता नहीं लगा तो अब वह इतना सचेत क्यों थीं? मैं दंग रह गया था। मैं वापस बैठ गया और मेरी विवेक की आवाज को नजरअंदाज कर दिया।

लगा तो अब वह इतना सचेत क्यों थीं ? मैं दंग रह गया था। मैं वापस बैठ गया और मेरी विवेक की आवाज को नजरअंदाज कर दिया।

"मुझे नहीं पता कि लोग मजबूरन व जबरन यौन संतुष्टि को क्यों देखते हैं? आजकल यह इच्छा इतनी प्रचलित क्यों है ?" मैंने अपनी माँ से बात की।

वह कोई दार्शनिक नहीं थीं, लेकिन वह एक औरत थीं। इसके अलावा, वह महिला थीं, जो मुझे इस दुनिया में लाई थीं।

"मैं भी एक औरत हूँ। तुमने मेरे बारे में कभी ऐसा क्यों नहीं सोचा?"
"आप मेरी माँ हो, यही कारण है!"
"एक औरत˙˙एक माँ, बहन, एक दोस्त, किसी के लिए एक बेटी होती है। तुम इन रिश्तों को बेहतर तब समझ सकते हो, जब तुम पिता या पति बन जाओगे। रिश्ता सभी भावनाओं की माँ है। उस वक्त तुम्हें पता चलेगा कि वह सिर्फ एक शरीर नहीं है, बल्कि उससे भी ज्यादा है।"

"हर इनसान की कुछ इच्छा होती है, नील। कभी-कभी वे इच्छा को नियंत्रित कर सकते हैं और कभी-कभी इच्छा उन्हें नियंत्रित करती है।"

अगर वह यूरोप में दिया गया भाषण होता तो उन्हें सदी का नया दार्शनिक माना जा सकता था। वह एक बेटे को एक ऐसा सिद्धांत प्रदान कर रही थीं, जो केवल खुद की इच्छाओं को समझता था।

"अगर इच्छा इतनी हानिकारक है तो आप कैसे सोचती हैं कि कोई इसे नियंत्रित कर सकता है, जबकि अन्य नहीं कर सकते हैं ?"

मेरी माँ सोच रही थीं और मेरे सभी सवालों का जवाब दे रही थीं, शायद एक सामान्य चर्चा में शामिल हो रही थीं। सच था कि मैं अपने बारे में बात कर रहा था। तब उन्होंने मुझसे पूछा, "जब तुम एक औरत को देखते हो तो उसमें क्या देखते हो ?"

मुझे संकोच में देखकर उन्होंने आग्रह किया, "तुम मुझसे खुले तौर पर बात कर सकते हो, नील। मैं तुम्हारी माँ हूँ।"

मैंने अपनी आँखें बंद कर लीं। उनके सामने अँधेरे ने मेरे विचारों को उनके साथ साझा करने में मदद की।

"मैं उन्हें नग्न देखता हूँ। मैं उनके शरीर को देखता हूँ; उनकी जाँघों को, पैरों को˙˙ निपल्स को˙˙ये सब गहरे ऊर्जा स्रोत के रूप में कार्य करते हैं।"

मेरी आँखें अचानक खुलीं। मैंने माँ को घबराहट में, अविश्वसनीय रूप से देखा। मैंने पहली बार इस तरह जोर से बात की थी और मुझे डर था कि वह मेरा आकलन करेंगी। मैं अब अपनी माँ का सामना कैसे करूँगा, मुझे आश्चर्य हुआ!

उन्होंने मेरे रहस्योद्घाटन पर विचार किया कुछ सेकंड के लिए। उनकी अभिव्यक्ति खाली थी। लेकिन जब उन्होंने बात की तो मैंने अपनी प्यारी माँ को सुना, जो अपने बेटे को हर हाल में अकेले छोड़ने से इनकार करती हैं।

"क्या तुम मुझे भी ऐसे ही देखते हो, नील ?"

"माँ, कृपया ऐसी बातें मत करो!" मैं डर गया। बहुत घृणित था यह सोचना। "आप ऐसे कैसे बात कर सकती हो?"

"मैं भी एक औरत हूँ। तुमने मेरे बारे में कभी ऐसा क्यों नहीं सोचा?"

"आप मेरी माँ हो, यही कारण है!"

"एक औरत"एक माँ, बहन, एक दोस्त, किसी के लिए एक बेटी होती है। तुम इन रिश्तों को बेहतर तब समझ सकते हो, जब तुम पिता या पति बन जाओगे। रिश्ता सभी भावनाओं की माँ है। उस वक्त तुम्हें पता चलेगा कि वह सिर्फ एक शरीर नहीं है, बल्कि उससे भी ज्यादा है।"

मैंने उनके साथ कुछ अच्छे दिन बिताए थे और अब मैं पुणे वापस जाने के लिए तैयार था। मैंने अभी अपना बैग पैक जाँचना समाप्त कर दिया था। मैंने अपने प्रस्थान के बारे में पिताजी को नहीं बताया था, क्योंकि उन्हें इससे कोई फर्क नहीं पड़ता था।

"नील, मैं ए.टी.एम. से होकर आती हूँ।"

ए.टी.एम. शब्द हमेशा मेरे चेहरे पर मुसकराहट ला देता है।

माँ पंद्रह मिनट में लौट आईं। मैंने उनसे नकद पाने के लिए कुछ मिनट इंतजार किया, लेकिन उन्होंने कुछ नहीं दिया।

मैंने दो बार कहा, "माँ, मैं टैक्सी बुला रहा हूँ।"

उन्होंने चुपचाप गरदन हिला दी और मैंने उनके चेहरे पर उदासी देख ली। मुझे समझ में आया, वह अपने बेटे के लिए धन की व्यवस्था करने में नाकाम रही थीं। मेरे आपातकालीन बैकअप मनी-बैंक को मेरे भाई या मेरे पिता द्वारा लूट लिया गया था। कैब जल्द ही आ गई और मैं वहाँ से विदा हुआ। जब मैं बाहर निकलने वाला था, मैंने उनकी आँखों में आँसू देखे। मैंने उन्हें गले नहीं लगाया था, यहाँ तक कि कुछ अच्छे शब्दों को भी कहने की परवाह नहीं की थी, जो एक माँ को सुनने में अच्छा लगता है, लेकिन वह एक माँ थीं। वह मेरे पास आईं और मुझे गले लगा लिया।

उसके कुछ सेकंड के बाद मैंने कहा, "मैं तुमसे प्यार करता हूँ, माँ।" यह मेरे दिल की आवाज थी और इन सरल शब्दों के पीछे कोई योजना नहीं बनाई गई थी।

"मैं जुलाई में एक महीने के लिए निखिल के पास जाने की योजना बना रही हूँ। मैं 15 अगस्त तक वहाँ रहूँगी। अगर संभव हो तो एक बार आना जरूर।" उन्होंने सुबकते हुए कहा।

> *"मैं जुलाई में एक महीने के लिए निखिल के पास जाने की योजना बना रही हूँ। मैं 15 अगस्त तक वहाँ रहूँगी। अगर संभव हो तो एक बार आना जरूर।" उन्होंने सुबकते हुए कहा।*
>
> *"तुम यह बात अच्छी तरह से जानती हो, माँ, मैं उसके घर नहीं जाऊँगा!"*
>
> *"तुम मुझसे मिलने आ सकते हो।"*
>
> *"ठीक है, मैं कोशिश करूँगा।" मैंने कहा।*

"तुम यह बात अच्छी तरह से जानती हो, माँ, मैं उसके घर नहीं जाऊँगा।"

"तुम मुझसे मिलने आ सकते हो।"

"ठीक है, मैं कोशिश करूँगा।" मैंने कहा।

माँ ने मेरे सफर के लिए बनाया गया टिफिन बॉक्स दिया, जो मैंने निराशा में पुणे के लिए छोड़ा था।

मैं दो घंटों से ट्रेन में था। एक हॉकर डिब्बे में आया, जो बिस्कुट और वेफर्स बेच रहा था। मुझे कुछ खाने का मन किया और मैंने पैसे निकालने के लिए जेब में अपना हाथ डाला। मुझे जेब में कागज का एक मुड़ा-तुड़ा सा टुकड़ा मिला। उसमें लिखा था—

"नील,

मैं समझती हूँ, तुम जिस कठिन समय से गुजर रहे हो।

मुझे क्षमा करना, पर मैंने निखिल से पैसे माँगे। मैंने तुमसे कुछ नहीं कहा, क्योंकि तुमने निखिल की मदद लेने से इनकार कर दिया था।

नकद टिफिन बॉक्स में है।

कृपया अपने भाई से मिल लेना।

तुम एक औरत में कई रंग देख सकते हो, लेकिन मैं तुममें केवल एक बेटा देखती हूँ।

—तुम्हारी माँ।"

बारह

नील की माँ द्वारा वार्त्ता

मैंने अपने जीवन में कई भूमिकाएँ निभाई हैं, लेकिन एक माँ की भूमिका सबसे कठिन रही है। माँ होने के नाते मेरा फर्ज था कि मैं असंभव के साथ संभव और भगवान् पर भरोसा रखकर देखभाल करती।

मैं नील की माँ हूँ। आप सोच रहे होंगे कि मैंने अचानक यहाँ क्यों घुसपैठ की है ?

मुझे पता है कि यह नील की किताब है। वह इसे एक बहुत ही खास कारण के लिए लिख रहा है और उसकी माँ होने के नाते मुझे लगता है, मुझे भी कुछ कहना चाहिए। मुझे यकीन है कि वह मुझे एक माँ के रूप में पेश करेगा, जो अपने बेटे की अनैतिकताओं के प्रति अंधी है। वह महिला, जिसने उसे उसके कृत्यों को जारी रखने दिया, जबकि वह एक बहुत बड़ा अंतर समझती थी। अच्छा, ऐसा इसलिए है, क्योंकि उसने मुझे ऐसे देखा था। यह उसका अपना नजरिया था। मैं उसके लिए एक माँ थी, जिसे अपने बेटे की इच्छाओं की सच्चाई को स्वीकार करने में कोई दिक्कत नहीं थी। सच्चाई यह है कि मेरे सामने या मेरी पीठ के पीछे जो हुआ, उसके प्रति मैं कभी भी अंधी नहीं थी। मुझे बहुत जल्दी ही पता चल गया था कि नील के साथ कुछ गड़बड़ है कि वह कुछ अजीब गतिविधियों में केवल कुछ और ही प्रतिक्रिया करने में शामिल था।

मैं आपको नील का पहलू दिखाना चाहती हूँ; यहाँ तक कि उसने भी खुद को कभी नहीं देखा। लेकिन उसकी माँ समझती है, जो कोई बच्चा कभी नहीं समझ सकता है।

जब उसका जन्म हुआ तो वह बेहद खूबसूरत बच्चा था और लोग कहते थे कि बड़ा होकर वह एक खूबसूरत नौजवान बनेगा। मेरा आकलन सिर्फ एक माँ के रूप में न करो, क्योंकि मैं एक माँ हूँ तो मेरा मानना है कि मेरा बेटा सबसे ज्यादा खूबसूरत था।

मैं इस बात को अनदेखा नहीं कर रही थी कि अपने भाई निखिल की तुलना में नील कहीं बेहतर दिखता है। नील का दिल बहुत छोटा था। निखिल, मेरा बड़ा बेटा, एक

आदर्श बच्चा था। उसने अपने छोटे भाई को बहुत प्यार किया। मुझे याद है, वह अपने भाई को कक्षा तीन तक स्कूल में ले जाता था। नील हमेशा सबकी आँखों का तारा, बहुत प्यारा और मासूम रहा था। हर कोई, जो हमसे मिला था, वह उसके साथ खेला और सबने ने उसे लाड़ दिया। वह सभी महिलाओं के लिए एक पसंदीदा गुड़िया जैसा था।

जब नील छठी कक्षा में था, मुझे स्कूल में बुलाया गया था, क्योंकि उसने क्लास की लकड़ी की डेस्क पर नग्न आकृति बनाई थी। उसकी कक्षा के शिक्षक उसके शर्मनाक कृतित्व से हतप्रभ थे। मैं पहली नजर में जान गई थी कि यह नील ने किया था। वह हमेशा महिलाओं के पैरों से मोहित हो जाता था, मैंने देखा था। मैं इनकार नहीं करूँगी कि उस डेस्क पर कला असाधारण रूप से अच्छी थी। और मैंने सोचा था कि वह एक महिला के शरीर के उन सभी विवरणों को कैसे चित्रित कर सकता है! उस समय वह केवल ग्यारह वर्ष का था। मैंने उसे फटकार भी लगाई थी, लेकिन वह ऐसी चीजों को समझने के लिए बहुत छोटा था।

उसने हमेशा असामान्य उपहार माँगे। जब उसकी उम्र के लड़के रेसिंग कारों, रोलर स्केट्स, साइकिल, चॉकलेट और बर्फ से खेलते थे, वह मुलायम खिलौने, बॉर्बी गुड़िया या एक गुड़िया घर की माँग करता था, जिसकी माँग उस उम्र की लड़कियाँ भी नहीं करती थीं। उसे ऐसी चीजों के साथ खेलना बहुत पसंद था।

उसने हमेशा असामान्य उपहार माँगे। जब उसकी उम्र के लड़के रेसिंग कारों, रोलर स्केट्स, साइकिल, चॉकलेट और बर्फ से खेलते थे, वह मुलायम खिलौने, बॉर्बी गुड़िया या एक गुड़िया घर की माँग करता था, जिसकी माँग उस उम्र की लड़कियाँ भी नहीं करती थीं। उसे ऐसी चीजों के साथ खेलना बहुत पसंद था।

उसके बढ़ते सालों के दौरान मैंने हमेशा उसे बुरी फिल्मों, कामुक पुस्तकों, वयस्क पत्रिकाओं और ऐसी अन्य चीजों के प्रति जिज्ञासु देखा। हालाँकि मैंने देखा, लेकिन इस मुद्दे को टाल दिया करती कि शायद उम्र का दौर है, वक्त आने पर सँभल जाएगा। इसलिए मैंने उसे कभी नहीं रोका; क्योंकि इन चीजों को समझने के लिए वह बहुत छोटा था।

एक बार हम 'राजा हिंदुस्तानी' फिल्म देख रहे थे और आमिर खान व करिश्मा कपूर के बीच चुंबन दृश्य स्क्रीन पर आया। स्वाभाविक रूप से मैं टी.वी. बंद करने के लिए उठ गई। उस समय हमारे पास अन्य चैनल नहीं होते थे। मैंने दूरदर्शन के लोगों को शाप दिया! उस दृश्य को टी.वी. पर प्रसारित करते वक्त क्यों नहीं हटाया गया था? उस दिन, सोने से पहले, नील ने पूछा था, "क्या बच्चे चुंबन के बाद पैदा होते हैं… ?"

वह ग्यारहवीं कक्षा में जीव-विज्ञान लेना चाहता था, लेकिन उसके पिता ने उसे गणित लेने के लिए मजबूर किया। उसने विरोध नहीं किया; लेकिन जैसे-जैसे वह बड़ा होता गया, हालाँकि वो असाधारण रूप से खूबसूरत दिखता था, लेकिन साल-दर-साल पढ़ाई में और भी बदतर होता गया। उसके जीवन में ये परिवर्तन पूरी तरह से अपने भाई निखिल के विपरीत थे।

नील ने अपने स्नातक के वर्षों में कुछ दोस्तों को चुना, जो धूम्रपान करते थे और नशा भी करते थे। मुझे नील में से अजीब दुर्गंध सुँघाई देती थी। मैंने उससे आकस्मिक रूप से दो बार पूछा। वह हमेशा मूर्खतापूर्ण बहाने बना देता। लेकिन उसकी घबराहट वाली आँखें और अनौपचारिक कारणों ने चीजों को उजागर कर दिया, जो वह छिपाने के लिए कड़ी मेहनत कर रहा था।

नील के पिता ने भी बदलावों को देखा। उन्होंने तुरंत नील का जेबखर्च बंद कर दिया। वह अपनी कड़ी मेहनत से कमाए गए पैसे को धूम्रपान और भ्रम में बरबाद होते नहीं देख सकते थे।

नील के हालात और बदतर हो गए। उसने घर की चीजों को चुराना शुरू कर दिया। कुछ हद तक मैंने चुपचाप उसके खर्चों को वित्त-पोषित किया। मैं कुछ भी गलत होने से बचने की कामना करती थी।

उम्मीद के मुताबिक, जैसे ही निखिल ने अपनी शिक्षा पूरी की, उसे सत्यम में नौकरी मिल गई; जबकि नील जीवन में कभी भी कामयाब नहीं हो पाया। उसके पिता ने उससे बात करने से इनकार कर दिया। जब भी नील भावनात्मक महसूस करता था तो वह मुझे गले लगा लेता था; लेकिन वह कभी रोया नहीं। उसको भावनात्मक रूप से पत्थर में बदलते हुए देखना मुश्किल था। मैंने याद करने की कोशिश की, जब वह आखिरी बार रोया था। यह मेरे लिए एक सदमा था, जब मुझे एहसास हुआ कि जब वह तीसरी कक्षा में था, तब ऐसा हुआ था। मैं इनकार नहीं करती कि इन सब में कहीं-न-कहीं हम भी जिम्मेदार हैं; लेकिन आखिरकार मेरा जो बेटा सोने का हो सकता था, बदले में पत्थर-दिल में बदल गया।

लेकिन निखिल के पास सोने का दिल

> उम्मीद के मुताबिक, जैसे ही निखिल ने अपनी शिक्षा पूरी की, उसे सत्यम में नौकरी मिल गई; जबकि नील जीवन में कभी भी कामयाब नहीं हो पाया। उसके पिता ने उससे बात करने से इनकार कर दिया। जब भी नील भावनात्मक महसूस करता था तो वह मुझे गले लगा लेता था; लेकिन वह कभी रोया नहीं। उसको भावनात्मक रूप से पत्थर में बदलते हुए देखना मुश्किल था।

था। उसने मुझे सम्मान के प्रतीक के रूप में हर महीने एक छोटी राशि दी। किसी को भी पता लगे बिना मैंने उसे नील को चुपचाप दिया। आखिरकार, मैं भी एक कमजोर माँ हूँ।

जीवन चल रहा था, चीजें एक जैसी थीं और परिस्थितियाँ भी प्रबंधित थीं। फिर अचानक सबकुछ खराब हो गया, जब निखिल ने एक सुंदर व प्रतिभाशाली लड़की नेहा से विवाह किया। मैंने देखा कि नील ने उसे दो बार देखा और उसे विचलित करने की कोशिश की। मैंने यह सुनिश्चित किया कि मैं उन दोनों के आस-पास ही रहूँ। जब भी उनमें बातचीत होती थी, मैं वहाँ होती थी और अगर मुझे बाहर निकलना पड़ता तो नील को कुछ काम करने के लिए कह देती थी। मुझे नहीं पता था, इससे ज्यादा और मैं क्या करती, जिससे कि घर की शांति भंग न हो।

एक दिन उसने नेहा को उसके नाम से संबोधित किया। मैंने हमेशा उसे उसको 'भाभी' कहते सुना था। मैं उस दिन जान गई थी कि उसने एक सुंदर रिश्ते की पवित्रता को तोड़ दिया था।

मेरे पास एक पूर्व संकेत था, जब ये बातें चल रही थीं और जल्द ही पर्याप्त समय से पहले मैं सही साबित हुई थी। निखिल ने टी.सी. एस., मुंबई में काम करने का अवसर बताया और मैं आसानी से सहमत हो गई।

दूसरी ओर, नील ने आखिरकार अपना सपना पूरा कर लिया था—अपनी पसंद के एक स्कूल में पढ़ाने के लिए। उसने पुणे में गणित के शिक्षक के रूप में काम करना शुरू कर दिया था। जब उसने अपनी पिछली नौकरी खो दी थी तो दिल्ली में कोई भी स्कूल उसे समायोजित करने के लिए तैयार नहीं था और वह पुणे जाने से पहले भी संकोच नहीं करता था। मेरा छोटा सा परिवार टूट गया था, क्योंकि मेरे दोनों बच्चे घर से बाहर चले गए थे। मैं बरबाद हो गई थी।

> निखिल और नेहा मुंबई में काफी अच्छी तरह से बस गए थे और नेहा ने भी काम करना शुरू कर दिया था। नील ने अपने पिता और भाई की सतर्क निगाहों से बचकर बिगड़ना शुरू कर दिया। उसने महिलाओं को खुले तौर पर अपनी वस्तुएँ दिखानी शुरू कर दीं। उसकी टिप्पणियाँ तेज होती थीं और वह ऐसी बदजुबानी करता था, जिसके लिए उसे दंड मिलना चाहिए।

निखिल और नेहा मुंबई में काफी अच्छी तरह से बस गए थे और नेहा ने भी काम करना शुरू कर दिया था। नील ने अपने पिता और भाई की सतर्क निगाहों से बचकर बिगड़ना शुरू कर दिया। उसने महिलाओं को खुले तौर पर अपनी वस्तुएँ दिखानी शुरू कर दीं। उसकी टिप्पणियाँ तेज होती थीं और वह ऐसी बदजुबानी करता था, जिसके लिए उसे दंड मिलना चाहिए। उसके लिए स्त्री का अस्तित्व पुरुष की शारीरिक संतुष्टि के लिए और उसका शरीर पुरुष के उपभोग के लिए था। हर बार जब मैंने छेड़छाड़ के मामलों के

बारे में सुना तो मैं डर जाती थी। मैंने भगवान् से प्रार्थना की कि वह नील को सद्बुद्धि दें। मुझे पता था कि उसने किस तरह से सोचा, लेकिन मैं यह भी देख सकती थी कि उसने खुद को इस तरह से सशक्त कर दिया कि वह मीठी बातों के पीछे अपनी इच्छाओं को छिपाने में सक्षम हो सकता है।

एक साल बाद, बाहर जाने के बाद, वह पुणे से आया था। बस, एक चक्कर लगाने। उसने मुझे कुछ पैसे के लिए कहा। मुझे ऐसा लगा कि उसके व्यवहार में कोई सुधार नहीं है और उसी कारण से उसकी कोई समस्या थी।

मेरे पास उतनी आवश्यक राशि नहीं थी, जितनी उसे चाहिए थी। इसलिए मैंने निखिल से पूछा, क्योंकि मुझे यकीन था कि उसके पिता मेरी बात नहीं सुननेवाले थे, यहाँ तक कि एक पल के लिए भी नहीं। निखिल आसानी से सहमत हो गया। उसने तुरंत मेरे खाते में तीस हजार रुपए स्थानांतरित कर दिए; लेकिन एक अनुरोध किया। वह चाहता था कि मैं यह सुनिश्चित करूँ कि नील कभी मुंबई नहीं आए। वह उससे नफरत नहीं करता था, लेकिन उसका चेहरा नहीं देखना चाहता था।

मुझे उसकी हालत जानकार चोट लगी और आश्चर्य हुआ कि इसका क्या कारण था?

क्या उसने भी अपने छोटे भाई को नेहा को गलत तरीके से देखते हुए देखा था?

कोई भी पति ऐसी चीज क्यों सहन करेगा? या

नेहा ने उसे कुछ बताया था?

जो कुछ भी हो सकता है, मैं केवल तभी पूछ सकती थी, जब हम बाद में मिलेंगे, लेकिन इसके बावजूद मैंने उसके अपने भाई की मदद करने की सराहना की। अपने हृदय के मूल में मैं समझ सकती थी कि वह अभी भी अपने छोटे भाई से प्यार करता था। मैं पूरी तरह से माँ के रूप में विफल नहीं थी।

◻

मैंने नील को उस गहराई से बाहर खींचने की बहुत कोशिश की, जिसमें वह पूरी तरह धँस गया था। मैं उसे प्रत्येक रविवार को फोन करती थी, ताकि वह समझ जाए कि कोई उस पर भी नजर रख रहा था, कोई उसे देख रहा था। कोई ऐसा व्यक्ति है, जिसके पास वह वापस आ सकता था।

मैंने जीवन में कई चीजों को बदलने और सँभालने की बहुत कोशिश की और असफल

> *मैंने नील को उस गहराई से बाहर खींचने की बहुत कोशिश की, जिसमें वह पूरी तरह धँस गया था। मैं उसे प्रत्येक रविवार को फोन करती थी, ताकि वह समझ जाए कि कोई उस पर भी नजर रख रहा था, कोई उसे देख रहा था। कोई ऐसा व्यक्ति है, जिसके पास वह वापस आ सकता था।*

रही; लेकिन मैं आत्मसमर्पण करनेवाली नहीं थी। मैंने नील के ऐसा होने के पीछे का कारण ढूँढ़ने की कोशिश की कि क्यों वह किसी अन्य तरीके से महिलाओं के बारे में नहीं सोच सकता था? क्या ऐसा इसलिए था, क्योंकि उसके पास इतनी करीबी लड़की नहीं थी, जो उसे बदल सके?''शायद।

चाहे उसने जो कुछ भी कहा और किया, मैं अब भी विश्वास करती हूँ कि एक दिन मेरा नील एक बदला हुआ व्यक्तित्व जरूर होगा!

❑

तेरह

मैं पुणे वापस आया। मेरी जेब माँ की वित्तीय मदद से भरी हुई थी या यूँ कहूँ कि निखिल की मदद से। मुझे यकीन था कि यह दान मुझे थोड़े समय के लिए तो शांति से रहने में मदद करेगा। मेरा पूरा और अंतिम नौकरी निपटान-पत्र दो महीने बाद आएगा। मैं आराम से था और कुछ हद तक खुश था।

मैं घर में घुसा ही था, जब पिहू खुशी से चिल्ला रही थी। उसे पता था कि मैं वापस आ गया था और उस उत्साह में लगभग वह मुझ पर गिर रही थी। अन्नू ने उसे पीछे से पकड़ा और उसे घर वापस आने का आदेश दिया, जिसके लिए मैं उसे पर्याप्त धन्यवाद नहीं दे सका।

उस रात मैं लंबे समय के बाद आराम से सोया था।

अगले दिन मैं पिहू को ले जाने के बोझ के साथ, जो कि मेरे हाथ में एक अवांछित काम था, स्कूल गया। मुझे कुछ दिनों के लिए इस कर्तव्य को निभाना पड़ा। इसके अलावा, एक कारण यह भी था कि स्कूल जल्द ही परीक्षा की तैयारियों के लिए बंद हो जाएगा।

उत्कृष्ट उपलब्धियों की प्राप्ति हमेशा छोटे बलिदान के साथ शुरू होती है।

अब मुझे यह बताने की आवश्यकता नहीं है कि क्या महान् उपलब्धि···! मैं बस, इतना कहना चाहता हूँ कि मेरे दिमाग में कुछ खुराफात चल रही थी।

मुख्य द्वार पर पिहू को छोड़ने के बाद मैं अपने रास्ते चलने लगा; पर मैंने खुद को अधिकतर शिक्षकों और विद्यार्थियों द्वारा अजीब तरह से देखते हुए पाया। मुझे समझ आ रहा था कि उनके दिमाग में क्या चल रहा था—

'मैं पिहू के साथ कैसे था?'

ऐसा प्रतीत होता है, पूरे स्कूल को पता था कि मेरे साथ क्या हुआ! अफवाहें नफरत करनेवालों द्वारा प्रचारित की जाती हैं, जो बेवकूफों द्वारा घिरे हुए होते हैं। इसलिए मैं उस दिन सुर्खियों में था, लोगों की नजरें बता रही थीं। और पिहू के साथ घूमने से

केवल आग और भड़की थी, क्योंकि मुझे अलविदा कहने के लिए हाथ लहराते हुए पिहू की अतिरिक्त उज्ज्वल मुसकराहट के कारण सब और सतर्क हो गए। पिहू का लाख-लाख धन्यवाद (गुस्सा)!

मैंने इस बात को ज्यादा तूल नहीं दिया और खुद को समझाया कि यह बस, और कुछ दिनों का मामला था और मैं अपने काम के बारे में सोचते हुए चला गया।

समय बीतता है, लेकिन कुछ चीजें कभी नहीं बदलती हैं। प्रारंभिक छुट्टी के लिए स्कूल पहले ही बंद कर दिया गया था। शनिवार की शाम थी और मैं थक गया था। खाना खाने के बाद मैं सोने के लिए तैयार था। मैंने सामनेवाले दरवाजे के ताले को दोबारा जाँचने का फैसला किया और बिना किसी दस्तक के अंदर चला गया। लेकिन पिहू को कौन रोक सकता है? जैसे ही मैं अपने बिस्तर में घुस रहा था, मैंने दरवाजे पर एक रैप सुना। मैं तुरंत समझ गया था कि यह कौन था? शाम को देर हो चुकी थी और मैं स्कूल में घटित गलत वाकयों से पहले ही निराश था। मुझे पिहू के साथ देखा जा रहा था, जो मेरी छवि को और खराब कर रहा था। मैंने मन-ही-मन पिहू को शाप दिया और दरवाजे की ओर चला गया।

गुलाबी कैपरी के साथ बैंगनी रंग की टी-शर्ट पहने वह थोड़ी सी फिट दिख रही थी। उसने अपने हाथ में दो भारी किताबें ले रखी थीं।
"हाय सर, आप कैसे हैं?"
उसे देखकर ऐसा लग रहा था कि वह किताबों के वजन से नीचे गिर जाएगी और वहाँ मर जाएगी। मैंने किताबें उसके हाथों से ले लीं।
"क्या कुछ बहुत जरूरी है?" मैंने आराम से पूछा।

गुलाबी कैपरी के साथ बैंगनी रंग की टी-शर्ट पहने वह थोड़ी सी फिट दिख रही थी। उसने अपने हाथ में दो भारी किताबें ले रखी थीं।

"हाय सर, आप कैसे हैं?"

उसे देखकर ऐसा लग रहा था कि वह किताबों के वजन से नीचे गिर जाएगी और वहाँ मर जाएगी। मैंने किताबें उसके हाथों से ले लीं।

"क्या कुछ बहुत जरूरी है?" मैंने आराम से पूछा।

"सर, मैं गणित में बेहद कमजोर हूँ। क्या आप मुझे सिखा सकते हैं?" उसने एक मासूम-सा चेहरा बनाते हुए पूछा।

यह अविश्वसनीय था!

क्या अनन्या वाला किस्सा छात्रों के पास भी पहुँच गया था?

क्या वह मुझसे मजाक कर रही थी? या

वह मेरा मजाक उड़ा रही थी? या फिर

यह सिर्फ मेरा भाग्य था कि मेरे चारों ओर जो भी हो रहा था, वह इतना अजीबोगरीब था?

मैं अनन्या भाग-2 के लिए कोई गुंजाइश नहीं छोड़ सका।

"नहीं, पिहू!" मैंने दृढ़ता से कहा।

"क्यों सर, आपने अनन्या को तो ट्यूशन दिया था?"

यह सुनकर मेरे कान गुस्से में गरम और लाल हो गए। मुझे उस बात पर विश्वास नहीं हो रहा था! उसे अनन्या के बारे में क्या पता था? मैंने उसे बिना किसी भाव के देखा। मैंने किसी भी भाव को चेहरे पर नहीं आने दिया। यह सब सोचकर मैंने पूछा, "किसने कहा?"

"उसने खुद कहा।"

"तुम उसे जानती हो?"

"हम सहपाठी थे। मैं दसवीं कक्षा में फेल रही और अनन्या पास हो गई।"

मेरी नींद भाग गई थी। मैं दुआ कर रहा था कि काश, मैं खुद को मार सकता! सबकुछ इतना गड़बड़ हो गया था। फिर भी मैं चुपचाप खड़ा था और सोच रहा था कि इसे कैसे सँभालना सबसे अच्छा है! यहाँ मैं इस पूरी शृंखला में अन्नू को इस घर से दूर रखने की कोशिश कर रहा था और यह लड़की पिहू अनन्या की दोस्त बन गई थी।

मैं मेज पर भारी किताबें रखने के लिए पलट गया। वह बेहद उत्साहित होकर चिल्लाई थी कि मैं किसी हद तक उसे पढ़ाने को सहमत हो गया था। "मेरे पास कोई खास समस्या नहीं है, सर। मैं संपूर्ण गणित में आपके मार्गदर्शन का अनुरोध करती हूँ।" "गणित एक बड़ा विषय है, पिहू। तुम्हें मुझे बताने की जरूरत है कि गणित का कौन सा हिस्सा तुम्हें सबसे ज्यादा परेशान करता है?"

जब ये सभी विचार मेरे मस्तिष्क में चल रहे थे तो पिहू वहाँ एक निर्दोष चेहरे के साथ मुझे देख रही थी। मैंने उसे संदेह का लाभ दिया। शायद वह सारी स्थिति नहीं जानती थी। मैंने राहत की साँस ली और पूछा, "तुम किस समस्या का सामना कर रही हो?"

मैं मेज पर भारी किताबें रखने के लिए पलट गया।

वह बेहद उत्साहित होकर चिल्लाई थी कि मैं किसी हद तक उसे पढ़ाने को सहमत हो गया था।

"मेरे पास कोई खास समस्या नहीं है, सर। मैं संपूर्ण गणित में आपके मार्गदर्शन का अनुरोध करती हूँ।"

"गणित एक बड़ा विषय है, पिहू। तुम्हें मुझे बताने की जरूरत है कि गणित का कौन सा हिस्सा तुम्हें सबसे ज्यादा परेशान करता है?"

"बीजगणित।" उसने बहुत विचार-विमर्श के बाद कहा।

"ठीक है। अच्छा, यह बताओ, तुम इसे हल करने में इतनी असहज क्यों हो?"

"एक्स के मूल्य को अंतिम रूप देने में, मुझे वो कभी समझ नहीं आता।" उसने विजयी रूप से कहा। आखिर में उसकी शून्य से जो समस्या थी, वह सुलझी।

उसकी पेटेंट मुसकान मुझे सबसे ज्यादा परेशान करती थी। मैंने आर.एस. अग्रवाल की भारी, तकरीबन आधा किलो की, उन्नत गणित की किताबें मेज पर देखीं। मुझे ऐसा लगा कि मैं किताबें उठाऊँ और उन्हें अपने सिर पर देकर मारने का मन हुआ। फिर भी, मैंने अपनी भावनाओं को नियंत्रित किया और कहा, "एक्स एक अज्ञात संख्या है, पिहू। इसका मूल्य नहीं होता है।"

                                              ☐

चौदह

मैंने पिहू से वादा किया कि मैं उसे अगले दिन पढ़ाऊँगा, क्योंकि मैं थक गया था। वह बहुत खुश थी कि आखिरकार मैं सहमत हो गया था। शुक्र है, बिना किसी झगड़े के मानकर चली गई थी। अब मैं दोबारा बिस्तर पर जाकर सोने की कोशिश कर रहा था। पिहू के शब्द मुझे दुःस्वप्न दे रहे थे। उसने अनन्या के बारे में इस जहाँ में कैसे पता लगाया? कहीं अनन्या मेरे बारे में अफवाहें तो नहीं फैला रही? वह अहंकार से भरी एक बेवकूफ लड़की की तरह व्यवहार कर रही थी, लेकिन मैं उससे और क्या उम्मीद कर सकता था!

मैं उठ गया और अपनी व्हिस्की की बोतल को फिर से खोला। तीसरे पेग को खत्म करने के बाद मुझे बाहर निकलने की आवश्यकता महसूस हुई। नदी को देखने का विचार आने पर मेरे चेहरे पर एक मुसकान आई, किंतु उसके साथ मेरा दिल भी भर आया। वह आधी रात का समय था, इसलिए माँ-बेटी ऊपर सो चुकी होंगी, यह मुझे यकीन था।

मैंने खुद के लिए एक और बड़ा पेग तैयार किया और ताजा हवा की खोज में सीढ़ियों पर चढ़ना शुरू कर दिया। इस घर में छत सबसे अच्छी चीज थी। इसके अलावा, पुणे की शाम काफी भयानक होती है। ठंडी ताजा हवा धीरे-धीरे मेरी इंद्रियों को सहारा देकर जगा रही थी, जिससे मुझे अच्छा लग रहा था। मेरे पास कुछ घूँट बचे थे, जब मैं आलस व आराम से एक छोर से दूसरे छोर तक चक्कर लगा रहा था।

चुप्पी, शांति की भावना ने मुझे अपने अंतर्मन के विचारों में लीन कर दिया। मुझे उन विचारों में पहुँचा दिया, जो मेरी पिछली गलतियों और भविष्य की अनिश्चितता की चिंता के बारे में नहीं थे; बल्कि मुझे नौकरी कैसे मिलेगी? मैं अन्नू से अपनी सच्चाई कब तक छुपा सकता हूँ? पिहू से अवांछित ध्यान का खयाल रखने के लिए मैं क्या कर सकता था? यह मेरी चिंता का विषय था।

एक मिश्रित शोर ने मुझे सतर्क कर दिया, जब मुझ पर इन विचारों ने कब्जा कर रखा था। ऐसा लग रहा था कि कोई सीढ़ियों पर चल रहा था। एक सेकंड के लिए मैंने

सोचा कि मुझे भ्रम हो रहा था, लेकिन फिर मुझे वह साया सच में दिखाई देने लगा।

सीढ़ियों की मंद रोशनी में उसका व्यक्तित्व थोड़ा धुँधला दिखाई दे रहा था, लेकिन सलेटी रंग की नेकर और सफेद रंग की बिना आस्तीन की टी-शर्ट में उसकी छरहरी आकृति छिपी नहीं थी। उसकी त्वचा बेहद मुलायम दिख ई दे रही थी। वह सुंदर थी, मैंने सोचा, जब वह मेरे सामने खड़ी थी।

अनू मुझे ऊपर से नीचे तक बहुत ध्यान से देख रही थी, जैसे कि उसने कोई अजनबी देखा था। एक सामाजिक आत्महत्या के रूप को लेकर! मैं हाथ में एक रंगीन पेय के साथ खड़ा था।

कुछ सेकंड के लिए हम दोनों ने मौन रहकर एक-दूसरे को परखा। उसकी छोटी सी नेकर और ढीली-ढाली नाभि की लंबाई तक की टी-शर्ट देखकर लग रहा था कि इस वक्त वह किसी से मिलने को तैयार नहीं थी और मेरे हाथ में जो अमृत की बोतल थी, वो भी यह दरशा रही थी कि मैंने भी इस समय अपने एकांत को खो देने की ऐसी कोई उम्मीद नहीं की थी।

> *"हाय सर, आप यहाँ, इस समय? सबकुछ ठीक तो है?" उसने बड़ी विनम्रता से पूछा। उसकी नाक थोड़ी सी सिकुड़ी हुई थी, जिससे वह बहुत प्यारी लग रही थी।*
>
> *मेरा दिल क्षणिक रूप से डूब-सा गया, "हाँ, अन्नूजी।" मैंने धीमे से कहा। लगभग अपना गिलास छुपाते हुए। ऐसा लगता है कि मैं अपना गुनाह छुपा रहा था। ऐसा लग रहा था, जैसे मैं अपनी प्रेमिका से सब छिपा रहा था।*

"हाय सर, आप यहाँ, इस समय? सबकुछ ठीक तो है?" उसने बड़ी विनम्रता से पूछा। उसकी नाक थोड़ी सी सिकुड़ी हुई थी, जिससे वह बहुत प्यारी लग रही थी।

मेरा दिल क्षणिक रूप से डूब-सा गया, "हाँ, अन्नूजी।" मैंने धीमे से कहा। लगभग अपना गिलास छुपाते हुए। ऐसा लगता है कि मैं अपना गुनाह छुपा रहा था। ऐसा लग रहा था, जैसे मैं अपनी प्रेमिका से सब छिपा रहा था।

"कोई बात नहीं, आप आराम से पीजिए।" अन्नू ने अपना हाथ लहराते हुए आकस्मिक रूप से कहा।

मैंने उसकी सराहना की। वह थोड़ी देर के लिए अनिश्चितता के साथ खड़ी रही, फिर कोने में जाकर खड़ी हो गई।

उसकी छवि मुझे मंत्रमुग्ध कर रही थी। उसकी छोटी सी पोशाक में उसका पतला शरीर एक नए अवतार में देखा जा सकता था। कितने ही हारमोन मेरे शरीर में स्रावित होने लगे थे। आखिरकार, थोड़ा सा मदहोश होने से भी कभी राक्षस को नियंत्रण में रखने में मदद नहीं मिलती है।

रात के सन्नाटे में लुभावनी नदी का वह मनोरम दृश्य, जो थोड़ी दूर बह रही थी; बादलों के पीछे कहीं चंद्रमा छिपा था और जिसके प्रकाश में वह स्नान कर रही थी; ठंडी हवा, जो उसके पीछे से उड़कर मेरी ओर आ रही थी—यह सबकुछ वातावरण में रोमांस भर रहा था।

वह बिल्कुल शांत खड़े हुए नदी को निहार रही थी, जैसे किसी को गुप्त संदेश भेज रही हो। मैं अनुमान लगा सकता था कि वह यहाँ रोज आती थी।

मैंने 'मिस्टर कूल' होने का नाटक किया, जिसके पास जीवन में चिंता करने के लिए कोई बात नहीं थी। साथ ही, मैंने उसे देखना भी जारी रखा। उसकी चुप्पी बहुत चिंताजनक थी। यह एक जोर से चीखने की तरह था। उसे देखकर कोई भी यह अनुमान लगा सकता था कि उसे किसी बात ने गहराई से पीड़ा दी थी। मैं उससे इतना परेशान होने का कारण पूछना चाहता था; लेकिन मुझे लगा, यह सही समय नहीं था।

मैंने अपना पेय खत्म कर दिया था। मैं बहुत धीरे-धीरे पी रहा था, लेकिन वह अपनी जगह से जरा सी भी नहीं हिली थी। मैं ज्यादा नहीं बोल सकता था, इसलिए सीढ़ियों की ओर बढ़ने के लिए खड़ा हो गया था।

> *मैंने अपना पेय खत्म कर दिया था। मैं बहुत धीरे-धीरे पी रहा था, लेकिन वह अपनी जगह से जरा सी भी नहीं हिली थी। मैं ज्यादा नहीं बोल सकता था, इसलिए सीढ़ियों की ओर बढ़ने के लिए खड़ा हो गया था।*
>
> *"सर ॱॱ" मुझे बुलाया गया था। यहाँ तक कि मेरी नशीली अवस्था में भी मुझे पता था कि मैंने सही सुना है। अन्नू ने मुझे बुलाया था और मुझे उसका सामना करना पड़ा।*

"सर ॱॱ" मुझे बुलाया गया था। यहाँ तक कि मेरी नशीली अवस्था में भी मुझे पता था कि मैंने सही सुना है। अन्नू ने मुझे बुलाया था और मुझे उसका सामना करना पड़ा।

"मुझे आपकी एक छोटी सी मदद चाहिए, उम्मीद है कि आप 'न' नहीं कहेंगे।"

क्या एक शराबी व्यक्ति 'नहीं' कह सकता है? अगर वह मुझसे मेरी सारी संपत्ति भी माँग लेती, जो कि मेरे पास नहीं है, तो भी मैंने उसे बिना किसी दूसरे विचार के दे दिया होता।

"जी, बोलिए।"

"आपने पिहू को गणित सिखाने के लिए अनुरोध करने पर भी इनकार कर दिया। वह इस विषय में बहुत कमजोर है। गणित के कारण ही वह दसवीं कक्षा में पहले भी फेल हो गई थी। फिर वह चुप हो गई, जैसे किसी बेहद कठिन समय पर पुनर्विचार कर रही हो।

मैंने कहा, "वह किसी भी समय किसी भी विषय पर चर्चा करने के लिए स्वतंत्र है।"

"मैं आपको परेशान करने का इरादा नहीं रखती; लेकिन वह सिर्फ आपसे पढ़कर ही पूरे पाठ्यक्रम का अध्ययन करना चाहती है।"

इस बात को आगे रखने में वह बेहद शर्मिंदगी महसूस कर रही थी।

"परीक्षाएँ बहुत पास हैं। पूरे पाठ्यक्रम से निपटना लगभग असंभव नहीं है।" मैंने ईमानदारी से कहा, इस उम्मीद से कि उसे मेरा तर्क समझ में आए और कुछ तार्किक उत्तर के साथ वह आगे आए, लेकिन फिर बुलबुला फट गया और वह बिल्कुल पिहू की माँ से जो अपेक्षा होनी चाहिए, उसी की तरह व्यवहार करने लगी।

मुझे आश्चर्य हुआ कि क्या मेरा तर्क उसके कानों तक पहुँचा भी या नहीं, क्योंकि अचानक उसने कहा, "असल में…आप उसके पसंदीदा शिक्षक हो।"

मैं उससे पूछना चाहता था—क्यों? मैंने तो कभी उसे पढ़ाया भी नहीं और न ही कभी उससे मिला था।

"अच्छा, मतलब पूरा पाठ्यक्रम?" मैंने शांति से धैर्य के साथ पूछा।

अन्नू ने हामी भरी।

मुझे आश्चर्य हुआ कि क्या मेरा तर्क उसके कानों तक पहुँचा भी या नहीं, क्योंकि अचानक उसने कहा, "असल में…आप उसके पसंदीदा शिक्षक हो।"

मैं उससे पूछना चाहता था—क्यों? मैंने तो कभी उसे पढ़ाया भी नहीं और न ही कभी उससे मिला था।

"अच्छा, मतलब पूरा पाठ्यक्रम?" मैंने शांति से धैर्य के साथ पूछा।

अन्नू ने हामी भरी।

मैं अनिच्छुक था। यह पिहू को हर बार मेरे पास आने के लिए एक नया बहाना देगा। मैं एक और विवाद में नहीं पड़ना चाहता था। मैं शायद आधी बेहोशी की अवस्था में हो सकता था, फिर भी मैंने एक स्पष्ट मुद्दा बनाया—

"कोई समस्या नहीं; लेकिन मैं उसे आपके घर में पढ़ाऊँगा, यानी जहाँ मैं रहता हूँ, उस हिस्से में नहीं। उम्मीद है, आप समझ गई होंगी।"

उसकी जादुई मुसकान फिर से दिखाई दी और मैंने खुद को पीठ पर शाबाशी दी। आखिरकार, यह मेरा डबल स्ट्रोक था। सबसे पहले मैं एक अच्छा प्रभाव पैदा करूँगा और फिर मैं अन्नू के आस-पास आने की कोशिश करूँगा।

"क्या मैं आपसे एक बात पूछ सकता हूँ?" मैंने इस अवसर का उपयोग उन सवालों के जवाब खोजने में किया, जो मुझे परेशान कर रहे थे।

"हाँ-हाँ, जरूर।" उसने मुझे कनखियों से देखते हुए कहा।

"इस दो मंजिला घर में केवल दो सदस्य··· ? मुझे पूछना तो नहीं चाहिए, लेकिन क्या और भी लोग रहते हैं यहाँ ? और क्या यह घर आपका है ? मेरा मतलब है, यह दो लोगों के रहने के लिए बहुत बड़ा नहीं है ?"

उसकी मुसकराहट एकाएक फीकी पड़ गई थी—"असल में, यह घर मेरे पति का था। उनके निधन के बाद मुझे वह सबकुछ मिल गया, जो कुछ भी उनके नाम पर था। तो मैं ही घर की मालकिन हूँ।"

एक आधुनिक, स्वतंत्र विधवा का पुनर्विवाह क्यों नहीं हुआ ? यह प्रश्न मेरे जेहन में घूमने लगा, लेकिन उससे पूछने के लिए पर्याप्त अवसर व हिम्मत मुझमें नहीं थी।

"फीस क्या होगी, सर ?"

मैंने कुछ मानसिक गणना की, लेकिन इसका कोई फायदा नहीं हुआ। कोई फर्क नहीं पड़ता कि मैं कितना भी माँगूँ, हमेशा कम ही रहेगा। तो तकनीकी रूप से कुछ भी माँगना पर्याप्त नहीं होगा। इसलिए इस बार मैंने दीर्घकालिक निवेश करने का फैसला किया और शानदार निशाना साधा।

"नहीं, मैं कुछ भी फीस नहीं ले सकता। आखिरकार, पिहू मेरी पसंदीदा छात्रा है।"

☐

आरव और मैं अगले दिन कैफेटेरिया में थे और चाय के आने की प्रतीक्षा कर रहे थे। कर्मचारियों को प्रारंभिक छुट्टी के दौरान भी संदेह समाशोधन सत्रों के लिए वहाँ रहना पड़ता था। मैं ज्यादा बात करनेवाला नहीं था, लेकिन मैं अपने जिगरी दोस्त आरव के साथ दिल की बातें करता था। वही सब याद कर रहा था। और कर्मचारी आवास में एक-दूसरे से मिलना इतना आसान था।

वह तब होता है, जब कोई न तो सौंदर्य और न ही मस्तिष्क के साथ शिक्षकों के कैफे द्वारा पारित किया जाता है।

मुझे बुरा लग रहा था। पिहू की अपरिपक्वता की कोई सीमा नहीं थी। उसने मुझे देखकर हाथ हिलाया और उसे देखकर लगा कि वह कुछ कहना चाहती थी; हालाँकि मैंने एक अनिच्छुक मुसकराहट दी। मैंने नाटक किया कि वह मंगल या बृहस्पति ग्रह पर बैठे

> मुझे बुरा लग रहा था। पिहू की अपरिपक्वता की कोई सीमा नहीं थी। उसने मुझे देखकर हाथ हिलाया और उसे देखकर लगा कि वह कुछ कहना चाहती थी; हालाँकि मैंने एक अनिच्छुक मुसकराहट दी। मैंने नाटक किया कि वह मंगल या बृहस्पति ग्रह पर बैठे किसी से बात कर रही है। आरव ने मुझे एक अजीब सी नजरों से देखा।

किसी से बात कर रही है। आरव ने मुझे एक अजीब सी नजरों से देखा।

"हाय!" मेरे होंठ हिले और मैंने भी एक नकली मुसकराहट उसकी तरफ उछाल दी।

"तुम इस तरह का व्यवहार क्यों कर रहे हो?" आरव ने पूछा।

"कुछ भी नहीं, यार! इस लड़की ने मेरा जीवन नरक बना दिया है।" मैंने बात की। मेरे चेहरे पर अभी तक नकली मुसकराहट थी।

"तुम उसके साथ स्कूल आते हो।" उसने कहा, जैसे कि यह सबसे संदिग्ध स्पष्टीकरण यही था, "और दूसरे, अनन्या बदनाम है अब।"
मैंने गहरी साँस ली, क्योंकि अचानक चीजें बेहद अजीब हो गई थीं।
"क्या अफवाह है?"
"एक प्रसिद्ध शिक्षक, जो किशोर उम्र की छात्राओं को पसंद करता है।"
मेरा अंतर्मन कराह उठा—ये सभी कमबख्त चीजें मेरे साथ क्यों हो रही थीं?

"नई प्रेमिका पर बधाई!" उसने शरारती अंदाज में कहा।

"वह मेरी प्रेमिका नहीं है।" मैंने उसे देखा, जैसे उसने कोई अपराध किया हो, "तुम्हारा दिमाग खराब है क्या?"

"लेकिन जिस तरह से वह तुम्हारी तरफ हाथ लहरा रही थी और उसने अपने घर को लगभग मुफ्त में तुम्हें दे दिया, उसके इरादे स्पष्ट रूप से बोल रहे थे।"

"यही दिक्कत है।"

"यह एक अफवाह है।"

"अफवाह, फिर से नहीं!" मैंने सोचा।

"हर कोई जानता है कि तुम्हारे पास दो प्रेमिकाएँ हैं।"

"क्या, बकवास! वास्तव में… ?"

आरव ने हामी में गरदन हिलाई। वह मेरी नाराजगी में आनंद ले रहा था।

"और हर कोई उन्हें कैसे जानता है?"

"अनन्या के मामले के बाद से तुम प्रसिद्ध जो हो गए हो।"

"यह बहुत ही निराशाजनक है! ऐसी झूठी कहानियाँ कौन फैला रहा था? और कोई भी पिहू को कैसे जानता है?"

"तुम उसके साथ स्कूल आते हो।" उसने कहा, जैसे कि यह सबसे संदिग्ध स्पष्टीकरण यही था, "और दूसरे, अनन्या बदनाम है अब।"

मैंने गहरी साँस ली, क्योंकि अचानक चीजें बेहद अजीब हो गई थीं।

"क्या अफवाह है?"

"एक प्रसिद्ध शिक्षक, जो किशोर उम्र की छात्राओं को पसंद करता है।"

मेरा अंतर्मन कराह उठा—ये सभी कमबख्त चीजें मेरे साथ क्यों हो रही थीं?

"यह लड़की मेरी सारी योजना खराब कर देगी।" मैंने अपना सिर हिलाकर कहा।

"कौन सी योजना?"

"याद है, मैंने तुम्हें पिहू की माँ के बारे में बताया था?"

"वह विधवा?" उसने अचरज से कहा।

"उसके बारे में ढंग से बात करो···मुझे वह पसंद है।" मैंने धीरे से कहा।

"तुम्हें वह पसंद है?" उसे ताज्जुब हुआ और गुस्से में उसने बीच की उँगली मुझे दिखाई, क्योंकि उसे हजम नहीं हो रहा था।

"वह एक स्वतंत्र घर की मालकिन है।"

"तो तुम अपनी प्रेमिका की माँ से जुड़ने की योजना बना रहे हो, सिर्फ इसलिए कि वह एक महँगे घर की मालकिन है?"

"उसे मेरी प्रेमिका बुलाना बंद करो!" मैंने गुस्से में घूरते हुए आरव से कहा।

"अच्छा, ठीक है, माफी।" उसने आत्मसमर्पण में हाथ उठाए और कहा, "लेकिन यह एक बुरा सौदा है।"

"क्यों?"

"जब उन दोनों को अनन्या के और तुम्हारे बारे में पता चलेगा···"

"मेरी भी यही एकमात्र चिंता है। पिहू शायद अनन्या के बारे में कुछ जानती है। वह इसके बारे में मुझसे पूछताछ कर रही थी, लेकिन क्या होगा, यदि वह यह बात अपनी माँ को बताएगी?"

"यह एक वास्तविक समस्या है, लेकिन मेरे पास तुम्हारे लिए समाधान है।"

यह था मेरा मित्र आरव! वह हमेशाा बेशक मेरा विरोध करता था और फिर मुझे सँभालने की भी कोशिश करता था, लेकिन अपने बेवकूफ विचारों के साथ आकर मुझे समर्थन दिया करता था। मैंने गरदन हिलाई। हालाँकि मैंने पहले कभी आरव के सुझावों को गंभीरता से नहीं लिया था, लेकिन इस बार उसका आत्मविश्वास मुझे आत्मविश्वासी भी बना रहा था।

"तुम पिहू को सीढ़ी बना सकते हो उसकी माँ तक पहुँचने के लिए।"

□

पंद्रह

उस दिन मैंने तैयार होने में समय लगाया। मैंने अलमारी के ऊपरी शेल्फ में से कलफ लगी नीली-सफेद चेक की शर्ट और भूरे रंग की पतलून निकाली। ये वस्त्र अच्छे अवसर की प्रतीक्षा कर रहे थे। फिर मैंने यह सुनिश्चित किया कि मेरे बाल साफ थे। मैंने अपने होंठों को अतिरिक्त नरम करने के लिए पेट्रोलियम जेली का उपयोग किया। मैंने एक महिला मित्र द्वारा उपहार में दिया गया इत्र भी छिड़क लिया। मेरा चेहरा चमक रहा था। फिर मैंने साफ सफेद रूमाल को मोड़कर पीछे की जेब में डाल लिया था। अब मैं पूरी तरह से निर्धारित पिहू की ट्यूशन क्लास के लिए तैयार था और जिस कारण मैंने दर्पण के सामने इतना समय खर्च किया था, निश्चित रूप से वह अन्नू थी।

मैंने दरवाजे पर दस्तक दी, यह सोचकर कि अन्नू अपने खूबसूरत कपड़ों में सजी हुई दरवाजा खोलेगी; लेकिन दरवाजा पिहू ने खोला और मुझे आधा गले से लगाकर स्वागत किया। उसने ऐसा व्यवहार किया, जैसे मैं उसके पुराने दोस्तों में से एक था। स्वचालित रूप से मेरा चेहरा जलन के कारण कठोर हो गया। यह मेरी समझ से बाहर था। कारण यह था कि वह मुझे देखकर हमेशा कुछ ज्यादा खुश क्यों होती थी?

पिहू ने छोटी पैंट पहनी थी, जो उसके लिए बहुत छोटी थी। मैं उसके पतले, अवांछित पैरों को देख सकता था और एक पतली टी-शर्ट, जो उसने पहनी थी, ऐसा लग रहा था जैसे एक पतले हैंगर पर एक बड़ी पोशाक लटका दी हो!

मैंने अपना ध्यान उसके पैरों से हटाकर आस-पास लगाया।

"सर, आपको यहाँ देखकर अच्छा लगा!" तभी अन्नू की आवाज ने हस्तक्षेप किया था। उसने मेरा अभिवादन करने के लिए बाहर निकलने के बाद बेहद प्यारी मुसकराहट के साथ स्वागत किया।

मुझे वास्तव में अन्नू पसंद आई। लेकिन यह सिर्फ उसके रूप से ज्यादा था। मैं पूरी तरह से उसकी सुंदरता को नजरअंदाज नहीं कर सकता, लेकिन वह काफी शिष्ट थी, उसमें परिपक्वता थी और वह अकेले ही सबकुछ प्रबंधित करती थी।

बैठक में एक पुराना चार सीटवाला सोफा था। देखने में वह काफी पुराना लग रहा था, लेकिन नए कवरों ने उसकी उम्र को अच्छी तरह से छुपाया हुआ था। उसके पीछे एक पुरानी सी लकड़ी की डाइनिंग टेबल रखी थी, बिल्कुल मॉड्यूलर रसोईघर के साथ।

जमीन के तल और पहली मंजिल का नक्शा थोड़ा अलग था, क्योंकि रसोईघर के बाद कमरे रखे गए थे।

अन्नू मुझे अंदर की तरफ स्थित एक कमरे में ले गई थी। दीवारों पर काफी चित्र टाँगे गए थे, लेकिन मैं उन सबको उस समय ध्यान से नहीं देख पाया था। कुछ चित्र ऐसे भी थे, जो बच्चे द्वारा बनाए लग रहे थे। मैंने अनुमान लगाया था कि शायद पिहू ने उन्हें अपने बढ़ते वर्षों के दौरान बनाया होगा और उसको अत्यधिक प्यार करनेवाली माँ उसके पास थी ही, जिसने उन सबको दीवार पर सजा भी दिया।

जिस कमरे में मैंने प्रवेश किया था, वहाँ एक स्टडी टेबल थी और उसके आमने-सामने दो कुरसियाँ रखी थीं, स्पष्ट रूप से मेरे लिए पढ़ाने की नामित जगह। कमरा बेहद साफ-सुथरा था या तो वे लोग बहुत संगठित तरीके से रहते थे या उसे मेरे लिए जगह बनाने के लिए साफ व व्यवस्थित किया गया था। खैर, जो भी था, कमरा पढ़ाने के अनुकूल बेहद सुंदर था। मैं दोनों में से एक कुरसी पर बैठ गया और चुपचाप कमरे को देखने लगा। मेरी आँखें अलमारी के दाईं तरफ गईं। ऐसा लग रहा था जैसे वह कोना किसी अस्पताल के कक्ष जैसा हो। एक ड्रिप रॉड, कुछ बोतलें, कुछ सिरिंज, साफ सफेद तौलिए, सनिटाइजर की बोतल, कई दवाएँ और बड़े आकार के डायपर के बंडल थे। मैंने निष्कर्ष निकाला कि अन्नू ने शायद अपने घर से भी नर्सिंग का अभ्यास शुरू किया हुआ होगा। और मैं उसे दोष नहीं दे सकता था, क्योंकि उसे अपने खर्चे का प्रबंधन स्वयं करना पड़ता था।

जिस कमरे में मैंने प्रवेश किया था, वहाँ एक स्टडी टेबल थी और उसके आमने-सामने दो कुरसियाँ रखी थीं, स्पष्ट रूप से मेरे लिए पढ़ाने की नामित जगह। कमरा बेहद साफ-सुथरा था या तो वे लोग बहुत संगठित तरीके से रहते थे या उसे मेरे लिए जगह बनाने के लिए साफ व व्यवस्थित किया गया था। खैर, जो भी था, कमरा पढ़ाने के अनुकूल बेहद सुंदर था। मैं दोनों में से एक कुरसी पर बैठ गया और चुपचाप कमरे को देखने लगा।

एक तसवीर—यह एक परिवार की तसवीर थी, जो दीवार के केंद्र में लटकी हुई थी। एक युवा जोड़े ने एक बच्चे को पकड़ रखा था। वह फ्रेम मुझसे लगभग तीन मीटर दूर था, लेकिन मैं तसवीर में युवा लड़की को पहचान सकता था। वह चमक रही थी,

बहुत खुश लग रही थी और उसकी आँखों की चमक ने मुझे आकर्षित कर लिया। मैं खुद को यह सोचने से नहीं रोक सका कि वह कितनी सुंदर थी। वही महिला कमरे में मेरे लिए एक गिलास पानी के साथ आई थी। मैंने उसे देखा और मेरे दिमाग ने कहा कि वह अभी भी उतनी ही सुंदर है।

"धन्यवाद!" मैंने गिलास पकड़ते हुए कहा।

उसने अपनी गरदन हिलाई और चेहरा थोड़ा सा पलट लिया तथा पुकारा, "पिहू, तुम कहाँ हो? यहाँ आओ, सर तुम्हारा इंतजार कर रहे हैं।"

मेरे सामने अन्नू जो कॉफी रखकर गई थी, उसकी खुशबू मुझे अंदर तक महका रही थी। मैंने शर्ट की आस्तीन को ऊपर चढ़ाया और कॉफी मग हाथ में लिया, बिल्कुल जेम्स बॉण्ड की शैली में। पिहू मेरे सामने बैठ गई, बिना किसी कारण के शरमाते हुए। साफतौर पर दिखाई दे रहा था कि उसे पुस्तक में कोई दिलचस्पी नहीं थी।

घर के किसी कोने से उसने जवाब दिया, "बस, दो मिनट, माँ।"

फिर अन्नू ने मुझसे जवाब लेने के लिए थोड़ा सा चेहरा उठाया और मुझसे पूछा, "आप क्या लेंगे—चाय या कॉफी?"

"दूध के बिना कॉफी।" हालाँकि मुझे चाय पसंद थी, लेकिन एक सभ्य प्रभाव बनाने की उम्मीद करते हुए मैंने ऐसा कहा।

उसने बेहद प्यारी मुसकराहट दी, जो मुझ जैसे विकृत व्यक्ति को आनंदित करने के लिए पर्याप्त थी।

फिर वह कमरे से चली गई। मेरी नजरें फिर से परिवार की तसवीर पर चली गईं। मैं उसे देखना बंद नहीं कर सका। मैंने अंदाजा लगाया कि बच्चे की छवि शायद पिहू की होगी। उस फोटो में पिहू एक गोल-मटोल और स्वस्थ बच्चा लग रही थी। अनजाने में, लेकिन जिज्ञासावश मेरी आँखें तसवीर में खड़े आदमी पर चली गईं। मैंने उस पर ध्यान केंद्रित किया। मुझे लगा कि मैं उसे जानता था। वह काफी परिचित लग रहा था। मुझे यकीन था कि मैंने पहले भी उसे कहीं देखा था। मैंने उन लोगों की छवियों के माध्यम से घूमने की कोशिश की, जिनसे मैंने मुलाकात की थी; लेकिन उस आदमी को मैं नहीं पहचान सका।

"हाय सर!" अंततः पिहू कमरे में आ गई थी। वह काफी उत्साहित लग रही थी, "हम किस अध्याय से शुरू करेंगे?"

"बीजगणित···क्या वह हिस्सा नहीं है, जो तुम्हें सबसे अधिक परेशान करता है?"

मेरे सामने अन्नू जो कॉफी रखकर गई थी, उसकी खुशबू मुझे अंदर तक महका रही थी। मैंने शर्ट की आस्तीन को ऊपर चढ़ाया और कॉफी मग हाथ में लिया, बिल्कुल

जेम्स बॉण्ड की शैली में। पिहू मेरे सामने बैठ गई, बिना किसी कारण के शरमाते हुए। साफतौर पर दिखाई दे रहा था कि उसे पुस्तक में कोई दिलचस्पी नहीं थी।

"मुझे देखते रहने से समस्याएँ हल नहीं हो जाएँगी, ध्यान दो।" मैं थोड़ा गुस्से में बोला।

"आपकी शर्ट बहुत अच्छी है, सर। आप इसमें बहुत खूबसूरत दिखते हैं।"

मैंने उसकी माँ के लिए यह शर्ट पहनी थी और यह लड़की इसे देख रही थी! मुझे नहीं पता था कि उसे क्या कहना है। और इससे मदद नहीं मिली कि वह ऐसे खुश हो रही थी जैसे कि मैं उसे प्रस्तावित करनेवाला था।

"पिहू, अगर तुम मुझे देखना बंद करो तो हम काम पर वापस आएँ!"

"नहीं सर, मैं आपसे नाराज हूँ।"

उसने चेहरे को एक तरफ मोड़ते हुए कहा।

क्या मैं अपनी नाराज प्रेमिका को खुश करने के लिए यहाँ था? मैंने मन में सोचा, फिर कहा, "क्यों, मैंने क्या किया है?" मैंने कॉफी मग को अपने होंठों से लगाया।

"आप माँ को मुझसे ज्यादा पसंद करते हो।" पिहू ने सीधे शब्दों में कहा।

किंतु, वास्तव में यह बात इतनी डरावनी लगी कि मैं उलझन में पड़ गया था और कॉफी से मेरे गले का पिछला हिस्सा जल गया था। मैंने एक घूँट में बहुत अधिक पी ली थी और लगभग कड़वा स्वाद मुझे जला गया था। अगर उसके शब्दों को जोड़ें, जो इस मामले में मुझे पहली जगह ले गया। ऐसा लगा, मुझे दिल का दौरा पड़ने वाला था।

"क्या हम अध्ययन पर अपना ध्यान केंद्रित करें?" मैंने अपनी आवाज को थोड़ा बढ़ाया। कुछ ही मिनटों में मैंने निष्कर्ष निकाला कि उसका बीजगणित एक असंभव सुधार के चरण में था। मैंने सभी को समझाने के बजाय कमजोर विषय वर्गों पर ध्यान केंद्रित करने का फैसला किया। मैंने सोचा कि मैं उससे पूछूँगा कि उसका सबसे कमजोर वर्ग कौन सा है—वर्गिक समीकरण, त्रिकोणमिति या जो भी हो।

"और तुम यह कह सकती हो?" मैं पूछताछ करने लगा था, यह पुष्टि करने के लिए कि क्या मेरी पसंद इतनी स्पष्ट थी।

"क्योंकि जब मैंने गणित में आपकी मदद माँगी तो आपने इनकार कर दिया। और फिर, जब आपसे माँ ने कहा तो उनके अनुरोध पर आप सहमत हो गए!" पिहू ने कहा। मुझे राहत का एहसास हुआ।

"ओह वो!" मैंने कहा और फिर मैंने उसकी पुस्तक को देखा।

"क्या हम अध्ययन पर अपना ध्यान केंद्रित करें?" मैंने अपनी आवाज को थोड़ा

बढ़ाया। कुछ ही मिनटों में मैंने निष्कर्ष निकाला कि उसका बीजगणित एक असंभव सुधार के चरण में था। मैंने सभी को समझाने के बजाय कमजोर विषय वर्गों पर ध्यान केंद्रित करने का फैसला किया। मैंने सोचा कि मैं उससे पूछूँगा कि उसका सबसे कमजोर वर्ग कौन सा है—वर्गिक समीकरण, त्रिकोणमिति या जो भी हो।

मैंने उन सभी विकल्पों को सूचीबद्ध करनेवाले सामग्री पृष्ठ पर ध्यान दिया।

> "क्या हम इस अध्याय पर ध्यान केंद्रित कर सकते हैं, पिहू?" मैंने एक क्रोधित चेहरे से दोहराया।
> मुझे अब तक एहसास हुआ था कि विनम्र होने से पिहू के साथ काम नहीं चलेगा। मैंने एक उदाहरण के साथ समझाया, "मान लो, पिहू, दो छात्र और एक शिक्षक हैं। शिक्षक के पास सिखाने के लिए चार घंटे हैं और छात्र दो अलग-अलग स्थानों पर बैठे हैं। प्रत्येक छात्र को अध्ययन करने का कितना मौका मिलेगा?"

"तो पिहू, तुम्हारे लिए सबसे कठिन विषय कौन सा है?"

"मुझे राजनीति बिल्कुल पसंद नहीं है।" पिहू ने अपना सिर हिलाकर और मुँह चढ़ाकर जवाब दिया।

"मैं तुम्हारी रुचि के विषय में नहीं पूछ रहा हूँ। मेरा मतलब, गणित में सबसे कठिन कौन सी इकाई थी?"

अचानक शिक्षण को मैंने सबसे कठिन काम की तरह महसूस किया। अगर मैंने पिहू के साथ और अधिक समय बिताया तो मुझे यकीन था कि मैं अपने काम से नफरत करना शुरू कर दूँगा।

वह खामोश रही।

"इस खंड के किस हिस्से में तुम किसी भी समस्या का समाधान नहीं कर पाती हो?" मैंने फिर से उससे पूछा, उसके लिए सवाल को सरल बना दिया और एक बार फिर सामग्री में सूचीबद्ध अनुभागों पर इशारा किया।

"संभावना⋯"

"ठीक है। तुम्हें केवल ध्यान केंद्रित करने की आवश्यकता है। यह मुश्किल नहीं है।" मैंने पुस्तक उठाई और पृष्ठों को पलटने लगा।

"सर, क्या मैं एक प्रश्न पूछ सकती हूँ?"

मैंने गरदन हिलाई, हालाँकि मैं अभी भी पुस्तक में देख रहा था।

"क्या अनन्या पढ़ाई में अच्छी थी?"

उस लड़की को सँभालना असंभव था। उसकी कोई मनोदशा नहीं थी और मुझे आश्चर्य हुआ कि वह क्यों पूछ रही थी? इन चीजों के बारे में उसे कहाँ से पता चल रहा था?

"क्या हम इस अध्याय पर ध्यान केंद्रित कर सकते हैं, पिहू ?" मैंने एक क्रोधित चेहरे से दोहराया।

मुझे अब तक एहसास हुआ था कि विनम्र होने से पिहू के साथ काम नहीं चलेगा। मैंने एक उदाहरण के साथ समझाया, "मान लो, पिहू, दो छात्र और एक शिक्षक हैं। शिक्षक के पास सिखाने के लिए चार घंटे हैं और छात्र दो अलग-अलग स्थानों पर बैठे हैं। प्रत्येक छात्र को अध्ययन करने का कितना मौका मिलेगा ?"

"दो घंटे।" पिहू ने उत्तर दिया।

"सही जवाब। चार में से दो प्रतिशत कितना होता है ?"

"पचास प्रतिशत।"

"सही, तो शिक्षक के समय के लिए छात्र के पास कितनी संभावना होगी ?"

एक विजेता की मुसकराहट के साथ उसने कहा, "संभावना 50 प्रतिशत होगी, सर।"

मैं प्रशंसा में वापस मुसकराया और मैंने कहा, "बहुत अच्छा!"

"लेकिन मुझे संदेह है, सर।" उसने कहा।

"उम्मीद है कि हम जिस चीज का अध्ययन कर रहे हैं, यह उससे संबंधित ही है!"

"बेशक, सर!" उसने एक स्वर में कहा कि उसने किसी अन्य प्रकार से कभी नहीं पूछा था।

"मान लीजिए कि एक छात्रा पिहू है और दूसरी अनन्या है और आप केवल एक के साथ समय बिताना पसंद करते हैं। उस स्थिति में दूसरी छात्रा को आपके साथ समय बिता पाने की संभावना क्या होगी ?"

यह अविश्वसनीय था! मैंने सोचा कि मैं उठकर भाग जाऊँ या शायद उसके सिर पर नोटबुक दे मारूँ! मैंने उसे अविश्वास से देखा। वह मुसकरा रही थी, जैसे कि उसने सबसे बड़ा मजाक किया था।

मैंने दाँतों को भींचते हुए जवाब दिया, "तुम्हारे लिए गणित सीखने की संभावना शून्य है।"

□

सोलह

खरपतवार या मारिजुआना आपको मूर्ख, आलसी, उनींदा, यहाँ तक कि बेचैन और डरपोक बना देते हैं। हालाँकि भारत में यह अवैध है, फिर भी आसानी से उपलब्ध हैं। खरपतवार होने के दौरान पालन करने का एकमात्र नियम है—इसका किसी मित्र के बिना उपभोग नहीं किया जा सकता है।

हाल ही में जो कुछ भी हुआ था, वह मेरे दिमाग पर हावी हो रहा था और मुझे निश्चित रूप से थोड़ा नशे में होने की आवश्यकता थी। मैंने एक बंडल खरीदा और मेरे अपराध में साथ देनेवाले अपने साथी को बुलाया, "हे आरव! तुम कैसे हो, भाई?"

"अरे, नील! मैं तुम्हें सुबह से याद कर रहा था।"

"अच्छा, मुझे याद कर रहे थे? वैसे इन लड़कियों के जैसे शब्दों का उपयोग क्यों कर रहे हो, यार? सबकुछ ठीक तो है?"

"हाँ, अब सब ठीक है। चलो, मिलते हैं!" आरव ने सुझाव दिया और मैंने भी खुशी से मान लिया।

आरव हमेशा मेरी योजनाओं से सहमत रहता था। जब से वह मेरे आस-पास था, मैंने कभी उबाऊपन महसूस नहीं किया था। मुझे उसकी इतनी आदत पड़ गई थी कि मैंने कभी उसकी उपस्थिति पर ध्यान नहीं दिया। मुझे पता ही नहीं था कि यह दिन मुझे एक महत्त्वपूर्ण सबक सिखाना चाहता था। कभी भी ऐसे दोस्त की उपस्थिति को अनदेखा न करें, जो हमेशा आपके लिए उपस्थित रहता हो।

कुछ ही मिनटों में मैंने आरव को स्कूल के छात्रावास के बाहर से लिया। हमने छुट्टी बिताने के लिए लोनावाला जाने का फैसला किया था। हम पहले कई अवसरों पर वहाँ रहे थे और वह शहर के बाहर हमारा पसंदीदा अड्डा था।

मेरी पल्सर बाइक राजमार्ग में प्रवेश के रूप में 60 किमी. प्रति घंटा की रफ्तार से आगे बढ़ रही थी। वह एक्सप्रेस वे पर अपना पूरा उत्साह दिखा रही थी। आप पुणे से मुंबई तक केवल दो घंटों में पहुँच सकते थे और लोनावाला बस, बाइक से एक घंटे दूर

था। नीचे घाटी का दृश्य, एक्सप्रेस-वे से नीचे की ओर का, ऐसा लग रहा था जैसे किसी बच्चे की स्क्रैपबुक से बाहर एक तसवीर थी। नीचे दिए गए वाहन छोटे लोगो ब्लॉक की तरह दिख रहे थे और हम ऊपर उड़ते बादलों के साथ सड़क के किनारे पर जीवन भर भ्रमण कर सकते थे। पठार, असंख्य झरनेवाले झरने—बड़े पेड़ और छोटे-छोटे पौधे भी। चारों ओर हरियाली थी और अनुभव से हम जानते थे कि मॉनसून इस जगह में सबसे अच्छा मौसम था। हालाँकि हम थोड़ी जल्दी में थे, फिर भी यह बहुत लुभावना था।

"आज आरव बहुत चुप था, जो हमेशा बहुत उत्साह में रहता था। मैंने कुछ समय पहले अपनी आवाज में चिल्लाकर उससे कुछ ऐसा कहा था, जिससे कि वह उत्साहित हो, लेकिन अब तक मैं उसे ठीक नहीं कर सका। पहले हर मौके पर जब हम साथ घूमते थे तो वह ऐसे गानों का इस्तेमाल करता था, जो केवल वासना में डूबनेवाले लड़के गा सकते थे। इस बार इसे क्या हो गया है?

"क्या हुआ, आरव? तुम ठीक तो हो?" मैंने अंत में पूछा।

"हाँ।" आरव ने उत्तर दिया।

"तब तुम इतने शांत क्यों हो?" मैंने बाइक चलाते समय अपने कंधे की ओर देखने की कोशिश की।

"आज मेरा जन्मदिन है।" उसने धीरे-धीरे कहा।

मैंने बाइक को धीमा कर दिया।

"मुबारक, जन्मदिन मुबारक हो, दोस्त!"

"धन्यवाद!" उसने वापस फुसफुसाकर जवाब दिया।

> *"आज आरव बहुत चुप था, जो हमेशा बहुत उत्साह में रहता था। मैंने कुछ समय पहले अपनी आवाज में चिल्लाकर उससे कुछ ऐसा कहा था, जिससे कि वह उत्साहित हो, लेकिन अब तक मैं उसे ठीक नहीं कर सका। पहले हर मौके पर जब हम साथ घूमते थे तो वह ऐसे गानों का इस्तेमाल करता था, जो केवल वासना में डूबनेवाले लड़के गा सकते थे। इस बार इसे क्या हो गया है?*

यह उसके जन्मदिन पर अपेक्षित नहीं था। उसके दिमाग में कुछ होना चाहिए था, लेकिन हमेशा की तरह मैं अपने जीवन में खो गया। मैंने उसकी चुप्पी को अनदेखा कर दिया। मैंने बताया न, मैं रिश्तों को बनाए रखने में बहुत बुरा था।

हमने बाइक का सफर जारी रखा और भुशी बाँध पहुँचे थे। हम यहाँ मॉनसून के दौरान पहले भी आए थे और बहनेवाले पानी की खूबसूरती में मंत्रमुग्ध हो गए थे। यह एक सुंदर नजारा था, लेकिन जब यह दो पक्के मित्रों के मिलन में आया तो उन्हें नए स्थानों की खोज करनी पड़ी, जहाँ कोई और उन्हें नहीं ढूँढ़ सके। हमारे पास भी था। बाँध के पीछे कुछ जगहें थीं, जो काफी अस्पष्ट थीं। हम पहले उन जगहों पर पहुँचे। एक विशेष स्थान

से झील का एक सुंदर दृश्य था, जो हम दोनों को बहुत पसंद था। हम कुल बीस मिनट के लिए चले। मैंने अपनी स्थिति के आस-पास अध्ययन किया। एक बार आश्वास्त हुआ कि कोई भी हमें नहीं देख रहा है। मैंने अपनी शर्ट के नीचे से थैली निकाली।

"आरव, चलो, इन छल्लों व जोड़ों को बनाने में मुझे अपनी विशेषज्ञता दिखाओ, यार!" मुझे उसके चेहरे पर एक मुसकराहट दिखाई दी थी, जैसे कि हम इन क्षणों में एक बड़ी उपलब्धि बनाने जा रहे थे। उसने अपना हाथ बढ़ाया। मैंने पैक की गाँठ खोली और उसे एक झलक मिली।

"हे भगवान्! तुम्हें यह इतनी कहाँ से मिल गई? क्या वे इसे छूट पर बेच रहे हैं?" आरव एक शिक्षक की समृद्धि को देखकर आश्चर्यचकित था, जो अब वेतनभोगी भी नहीं था।

"यह एक लंबा रास्ता तय करवाएगा, भाई! हम केवल थोड़ी सी इस्तेमाल करेंगे।" मैंने जड़ी-बूटी की थोड़ी मात्रा निकाली, जबकि आरव ने तंबाकू को सिगरेट से हटा दिया। मैंने सिगरेट को हमारी पसंदीदा 'बूटी' के साथ भर दिया। आरव ने संयुक्त रूप से पहले खुद का और फिर मेरा''जलाया। हम दोनों ने चुपचाप, एक गहरी साँस लेकर उसे खींच लिया। एक बार कुछ बदलावों के साथ आराम करने के बाद उसने मेरे भीतर आग लगाना शुरू कर दिया। ऐसा लग रहा था कि मेरा अकेलापन मेरे साथ पकड़ा गया था। इतने दिनों से किसी से बात करने में सक्षम नहीं होने के कारण मैं खुद को रोक नहीं सकता था। मैं आरव से भी केवल स्कूल में ही मिला था, लेकिन मुझे उसे बताने के लिए बहुत कुछ चाहिए। तो मैंने उसे वह सब बताना शुरू कर दिया, जो कुछ भी मेरे दिमाग में था। मैंने अपने अकेलेपन से लेकर मेरे दिवालिया होने तक, मैंने अन्नू को लेकर अपनी पसंद के साथ ही मेरे साथ कितनी लड़कियाँ सोई थीं, उनके बारे में भी बात की। मैं साँस लेने के लिए भी नहीं रुका। जब मैंने उससे यह बात की कि मैंने अन्नू को कैसे पसंद किया था और पिहू के

"यह एक लंबा रास्ता तय करवाएगा, भाई! हम केवल थोड़ी सी इस्तेमाल करेंगे।" मैंने जड़ी-बूटी की थोड़ी मात्रा निकाली, जबकि आरव ने तंबाकू को सिगरेट से हटा दिया। मैंने सिगरेट को हमारी पसंदीदा 'बूटी' के साथ भर दिया। आरव ने संयुक्त रूप से पहले खुद का और फिर मेरा''जलाया। हम दोनों ने चुपचाप, एक गहरी साँस लेकर उसे खींच लिया। एक बार कुछ बदलावों के साथ आराम करने के बाद उसने मेरे भीतर आग लगाना शुरू कर दिया। ऐसा लग रहा था कि मेरा अकेलापन मेरे साथ पकड़ा गया था।

लिए मेरी नफरत लगातार कैसे बढ़ रही थी।

आरव चुप्पी साधे था। अगर वह सामने नहीं बैठा होता तो मैं उसकी उपस्थिति के बारे में नहीं जान सकता था। आमतौर पर कुछ सुट्टों के बाद आरव कभी भी शांत नहीं रह सकता था। यह चित्रित करना लगभग असंभव था। फिर भी, वह यहाँ बैठे, चुपचाप और ध्यान से मुझे देख रहा था या तो मेरा पैसा इस अप्रभावी खरपतवार पर बरबाद हो गया था या तो वह कुछ ज्यादा परेशान था! जब हम अपने दिमाग के मालिक थे, हम समझते थे; जब कोई और इसका मालिक होता था तो हम बेकार चीजों के बारे में बात करते थे। अंततः मैंने अपने पर्स को निकालकर पैसे के बारे में बात करनी शुरू कर दी।

"ये तुम्हारे दस हजार हैं। सारा हिसाब पूरा हो गया। तुम्हारी सहायता के लिए धन्यवाद।" मैंने उसे पाँच करारे दो हजार रुपए के नोटों को सौंप दिया। मेरे पास अभी भी मेरे बटुए में उन गुलाबी नोटों में से कई थे।

"तुम्हारे पास इतना पैसा कहाँ से आया? तुम तो पहले से ही इस्तीफा दे चुके थे! तुम्हें स्कूल से वेतन या पूर्ण और अंतिम निपटान तो अभी नहीं मिल सकता।" आरव ने उत्सुकता से पूछा।

मैं हँसा—एक मूर्ख जैसी हँसी!

"किसी भी कारण से, मैं एक अमीर आदमी हूँ, भाई! मेरे पास माँ और माँ का आज्ञाकारी बड़ा बेटा है, जो हमेशा मेरा खर्च उठाता है, मेरा भावनात्मक भाई!" मैंने बेपरवाही के साथ कहा। नशा अच्छी तरह से अपना काम कर रहा था।

"मैं क्या कह सकता हूँ? मेरा भाई एक भावनात्मक व्यक्ति है।" मैंने दोहराया, बिना यह सोचे कि उसे क्या बात परेशान कर रही है।

"मैं भी तुम्हारी मदद करता हूँ।" आरव ने अजीब मनोदशा से कहा।

"यार, तुम मेरे भाई हो।" मैंने उसकी पीठ पर हाथ मारा। तुम्हारे साथ रहने में मुझे खुशी होती थी।

"कोई तुम्हारी मदद करता है तो तुम उसका मजाक उड़ाते हो?" आरव ने मेरी तरफ नकारात्मक भाव से देखा।

"मैं क्या कह सकता हूँ? मेरा भाई एक भावनात्मक व्यक्ति है।" मैंने दोहराया, बिना यह सोचे कि उसे क्या बात परेशान कर रही है।

"मैं भी तुम्हारी मदद करता हूँ।" आरव ने अजीब मनोदशा से कहा।

"यार, तुम मेरे भाई हो।" मैंने उसकी पीठ पर हाथ मारा। तुम्हारे साथ रहने में मुझे खुशी होती थी।

"मैं तुम्हारा किस तरह का भाई हूँ?" वह मेरे ऊपर थोड़ा झुकते हुए बोला था। मुझे समझ में नहीं आया कि उसने इस तरह की बेवकूफी भरी बातचीत क्यों शुरू की !

"बॉस, मेरा मजा खराब मत करो! मैंने इस सबके लिए एक हजार का भुगतान नहीं किया था। कम-से-कम तुम इस वस्तु की तो देखभाल करते हो।" उसने कहा और दूर देखा।

मेरा नशा अचानक उतर गया। कुछ तो था, जो उसे परेशान कर रहा था। वह मुश्किल दौर से गुजर रहा था, ऐसा लग रहा था। मैंने उसे तंग नहीं किया। इसकी बजाय मैं झील को देखने लगा। हर तरफ सन्नाटा छाया था। कुछ दूरी पर कुछ जोड़े पानी में कूद रहे थे। कुछ लोग बाँध से बहनेवाले पानी में नाचते हुए प्रसन्नता की चीखें छोड़ रहे थे। हम दोनों ही उस मस्ती से गायब थे। मैंने मूड को थोड़ा बदलने के बारे में सोचा और आखिरकार बात की—

"भाई, अपना मूड खराब मत करो। आज तुम्हारा जन्मदिन है।"

उसके चेहरे पर अचानक बदलाव आया, क्योंकि उसने मुझे लगभग गुस्से भरी आँखों से देखा।

"तुम बिल्कुल सही कह रहे हो नील, आज मेरा जन्मदिन है।" उसके चेहरे पर व्यंग्यात्मक उपहास था, जबकि उसने यह कहा था···और पिछले कुछ घंटों से हम पिहू और उसकी माँ के बारे में बात कर रहे हैं···और···और तुम कितनी लड़कियों के साथ संबंध रख चुके थे! या हो सकता है कि तुमने पैसे के लिए अपनी माँ को कैसे बेवकूफ बना दिया हो···।"

उसने बहुत अनावश्यक बल के साथ कंकड़ डाला।

"···क्या हम पिछले एक घंटे से मेरे जन्मदिन पर ही चर्चा नहीं कर रहे हैं?" उसके विस्फोट ने मुझे चकित कर दिया। मैंने क्षमा-याचना की और सुट्टा फेंक दिया।

"माफ कर दे, यार! मैं···अपनी भावनाओं पर नियंत्रण नहीं कर पाता।"

आरव ने मेरी बात काटते हुए कहा, "आज मेरा जन्मदिन है, नील! मैं सुबह से अपने परिवार को याद कर रहा था और फिर मैंने सोचा, मेरे साथ जश्न मनाने के लिए दोस्त है। जब तुमने मुझे बुलाया, मैंने सोचा कि यह मेरे जन्मदिन के लिए था, लेकिन तुम्हें तो यह याद भी नहीं था!"

"नहीं, मुझे लगता है कि मैं सिर्फ तुम्हारा समय बितानेवाला मित्र हूँ। जब तुम ऊब जाते हो, केवल तभी तुम मुझे फोन करते हो।" वह गुस्से में आग उगल रहा था और मैं नहीं जानता था कि मैंने जो भी कहा, वह चीजों को बेहतर बनाएगा या बदतर बना देगा! इसलिए मैंने खुद को चुप रखा। उसे उन सभी चीजों को कहने का मौका दिया, जिसकी उसे उम्मीद थी, जो वह इतने लंबे समय तक अपने भीतर रख रहा था।

"सॉरी यार, तुम मेरे सबसे अच्छे दोस्त हो।"

"नहीं, मुझे लगता है कि मैं सिर्फ तुम्हारा समय बितानेवाला मित्र हूँ। जब तुम ऊब जाते हो, केवल तभी तुम मुझे फोन करते हो।" वह गुस्से में आग उगल रहा था और मैं नहीं जानता था कि मैंने जो भी कहा, वह चीजों को बेहतर बनाएगा या बदतर बना देगा! इसलिए मैंने खुद को चुप रखा। उसे उन सभी चीजों को कहने का मौका दिया, जिसकी उसे उम्मीद थी, जो वह इतने लंबे समय तक अपने भीतर रख रहा था।

"मुझे कुछ बताओ, नील! तुम क्या हो? तुम अच्छे बेटे नहीं हो, अच्छे भाई नहीं और आज मुझे यकीन है कि तुम एक अच्छे दोस्त भी नहीं हो।"

❑

सत्रह

आरव कहता है—

नमस्कार! मैं आरव हूँ। वही लड़का, जो नील कहता है, उसका एकमात्र दोस्त है। मेरी इच्छा है कि वह कह सकता कि उसका सबसे पक्का दोस्त!

जब नील मेरे पास आया कि उसके बारे में कुछ लिखूँ तो मैंने मना कर दिया।

एक स्पष्ट 'नहीं' मेरा जवाब था।

उन्होंने जोर दिया कि वह एक सच्ची कहानी लिखना चाहता था। तब वह पल था, जब मैंने उसके लिए लिखने का फैसला किया। आखिरकार, मैं उसका एकमात्र दोस्त हूँ। पहली बार नील मेरे पास लिखने के असाधारण अनुरोध के साथ आया था।

मैं डी.ए.वी. स्कूल में अंग्रेजी पढ़ाता था और कुछ समय के लिए नील के साथ काम करता था। मैं तीन साल तक उस स्कूल में रहा था, जब नील गणित के शिक्षक के रूप में शामिल हो गया था।

पहली बात, जिस पर मेरा ध्यान गया, वह उसका व्यक्तित्व था। यह अजीब लग सकता है, लेकिन ऐसा ही था! चूँकि मैं सामान्य रूप से अच्छा दिखनेवाला नहीं हूँ, नील अपवाद था, बेहद करिश्माई व्यक्तित्व का स्वामी, जो देखे, बस, मंत्रमुग्ध हो जाए! नजर ही न हटे, ऐसा था। उसका उचित रंग, चमकदार गहरे भूरे रंग की आँखें, मुलायम मगर मर्दाना त्वचा, पूरे होंठ, भूरे रंग के रेशमी बाल, उन्नत कंधे, लंबे पैर, मांसल बाँहें, गठीला बदन उसे एक गजब मोहक व्यक्तित्व दे रहे थे। आप उस जैसे सुंदरता के मानवीय नमूने को केवल कामुक फिल्मों में देख सकते हैं।

पहले-पहल सहयोगियों के रूप में हमारी कुछ बातचीत हुई थी, लेकिन जब हमने डाउनलोड की गई फिल्मों को एक-दूसरे को दिया तो हमारी दोस्ती एक निश्चित स्तर से आगे बढ़ी।

"क्या तुम्हारे पास कोई एडल्ट वाली फिल्म है?" मैंने पूछा था।

उसने सवाल उठाया, "तुम्हें किस तरह की चाहिए ?"

"तरह ?" मैंने इसे इतना सोचा नहीं था। क्या इतने सारे प्रकार हो सकते हैं ?

मेरे चेहरे पर लिखी अज्ञानता को पढ़ते हुए नील ने वर्गीकरण बताया, "अनुभवहीन, मौखिक, बड़े स्तन, तीन के समूह में, गुदा, समलैंगिक—इन सबको देखने व जानने के लिए सेक्स विशेषज्ञ होने की जरूरत नहीं है। बहुत कुछ तुम्हारी रुचि के अनुसार अश्लील मिल जाता था।"

नील ने पूरी मुसकराहट दी और आकस्मिक रूप से कंधे उचकाए।

मेरे लिए यह सब बहुत नया था। क्या मैं आज की पीढ़ी से इतना पीछे चल रहा हूँ ? मुझे आश्चर्य हुआ, पर मैंने ऐसे दिखाया जैसे मुझे सब पता था। मैंने सूची का वह पहला शब्द कहा, जो मुझे याद था।

नील ने अजीब तरह से मुझे देखा और पूछा, "अनुभवहीन में क्या ?"

मैंने कोई प्रतिक्रिया नहीं की और उसने फिर से एक सूची मेरी सामने रख दी। फिर बोला, "मेरा मतलब है, तुम्हारी पसंद क्या है ? निर्दय, जंगली तरह का सेक्स ? अभिनय में ढला सेक्स, बिल्ली की तरह बनकर सेक्स करना…"

क्या बकवास है ! मैंने वहाँ, उसी वक्त अश्लील फिल्मों में अपनी रुचि खो दी। सेक्स में देरी होना, मतलब सेक्स के लिए तैयार या इच्छित न होना।

उसके लैपटॉप की डी-ड्राइव उन सूचियों से भरी थी और शुष्क क्षेत्र भी थे, जिनमें मैं भी था। मैंने लालसा से सारी जानकारी को ग्रहण कर लिया। और चूँकि बुरी आदतों ने हमेशा अच्छे दोस्त दिए, इसलिए हमने विचारों से सबकुछ साझा करना शुरू कर दिया। उसके पास एक कहानी का वर्णन करने के अद्‌भुत कौशल थे। हमने लड़कियों पर चर्चा शुरू कर दी। मुझे स्वीकार करना है, क्योंकि मैं केवल सच्चाई लिखने के लिए वचनबद्ध हूँ। मैं भी लड़कियों में रुचि रखता हूँ। और क्यों नहीं रखनी चाहिए !

> *हम एक प्रेमिका होजे के लिए एक-दूसरे के साथ अनुभव और कल्पना साझा करते थे। कुछ समय बाद मुझे एहसास हुआ कि नील एक विकृत सोच का व्यक्ति था। लड़कियों के लिए मेरी पसंद एक गहरी इच्छा से उत्पन्न हुई, जबकि उसकी सिर्फ जैसे वह सोचता था। इसके अलावा, उसे किशोर लड़कियाँ ज्यादा पसंद आती थीं। मुझे नहीं पता, क्यों? आश्चर्य है कि उनमें क्या खास होता था!*

हम एक प्रेमिका होने के लिए एक-दूसरे के साथ अनुभव और कल्पना साझा करते थे। कुछ समय बाद मुझे एहसास हुआ कि नील एक विकृत सोच का व्यक्ति था।

लड़कियों के लिए मेरी पसंद एक गहरी इच्छा से उत्पन्न हुई, जबकि उसकी सिर्फ जैसे वह सोचता था। इसके अलावा, उसे किशोर लड़कियाँ ज्यादा पसंद आती थीं। मुझे नहीं पता, क्यों? आश्चर्य है कि उनमें क्या खास होता था!

वह हमेशा सुंदर लड़कियों के बारे में बात करता था। हम फीनिक्स मॉल में सिर्फ नग्न पैरों को देखने के लिए शाम गुजारते थे। कितनी बार गए, इसकी गिनती मैंने खो दी है। हमने स्कर्ट और शॉर्ट्स में लड़कियों को देखने में घंटों बिताए हैं। लेकिन हमने सीमाओं को कभी पार नहीं किया। यह हमेशा एक अनकहा नियम था।

जब उसने अनन्या को शामिल करना शुरू किया तो मैंने अपनी चिंता जताई। यहाँ तक कि उसे चेतावनी भी दी। उस लड़की ने अपने बैच के बहुत सारे लड़कों को बरबाद कर दिया था और नील अपने शरीर के लिए एक आत्मनिर्भर दास है। जैसे–जैसे वह अनन्या के साथ गहराई में उतरता जा रहा था, मैंने सोचा, वह अपने भविष्य से खिलवाड़ कर रहा था।

मेरे दोस्त के लिए मेरा डर जल्द ही वास्तविकता में बदल गया। उसने आगे बढ़ने की अपनी गलती को महसूस किया और उसे अपने स्थान पर आने से रोक दिया, लेकिन तब तक बहुत देर हो चुकी थी। किसी ने अनन्या के साथ उसके रिश्ते के बारे में शिकायत कर दी थी। उसे स्कूल परिसर छोड़ने के लिए कहा गया था। और फिर अचानक पिहू कहीं से उभरकर आई थी। किंतु उस लड़की ने उसे क्यों समर्थन दिया और उसे अपने घर में जाने के लिए क्यों कहा?

मैंने दसवीं कक्षा में पिहू को अंग्रेजी पढ़ाई थी। वह एक अनियमित छात्रा थी और मुझे स्पष्ट रूप से याद था, क्योंकि जब मैंने उसकी माँ से शिकायत की थी तो उन्होंने कुछ चिकित्सा का बहाना दिया था।

मैंने अनुमान लगाया कि पिहू 'एक और नील' जैसी थी। कौन सी लड़की को उसके शिक्षक पर क्रश होगा, जो उससे ग्यारह साल बड़ा था?

> *मैंने दसवीं कक्षा में पिहू को अंग्रेजी पढ़ाई थी। वह एक अनियमित छात्रा थी और मुझे स्पष्ट रूप से याद था, क्योंकि जब मैंने उसकी माँ से शिकायत की थी तो उन्होंने कुछ चिकित्सा का बहाना दिया था।*
>
> *मैंने अनुमान लगाया कि पिहू 'एक और नील' जैसी थी। कौन सी लड़की को उसके शिक्षक पर क्रश होगा, जो उससे ग्यारह साल बड़ा था?*

अधिक जानने और यह सुनिश्चित करने के लिए कि नील को उसकी वजह से अधिक परेशानी तो नहीं होगी, मैंने उसके बारे में एक जाँच शुरू की। पिहू के पिता का

देहांत लगभग पाँच साल पहले ही हो गया था; लेकिन मैं उनकी मृत्यु का कारण नहीं खोज सका।

लेकिन उसके प्रति मेरी सहानुभूति गायब हो गई, जिस तरह से पिहू नील को देखती थी और उस पर हावी होने की कोशिश करती थी। यह ठीक नहीं था। मेरा मतलब है, उसकी उम्र की एक बच्ची को आसानी से किसी के प्रति आकर्षित होते देखना स्वाभाविक है; किंतु नील को एक शिक्षक होने के नाते अपनी छात्रा को बढ़ावा नहीं देना चाहिए था। लेकिन फिर कुछ अपरिहार्य सा वाकया हुआ और पिहू की माँ अन्नू को लुभाने के लिए नील ने पिहू का सहारा लिया था।

कितना अजीब था, एक लड़की, जिसकी उम्र आसानी से उत्तेजित हो सकती है, वह नील की दीवानी थी और नील उसकी माँ का दीवाना था।

खैर, जब उसकी नौकरी चली गई और तत्काल वित्तीय सहायता की कोई आशा नहीं थी, तब उसने मुझे सोने की एक मोटी चेन दिखाई, जो उसने कुछ समय पहले अपनी भाभी के पास से चुराई थी। उसने आपात स्थिति के मामले में पैसे के लिए बैकअप लेने की वजह से ऐसा किया था। उसने मुझसे उस चेन के बदले में कुछ हजार रुपए माँगे। उस चेन को पाने के लिए जिन परिस्थितियों का उसने वर्णन किया, उससे मुझे एहसास हुआ कि उसने क्रूरता से पवित्र संबंधों की हत्या कर दी थी।

आपको आश्चर्य हो सकता है कि मुझे एहसास हुआ कि वह इतना बुरा था, तो भी मैं अभी तक उसका दोस्त क्यों हूँ? ऐसा इसलिए है, क्योंकि मुझे पता है कि वह एक भावनाहीन बुरा व्यक्ति हो सकता है; लेकिन उसके अंदर भी कहीं-न-कहीं अच्छे भाव जरूर थे, बस, पहचानने की जरूरत थी। उसने कभी किसी को भी अंतरंगता के लिए मजबूर नहीं किया था। उसने हमेशा अन्य लोगों के लिए प्रार्थना की थी।

वह पहली बार था, जब मैंने उसे नापसंद किया था। उसने अपने भाई को धोखा दिया था! एक भाई, जिसने हमेशा उसकी मदद की थी।

इसके बाद मैंने निष्कर्ष निकाला कि नील वास्तव में एक बुरा आदमी था। उसने किसी की कभी भी परवाह नहीं की। मैंने हमेशा सोचा कि मैं उसका श्रेष्ठ मित्र था। लेकिन वह ऐसी भावनाओं से बहुत दूर था। वह निश्चित रूप से एक भाव-विहीन व्यक्ति था, सिर्फ एक मानव आकृति, जो पत्थर से तैयार की गई थी।

आपको आश्चर्य हो सकता है कि मुझे एहसास हुआ कि वह इतना बुरा था, तो भी मैं अभी तक उसका दोस्त क्यों हूँ? ऐसा इसलिए है, क्योंकि मुझे पता है कि वह

एक भावनाहीन बुरा व्यक्ति हो सकता है; लेकिन उसके अंदर भी कहीं-न-कहीं अच्छे भाव जरूर थे, बस, पहचानने की जरूरत थी। उसने कभी किसी को भी अंतरंगता के लिए मजबूर नहीं किया था। उसने हमेशा अन्य लोगों के लिए प्रार्थना की थी। वह ईर्ष्या और घृणा से बहुत दूर था। वह एक मामले में बुरा हो सकता है, लेकिन फिर भी, उसमें (बहुत) कुछ मानवता शेष थी। मुझे पता है, वह हमेशा हर किसी की मदद करने की कोशिश करता था, लेकिन वह अपनी भावनाओं को कभी भी व्यक्त नहीं कर सका।

मुझे यकीन है कि जीवन उसे सबक जरूर सिखाएगा और मैं प्रार्थना करूँगा कि ऐसा जल्द-से-जल्द हो, क्योंकि वक्त और जिंदगी हाथ से हर पल फिसलते ही हैं।

वह एक अच्छा इनसान नहीं था,

अच्छा भाई भी नहीं था,

एक अच्छा बेटा भी नहीं था।

और हाँ, मुझे यह कहने में बहुत पछतावा हो रहा है कि वह एक अच्छा दोस्त भी नहीं था।

लेकिन मुझे यकीन है, एक दिन वह निश्चित ही बदल जाएगा।

मैंने उसकी बुरी आत्मा में एक अच्छा दिल देखा है।

अठारह

चूँकि स्कूल परीक्षाओं के लिए बंद हो गया था, इसलिए मैंने अपना अविश्वसनीय साधन और टाइम-पास खो दिया था। मेरा प्रिय, एकमात्र दोस्त! मैं हमेशा घर में रहता था या तो उपन्यास पढ़ रहा होता था या नौकरियों की तलाश में रहता था। मुझे अभी तक किसी भी साक्षात्कार के लिए नहीं बुलाया गया था। सभी स्कूल अगले कुछ महीनों के लिए बंद थे और नया सत्र जुलाई में ही शुरू होना था। मार्च से जून तक हर साल शिक्षकों की भरती के लिए शुष्क मौसम होता था।

हाथ में बहुत अधिक समय और एक अच्छे दोस्त की अनुपस्थिति जिंदा रहने के लिए सबसे अप्रिय संयोजन है। मैं अपने कमरे में था और चीजों की तलाश में था। मेरी नजरें दर्पण की ओर गईं। मैंने देखा, दर्पण में जो व्यक्ति था, वह खुश नहीं था। मेरे दिल में कहीं मुझे अपने बारे में बुरा लगा। मैंने अपनी नजरों को दर्पण से दूर कर दिया। हाथ फिर से व्हिस्की की बोतल तक पहुँच गया। मैंने एक बड़ा पेग बनाया और उसे एक बार में खत्म कर दिया। मैं दर्पण में दिखनेवाले उस दु:खी आदमी जैसा नहीं बनना चाहता था। मैं अपना होश खोने के लिए उस भावना को भूल जाना चाहता था। मैंने दो बड़े पेग और बनाकर पी लिये। मैंने फोन पर एक गीत चलाया और शांतिपूर्वक सो गया।

अगले दिन मैंने एक फोन किया, जो मैं लंबे समय से करना चाहता था। आरव, अपने दोस्त को। मुझे यकीन नहीं है कि मैंने भावनात्मक रूप से महसूस किया है या नहीं, लेकिन मैं निश्चित रूप से उसे खोने का जोखिम नहीं उठा सकता था। वह उसके जन्मदिन पर हुए झगड़े से नाराज था और मैं निश्चित रूप से उस दिन उसका दोषी था। इसलिए मैंने उसे फोन किया और माफी माँगी। उसने अपने शब्दों से और बातों से मुझे यह कहकर उबारा कि वह अपना आपा खो बैठा था, क्योंकि उसे अपने परिवार की बहुत याद आ रही थी, लेकिन मुझे पता था कि वह मेरी तरफ से निराश था, लेकिन मुझ जैसे भाव-विहीन व्यक्ति से वह और क्या उम्मीद कर सकता था!

दिन तो खत्म होते नहीं थे और शाम बहुत मुश्किल से गुजरती थी। लोग जब शाम

का उत्सुकता से इंतजार करते थे कि वे दोस्तों के साथ मस्ती करने के लिए बाहर निकल जाएँगे या परिवार के साथ समय बिताएँगे, मैं डरता था, क्योंकि मेरे पास खुद को व्यस्त या खुश रखने के लिए कोई काम नहीं था। अंतत: मैंने अपनी आलसी हड्डियों को उठाया और अस्त-व्यस्त बगीचे में कदम रखा। गेट के बाहर सड़क पर चुप्पी थी। मैंने देखा था कि इस कॉलोनी में बच्चों को खेलने के लिए कुछ क्षेत्र दिए गए हैं—बिना किसी अतिरिक्त शोर के।

मैं बहुत अकेला था। मैंने पिहू का साथ वापस पाने के लिए लंबे समय से काम करना शुरू कर दिया। वह अब तक मुझे दस लाख बार आकर परेशान कर चुकी होती, लेकिन मुझे आश्चर्य हुआ कि इस बार वह कहाँ थी?

मेरी प्रतीक्षा समाप्त हो गई, जब कुछ मिनट बाद पिहू को मैंने बालकनी पर झुका हुआ पाया। मैंने उसकी तरफ देखकर हाथ हिलाया, अच्छे से मुसकराते हुए। मुझे डर था कि मेरी मुसकराहट की गलत तरीके से व्याख्या की जा सकती है। पिहू ने भी अपनी उसी मुसकान के साथ चिल्लाकर जवाब दिया और प्लास्टिक की कुरसी पर बैठ गई।

> मेरी प्रतीक्षा समाप्त हो गई, जब कुछ मिनट बाद पिहू को मैंने बालकनी पर झुका हुआ पाया। मैंने उसकी तरफ देखकर हाथ हिलाया, अच्छे से मुसकराते हुए। मुझे डर था कि मेरी मुसकराहट की गलत तरीके से व्याख्या की जा सकती है। पिहू ने भी अपनी उसी मुसकान के साथ चिल्लाकर जवाब दिया और प्लास्टिक की कुरसी पर बैठ गई।

मैंने कभी उसे दोस्तों के साथ खेलने के लिए बाहर नहीं देखा था। पढ़ाई में कमजोर होने के बावजूद वह ट्यूशन के लिए भी बाहर नहीं गई थी। मैंने अपने विचारों को कुछ जोर से आवाज में कहा, "तुम बाहर क्यों नहीं जातीं? और अपने दोस्तों के साथ खेलती भी नहीं हो!"

"मुझे उनके साथ खेलने की इजाजत नहीं है।" पिहू ने कुछ भावुक चेहरा बनाकर कहा।

"क्यों?"

"माँ मुझे बाहर जाने की अनुमति नहीं देती हैं।"

मैंने उसकी बात सुनकर गरदन हिलाई, उसके शब्दों पर विचार किया। पिहू ने शायद ही अपनी माँ को सुना। मेरे साथ अन्नू की जो छोटी बातचीत थी, वह उसने शायद कभी नहीं सुनी थी।

"क्या आप मेरे साथ खेलेंगे, सर?" पिहू ने पूछा।

मुझे नहीं पता था कि प्रतिक्रिया कैसे करें, लेकिन मैंने खुद को सहमति में गरदन हिलाते पाया।

"थैंक यू सर, आप कौन सा खेल खेलना चाहते हैं?" पिहू खुशी में चीखी। "मैं नीचे आ रही हूँ।" उसने नीचे आने में कुछ समय लगाया। वह बहुत धीरे-धीरे चल रही थी, दो सीढ़ियों से उतरने के लिए भी कई सेकंड ले रही थी। यह विश्वास करना मुश्किल था कि वह सत्रह वर्ष की थी! मैंने उन संभावित खेलों के बारे में सोचा, जो हम दोनों खेल सकते थे। मैं घर या ताश के पत्तों से महल बनाने के मूड में नहीं था। पिहू मेरे पास एक बोर्ड एवं एक बॉक्स के साथ आई और जमीन पर बैठ गई।

"क्या हम इसे खेल सकते हैं?"

"यह क्या है?"

"लूडो, मेरा पसंदीदा खेल!"

□

पिछली बार मैंने शनिवार की रात को छत पर अन्नू को देखा था। मैं फिर से भाग्यशाली होने की उम्मीद कर रहा था। यह दिमाग के साथी सुंदरता से बात करने का मेरा एकमात्र अवसर होगा। मैं लगभग हर रात छत पर जा रहा था। आपको पता है, मैं इसे एक आदत के रूप में पेश करना चाहता था। इस तरह वह मेरी उपस्थिति को अजीब नहीं मानती थी। मैं कभी-कभी अपने व्हिस्की के प्याले को भी साथ ले जाऊँगा; क्योंकि जब मैं अकेला रहना चाहता था तो यह मेरा साथी होता था। और यहाँ तक कि अगर अन्नू नहीं थी तो मुला नदी ने मेरा थोड़ा सा कायाकल्प किया।

आज तक मेरी सभी योजनाओं की तरह यह भी एक सफलता थी! शनिवार को लगभग आधी रात के आस-पास एक खूबसूरत माँ छोटी सी नेकर और टी-शर्ट में सीढ़ियों से छत पर चली आई। यह विश्वास करना मुश्किल था कि उसकी सत्रह साल की बेटी थी। उसकी त्वचा से उसकी उम्र का बिल्कुल भी अंदाजा नहीं होता था। उसने उम्र से संबंधित किसी भी नियम को खारिज कर दिया और उसकी त्वचा मंद प्रकाश में और तेज चमक गई।

अंत में, आज तक मेरी सभी योजनाओं की तरह यह भी एक सफलता थी। शनिवार को लगभग आधी रात के आस-पास एक खूबसूरत माँ छोटी सी नेकर और टी-शर्ट में सीढ़ियों से छत पर चली आई। यह विश्वास करना मुश्किल था कि उसकी सत्रह साल की बेटी थी। उसकी त्वचा से उसकी उम्र का बिल्कुल भी अंदाजा नहीं होता था। उसने उम्र से संबंधित किसी भी नियम को खारिज कर दिया और उसकी त्वचा मंद प्रकाश में और तेज चमक गई। इसके अलावा, वह इतनी आधुनिक पोशाक कैसे पहन सकती है! हम तो विधवाओं को सफेद साड़ियों में देखते हैं, जो खुद के लिए मौत माँगती हैं और

उन दिल को रुला देनेवाले गीत गाती हैं, जो हिटलर के दिल को भी पिघला सकते हैं।

"हाय, सर!" उसने बहुत ही प्यार से कहा।

"हाय।" मैंने कहा। मैं बस इतना ही कह सकता था।

"आप यहाँ हर दिन आते हो?"

"हाँ, लगभग। अधिकतर जब मुझे सोने में परेशानी होती है।"

"आपको नींद की समस्या है?"

"जरूरी नहीं। और यह भी है कि मुझे सुंदर दृश्य पसंद हैं और यहाँ समय बिताना मुझे बहुत अच्छा लगता है।"

"बेहद सटीक तथ्य है।" वह प्रशंसा में मुसकरा दी और अपने संदेश को व्यक्त करने के लिए वह फिर से एक कोने में चली गई। उसके छोटे बाल नदी से आ रही ठंडी, ताजा हवा में उड़ रहे थे। उसकी आँखें एक बड़े दृश्य को पकड़ने की कोशिश करने में और अधिक चौड़ी हो गई थीं।

मैं इन सब का आकलन कर सकता था, क्योंकि मुझे एक ही दिशा में सामना करना पड़ रहा था; हालाँकि एक अलग कोने से मैं चाहता था कि टैरेस के पास सिर्फ एक ही कोना होता।

मैंने एक अच्छा प्रभाव देने की कोशिश की कि मुझे उसकी उपस्थिति में कोई दिलचस्पी नहीं है। मैंने छत पर लंबाई में चलना शुरू किया और कुछ और चीजों पर ध्यान लगाने लगा। लेकिन अन्नू चुप थी, अपने जीवन के साथ संतुष्ट दिख रही थी। वह नदी के साथ अपनी बातचीत में पूरी तरह से डूबी हुई लग रही थी। लेकिन जो कुछ भी कहा, मुझे यकीन था कि उसने दिल में कुछ ले लिया था। हालाँकि मेरे मन में उसके साथ कोई भावनात्मक बंधन नहीं था, फिर भी उसकी उपस्थिति मुझे अजीब सी कँपकँपाहट दे रही थी। वह लगभग आधे घंटे तक चुपचाप खड़ी थी। मैं बहुत ज्यादा बोर हो चुका था। मैं उसे ठीक से देख भी नहीं सका था। वह एक अँधेरी रात थी।

एक बार नदी से बात करने के बाद उसने मुड़कर पूछा, "तो, आप आज नहीं पी रहे हो?" उसने मुझे उसी तरह देखा, जैसे पिहू ने देखा था।

"मैं नियमित शराब नहीं पीता हूँ। बस, शायद ही कभी-कभार?"

"कभी-कभार¨ हफ्ते में एक बार!" वह हँसी। उसमें हास्य की अच्छी भावना थी। मुझे बातचीत के विषय के बारे में कोई चिंता नहीं थी। मैं केवल खुश था कि हम चुप्पी तोड़ने में कामयाब रहे थे।

एक बार नदी से बात करने के बाद उसने मुड़कर पूछा, "तो, आप आज नहीं पी रहे हो?" उसने मुझे उसी तरह देखा, जैसे पिहू ने देखा था।

"मैं नियमित शराब नहीं पीता हूँ। बस, शायद ही कभी-कभार?"

"कभी-कभार...हफ्ते में एक बार!" वह हँसी। उसमें हास्य की अच्छी भावना थी। मुझे बातचीत के विषय के बारे में कोई चिंता नहीं थी। मैं केवल खुश था कि हम चुप्पी तोड़ने में कामयाब रहे थे।

"आप पीनेवाले लोगों से नफरत करती हैं?"

"नहीं, जब भी मैं परेशान होती हूँ, तब मैं भी पी लेती हूँ।"

मैं मुसकराया और मैंने अपने दिमाग में बात की 'तो आज आप परेशान नहीं हैं!'

"एक छोटा सा अनुरोध है...मैम।"

"मुझे मैम मत कहो।"

"ठीक है, नहीं कहूँगा। तो, आप मुझे 'सर' कहना छोड़ दो। मुझे नील कहकर बुलाओ।"

वह मुसकराई, "तुम सही कह रहे हो, नील।"

हमने पिहू के बारे में कुछ बातचीत की थी। हमने खाने के लिए कुछ अच्छी जगहों और कई अन्य सांसारिक चीजों पर चर्चा की। मुझे लगा कि वह मेरे साथ खुल रही थी। मैंने वह महत्त्वपूर्ण सवाल पूछने का फैसला किया, जो मेरे मन में घूम रहा था।

हमने पिहू के बारे में कुछ बातचीत की थी। हमने खाने के लिए कुछ अच्छी जगहों और कई अन्य सांसारिक चीजों पर चर्चा की। मुझे लगा कि वह मेरे साथ खुल रही थी। मैंने वह महत्त्वपूर्ण सवाल पूछने का फैसला किया, जो मेरे मन में घूम रहा था।

"अन्नू, क्या मैं तुमसे कुछ व्यक्तिगत सवाल पूछ सकता हूँ? मुझे उम्मीद है कि तुम बुरा नहीं मानोगी।"

उसने कहा, "हाँ, पूछिए।"

"तुम्हारे पति को क्या हुआ था?"

उसने बिना रुके जवाब दिया, "उनकी आनुवंशिक विकार के कारण मृत्यु हो गई थी।" उसके शब्दों में कोई भावना नहीं थी। बिना हिचकिचाहट के जिस तरह से उसने सब कहा। कोई तकलीफ के जैसे उसने सैकड़ों बार उस प्रश्न का उत्तर दिया होगा। यदि करण जौहर की फिल्म में भी यही वाक्य आया होता तो उसमें भी आपको चार गाने और आँसुओं का गैलन मुफ्त में मिल जाता।

वह फिर से उदास हो गई थी, मैं देख सकता था। मैंने निश्चित रूप से उसकी मूड खराब कर दिया था। मैं उस पल मौन था, क्योंकि हम दोनों मुला नदी की ओर देख रहे थे।

"नील, क्या मैं तुमसे एक व्यक्तिगत प्रश्न पूछ सकती हूँ?"

मैं सौवें बादल पर था! मैंने काल्पनिक पक्षियों के मधुर कलरव, लहरों की सुखद कल-कल जैसी ध्वनि को सुना। मैं इस उम्मीद में आंतरिक रूप से नृत्य कर रहा था कि

> "नील, क्या मैं तुमसे एक व्यक्तिगत प्रश्न पूछ सकती हूँ?"
> मैं सौवें बादल पर था! मैंने काल्पनिक पक्षियों के मधुर कलरव, लहरों की सुखद कल-कल जैसी ध्वनि को सुना। मैं इस उम्मीद में आंतरिक रूप से नृत्य कर रहा था कि वह मेरे साथ व्यक्तिगत हो रही थी।
> "हाँ, पूछो न!"
> "क्या तुम वास्तव में अनन्या से प्यार करते थे?"

वह मेरे साथ व्यक्तिगत हो रही थी।

"हाँ, पूछो न!"

"क्या तुम वास्तव में अनन्या से प्यार करते थे?"

अचानक मेरे पेट में उड़ रही उन सभी तितलियों ने दम तोड़ दिया था। ऐसा था, जैसे उसने मुझे दो टुकड़ों में करके वास्तविकता में वापस लाकर फेंक दिया! अनन्या से अपनी मुलाकात के लिए अब मैं वाकई बहुत खेद व्यक्त करता हूँ।

"नहीं, अन्नू, वह मेरे लिए सिर्फ एक छात्रा थी।"

"तो तुम्हें स्कूल छोड़ने के लिए क्यों कहा गया था?"

मुझे लगा था कि मुझमें एक खालीपन है और मैं उसके साथ चुप्पी तोड़ने के लिए छत पर आया था; किंतु अब, मुझे अपने आने पर खेद हो रहा था। ऐसा लग रहा था जैसे किसी ने मेरे सिर पर बर्फ की एक सिल्ली देकर मारी हो और मेरे सिर पर वह टूट गई थी! मेरे पास कुछ कहने को नहीं था। क्या और क्यों गलत हो गया था, इस बारे में कोई स्पष्टीकरण नहीं था और अब मैं उसे क्या कह सकता हूँ? अगर मैं पहले साफ होता तो उसे कुछ बताता!

मैंने उससे अब एकमात्र सवाल पूछा था, जो मेरे लिए सबसे ज्यादा महत्त्व रखता था, क्योंकि मैं इतना चौंक गया कि वह सब जानती थी। खैर, हिम्मत बाँधकर मैंने पूछा, "तुम इस स्कूल के मामले के बारे में कैसे जानती हो?"

उसने नदी की तरफ से नजरें हटाकर सीधे मेरी आँखों में देखते हुए कहा, "मेरे पति आपके स्कूल में शिक्षक थे।"

□

उन्नीस

'**क्या** तुम वास्तव में अनन्या से प्यार करते थे? तुम्हें स्कूल छोड़ने के लिए क्यों कहा गया था?" अन्नू ने जो सवाल मुझसे पूछे थे, वे अब तक मेरे कानों में गूँज रहे थे। इसलिए थोड़ा सा घूमने के बाद मैं अपने कमरे में वापस आ गया। नींद आज मुझसे कोसों दूर थी। मैं समझने की कोशिश कर रहा था कि उसने क्या और क्यों पूछा था?

वह मेरे बारे में सबकुछ जानती थी, यह तो पक्का था। मैं सोच रहा था कि उसने मुझे इस घर में रहने की इजाजत क्यों दी थी? इस प्रकरण के बारे में पूरी तरह से जानना, जबकि मुझ पर एक छात्रा के साथ नाजायज तरीकों से शामिल होने का आरोप लगाया गया था! फिर भी मुझे न्यूनतम किराए पर क्यों रखा? यह पक्ष मेरे लिए क्यों? वह मुझे ऐसे क्यों देखती है, जैसे वह मुझे उम्र भर से जानती है? पिहू मेरे साथ ऐसा व्यवहार क्यों करती है? पिहू को बाहर खेलने की इजाजत क्यों नहीं है?

करोड़ों प्रश्न, अजीब सवाल मेरे सिर के चारों ओर तैर रहे थे। सबकुछ मेरी समझ से परे था। माँ और बेटी अपने दिल के करीब कुछ गुप्त रख रहे थे। अब यह रहस्य कैसे सुलझेगा, मुझे यकीनन उस वक्त समझ नहीं आ रहा था। मैं कुछ बहुत महत्त्वपूर्ण बात करने में विफल रहा था। मैं अगले दिन स्कूल के कैफेटेरिया में आरव के साथ बैठा था। चारों ओर पूर्ण चुप्पी थी। विश्वास करने के लिए मुश्किल था कि यह वही जगह है, जो छात्रों की भीड़ के साथ हर समय चर्चा करती है। मैंने पहले कभी अपना कार्यस्थल ऐसा नहीं देखा था। खैर, यह अब मेरे काम की जगह नहीं थी।

"तुम इतने परेशान क्यों दिख रहे हो, नील?"

"सबकुछ बहुत अजीब है, आरव। शुरू में मैंने सोचा था कि पिहू अपरिपक्व है। अब मुझे लगता है, वह नहीं‌''‌वे''‌सभी अजीब हैं। पूरा परिवार अजीब है।"

"क्या हुआ?"

"वे अनन्या की अफवाहों के बारे में सब जानते हैं। मुझे स्कूल से बरखास्त क्यों

"शांत नील, मेरे पास तुम्हारे लिए कुछ जानकारी है।" अब वह अपने मोजो के साथ वापस क्यों था! मैंने आरव को उम्मीद से देखा। आरव ने कहा, जैसे कि दुनिया का सबसे गहरा रहस्य बता रहा हो—

"अनन्या के माता-पिता ने तुम्हारे खिलाफ शिकायत नहीं की थी।"

"फिर किसने किया ऐसा?"

"शायद किसी छात्रा ने···वह एक हस्तलिखित नोट था।"

किया गया···सबकुछ! जाहिर है कि पिहू के पिता का निधन होने से पहले वह यहाँ पढ़ाया करते थे, शायद इसलिए।"

आरव की अभिव्यक्ति थोड़ा बदल गई।

"मैं यह समझने में असफल रहा हूँ कि उन्होंने मुझे अपने घर में रहने की अनुमति क्यों दी? लगभग सबकुछ जानने के बावजूद, बिना किराए के?"

"शायद इसलिए, क्योंकि पिहू तुमसे प्यार करती है।" आरव ने व्यंग्यात्मक रूप से बात को पेश किया।

"अच्छा, कम-से-कम हम में से एक को यह मजेदार लगता है।" मैंने एक परेशान गहरी साँस ली।

"मैं बेरोजगार हूँ और किसी भी समय उस घर से बाहर फेंक दिया जा सकता हूँ··· और तुम यहाँ चुटकुले के साथ आ रहे हो!"

"शांत नील, मेरे पास तुम्हारे लिए कुछ जानकारी है।" अब वह अपने मोजो के साथ वापस क्यों था! मैंने आरव को उम्मीद से देखा। आरव ने कहा, जैसे कि दुनिया का सबसे गहरा रहस्य बता रहा हो—

"अनन्या के माता-पिता ने तुम्हारे खिलाफ शिकायत नहीं की थी।"

"फिर किसने किया ऐसा?"

"शायद किसी छात्रा ने···वह एक हस्तलिखित नोट था।"

"अनन्या खुद भी लिख सकती है।"

"पता नहीं।"

"अब क्या फर्क पड़ता है!" मैंने अपने सिर को हिलाकर कहा, "तो भी···मैं चिंतित हूँ, अन्नू को कैसे पता चला?"

"हो सकता है, वह कुछ शिक्षकों को जानती हो।"

अचानक दिमाग में कुछ विचार कौंधा। मुझे शायद उन चीजों का उत्तर मिल सके, जो मुझे परेशान कर रहे थे।

"मुझे एक छोटा सा पक्ष चाहिए।"

"कुछ भी, बस, मुझे अपने इस्तीफे को फाड़ने का अनुरोध करने के लिए मत कहना।"

"अरे, नहीं यार! सुनो। मैं कार्यालय से जानकारी नहीं निकाल सकता, लेकिन तुम कर सकते हो। अन्नू का पति इस स्कूल में एक शिक्षक था। मैं जानना चाहता हूँ कि अन्नू का पति कौन था।"

"पर क्यों? उससे कैसे मदद होगी?"

"मुझे नहीं पता।" मैंने उलझन में कहा।

"मैं शायद उत्सुक हूँ। अच्छा, ठीक है! उसका क्या नाम था?"

"मंगेश पाखी।" मैंने पिहू के पहचान-पत्र पर नाम देखा था।

आरव खड़ा हो गया।

"मुझे अभी जाना होगा। जब भी, जो भी पता चलेगा, मैं बताता हूँ।"

मैं सहमति दे चुका था।

मैं घर वापस आ गया। मेरे सिर में प्रश्नों का एक नया सेट घूम रहा था। मेरे और अनन्या के बारे में शिकायत कौन कर सकती थी? मैंने उसके हस्तलेख को नहीं पहचाना। क्या मैं नोट देख सकता हूँ? या शायद उसकी एक तसवीर? सबसे महत्त्वपूर्ण बात यह है कि मैं नौकरी फिर से कैसे ढूँढूँगा?

दरवाजे पर खटखटाहट हो रही थी। मुझे यकीन था कि यह एक और परेशानी खटखटा रही थी। मैंने एक दूसरे जोर से दस्तक की उम्मीद की, लेकिन यह बहुत नरम थी। चुप्पी थी और लगभग दस सेकंड के बाद किसी ने अनिश्चितता से दस्तक दी। यह पिहू नहीं थी। स्पष्ट रूप से मैंने अपने सिर को हिलाकर रख दिया, जिससे मेरे बाल अपनी पारंपरिक गिरावट को प्राप्त कर सकें। मैंने बिस्तर पर और कमरे के चारों ओर देखा, यह पता लगाने के लिए कि कुछ भी बुरा नहीं था। मैंने उत्साह के साथ दरवाजा खोला।

दरवाजे पर खटखटाहट हो रही थी। मुझे यकीन था कि यह एक और परेशानी खटखटा रही थी। मैंने एक दूसरे जोर से दस्तक की उम्मीद की, लेकिन यह बहुत नरम थी। चुप्पी थी और लगभग दस सेकंड के बाद किसी ने अनिश्चितता से दस्तक दी। यह पिहू नहीं थी। स्पष्ट रूप से मैंने अपने सिर को हिलाकर रख दिया, जिससे मेरे बाल अपनी पारंपरिक गिरावट को प्राप्त कर सकें। मैंने बिस्तर पर और कमरे के चारों ओर देखा, यह पता लगाने के लिए कि कुछ भी बुरा नहीं था। मैंने उत्साह के साथ दरवाजा खोला।

"हाय अन्नू! आपको देखकर खुशी हुई।"

"हाय! इस समय आपको परेशान करने के लिए खेद है।"

"नहीं-नहीं, कोई बात नहीं। अंदर आओ!"

मैं अपने अविवाहित कमरे में एक सुंदर महिला को आमंत्रित करने में असहज था।

"नहीं, मैं आपके समय का केवल एक मिनट लूँगी। मैं घुसपैठ नहीं करना चाहती, लेकिन मुझे पता है कि आप नौकरी की तलाश में हैं। मेरे पास संपर्क हैं कुछ कोचिंग संस्थानों में। अगले दो महीनों में प्रतिस्पर्धी परीक्षाएँ आ रही हैं और उन्हें गणित संकाय की आवश्यकता है। यदि आप पढ़ाना चाहते हैं तो मैं आपको संदर्भित कर सकती हूँ।"

यानी नौकरी की पेशकश! वह मुझे अपने आस-पास रखना चाहती है। क्या यह (मेरे लिए) चिंता करने का कारण था?

"यदि आप कर सकती हैं तो मुझ पर एहसान होगा।"

"जरूर, धन्यवाद।" वह मुसकराई और उसके चमकदार दाँतों ने हँसी से उसके चेहरे की शोभा बढ़ा दी।

"आपके सीवी को साझा करना आपके लिए संभव होगा, धन्यवाद।"

मुझे आश्चर्य हो रहा था कि वह कोचिंग सेंटर में किसी को कैसे जानती थी? मुझे पता था कि पिहू वास्तव में किसी भी तरह से कहीं नहीं जाती थी।

मैंने पूछ ही लिया।

"मेरे पति वहाँ पढ़ाते थे।" अन्नू ने जवाब दिया।

"ओह!" मैंने अनिश्चितता से कहा।

"मुझे यकीन है, यह आपके लिए बहुत मददगार होगा।"

"श्री मंगेश वहाँ क्या पढ़ाते थे?"

"गणित और भौतिकी।" जब वह जाने लगी तो मुसकराई, जबकि मैं अपने सिर पर घूमनेवाले ताजा प्रश्नों के साथ खड़ा हुआ था—अगर मंगेश यही विषय पढ़ाते थे तो पिहू कैसे कमजोर रह गई? और पिहू को किसी भी कोचिंग संस्थान में क्यों नहीं भेजा गया था? क्या अन्नू उसके भविष्य के बारे में चिंतित नहीं थी?

◻

बीस

मुझे तैयार होने में लगभग बीस मिनट लग गए। एक कलफ लगी सफेद शर्ट पर खींचकर मैंने अपना पसंदीदा इत्र लगाया, जिसे कई महिलाओं ने मुझे प्रस्तावित किया था कि वह काफी मोहक था और इसलिए मैंने प्राडो की पहली प्रतिलिपि ले ली। एक आदमी के शरीर पर सबसे भव्य स्थिति की प्रतीक एक घड़ी है और विडंबना यह है कि कोई भी समय बताने के लिए इसका उपयोग नहीं करता है।

यह पढ़ने का समय था। मैं उस लड़की को ज्ञान प्रदान करने के लिए तैयार था। मुझे उसे कम-से-कम एक घंटे तक बरदाश्त करना था। मैंने उसके शयनकक्ष और अन्नू के मेडिकल कक्ष में प्रवेश किया। अंदर जाते समय मैंने अन्नू की एक झलक देखी, जो अपने लैपटॉप के साथ दूसरे कमरे में बैठी हुई थी।

मैंने काम करने के लिए पिहू को कुछ प्रश्न सौंपे और जगह का विश्लेषण करना शुरू कर दिया। दीवार पर लगी तसवीर ने फिर से मेरा ध्यान भटका दिया। मैंने अपने दिमाग पर बहुत जोर डाला, ताकि मैं तसवीर में खड़े उस आदमी के बारे में याद कर पाऊँ, क्योंकि मुझे यकीन था कि मैं उसे जानता था; पर यह याद करना बहुत मुश्किल हो रहा था। मैंने उसकी आँखों में देखा, कुछ पुरानी यादों को कुरेदने की कोशिश की, लेकिन मेरा हर प्रयास असफल रहा। मैंने उसकी तसवीर की आँखों में झाँका कि कुछ याद आ सके, लेकिन सब व्यर्थ…।

"सर, मेरे पास एक सवाल है।" पिहू ने मेरा ध्यान लौटाया। मुझे याद दिलाया कि मैं यहाँ नौकरी पर था। एक आदमी के लिए सबसे कठिन काम—पिहू को सवाल का हल सिखाना।

"उम्मीद है कि वह गणित से संबंधित है।"

उसने एक अजीब बच्चे-सी मुसकराहट दी।

"गणित में अनन्या कैसी थी?"

मैंने उसकी ओर एक राक्षस की तरह गुस्से में देखा। मैं कामना करता हूँ कि

मैंने उसे चौंकनेवाली नजरों से देखा, यह जानने के लिए कि उससे क्या उम्मीद करूँ!
"...कि वह ट्यूशन के लिए आपके घर जा रही थी।" उसने बात समाप्त की।
मैंने अपना सिर पकड़ लिया, जैसे कुछ देर के लिए वह बिल्कुल खाली हो गया था।
"सर, मैं पढ़ाई से तंग आ गई हूँ!" उसने घोषित किया।
क्या संयोग है! यहाँ तक कि मैं शिक्षण से तंग आ गया था। इसे सिखाना असंभव था कि इसने सीखने के लिए सबसे कठिन प्रयास करने से इनकार कर दिया।

मैं उसके ऊपर पूरे ब्रह्मांड को धक्का देकर मार दूँ। लेकिन घर में उसकी माँ और उसकी निर्दोष दिखनेवाले चेहरे की उपस्थिति ने मुझे अपनी भावनाओं को शांत रखने और विनम्रता से कार्य करने के लिए मजबूर किया।

"मुझे कुछ नहीं पता।"

"क्या आप उसे गणित नहीं पढ़ा रहे थे?" उसके आचरण में एक अजीब-सा बदलाव आया था।

"क्या यह इतना महत्त्वपूर्ण है कि तुम अपनी पढ़ाई पर ध्यान केंद्रित नहीं कर सकतीं?"

मैं मुश्किल से अपने क्रोध पर काबू कर पा रहा था।

"नहीं, यह इतना महत्त्वपूर्ण नहीं है। लेकिन मैं जो कहना चाहती हूँ, वो यह कि... वह एक बुरी लड़की है।" पिहू ने गुस्से में होंठ सिकोड़ते हुए बात समाप्त की, जैसे कि वह एक निर्णय सुना रही थी।

"और तुम यह कैसे जानती हो, पिहू?" मैंने बेचैनी से पूछा।

"उसने खुद मुझे बताया..."

मैंने उसे चौंकनेवाली नजरों से देखा, यह जानने के लिए कि उससे क्या उम्मीद करूँ!

"...कि वह ट्यूशन के लिए आपके घर जा रही थी।" उसने बात समाप्त की।

मैंने अपना सिर पकड़ लिया, जैसे कुछ देर के लिए वह बिल्कुल खाली हो गया था।

"सर, मैं पढ़ाई से तंग आ गई हूँ!" उसने घोषित किया।

क्या संयोग है! यहाँ तक कि मैं शिक्षण से तंग आ गया था। इसे सिखाना असंभव था कि इसने सीखने के लिए सबसे कठिन प्रयास करने से इनकार कर दिया।

"उस मामले में मुझे लगता है कि मुझे जाना चाहिए।"

मैंने अपनी घड़ी में वक्त देखा, अभी भी एक घंटे पूरा होने में पंद्रह मिनट कम थे। मुझे कम-से-कम पंद्रह मिनट के लिए यहाँ बैठना होगा।

"तुम कुछ और पूछना चाहती हो? हमारे पास अभी भी कुछ समय है।" मैंने अर्थपूर्ण नजरों से उसे देखा, "···केवल गणित की पढ़ाई से संबंधित।"

"बहुत अच्छा!" उसने खुशी से कहा और माँग की, "मैं चाहती हूँ कि आप मुझे एक कहानी सुनाएँ।"

"कहानी! तुम कैसी बातें कर रही हो?"

यह अविश्वसनीय था।

"मुझे यकीन है कि आप बेहतर कहानियाँ जानते होंगे। मैं रोज-रोज एक ही तरह की कहानियाँ सुनकर बोर हो गई हूँ।"

हालाँकि मैं उसके कहानी सुनने के बारे में जानता था, फिर भी मैंने हैरान दिखने का प्रयास किया।

"तुम्हारी माँ तुम्हें कहानी सुनाती हैं?"

"हाँ···वह मेरा दिन का सबसे पसंदीदा हिस्सा है। मुझे नींद नहीं आती, जब तक कि मेरी माँ मुझे कहानी न सुना दें।"

मेरे मन में अन्नू के लिए सम्मान कई गुना बढ़ गया। वह इस लड़की के साथ हर दिन कैसे सहन कर लेती है? मैंने एक लंबी साँस ली।

मेरा मुँह एक व्यंग्यात्मक मुसकराहट में मुड़ गया, जब मैंने पूछा, "तुम किस तरह की कहानी सुनना चाहती हो?" जो जवाब मिला, वह एक सत्रह वर्षीय लड़की से पाना अप्रत्याशित था।

"आप मुझे एक प्रेम कहानी क्यों नहीं सुनाते! एक परी और एक राक्षस की?"

मैंने विचारपूर्वक जवाब दिया, "एक परी और राक्षस के बीच कभी प्यार नहीं हो सकता है।"

□

इक्कीस

मैं अनन्या से बात करना चाहता था। ऐसा नहीं था कि उसकी याद आ रही थी, बस, कुछ चीजों को पूर्ण रूप से बंद करना था।

आधिकारिक तौर पर मैंने अनन्या को अपना संदेश व्यक्त करने के लिए आरव से पूछा। मैं परिसर के बाहर उससे मिलना चाहता था। सार्वजनिक जगह पर नहीं; उसके साथ देखा जाना बहुत जोखिम भरा था। लेकिन एक बंद जगह पर भी नहीं; मैं अब उस पर भरोसा नहीं करता था। काफी विचार-विमर्श के बाद, आरव ने पुणे के मशहूर रेस्तराँ 'ओजोन' में मिलने का सुझाव दिया, जो स्कूल के पास ही था।

वहाँ वह स्कूटी से आ सकती थी, इसलिए उस जगह तक पहुँचने में उसके लिए कोई समस्या नहीं थी। जब वह आई, उसका चेहरा डाकुओं की तरह ढका हुआ था। कोई भी उसकी आँखों के अलावा कुछ और नहीं देख सकता था। हालाँकि पुणे में गरमियों में इस तरह से दिखना काफी लोकप्रिय था। इससे पुणे की लड़कियों ने खुद को काला होने से बचाने में तो मदद की ही, साथ-ही-साथ अपनी पहचान को भी छुपा लेती थीं।

अपनी सीट से मैंने उसे देखा कि उसने स्कार्फ को उतारकर धीरे-धीरे अपना चेहरा खोल लिया। रेस्तराँ के चारों ओर एक नजर लेते हुए वह मेरी तरफ चली आई। उसने अपने लंबे पैरों में गहरे नीले रंग की जींस पहनी थी और पीले रंग की मुलायम सी टी-शर्ट उसकी छाती से कसकर चिपकी हुई थी। पता नहीं साँस कैसे ले रही थी?

"कैसे हैं आप, सर? इतने दिनों से आप कहाँ थे?" उसने मेरे गले लगकर मेरा अभिवादन करते हुए प्रश्नों की बौछार की।

मैंने जवाब नहीं दिया। वास्तव में, मैं बहुत क्रोध में था। वह अभी भी अपने अल्हड़पन की लापरवाही में घूम रही थी। हालाँकि उसने स्मार्ट पोशाक पहनी हुई थी। बावजूद इसके वह मुझे आकर्षक नहीं लग रही थी। मैंने उसकी आँखों को देखा। मेरी आँखों में उसके लिए केवल घृणा थी। मैं अब इतनी कामना करता हूँ कि मुझे अपनी

इच्छा को फिर से नियंत्रित करना चाहिए था।

"मैं यहाँ अपने बारे में बातें साझा करने नहीं आया हूँ।"

"आप मुझसे गुस्सा लग रहे हो, सर।"

मैं उसकी आँखों में डर और उस डर के पीछे का कारण देख सकता था।

"तुम हमारे रिश्ते को कैसे परिभाषित करोगी ?"

"आप मेरे पसंदीदा शिक्षक हो।" उसने सही बात कही थी।

"फिर हर किसी ने दोस्तों की स्थिति से ज्यादा हमारे बारे में कोई भी गलत बात क्यों की ?"

"हम प्रेमी-प्रेमिका हैं! क्या हम नहीं हैं ?"

यह वार्त्तालाप कहीं नहीं जा रहा था। वह प्यार और वासना के बीच का तर्क समझ नहीं पाई। मैंने खुद को उसके साथ किसी भी तरह से शामिल न होने के लिए खुद को धन्यवाद दिया। मैंने अपने क्रोध की तीव्रता को कम करने की कोशिश की और उससे बैठने का अनुरोध किया। उसके लिए आइसक्रीम का एक कप ऑर्डर किया, फिर उससे पूछा, "क्या मैंने कभी कहा है कि मैं तुमसे प्यार करता हूँ ?"

उसने कुछ सेकंड के लिए सोचा, फिर बोली, "नहीं।"

> *यह वार्त्तालाप कहीं नहीं जा रहा था। वह प्यार और वासना के बीच का तर्क समझ नहीं पाई। मैंने खुद को उसके साथ किसी भी तरह से शामिल न होने के लिए खुद को धन्यवाद दिया। मैंने अपने क्रोध की तीव्रता को कम करने की कोशिश की और उससे बैठने का अनुरोध किया। उसके लिए आइसक्रीम का एक कप ऑर्डर किया, फिर उससे पूछा, "क्या मैंने कभी कहा है कि मैं तुमसे प्यार करता हूँ ?"*

"क्या मैंने कभी कहा है कि हम एक जोड़े या प्रेमी-प्रेमिका के रूप में अच्छे लगेंगे ?"

"लेकिन समस्या क्या है ? अगर''मान लो, हम उस दिशा में सोचते हैं तो भी'' ?"

मैंने गहरी साँस ली। गहरी साँसें मन को नियंत्रित करने में मदद करती हैं। मेरे सामने पानी का गिलास रखा था, जो मैंने खाली कर दिया और अपने होंठों को पोंछने के लिए टिश्यू पेपर का इस्तेमाल किया। अनन्या चुप थी। उसने अपनी पसंदीदा आइसक्रीम खाना बंद कर दिया था।

"मैं तुमसे ग्यारह साल बड़ा हूँ। वर्तमान में मैं बेरोजगार हूँ। हमारे पास कोई भविष्य नहीं है।"

"बेरोजगार हैं! मतलब''' ?" उसकी प्रतिक्रिया वह नहीं थी, जैसा मैंने सोचा था।

मुझे कुछ ऐसा समझ आया, जो मानव व्यवहार का एक और पहलू था।
"तुम मेरे पास इसलिए आईं, क्योंकि तुम्हें वह परीक्षा-पत्र चाहिए था?"
वह खुद में इतनी खो गई थी कि उसने जवाब नहीं दिया। लेकिन उसने अस्वीकार भी नहीं किया। कभी-कभी इनकार करने की अनुपस्थिति का अर्थ भी स्वीकार करना होता है।
"आपको पता है, मैं सिर्फ गणित के कारण कक्षा में प्रथम नहीं आ सकी थी।" जैसे कि वह किसी शर्मनाक बात को स्वीकार कर रही थी।

"मैं नोटिस अवधि पर हूँ, क्योंकि तुमने···या तुम्हारे परिवार के किसी सदस्य ने मेरी शिकायत की थी···कि मैंने तुमसे अपने स्टाफ क्वार्टर में छेड़छाड़ की थी।"

"ओह! न मैंने और न ही मेरे परिवार ने कभी भी आपकी कोई शिकायत की।" उसने आवेग में अपनी गरदन को हिलाया।

"फिर किसने की?"

यह पूछने पर उसने अपने कंधे उचका दिए।

वह अपनी धारणाओं में खो गई थी और उन चीजों को कहा, जो केवल उसके लिए महत्त्वपूर्ण थे, वास्तव में मुझे जवाब नहीं दे रहे थे।

"सर, क्या आप ग्यारहवीं कक्षा का अंतिम परीक्षा-पत्र प्राप्त करने में मेरी मदद कर सकते हैं? गणित सबसे कठिन विषय है। यदि आप मेरी मदद नहीं करेंगे तो मैं फेल हो जाऊँगी।"

"मैंने कब कहा कि मुझे परीक्षा-पत्र आसानी से मिल जाते हैं और मैं उन्हें तुम्हारे साथ साझा करूँगा?" मैंने उससे अविश्वसनीय रूप से पूछा।

मुझे कुछ ऐसा समझ आया, जो मानव व्यवहार का एक और पहलू था।

"तुम मेरे पास इसलिए आईं, क्योंकि तुम्हें वह परीक्षा-पत्र चाहिए था?"

वह खुद में इतनी खो गई थी कि उसने जवाब नहीं दिया। लेकिन उसने अस्वीकार भी नहीं किया। कभी-कभी इनकार करने की अनुपस्थिति का अर्थ भी स्वीकार करना होता है।

"आपको पता है, मैं सिर्फ गणित के कारण कक्षा में प्रथम नहीं आ सकी थी।" जैसे कि वह किसी शर्मनाक बात को स्वीकार कर रही थी।

मैंने अपना सिर पकड़ लिया। मेरा जीवन एक अस्थिर मुकाम पर था और यह लड़की गणित के परीक्षा-पत्र जैसी महत्त्वपूर्ण चीज की बात कर रही थी और स्कूल परीक्षा में अव्वल आने की बात कर रही थी।

"बहुत अच्छा, सर!" उसका स्वर मूवी के उस संभावित अंत की तरह था, जब

मुख्य चरित्र का समर्थन करने के लिए सब पहले से ही तालियाँ बजाना शुरू कर देते हैं। मैंने उसके ताने का कोई जवाब नहीं दिया।

"आपने पहले मेरा इस्तेमाल किया और अब आपको एक नई प्रेमिका मिल गई है।" उसने किशोरावस्था के क्रोधवश कुछ बकवास की थी।

"तुम्हारा इस्तेमाल किया! क्या तुम पागल हो? और मेरी नई प्रेमिका कौन है?"

"निर्दोष दिखने की कोशिश मत कीजिए! वही लड़की, जिसके घर में आप खुशी से चले गए हैं।" उसने नजरें दूर घुमा लीं, मैंने घृणापूर्वक सोचा और चुप रहा, क्योंकि मैं इस बचपने का क्या जवाब दूँ, कुछ समझ नहीं आया।

"पिहू⋯?" अविश्वसनीय।

उसने 'हाँ' में सिर हिलाया।

"वह मेरी प्रेमिका नहीं है।"

"मुझे मूर्ख बनाना बंद कीजिए, सर। पूरा स्कूल उसके बारे में जानता है। उसने हमेशा आप पर नजर रखी है। वह हमेशा आपके बारे में बात करती है, भले ही आपने उसे कभी नहीं पढ़ाया है और अब तो आप उसके साथ उसके घर में भी रहने लग गए!" अनन्या के स्वर में आरोप था।

"मैं किसी भी चर्चा में शामिल नहीं होना चाहता हूँ। लेकिन पिहू और मेरे बीच कुछ भी नहीं है। क्या तुम्हें यह बात स्पष्ट हो गई है?" आखिर मैंने अपनी आवाज उठाई।

"अच्छा! फिर उसने मेरे बारे में शिकायत क्यों की?"

"उसने शिकायत की⋯तुम्हारे बारे में⋯ क्या?"

> *"प्रिंसिपल मैम ने मुझे अपने ऑफिस में बुलाया था। मैंने पाया कि पिहू ने शिकायत की थी कि मुझे शिक्षक से ट्यूशन मिल रहा था। मैंने शिकायत-पत्र भी देखा। उसने स्पष्ट रूप से मेरे नाम का जिक्र किया; लेकिन आपके नाम का कोई जिक्र नहीं था, सर।" उसने व्यंग्यात्मक रूप से समाप्त किया। मैं चौंक गया। वह पिहू थी! हे भगवान्! उस लड़की ने मुझे लगभग बरबाद कर दिया था। और यहाँ मैं सोच रहा था कि वह बहुत मददगार थी और⋯*

"प्रिंसिपल मैम ने मुझे अपने ऑफिस में बुलाया था। मैंने पाया कि पिहू ने शिकायत की थी कि मुझे शिक्षक से ट्यूशन मिल रहा था। मैंने शिकायत-पत्र भी देखा। उसने स्पष्ट रूप से मेरे नाम का जिक्र किया; लेकिन आपके नाम का कोई जिक्र नहीं था, सर।" उसने व्यंग्यात्मक रूप से समाप्त किया। मैं चौंक गया। वह पिहू थी! हे भगवान्! उस लड़की ने मुझे लगभग बरबाद कर दिया था। और यहाँ मैं सोच रहा था कि वह बहुत मददगार थी और⋯

"पिहू को कहाँ से पता चला कि तुम मुझसे ट्यूशन पढ़ रही हो?"

उसने हिचकिचाकर अपना ध्यान आइसक्रीम पर स्थानांतरित कर दिया।

मैं उसकी असुविधा समझ गया।

"क्या तुम मुझे बताओगे, हमारी छोटी सी अध्ययन व्यवस्था के बारे में उसे कैसे जानकारी मिली?"

"मैंने बेहद गुस्से या तर्क में''कह दिया होगा!" वह आँखें नहीं मिला सकी।

"क्या तुम विस्तार से बता सकती हो कि वह तर्क क्या था और क्यों मेरा नाम उसमें खींचा गया था?"

"पिहू आपके बारे में पूछ रही थी, इसलिए मैंने कहा, आप और मैं दोस्त थे। उसने किसी कारण से बहस शुरू कर दी। वह अदम्य थी। मैं उसके तर्कों से इतना तंग आ गई थी कि''उसे चुप कराने के लिए मैंने उसे बताया कि आप मुझे ट्यूशन दे रहे थे।"

क्रोध व घृणा में मेरी आँखें चौड़ी हो गई थीं। प्रत्येक भावना एक-दूसरे के साथ स्पर्धा करने के लिए प्रतिस्पर्धा कर रही है।

"मुझे एक बात स्पष्ट करने दो कि तुम मेरी प्रेमिका नहीं हो। वास्तव में, तुम्हारे और मेरे बीच कुछ भी नहीं है।"

उसने जवाब नहीं दिया।

"क्या यह स्पष्ट है, अनन्या?" मैंने उससे कठोर शब्दों में पूछा।

उसने मुझे कुछ सेकंड के लिए देखा और एक व्यंग्यात्मक मुसकराहट दी।

"आपको आपकी बीमार प्रेमिका पाने पर बधाई!"

◻

बाईस

मैंने अपने दाँतों को भींचा, लेकिन मेरे शरीर ने काँपना जारी रखा। अब पता चला कि वह पिहू थी, जिसने मेरे बारे में शिकायत की थी। तब से गंभीरता से कहता हूँ, मैं उसे मारना चाहता था। यह मेरे साथ उसके जुनून की हद थी! इस लड़की के दिमाग नहीं था। मैंने घर पर हमला किया और मेरे मुँह से शब्द लगभग चिल्लाने के रूप में निकला, "पिहू!"

मुझे पता था कि अन्नू घर पर नहीं होगी। पिहू उलझन में लग रही थी। वह सेकंड के भीतर बाहर आई।

मैंने विस्फोट किया, "तुमने मेरे और˙˙˙बारे में शिकायत की?"

मैं अनन्या का नाम नहीं लेना चाहता था।

पिहू के चेहरे पर अभी भी निर्दोष अपरिपक्व मुसकान थी, जो अब मेरे लिए असहनीय था।

"मैंने अपने पसंदीदा शिक्षक के बारे में कोई शिकायत नहीं की।"

शायद उसे स्पष्ट रूप से सवाल समझ में नहीं आया।

"क्या तुमने किसी के बारे में कोई पत्र या ऐसा कुछ लिखा था?"

"हाँ, मैंने अनन्या के बारे में एक पत्र लिखा था।" उसने जवाब दिया।

"तुमने क्या लिखा था?"

"मैंने उल्लेख किया कि मैं भी ट्यूशन चाहती थी। केवल उसे क्यों अनुमति दी गई थी?" उसने कहा, जैसे कि उसे छुट्टी नहीं दी गई थी, जिसका हर कोई आनंद ले रहा था।

"क्या तुम्हें पता है कि यह तुम्हारे कारण है कि मुझे आवास से बाहर निकाल दिया गया है?"

"ट्यूशन के लिए अनुमति माँगने का संबंध˙˙˙आपसे कैसे, सर?"

उसकी मासूमियत ने इसे क्लिक किया। मुझे एहसास हुआ, वह पिहू के पत्र के

कारण नहीं हुआ था। उसने केवल शिक्षण के बारे में बात की थी।

आरोपों को निराश शिक्षकों द्वारा प्रस्तावित किया जाना चाहिए, जो मुझसे ईर्ष्या रखते थे। मुझे परिसर से बाहर निकाल दिया गया, क्योंकि उन्होंने अनुमान लगाया था और कमरे के अंदर क्या चल रहा था, उनके अपने निष्कर्ष थे। पिहू वह थी, जिसने मुझे उस स्थिति से बाहर निकाला था, जब मुझे स्कूल से बाहर कर दिया गया था और मेरे पास रहने के लिए कोई ठिकाना नहीं था।

वह वाकई मेरी मदद करने की कोशिश कर रही थी। इससे पहले कि मैं उसे माफ कर सकूँ और कठोर होने के लिए क्षमा माँगूँ, उसने एक और गलती की।

"अनन्या अच्छी लड़की नहीं है।" पिहू ने अपना चेहरा बनाते हुए कहा।

"मैं उसके बारे में या किसी के भी बारे में तुम्हारी राय नहीं चाहता।"

"वह आपके बारे में अफवाहें फैला रही है, सर।"

"अफवाहें...कैसी अफवाहें?"

"कि आप उसके साथ प्रश्न-पत्र साझा कर रहे थे।" आज अविश्वसनीय चीजों का एक रोलर कोस्टर था! पिहू को सबकुछ पता था, हर छोटी-से-छोटी चीज। फिर भी उसने मुझे रहने के लिए अपने घर की पेशकश की?

"क्या मैं तुमसे एक सवाल पूछ सकता हूँ, पिहू?"
उसने खुशी में गरदन हिलाई। उसकी मुसकराहट बड़ी हो गई।
"तुमने मुझे अपने घर में, यहाँ रहने के लिए जगह क्यों दी?"
वह झिझकी, फिर मूर्खता से मुसकराई, बिना किसी कारण के और वही बकवास फिर से की, जिसे मैं सुन-सुनकर तंग आ चुका था।

"क्या मैं तुमसे एक सवाल पूछ सकता हूँ, पिहू?"

उसने खुशी में गरदन हिलाई। उसकी मुसकराहट बड़ी हो गई।

"तुमने मुझे अपने घर में, यहाँ रहने के लिए जगह क्यों दी?"

वह झिझकी, फिर मूर्खता से मुसकराई, बिना किसी कारण के और वही बकवास फिर से की, जिसे मैं सुन-सुनकर तंग आ चुका था।

"क्योंकि आप मेरे पसंदीदा शिक्षक हो।"

एक माँ कभी स्वीकार नहीं कर सकती कि उसकी बेटी उस आदमी के पीछे पड़ी हुई है, जो उससे ग्यारह साल बड़ा है। एक मकान मालिक एक परिवार के सदस्य के साथ एक किराएदार को बरदाश्त नहीं कर सकता और कोई भी अपने आस-पास किसी बुरे व्यक्ति को देखना भी सहन नहीं कर सकता है।

अब मेरी एक नई समस्या थी—

'अगर अन्नू को शिक्षक के लिए अपनी बेटी का जुनून पता चला तो क्या होगा?'

शनिवार को मिलने के लिए यह एक दिनचर्या बन गया था। मैं छत पर था, घूम रहा था, जब अन्नू ने आधी रात के आस-पास अपनी उपस्थिति बनाई थी। उसकी आधा आस्तीनवाली टी-शर्ट और लंबी ट्रैक पैंट काफी मामूली थीं। उसे उम्मीद थी कि मैं वहाँ मिलूँगा।

हमारी आँखों ने मुलाकात की। उसके होंठ मुसकराते हुए घूम गए। वह इस दुनिया में सबसे सुंदर मुसकराहट नहीं थी, लेकिन वह बहुत कुछ कह गई। वह एक व्यक्ति की मुसकराहट थी, इससे कोई फर्क नहीं पड़ता कि स्थिति क्या है? मैंने मेरे द्वारा छोड़नेवाले अन्य लोगों में इस तरह कुछ भी नहीं देखा था। मेरे पास अन्नू के प्रति अलग दृष्टिकोण क्यों था, मुझे नहीं पता। लेकिन मैं उस पर कर्तव्य का एक असुरक्षित बोझ भी समझ सकता था। हमने मुसकराहट का आदान-प्रदान किया; लेकिन मैंने अपनी उत्सुकता को समझने की कोशिश की।

"नील, क्या सबकुछ ठीक है? आप परेशान दिख रहे हैं।"

"कुछ भी नहीं, सिर्फ नौकरी को लेकर चिंतित हूँ।"

"सब ठीक रहेगा।" उसने अच्छे शब्दों में कहा और अपने निर्धारित कोने में चली गई। मैंने अपना कोना छोड़ा और नदी से मेरी नजरें उसके पास चली गई। मैंने अपनी स्थिति पर विचार करते हुए उससे कुछ कदम दूर कर दिए। मुला नदी को घूरते हुए हम दो वयस्क, जैसे कि नदी हमें अपनाने जा रही थी।

"नील, क्या सबकुछ ठीक है? आप परेशान दिख रहे हैं।" "कुछ भी नहीं, सिर्फ नौकरी को लेकर चिंतित हूँ।" "सब ठीक रहेगा।" उसने अच्छे शब्दों में कहा और अपने निर्धारित कोने में चली गई। मैंने अपना कोना छोड़ा और नदी से मेरी नजरें उसके पास चली गई। मैंने अपनी स्थिति पर विचार करते हुए उससे कुछ कदम दूर कर दिए। मुला नदी को घूरते हुए हम दो वयस्क, जैसे कि नदी हमें अपनाने जा रही थी।

जब उसने चुप्पी तोड़ी, तब भी मैं अपने मन में कड़ी टक्कर देनेवाला सवाल तैयार कर रहा था।

"तो आप कुछ पूछना चाहते हैं?"

"क्या आप मन पढ़ना जानती हैं?" मैंने एक लंबी साँस लेते हुए पूछा।

"क्या आप अनन्या को लेकर चिंतित हैं?"

मैंने अचानक अपने गले को गीला करने के लिए अपनी लार को निगल लिया। मेरी आँखें थोड़ी चौड़ी हुईं, क्योंकि मैं उसकी तरफ गुस्से से घूर रहा था। मैंने उसे एक

संरक्षित, फीकी-सी मुसकराहट दी और कहा, "हाँ…थोड़ा सा…मैं अनन्या के बारे में सोच रहा था।"

'क्यों पिहू अपनी माँ की तरह समझदार नहीं है? अगर उसे मेरी असुविधा के बारे में थोड़ी सी भी समझ होती, जो उसकी एक गलती के कारण बरवाद हुआ मेरा जीवन कितना आसान होता!'

स्पष्ट शब्दों में कहूँ तो मुझे यकीन नहीं था कि मैं उससे कैसे पूछ पाऊँगा कि…वह कितना जानती थी। शब्द 'अफवाहें' मेरे कानों में गूँज रहा था। शायद वह पूरी कहानी नहीं जानती थी। मैंने एक बार फिर लार निगलकर कुछ और साहस इकट्ठा किया।
"और तुमने मुझे फिर भी अपने घर पर रहने की इजाजत दी?"
"मुझे आपके व्यक्तिगत जीवन से कुछ लेना-देना नहीं है।" उसने आत्मविश्वास से जवाब दिया, "मैं एक प्रगतिशील महिला हूँ।"

"खैर! अब कैसी है वह? सबकुछ सुलझ गया?"

मुझे समझ में नहीं आया कि 'सुलझ गया' का क्या मतलब था, लेकिन उसने गलत विषय उठाया था।

"हाँ, सब हल हो गया।" मैंने उसे खत्म करने के लिए बोल दिया।

उसने मुझे पूरी तरह से देखा। क्या मैं अचानक नदी से ज्यादा दिलचस्प हो गया था?

मैं उसकी जिज्ञासा समझ गया। वह अनन्या के बारे में और जानना चाहती थी। मुझे मेरे मन में जो भी था, वह उसे बताना था।

"क्या मैं तुमसे कुछ पूछ सकता हूँ, अन्नू?"

"बेझिझक!"

"क्या तुम वास्तविक कारण जानती हो, जिसके कारण मुझे स्टाफ क्वार्टर से बाहर कर दिया गया था।"

"हाँ…मुझे ऐसा लगता है। मैंने अफवाहें सुनी हैं।"

स्पष्ट शब्दों में कहूँ तो मुझे यकीन नहीं था कि मैं उससे कैसे पूछ पाऊँगा कि…वह कितना जानती थी। शब्द 'अफवाहें' मेरे कानों में गूँज रहा था। शायद वह पूरी कहानी नहीं जानती थी। मैंने एक बार फिर लार निगलकर कुछ और साहस इकट्ठा किया।

"और तुमने मुझे फिर भी अपने घर पर रहने की इजाजत दी?"

"मुझे आपके व्यक्तिगत जीवन से कुछ लेना-देना नहीं है।" उसने आत्मविश्वास से जवाब दिया, "मैं एक प्रगतिशील महिला हूँ।"

मेरे पास उस बयान के साथ मकान मालकिन के दिल को ध्वस्त करने की भी रुचि है; किंतु वह मेरे साथ निजी नहीं बनना चाहती थी।

मैंने अपनी गरदन हिला दी।

"क्या मैं आपसे एक व्यक्तिगत प्रश्न पूछ सकता हूँ?" मैंने पूछा। उसने गरदन हिलाई। फिर वह खयालों में डूब गई।

मैंने फिर कहा, "अगर आप जवाब नहीं देना चाहतीं तो आप इसे अनदेखा कर सकती हैं।"

वह मुसकराई। उसके चेहरे पर चमक थी।

"जिज्ञासावश जानना चाहता था, बस, कि पिहू डॉ. वेदांत से नफरत क्यों करती है?"

उसका चेहरा ऐसे चमका, जैसे किसी किशोरी से उसके पहले प्यार के बारे में पूछ लिया गया हो!

"उसे लगता है कि मेरे और डॉ. वेदांत के बीच प्रेम संबंध है।" उसने कहा।

मैंने कुछ नहीं कहा। मेरे चेहरे पर शिकन ने बताया कि मुझे स्पष्टीकरण की उम्मीद थी।

"खैर'''डॉ. वेदांत बिड़ला अस्पताल में काम करते हैं। वह एक बहुत अच्छे डॉक्टर हैं। मैं उनके घर कुछ व्यक्तिगत मदद के लिए जाती हूँ तो पिहू को लगता है कि हमारे बीच कुछ समीकरण हैं'''।" उसने अपने सिर को एक रक्षात्मक भाव के साथ झटका।

> *"मैं तुम्हें यहाँ देखता हूँ'' लगभग हर शनिवार तुम अपना समय अकेलेपन में बिताती हो। मैं तुम्हारी स्थिति को समझता हूँ। तुम अपनी सभी बातों, अपने जीवन के पहलुओं को''पिहू के साथ साझा नहीं कर सकतीं। तुमने फैसला क्यों नहीं किया'' "* मुझमें वाक्य खत्म करने के लिए साहस की कमी थी, किंतु मैंने अनुमान लगाया कि मैंने पर्याप्त कहा था।

"'''डॉ. वेदांत अपनी शादीशुदा जिंदगी में बेहद खुश हैं और दो स्वस्थ बच्चों के पिता हैं।"

मैंने सोचा कि मुझे ज्यादा देर नहीं करनी चाहिए और इस मामले में गहराई से सोचना चाहिए।

"क्या मैं आपसे''एक और व्यक्तिगत सवाल पूछ सकता हूँ?"

उसने मुझे एक नजर देखा। मुझे बहुत व्यक्तिगत नहीं होना चाहिए। उसके खुलेपन ने मुझे जोखिम लेने की इजाजत दी थी।

"मैं तुम्हें यहाँ देखता हूँ''लगभग हर शनिवार तुम अपना समय अकेलेपन में बिताती हो। मैं तुम्हारी स्थिति को समझता हूँ। तुम अपनी सभी बातों, अपने जीवन के पहलुओं को''पिहू के साथ साझा नहीं कर सकतीं। तुमने फैसला क्यों नहीं किया''"

मुझमें वाक्य खत्म करने के लिए साहस की कमी थी, किंतु मैंने अनुमान लगाया कि मैंने पर्याप्त कहा था।

"एक जिम्मेदारी से शादी कौन करेगा?" उसने बिना किसी हिचकिचाहट के जवाब दिया, लगभग एक क्षण में।

"जिम्मेदारी?"

"कुछ नहीं।" उसने कुछ सोचा और अपने विचार को लगभग नकारते हुए बोली, "कुछ भी नहीं···भूल जाओ, मैंने कुछ भी कहा।"

"तुम अपनी बच्ची को एक जिम्मेदारी के रूप में नहीं सोच सकतीं···।"

"···यह एक बेटी के रूप में पिहू के बारे में नहीं है। यह···यह कुछ और है।"

मैं खुद को और पूछने के लिए नहीं प्रेरित कर सकता था। मैंने महसूस किया, मुझे एक हद से ज्यादा आगे नहीं जाना चाहिए। कुछ सीमा होनी चाहिए, इसलिए मैं वहीं रुक गया।

"सर, एक बात कहनी है।" उसके होंठ एक सीधी रेखा में खिंच गए थे। वह अब वापस 'सर' कहने पर आ गई थी। मैंने अनुमान लगाया कि शायद मेरे प्रश्न ने उसे ज्यादा तकलीफ दी थी।

"जिस कारण से मैंने आपको अपने घर में रहने की अनुमति दी थी, वह यह था कि···पिहू आपसे बहुत प्यार करती है और उसे विश्वास है कि···"

"किस बात का विश्वास?"

"जब से वह एक बच्ची थी, तब से वह एक फरिश्ते और एक दानव की कहानी में विश्वास करती है। एक फरिश्ता, जो सबकुछ ठीक करता है, तो···वह मानती है कि आप उसके फरिश्ता हो।"

◻

तेईस

परीक्षा खत्म हो गई थी। स्कूल दो महीने तक बंद था और छात्र भी अपने समय का आनंद ले रहे थे। मैं खुश था, क्योंकि अंतत: कुछ दिनों के लिए मैं बेकार था और अनुत्पादक निजी शिक्षण कर सकता था।

मैं बगीचे में घूम रहा था, जब मैंने कुछ असामान्य-सा देखा। जब मैंने उसे बाहर निकलते देखा तो मैं दोबारा मुड़ा। पिहू एकदम लाल हो रही थी और बस, जैसे मांस की एक परत ही हड्डियों पर चढ़ी हो। उसे देखना बेहद दर्दनाक था। उसके कपड़े के किनारे सिर्फ उसकी जाँघों को दिखा रहे थे। जैसे ही मेरी आँखों ने उस पतली सी सुटली की गुड़िया जैसी आकृति को देखा, मैं उसकी गरदन के नीचे भी बहुत कुछ देख सकता था। और कपड़ों के गहरे गले से, मुझे यकीन था कि उसकी पीठ का अधिकांश भाग भी ढका हुआ नहीं था। वह पीली हो रही थी और उसने लाल रंग की लिपस्टिक लगा रखी थी, जो ज्यादा स्पष्ट थी। उसकी ऊँची एड़ी, पतली नग्न टाँगें···मुझे कुछ सही-सा नहीं, बल्कि असंभव-सा लग रहा था। मुझे यह सुनिश्चित करने के लिए फिर से देखना पड़ा कि मैं ठीक देख रहा था या नहीं!

"तुम कहाँ जा रही हो?"

"मेरे दोस्त के जन्मदिन की पार्टी है, उसके घर पर।" उसने बहुत खुशी से जवाब दिया।

"बहुत अच्छा।" मैं बस, इतना ही कह सकता था।

"मैं कैसी दिख रही हूँ?"

"सुंदर! तुम इस तरह से तैयार हुई हो···" मैंने उसे ऊपर से नीचे की तरफ देखा, "···केवल घर की पार्टी के लिए?"

"क्यों, आपको इन कपड़ों के साथ कोई समस्या है?"

"मुझे तुम्हारे कपड़ों में कोई समस्या क्यों होनी चाहिए?"

"आप मुझ पर चिल्ला सकते हो, अगर आपको लगता है कि यह अच्छा नहीं है।"

'क्या बकवास है!' मैं और कहना चाहता था, लेकिन अन्नू की छवि मेरे दिमाग में थी, इसलिए चुप रहा।

"क्या तुम किसी का इंतजार कर रही हो?"

"हाँ, कैब के लिए। वह रास्ते में ही होनी चाहिए।"

"ओह, तो पार्टी कहीं दूर है?"

"नहीं, वह यहाँ बनार में रहती है...इसी सोसाइटी में...पार्क एक्सप्रेस रोड के पास ही है।"

"मेरे पिता की रक्त संक्रमण के कारण मृत्यु हो गई थी। उस बात को अब लगभग पाँच साल हो गए हैं।" पिहू ने खुले तौर पर जवाब दिया।
"क्या तुम्हारे पास उनकी कोई याद है? वह कैसे थे?"
अपरिपक्व मुसकान उसके चेहरे से गायब हो गई। वह चुप हो गई। किसी भी बच्चे के लिए यह एक कठिन सवाल था।
"माफ करना...मुझे नहीं पता कि मैंने ऐसे क्यों पूछा?" मैंने माफी माँगी।

पार्क एक्सप्रेस रोड घर से सिर्फ पाँच सौ मीटर दूर था। उस दूरी के लिए संभवतः वाहन की आवश्यकता नहीं हो सकती। पिहू का जीवन बहुत अजीब था। उसका अजीब और अप्रत्याशित व्यवहार मेरी समझ से परे था।

"तुम्हारे पिता के साथ क्या हुआ था, पिहू?" मैंने सीधा सवाल पूछा, बिना किसी सुखदता और विनम्रता के विचारों से परेशान हुए।

"मेरे पिता की रक्त संक्रमण के कारण मृत्यु हो गई थी। उस बात को अब लगभग पाँच साल हो गए हैं।" पिहू ने खुले तौर पर जवाब दिया।

"क्या तुम्हारे पास उनकी कोई याद है? वह कैसे थे?"

अपरिपक्व मुसकान उसके चेहरे से गायब हो गई। वह चुप हो गई। किसी भी बच्चे के लिए यह एक कठिन सवाल था।

"माफ करना...मुझे नहीं पता कि मैंने ऐसे क्यों पूछा?" मैंने माफी माँगी।

उसने कुछ भी नहीं कहा।

मुझे उसका ध्यान भटकाने के लिए जल्दी से कुछ सोचना पड़ा। मैंने एक और विचारहीन सवाल पूछा, "तुम दूसरों की तरह कोचिंग के लिए क्यों नहीं जातीं? शायद एक पेशेवर कोचिंग संस्थान जाने के लिए तुम्हें कोशिश करनी चाहिए।" मैंने कंधे उचकाते हुए कहा। यह प्रश्न मुझे उससे छुटकारा पाने में भी मदद कर सकता था।

"क्योंकि मैं अधिक तनाव नहीं ले सकती।"

"तुम्हारी उम्र की सभी लड़कियाँ बाहर जाती हैं तनाव से बचने के लिए और तुम घर

पर हमेशा रहती हो तनाव से बचने के लिए!" मैंने उसे आश्चर्य से देखा।

"हाँ।" उसने धीमी सी आवाज में जवाब दिया।

मैं कुछ कहना चाहता था, लेकिन उसके दु:खी चेहरे को देखकर मैंने अपना मुँह बंद कर लिया।

"तुम खयाल रखो अपना, ज्यादा तनाव न लो।" मैं व्यंग्यात्मक शब्दों को कहकर दूर चला गया।

"चिंता के लिए धन्यवाद, सर। आप सच में बहुत प्यारे इनसान हो।" उसने मुसकराहट के साथ जवाब दिया।

□

वह फिर से शनिवार की शाम का समय था। मैं प्रश्नों के एक और सेट के साथ आया था और अन्नू के छत पर आने का इंतजार कर रहा था। मुझे अब 'परेशान होने' या 'ताजा हवा चाहिए' जैसे बहाने बनाने की जरूरत नहीं है। अन्नू और मैं व्यक्तिगत प्रश्न पूछने के लिए अच्छे दोस्त बन गए थे।

हमने एक मुसकान के आदान-प्रदान से एक-दूसरे का स्वागत किया। वह अपने पसंदीदा कोने में चली गई। मेरे पैरों ने मुझे वहाँ ले जाने से पहले बिना किसी उद्देश्य से चलने में कुछ समय बिताया।
"हाय नील, तुम कैसे हो?" तो हम अब मेरे नाम पर वापस आ गए थे।
"मैं अच्छा हूँ। और कोचिंग संस्थान में नौकरी के संदर्भ के लिए धन्यवाद।"

जैसे ही अँधेरा गहरा हुआ, जैसा अनुमान लगाया था, वह ऊपर आई और चीजें शांत हो गईं। बिना मेकअप के उसकी त्वचा युवा और ताजा लग रही थी। उसके बाल धीरे-धीरे हवा में उड़ रहे थे, जबकि कभी-कभी चाँदनी उसके चमकदार होंठों पर रुक जाती। अब मैंने उसके चेहरे के रूप को जेहन में याद किया था, जो अँधेरे में नहीं देखा जा सकता था। वह हमेशा सुंदर थी।

हमने एक मुसकान के आदान-प्रदान से एक-दूसरे का स्वागत किया। वह अपने पसंदीदा कोने में चली गई। मेरे पैरों ने मुझे वहाँ ले जाने से पहले बिना किसी उद्देश्य से चलने में कुछ समय बिताया।

"हाय नील, तुम कैसे हो?" तो हम अब मेरे नाम पर वापस आ गए थे।

"मैं अच्छा हूँ। और कोचिंग संस्थान में नौकरी के संदर्भ के लिए धन्यवाद।"

"ओह, इसका जिक्र मत करो! क्या आपके पास अभी भी स्कूल छोड़ने वाली औपचारिकताएँ हैं?"

"वहाँ अगले शुक्रवार को जाना होगा। मैंने अपनी जिम्मेदारियों को पहले से ही

छुट्टी दे दी है। बस, कुछ किताबें जमा करने और भरने की जरूरत है, कोई बकाया फॉर्म नहीं।"

"क्या स्कूल छूटना बहुत पीड़ादायी था?"

"वास्तव में यह है।"

"मैं समझ सकती हूँ···"

मेरे लिए उसकी सहानुभूति कुछ मिनट तक चली, फिर वह रात की ताजा हवा के साथ अपनी बातचीत में वापस चली गई।

प्रश्न मेरे दिमाग को खराब कर रहे थे। मुझे उससे पूछना पड़ा। मैंने उसे दो बार देखा, लेकिन वह एक संत की तरह समर्पित थी। दस मिनट के बाद मैंने कुछ भी पूछने का विचार छोड़ दिया।

उसने चुप्पी को अचानक तोड़ दिया, "आप कुछ पूछना चाहते थे···व्यक्तिगत?"

यह महाकाव्य जैसा था! मुझे आश्चर्य हुआ कि क्या वह मनोवैज्ञानिक थी? वह कितना सटीक जान सकती थी कि मैं क्या सोच रहा था···हर एक पल में? क्या उसके बुझे चेहरे को उसके लिए जानना पर्याप्त था? या यह सिर्फ ऐसा था, जैसे मैंने दोहराया था?

"निस्संकोच पूछो, नील।"

> मैंने देखा कि वह चौंकी नहीं। मुझे एहसास हुआ, वह शायद ऐसे सवालों का सामना पहली बार नहीं कर रही थी। मुझे उम्मीद है कि वह किसी स्पष्टीकरण के साथ बहुत जल्दी नहीं करे।
>
> "मुझे पता है कि उसे बहुत सारे खुलेपन की आवश्यकता है। यहाँ तक कि उसका आई.क्यू. भी कम है।"

"मैं पिहू से संबंधित कुछ चीजों के बारे में पूछना चाहता था?"

"क्या उसने कुछ गलत किया है?"

"वह अन्य छात्रों के साथ क्यों नहीं मिलती? वह अपने दोस्तों के साथ कभी बाहर नहीं निकलती। क्या वह अंतर्मुखी है? क्या वह दूसरों के साथ नहीं रह पाएगी···या क्या वह असामान्य रूप से बढ़ते बच्चों की तरह है?"

मैंने देखा कि वह चौंकी नहीं। मुझे एहसास हुआ, वह शायद ऐसे सवालों का सामना पहली बार नहीं कर रही थी। मुझे उम्मीद है कि वह किसी स्पष्टीकरण के साथ बहुत जल्दी नहीं करे।

"मुझे पता है कि उसे बहुत सारे खुलेपन की आवश्यकता है। यहाँ तक कि उसका आई.क्यू. भी कम है।"

"आप उसकी माँ हो। आपको उसके प्रति इतना सुरक्षात्मक नहीं होना चाहिए।"

"दरअसल···आप सही हैं। मैं देखभाल करने की कोशिश करूँगी।" उसने थोड़ा

झिझककर कह दिया। गंभीर रूप से अन्नू के लिए चिंतित या यह भी पिहू से संबंधित कुछ है।

यह एक माँ के साथ सहानुभूति करने का मौका था, जो अपनी बेटी से प्यार करती थी, अपनी खुद की रुचियों को आगे बढ़ाने के लिए।

"बताओ, क्या हुआ?" मैंने धीरे-धीरे कहा, "क्या तुम कुछ साझा करना चाहती हो?"

"नहीं, लेकिन पिहू के लिए आपकी चिंता के लिए धन्यवाद।"

उसने कुछ भी जवाब नहीं दिया। मुझे वह व्यावहारिक 'धन्यवाद' देने लगी। नाजुक जानकारी थी, तैर रही थी हवा में, बस, मेरी समझ से परे थी। ऐसा लग रहा था, हर कोई इसे जानता था; लेकिन कोई भी उसके बारे में बात नहीं करना चाहता।

□

चौबीस

मैंदराज में पाँच सौ रुपए के कुछ नोटों को घूर रहा था। छह हजार रुपए, जो कि मेरी अलमारी में थे। मेरा ए.टी.एम. खाता पहले ही खाली हो चुका था। मुझे पिछले दो महीनों में वेतन नहीं मिला था। स्कूल बंद था और इसलिए कोचिंग सेंटर भी बंद थे।

मैं कहाँ से पैसा व्यवस्थित कर सकता हूँ? यह सोचकर मैं बिस्तर पर लेटा हुआ भी घबरा गया। मैं माँ से और वित्तीय मदद नहीं माँग सकता था। मुझे सोचना पड़ा। आखिरकार यह पहली बार नहीं हो रहा था। मुझे पहले भी इसी तरह के संकट का सामना करना पड़ा था।

मैंने अब तक एक रुपया भी किराए का नहीं दिया था। मैंने माना या तो ये लोग बहुत उदार थे, जो किराए के लिए कभी नहीं पूछा या शायद मूर्ख थे।

मैंने कमरे के चारों ओर देखा। मैं कुछ बेच सकता था, मैंने सोचा। सोने की चेन की छवियों ने मेरी आँखों के सामने नृत्य करना शुरू कर दिया। उस मोटी सोने की चेन से जुड़ी कुछ सुखद यादें भी थीं। मैंने उसे नेहा से चुरा लिया था, जबकि हमारी उत्साही मुठभेड़ों में से एक के बाद से वह मेरे पक्ष में थी। मैंने बैग से कीमती चेन खींच ली थी, क्योंकि मैंने उसे अपनी उँगलियों के बीच महसूस किया। मुझे एक गरम वस्तु का एहसास महसूस हुआ था। मेरे आपातकालीन बैकअप के पैसे के लिए वह आसानी से मुझे एक लाख रुपए के करीब ला सकता है, इसलिए मैंने उसे लाड़-प्यार किया।

मैंने चेन को उठाया। यह अब मेरे अस्तित्व का मामला था। यह चेन के बारे में विचारों की मेरी सोच को तोड़ रहा था। तभी मेरा फोन बजा।

"हाय, क्या आप मि. नील बोल रहे हैं?" अज्ञात कॉलर द्वारा पूछा गया था।

जब कोई मुझसे ऐसे पूछता है तो सिहरन-सी दौड़ जाती है शरीर में। मैं उस व्यक्ति के बारे में सोचने की कोशिश करने लगा, जिसका जीवन मैंने संभवत: खराब किया होगा।

"हाँ जी…"

"हम डी.ए.वी. स्कूल, लेखा विभाग से बोल रहे हैं। आपका पूरा और अंतिम निपटान तैयार है। आप किसी भी कामकाजी दिन पर चेक लेने आ सकते हैं।" महिला की हँसमुख आवाज मेरे अंधकारमय जीवन में आशा की किरण लेकर आई।

"क्या मैं अभी आ सकता हूँ?"

"हाँ, मि. नील। आप निश्चित रूप से आ सकते हैं।"

मैं अपना वेतन इकट्ठा करने गया था, जो स्कूल द्वारा मेरी नोटिस अवधि के दौरान आयोजित किया गया था।

आरव मेरा इंतजार कर रहा था। कॉल करने के बाद मैंने उसे बुलाया था। जैसा मैंने आपको बताया, वह एक दुर्लभ दोस्त था। मुझे नहीं पता कि वह हमेशा मेरे लिए समय निकालने में कैसे कामयाब रहता है।

खाता काउंटर पर एक उदास-सी दिखनेवाली महिला ने मुझे एक लिफाफा दिया। मेरा कार्य-मुक्ति पत्र, जो कुछ इस प्रकार था—

इस भाव-विहीन पत्र के साथ उन्होंने चालीस हजार रुपए का एक चेक संलग्न किया था। मुझे राहत का अनुभव हुआ। वह राशि अगले तीन महीनों के लिए आराम से मेरे खर्च के लिए पर्याप्त थी। स्कूल में केवल एक व्यक्ति था, जिसे मैं अपना दोस्त कह सकता था। उसने मुझसे विदाई ली। हम कैंटीन में बैठे इंतजार कर रहे थे। स्कूल परिसर में शायद आखिरी बार मैं उसके साथ बैठा था।

जिनके बारे में यह विचार हो सकता है

"श्रीमान नील कुमार को डी.ए.वी. प्राइवेट स्कूल में उनके कर्तव्यों से छुट्टी दी गई है। उन्होंने पोस्ट ग्रेजुएट टीचर (गणित) के रूप में काम किया। उन्होंने अपने आप से इस्तीफा दिया है और उनका आचरण नौकरी के दौरान अच्छा था।

सम्मान,

मानव संसाधन विभाग,

डी.ए.वी. प्राइवेट स्कूल"

इस भाव-विहीन पत्र के साथ उन्होंने चालीस हजार रुपए का एक चेक संलग्न किया था। मुझे राहत का अनुभव हुआ। वह राशि अगले तीन महीनों के लिए आराम से मेरे खर्च के लिए पर्याप्त थी। स्कूल में केवल एक व्यक्ति था, जिसे मैं अपना दोस्त कह सकता था। उसने मुझसे विदाई ली। हम कैंटीन में बैठे इंतजार कर रहे थे। स्कूल परिसर में शायद आखिरी बार मैं उसके साथ बैठा था।

"तुम कैसा महसूस कर रहे हो, नील ?"

मैं कभी किसी से इतना जुड़ता नहीं था, लेकिन आज मैं थोड़ा सा उदास व परेशान था, क्योंकि आरव आज बेहद उदास था, जैसा मैंने उसे पहले कभी नहीं देखा।

"अरे आरव, मैं खुश हूँ। मुझे अब अपनी सोने की चेन नहीं बेचनी पड़ेगी। जरा मुसकरा दो, यार!"

मैं हँसा, लेकिन बैठा रहा। उसके पूरे चेहरे पर निराशा साफ छलक रही थी। वह शायद मुझसे कुछ और भावों की अपेक्षा रख रहा था।

"वही चेन, जिसे तुमने अपनी भाभी से चुरा लिया था ?"

"हाँ।" मैंने एक मुसकराहट के साथ जवाब दिया।

"तुम्हारा त्रिकोणीय प्रेम कैसा आकार ले रहा है ?" उसने जान-बूझकर बात को बदल दिया।

"प्रेम त्रिकोण॰॰॰?" मैंने उसे खाली तरीके से देखा।

"हाँ, फिल्मों की तरह ही॰॰॰पिहू नील से प्यार करती है, जो उससे ग्यारह साल बड़ा है और नील को अन्नू पसंद है, जो पिहू की माँ है, जो नील से ग्यारह साल बड़ी है।"

> "वह मानती है कि मैं एक फरिश्ता हूँ।" मैंने कहा।
> "फरिश्ता!" वह हँसा।
> "फरिश्ता श्री नील कुमार!" वह जोर से हँसा। आज के दिन में यह पहली बार था, जब वह हँसा।
> "मुझे एक ब्रेक दो!" मैंने अपने सिर को हिलाकर रख दिया।

"क्या मैंने तुम्हें नहीं बताया, मुझे ऐसा खेल पसंद नहीं है ? मुझे अच्छा नहीं लग रहा है।"

"क्यों, क्या हुआ ?" उसने व्यंग्यात्मक ढंग से पूछा।

"नहीं यार, सबकुछ ठीक है। बस, बात यह है कि॰॰॰ मुझे लगता है॰॰॰पिहू के कारण मैं थोड़ा असहज हूँ। वह मेरे जीवन की छवि को सोचने से परे है।"

"जैसा कि ?"

"वह मानती है कि मैं एक फरिश्ता हूँ।" मैंने कहा।

"फरिश्ता!" वह हँसा।

"फरिश्ता श्री नील कुमार!" वह जोर से हँसा। आज के दिन में यह पहली बार था, जब वह हँसा।

"मुझे एक ब्रेक दो!" मैंने अपने सिर को हिलाकर रख दिया।

"ठीक है॰॰॰चलो, इस क्षण के लिए पिहू को भूल जाओ। अब हम उसकी माँ के बारे में क्या करें ? अगला कदम क्या है ?" आरव ने उत्साहजनक रूप से पूछा।

"मैं उस दिन का इंतजार कर रहा हूँ, जब उसे सबसे अधिक चोट लगी होगी और

मैं उसे रोने के लिए अपना एक कंधा उधार दूँगा।" मैंने मेज पर हाथ मारते हुए कहा।

"तुम मूर्ख हो! तुम अब भी सोचते हो कि तुम उसे जीत सकते हो?"

"मैं खुद को पृथ्वी पर सबसे अच्छे दिखनेवाले व्यक्ति के रूप में प्रदर्शित करता हूँ।"

"आरव, सुंदरता की शक्ति को कम मत समझो।" मैं मुसकराया।

"लेकिन तुम्हारे और पिहू के बारे में क्या?" आरव ने मुझे फिर छेड़ा।

"वह एक अपरिपक्व लड़की है, एक उपद्रवी लड़की। मुझे उसकी परवाह नहीं है।" मैंने अपमानजनक तरीके से कहा।

"क्या मैं तुमसे एक बात पूछूँ?" आरव ने सीधे मेरी तरफ देखा, लगभग भावविहीन मैंने उसे देखा।

"तुम्हारे पास दोस्त नहीं हैं, कोई परिवार नहीं...तुमने कभी अनन्या की देखभाल नहीं की। और अब...यहाँ तक कि पिहू की भी नहीं। तुम जीवन में किसी की परवाह करते हो?"

"मैं तुम्हारी परवाह करता हूँ।" मैंने गंभीरता से कहा, लेकिन वह अब तक जान गया था कि यह मेरी सबसे अच्छी शैक्षिक रणनीति थी।

"बकवास बंद करो, नील और अन्नू की भावनाओं के साथ खेलना बंद करो!" यह अप्रत्याशित था। मेरा एकमात्र दोस्त अचानक किसी और का पक्ष क्यों ले रहा था? वह वास्तव में परेशान लग रहा था। मैंने हमेशा सोचा कि वह मेरे जैसा था। अब ऐसा लगता है कि मैं गलत था। वह मुझसे कहीं ज्यादा बेहतर था। उसने एक लंबी साँस ली और कहा, "मैं तुम्हें एक तसवीर दिखाना चाहता हूँ।"

"बकवास बंद करो, नील और अन्नू की भावनाओं के साथ खेलना बंद करो!"

यह अप्रत्याशित था। मेरा एकमात्र दोस्त अचानक किसी और का पक्ष क्यों ले रहा था? वह वास्तव में परेशान लग रहा था। मैंने हमेशा सोचा कि वह मेरे जैसा था। अब ऐसा लगता है कि मैं गलत था। वह मुझसे कहीं ज्यादा बेहतर था।

उसने एक लंबी साँस ली और कहा, "मैं तुम्हें एक तसवीर दिखाना चाहता हूँ।"

"कोई नई अच्छी दिखनेवाली लड़की?"

"इसे देखो!" उसने अपने मोबाइल फोन को मेरी नाक के करीब रखा।

मैंने छवि पर बेहतर नजर रखने के लिए थोड़ा ध्यान से देखा। वह मेरी तसवीर थी, जो एक काले औपचारिक कोट में थी।

"तुमने मेरी इतनी पुरानी तसवीर कहाँ से प्राप्त की? मुझे तो याद भी नहीं आया, जब इसे क्लिक किया गया था!" मैंने उस तसवीर को उलझन में देखा।

"यह तुम नहीं हो···ध्यान से देखो।"

मैंने अपनी आँखों को संकुचित कर लिया।

'क्या वह मैं नहीं था? नहीं, यह मैं नहीं था।' मुझे याद नहीं है कि मैंने कभी इस तरह से कपड़े पहने!

"तो भी यह आदमी कौन है?" मैंने आरव से परेशान होकर पूछा।

"मेरे प्यारे दोस्त, यह मि. मंगेश हैं!" आरव ने जवाब दिया।

"तुम्हें कैसे पता? तुम्हें यह तसवीर कहाँ से मिली?"

"यह बात महत्त्वपूर्ण नहीं है। यह तुम्हारी उस बात का जवाब है कि अन्नू तुम्हारे प्रति नरम क्यों है? तुम्हें बिना किसी किराए के अपने घर में रहने की इजाजत दी है।"

मैं मोबाइल पर वापस आ गया। मैंने तसवीर में जूम किया। मैं क्या देखने की कोशिश कर रहा था। वह एक ब्लैक ब्लेजर पहने हुए, होंठ घुमावदार, एक पेशेवर मुसकराहट हासिल करने की कोशिश कर रहा था। वह प्लास्टिक दिखाई दिया। चेहरा मेरे जैसा था, लेकिन मुझे पता था, वह उस पोशाक में नहीं था। मेरा चालाक दिमाग पहले से ही मंथन कर रहा था, कई चीजें खुद को प्रकट कर रहो थीं—जब भी हम मिले, तो अन्नू मुझे क्यों घूरती थी? क्यों उसने मुझे सबकुछ जानने के बाद भी अपने घर में रहने दिया था···!

"मैं मंगेश की तरह दिखता हूँ।" मैं मुसकराया, फिर हँसा और कहा, "बस, उसके पति की तरह दिखो।"

□

पच्चीस

पुणे में हर कोई जुलाई का इंतजार कर रहा था, क्योंकि यह माह बारिश लेकर आता था। यह सही मौसम था। मैं अपनी शाम की चाय का आनंद ले रहा था और रोमांटिक पुस्तक पढ़ने पर विचार कर रहा था। रोमांटिक पुस्तक पढ़ने का सबसे अच्छा हिस्सा यह था कि यह वास्तविक महसूस होती थी। आप अपने आस-पास होनेवाली हर चीज महसूस कर सकते हैं। इससे पहले कि मैं अपनी पुस्तक के ढेर तक पहुँच सकूँ, दरवाजे पर एक आवाज हुई। शोर की तीव्रता ने पुष्टि की कि यह पिहू थी। मुझे आश्चर्य हुआ कि मैं क्या कर सकता था।

"हाय सर, आशा है कि आप सो नहीं रहे थे।"

"नहीं, मैं सो रहा था।"

वह अंदर चली आई और अपनी वास्तविक शैली में पूछ रही थी, "क्या मैं अंदर आ सकती हूँ?"

"तुम पहले से ही कमरे के अंदर हो।"

"सर, क्या आप कैरम खेलेंगे?"

"नहीं, मुझे इस खेल में कोई दिलचस्पी नहीं है।"

उसने अजीब सा चेहरा बनाया और कुरसी पर बैठ गई।

"तुम अपने दोस्तों के साथ या अपनी माँ के साथ क्यों नहीं खेलतीं?"

"मेरे कोई दोस्त नहीं हैं और माँ घर पर नहीं रहती हैं। वैसे भी, मैं उनके साथ खेलकर बोर हो गई हूँ। मैं आपके साथ खेलना चाहती हूँ।"

उसने इतने अधिकृत रूप से कहा, जैसे कि मैं उसके साथ कैरम या लूडो खेलने के दायित्व के साथ पैदा हुआ था! मैंने उसे देखा। उसके चेहरे पर निर्दोषता थी और मैं देख सकता था कि वह ऊब गई थी। अकेलापन एक व्यक्ति का सबसे बड़ा दुश्मन है। स्पष्ट तौर पर कहूँ तो मैं इतना मामूली व्यक्ति नहीं हूँ कि मैं एक बच्चे के शौक का मनोरंजन करूँगा। फिर मैंने अनुमान लगाया कि मैं भी ऊब रहा था।

"क्या तुम्हारे पास बैट और बॉल है ?"

"हाँ जी, है।" उसने बेहद उत्साह से जवाब दिया और लगभग कमरे से बाहर भाग गई। मैंने कभी उसे इतनी तेजी से भागते नहीं देखा था।

वह अपने हाथों में एक प्लास्टिक के बल्ले और गेंद के साथ लगभग दस मिनट के बाद लौट आई। उसने मुश्किल से तीस कदम उठाए होंगे, लेकिन ऐसा लग रहा था, जैसे वह मैराथन दौड़कर आई थी। वह अपनी साँसों को पकड़ने के लिए कड़ी मेहनत कर रही थी। मुझे परेशानी महसूस हुई। कैसे कोई इतना कमजोर हो सकता है ? यह बच्चों को अधिक परेशान करने का नतीजा था, उन्हें खेलने न देने और उन्हें अपने कमरे तक सीमित रखने के कारण था।

"क्या तुम ठीक हो ?" मैं मुश्किल से अपना कटाक्ष छिपाने में सक्षम हुआ।

"चलो, खेलें!" उसने खुशी से कहा।

"तुम प्लास्टिक के बल्ले से खेलती हो ?"

"हाँ।" उसने खाँसते हुए कहा, "जब मैं तीसरी कक्षा में थी, तब मैंने प्लास्टिक के बैट और गेंदों के साथ खेलना बंद कर दिया था।"

"सर, चलो, खेल शुरू करते हैं। माँ कभी भी आ सकती हैं।"

> *"सर, चलो, खेल शुरू करते हैं। माँ कभी भी आ सकती हैं।"*
> *"क्या तुम पहले बल्लेबाजी करना चाहती हो ?"*
> *मैंने अनुमान लगाया कि फील्डिंग उसके लिए मुश्किल होगी। वह खुशी से सहमत हो गई। फिर हमने दीवार पर कुछ लाइनें खींचीं; वह हमारा विकेट होने वाला था। मैंने एक नियम बनाया, हमें हर रन कमाने के लिए दौड़ना पड़ेगा।*

"क्या तुम पहले बल्लेबाजी करना चाहती हो ?"

मैंने अनुमान लगाया कि फील्डिंग उसके लिए मुश्किल होगी। वह खुशी से सहमत हो गई। फिर हमने दीवार पर कुछ लाइनें खींचीं; वह हमारा विकेट होने वाला था। मैंने एक नियम बनाया, हमें हर रन कमाने के लिए दौड़ना पड़ेगा।

मैंने पहली गेंद फेंकी। बल्लेबाजी करना उसके लिए एक प्रयास था। मैंने दस डिलीवरी कीं और समझ लिया, मैं एक साल के बच्चे के साथ खेल रहा था। वह एक धीमी गति वाली फिल्म की तरह आगे बढ़ी और यह हर डिलीवरी के साथ और धीमी गति से चल रही थी। मैंने खुद को उसके साथ खेलने के फैसले के लिए शाप दिया। इस बोरियत से मरना बेहतर था।

"क्या तुम ठीक हो ?" मैंने पूछा।

"हाँ, अब बल्लेबाजी करने की आपकी बारी है।"

"नहीं, मैं ठीक हूँ।" मैं अपनी यातना को लंबा नहीं करना चाहता था।

"नहीं सर, मैं एक अच्छी गेंदबाज हूँ।"

"क्या सच में?"

उसने मृत एथलीट की तरह दिखते हुए गरदन हिलाई।

मैंने अपनी बल्लेबाजी क्रीज पर कदम रखा। एक हाथ से प्लास्टिक के बल्ले को पकड़कर मैंने उसे उँगलियों के बीच दबाया। कल्पना करना मुश्किल है कि पिहू ऐसे नाटक कर रही थी कि यह भारी थी। उसने गेंद को उठाया, दो फीट दौड़कर मेरी ओर गेंद को फेंक दिया। गेंद मेरे पास पहुँचने से पहले तीन बार उछली। यह खेल लंबे समय तक नहीं टिकेगा!

"मुझे लगता है कि आप कुछ ताकत दिखा सकते हैं।" वह चिल्लाकर बोली।

अपनी सारी ताकत इकट्ठा करते हुए उसने अपनी अगली डिलीवरी की। मैंने गेंद को उछाल दिया और वह एक कछुए की तरह भागी और गेंद को उठाकर लाई। मैंने अगली गेंद को हिट किया और वह रेंगती हुई लाई।

> कुछ सेकंड के लिए मैंने दुविधा से उसे देखा। फिर मैं उसके पास चला गया, उसका सिर अपनी गोद में रखा और उसे चेतना में हिलाकर रखने की कोशिश की। पिहू चुप रही। वह लगभग बेहोश थी। उसकी आँखें केवल आधी खुली थीं। वह जोर-जोर से साँस ले रही थी। मैंने उसका नाम जोर से बुलाया, "पिहू…पिहू! चलो, उठो।"

"जल्दी भागो डियर, अन्यथा तुम हार जाओगी!" मैं चिल्लाया। वह अपनी पूरी शक्ति लगाकर भागने की कोशिश कर रही थी। उसने एक लंबी साँस ली और गेंद को फिर से फेंक दिया। हर डिलीवरी के साथ मैंने दो रन बनाए।

"तेज, पिहू! तुम बहुत धीरे खेल रही हो।"

उसने अपनी साँस पकड़ने की कोशिश कर फिर से गरदन हिलाई। अपनी सारी हिम्मत जुटाकर वह गेंद को फेंकने वाली थी, लेकिन बेहोश होने लग गई।

उसने अपनी साँस को नियंत्रित करने का प्रयास किया, लेकिन जमीन पर गिर पड़ी।

कुछ सेकंड के लिए मैंने दुविधा से उसे देखा। फिर मैं उसके पास चला गया, उसका सिर अपनी गोद में रखा और उसे चेतना में हिलाकर रखने की कोशिश की। पिहू चुप रही। वह लगभग बेहोश थी। उसकी आँखें केवल आधी खुली थीं। वह जोर-जोर से साँस ले रही थी। मैंने उसका नाम जोर से बुलाया, "पिहू…पिहू! चलो, उठो।"

लेकिन उसने जवाब नहीं दिया। मैंने उसकी आँखें बंद कर दीं। मेरे शरीर में एक शीतल लहर की सिहरन दौड़ गई। मैंने सोचने की कोशिश की।

क्या मुझे अन्नू को फोन करना चाहिए? मैं उसे क्या कहूँगा? उसके चेहरे पर मारने

के लिए कुछ पानी के छींटे कहाँ से लाऊँ? मैं उसे यहाँ छोड़कर नहीं जा सकता। मैंने अचानक खुद को असहाय महसूस किया।

मुझे पिहू की आदत पड़ गई थी, जो हर वक्त कुछ-न-कुछ कहती रहती थी। मुझे नहीं पता था कि अपनी बाँहों में इस शांत पिहू को मैं कैसे सँभालूँ? जब तक वह अस्थिर नहीं होती, तब तक मेरी आँखों के सामने तसवीरें चमक गईं। मेरा दिमाग प्रतिक्रिया करने में असफल रहा। मुझे अन्नू को फोन करना होगा! मैंने अपने फोन को खींचकर खुद को झुका दिया। फोन को अपने कानों पर रखकर मैंने डर से चारों ओर देखा। फोन घबराहट से मेरे हाथ से फिसल गया। मैंने यह समझाने के लिए अपना मुँह खोला कि क्या हुआ था। इतने में ही अन्नू आ गई, जो एक बुत बनकर खड़ी थी। मैंने उसकी खोखली आवाज सुनी—"मेरी बेटी कब से यहाँ पड़ी हुई है?"

□

छब्बीस

उसने नहीं पूछा कि क्या हुआ था? मैं माफी माँगने के लिए भी डर गया था। अन्नू एक कुशल नर्स थी। वह शांत थी, बहुत ज्यादा शांत, जैसे कि उसने ऐसा होते कई बार देखा था। वह एक नर्स थी, लेकिन वह एक माँ भी थी। उसने मुझसे पिहू को बिस्तर पर ले जाने में मदद करने के लिए कहा। मैंने यह सुनिश्चित किया कि पिहू आराम से लेट गई थी। अन्नू इंजेक्शन के साथ आई थी। उसका चेहरा ऐसा लगता था जैसे उसे पत्थर से बना दिया गया था, क्योंकि उसने अपनी बेटी को इंजेक्शन लगाया था। तब उसने उसकी नाड़ी की जाँच की। वह बिल्कुल शांत थी, कोई अभिव्यक्ति नहीं, कोई भावना नहीं, कोई अतिरिक्त क्रिया-कलाप नहीं।

मैं ज्यादा देर चुप्पी नहीं बरदाश्त कर सका, "माफ करें...इसके बारे में। यह...यह सब अचानक हुआ, मैं सोच तक नहीं सका..."

"ठीक है।" उसने मेरी बात को बीच में ही काट दिया। उसके शब्द भाव-शून्य थे। उसे मेरी बात सुनने में कोई दिलचस्पी नहीं थी। उसके लिए मैं भी अदृश्य हो सकता था। वह बिस्तर से दूर चली गई और फोन किया। उसने दूसरे छोर पर व्यक्ति की बात सुनी और फोन काट दिया। एक स्टेथेस्कोप खींचकर उसने अपनी बेटी की छाती पर रख जाँच शुरू कर दी। उसने सादे पेपर पर कुछ लिख दिया, शायद एक डॉक्टर समझे कि वह क्या कर रही थी। मुझे केवल पता था कि वह परेशान थी। मुझे पिहू के निमंत्रण को स्वीकार करने पर खेद हो रहा था।

"क्या हम डॉक्टर को बुलाएँ?" मैंने शांत कमरे में अपनी आवाज सुनी।

कोई जवाब नहीं था, यह एक पूरी तरह से अपरिवर्तनीय था। वह इस तरह क्यों व्यवहार कर रही थी? मैंने वास्तव में माफी माँगी थी। पिहू के लिए इतना कुछ नहीं, लेकिन एक माँ, जो अपने आप सबकुछ प्रबंधित कर रही थी। मुझे इस तथ्य से इनकार नहीं कि वह रोने के लिए कड़ी मेहनत कर रही थी। वह भावनाओं के प्रवाह के साथ संघर्ष कर रही थी।

"क्या कोई ऐसी चीज है, जिसमें मैं आपकी मदद कर सकता हूँ?"

मैं अब अपने लिए खेद महसूस कर रहा था। उसकी अभिव्यक्ति और कठोर हो गई थी। मेरे पास जगह छोड़ने के अलावा कोई विकल्प नहीं था। जैसे ही मैं सीढ़ियों से नीचे आया, मैंने देखा कि डॉ. वेदांत की कार दरवाजे के बाहर रुक गई थी। वह मुझ पर एक नजर डाले बिना मेरे पीछे से चला गया। दरवाजा बंद होने से पहले मैंने उससे पूछताछ की, "पिहू कैसी है?"

□

वह हम सभी के लिए एक लंबी रात थी। जब से मुझे पता चला कि मैं अन्नू के पति की तरह दिखता हूँ, मुझे एक अजीब उत्साह महसूस हुआ था। अचानक सबकुछ गड्ड-मड्ड हो गया था। अन्नू का रवैया मुझे मार रहा था। उसने मुझे क्षेत्र से बाहर क्यो फेंक दिया? वह मुझसे पूछ सकती थी, मुझे दोषी ठहरा सकती थी या मुझ पर चिल्ला सकती थी···चुप्पी सबसे ज्यादा पीड़ादायी होती है।

एक माँ की चुप्पी सबसे बड़ी चीख होती है।

काफी देर हो चुकी थी। मैं हार मानने से पहले कई बार बिस्तर पर चढ़ गया। मैंने खुद को छत पर ले जाने के लिए कदम उठाए। मैं कई मौकों पर वहाँ अन्नू से मिला था, लेकिन आज उसकी उपस्थिति आश्चर्यजनक थी।

एक माँ की चुप्पी सबसे बड़ी चीख होती है।
काफी देर हो चुकी थी। मैं हार मानने से पहले कई बार बिस्तर पर चढ़ गया। मैंने खुद को छत पर ले जाने के लिए कदम उठाए। मैं कई मौकों पर वहाँ अन्नू से मिला था, लेकिन आज उसकी उपस्थिति आश्चर्यजनक थी।

उसके शरीर के तनाव ने उसे कितना परेशान किया था। वह नदी की तरफ देख रही थी, जैसे कि उसके पास सभी घावों, नए या पुराने, को ठीक करने की शक्ति थी। उसने महसूस किया होगा कि वह अब अकेली नहीं थी, लेकिन उसने मेरी उपस्थिति में प्रवेश किया। मुझे लगता है कि मैं निर्विवाद रूप से दोषी ठहराया गया। मैं उससे बात करना चाहता था, लेकिन कुछ घंटों के ठंडे व्यवहार के बाद संकोच कर रहा था। इसके अलावा, वह अपनी बेटी के स्वास्थ्य से परेशान थी। मैंने खुद से पूछा, 'मैं यहाँ क्या कर रहा हूँ? उसे मंगेश की जरूरत थी, नील की नहीं।'

मंगेश, जो मैं दिखता हूँ। मुझे अजीब आत्मविश्वास का उदय हुआ। हाँ, यह मैं था, जिसे उसने कुछ अजीब संयोग से अपने पति की तरह देखा।

"अन्नू, पिहू कैसी है?"

"वह होश में है। वह अब ठीक हो रही है।" उसने ठंडे स्वर में कहा।

उसके स्वर ने किसी भी वार्त्तालाप में उसकी रुचि नहीं है, इस बात को स्पष्ट किया, जिसके कारण मैं धीरे-धीरे छत के दूसरे छोर पर चला गया। मैं सोच सकता था कि मैं बातचीत का कैसे पुनरारंभ कर सकता हूँ। अपनी आँखों के कोने से मैंने उसे उसके चेहरे को पोंछते हुए देखा। वह रो रही थी। कोई आवाज नहीं थी, लेकिन मैं एक माँ के आँसू देख सकता था। मैंने उसे कुछ सेकंड के लिए देखा, फिर उठकर उसकी ओर चला गया।

"क्या आप ठीक हैं?"

"हाँ, नील, मैं ठीक हूँ।"

"अन्नू, मुझे यकीन है कि यह कुछ भी नहीं है। पिहू ठीक हो जाएगी''सबकुछ ठीक हो जाएगा।"

उसने गरदन हिलाई। मुझे लगा कि मैं वहाँ असहाय रूप से खड़ा था, लेकिन मैं खुद को जाने नहीं दे सका। उसने कहा, "नहीं, कुछ ठीक नहीं होगा।" उसने लगभग फुसफुसाते हुए कहा कि आँसू से भरी चुप्पी ने मुझे बताया कि उसके साथ कुछ गलत था। मैं उसे आराम देना चाहता था। उसकी तरफ बढ़ते हुए, मैं उसके बगल में खड़ा था। हमारे कंधे लगभग छू रहे थे, लेकिन काफी नहीं।

> *"क्या कोई तरीका है कि मैं तुम्हारी मदद कर सकूँ?"*
> *"नहीं, कोई भी मेरी मदद नहीं कर सकता।"*
> *और उसकी आँखों से जैसे आँसुओं का सैलाब आ गया था, जिसने उसके चेहरे को ढक दिया। मुझे उसके लिए बहुत बुरा लगा, जिसे मैंने हमेशा मजबूत और आत्मविश्वास से देखा था। सच था, मुझे अभी भी उसके बारे में बहुत कुछ नहीं पता था। मैं अभी भी वास्तविकता से बहुत दूर था।*

"क्या कोई तरीका है कि मैं तुम्हारी मदद कर सकूँ?"

"नहीं, कोई भी मेरी मदद नहीं कर सकता।"

और उसकी आँखों से जैसे आँसुओं का सैलाब आ गया था, जिसने उसके चेहरे को ढक दिया। मुझे उसके लिए बहुत बुरा लगा, जिसे मैंने हमेशा मजबूत और आत्मविश्वास से देखा था। सच था, मुझे अभी भी उसके बारे में बहुत कुछ नहीं पता था। मैं अभी भी वास्तविकता से बहुत दूर था। मुझे सहानुभूति महसूस हुई, लेकिन कोई गहरी भावना नहीं थी। उसकी सुबकियाँ अभी भी हमारे चारों ओर छाई थीं और रात के सन्नाटे को परेशान कर रही थीं। मैं अपने संवेदनशील पक्ष में आश्चर्यचकित था और वह भी दूर नहीं जा रही थी—

"मैंने सबकुछ खो दिया है, नील! मैंने सबकुछ खो दिया है।"

उसके सुबकने के क्षणों के बाद मैंने उसके सिर को अपने कंधों पर रख लिया, उसे

सांत्वना देने के लिए। यहाँ तक कि अगर मैं अजनबी था, तो भी मैं उसे रोता हुआ नहीं देख सका। मैं उसकी आवाज में दर्द को बरदाश्त नहीं कर सका। मैंने उसे अपने करीब खींच लिया, जैसे कि मैं उसे सांत्वना देने की कोशिश कर रहा था। उसे शायद इसकी जरूरत थी, क्योंकि उसने मुझे कसकर गले लगा लिया। मैंने हमेशा इस पल का सपना देखा था, लेकिन ऐसी स्थिति में नहीं। माना, इस पल ने मेरी निकटता बढ़ाने में मदद की हो, लेकिन उसने अपने आँसू नहीं रोके।

"…मैंने सबकुछ खो दिया है।" उसने फिर दोहराया।

"ऐसी बातें मत करो, अन्नू, सबकुछ ठीक होगा। पिहू को कुछ नहीं हुआ…यह कुछ भी नहीं है।"

"यह मेरी बेटी है, मेरी पिहू! हाँ, पिहू ठीक रहेगी…वह एक बहादुर लड़की है।"

मुझे पता नहीं था कि अन्नू वास्तव में क्या कहना चाह रही थी! उसकी आवाज में इतनी पीड़ा क्यों है? तब उसने कुछ ऐसा कहा, जिसने स्थिति को काफी स्पष्ट कर दिया, "नील, पिहू मर रही है।"

❑

सत्ताईस

पिहू की माँ द्वारा कहा गया—

शुक्रिया, नील! मुझे बात करने का मौका देने के लिए। स्पष्ट रूप से बोलते हुए मैं पिहू''उसकी स्थिति के बारे में लिखना नहीं चाहती थी, लेकिन मुझे लगता है, अब कहानी का मेरा संस्करण जरूरी है। मेरे जीवन का एकमात्र प्यार, मेरी पिहू, रक्त-विकार के साथ पैदा हुई थी। उसके पिता एक थैलेसीमिया रोगी थे और वह बीमारी उसे अपने पिता से मिली। अफसोस की बात यह है कि इतने सौम्य, अच्छे आदमी से उसे यह बीमारी प्राप्त हो सकती थी। पिहू एक बीटा थैलेसीमिया रोगी थी। यदि आप सोचते हैं कि इसका क्या अर्थ है, थैलेसीमिया विरासत में मिला एक रक्त विकार है, जिसमें शरीर हीमोग्लोबिन असामान्य रूप में बनाता है। किसी के पास अल्फा थैलेसीमिया, बीटा थैलेसीमिया या थैलेसीमिया माइनर हो सकता है। थैलेसीमिया प्रमुख, हालाँकि बीटा थैलेसीमिया का गंभीर रूप है। यह तब विकसित होता है, जब बीटा-ग्लोबिन जीन गायब होते हैं। थैलेसीमिया प्रमुख के लक्षण आमतौर पर एक बच्चे की दूसरी द्विपक्षीय उपस्थिति से पहले प्रकट होते हैं, जब मैंने तीन साल की उम्र में अपनी बीमारी के बारे में पता लगाया था। मेडिकल क्षेत्र में काफी समय से पता चला है कि यह घातक है।

जैसे ही पिहू बड़ी हुई, मैंने उसे विश्वास में डाल दिया कि उसे तनाव में नहीं रखना चाहिए, लेकिन उससे सच छिपाना चाहिए। मैंने उसे अपने पिता की बीमारी के बारे में कभी नहीं बताया। मुझे लगा, अगर उसे पता चला कि वह बीमारी उसे अपने पिता से विरासत में मिली है तो वह उनसे प्यार नहीं करेगी, जैसे वह अब करती है। मंगेश और मैं प्यार में थे, इसलिए हमने शादी कर ली। मैंने आदित्य बिड़ला अस्पताल में एक नर्स के रूप में काम किया। मैंने नियमित रूप से दौरा किया और उन तीन यात्राओं ने हमें दोस्त बना दिया। मैंने यह नहीं देखा कि वह दोस्ती कब प्यार में बदल गई। उन दिनों थैलेसीमिया एक अज्ञात बीमारी नहीं थी। जब पिहू छठी कक्षा में थी, तब मैंने मंगेश को

खो दिया। अपने पिता के साथ पिहू की यादें मेरे लिए सबसे अच्छी यादें हैं। लेकिन पुरानी यादों के साथ वर्तमान में रहना हर दिन अपने घावों को खरोंचना है। आखिरकार, यादें एक उपहार और एक अभिशाप हैं।

मेरे लिए अपने प्यार को जाते हुए देखना मुश्किल था। उन्हें मेरे हाथों से छीन लिया गया, ठीक मेरी आँखों के सामने। मेडिकल के मुख्य प्रैक्टिशनर होने के बावजूद मैं बहुत असहाय थी। मुझे परिवार, दोस्तों व सहयोगियों से भरपूर मदद और समर्थन मिला। लेकिन यह जो मेरा दर्द था, जिसे साझा नहीं किया जा सकता था। मेरी बेटी पिहू के साथ भी नहीं।

मुझे पता है कि यह एक मूर्खतापूर्ण और अवास्तविक विचार था। लेकिन इस विचार ने काम किया। वह विश्वास करती है कि फरिश्ते होते हैं और चमत्कार होते हैं। मुझे उसे बताने की हिम्मत नहीं थी कि···कोई स्वर्गदूत या फरिश्ता इस जीवन में नहीं है। उसके पास रहने के लिए सीमित वर्ष थे। मैंने फैसला किया कि मैं अपने बच्चे को उसके छोटे जीवन में छोटी आशा देकर खुश रख सकती हूँ?

यहाँ तक कि जब हमें पता था कि हमें स्थिति पर नियंत्रण रखना चाहिए और उसे उस पर निर्भर करना चाहिए, मैं इसे नहीं कर सकी। दोनों को बाहर निकालना क्रूर होगा। मंगेश के जाने के बाद उसके लिए कई रातों तक सोना मुश्किल था। वह अकसर पूछती थी कि उसके पिता कब आएँगे ? मैं उसकी माँ हूँ; मैंने स्थिति को सँभालने की कोशिश की। उसे सांत्वना देने के लिए मैंने उसे एक कहानी—एक फरिश्ते और एक राक्षस की एक अजीब, मूर्खतापूर्ण कहानी बनाई। मैंने उससे कहा, एक राक्षस उसके पिता को दूर ले गया था। वह पूछती थी कि हमें खुशी कैसे मिल जाएगी और मैंने कहा, एक दिन एक फरिश्ता आएगा और एक चमत्कार होगा···

मुझे पता है कि यह एक मूर्खतापूर्ण और अवास्तविक विचार था। लेकिन इस विचार ने काम किया। वह विश्वास करती है कि फरिश्ते होते हैं और चमत्कार होते हैं। मुझे उसे बताने की हिम्मत नहीं थी कि···कोई स्वर्गदूत या फरिश्ता इस जीवन में नहीं है। उसके पास रहने के लिए सीमित वर्ष थे। मैंने फैसला किया कि मैं अपने बच्चे को उसके छोटे जीवन में छोटी आशा देकर खुश रख सकती हूँ ? मेरे लिए यह जानना मुश्किल था कि जिस बच्चे को मैंने जीवन दिया था, वह इसे खोने वाला था और मुझे अभी भी एक बहादुर व्यक्तित्व के साथ रहना पड़ा। मैं बस, इतना कर सकती थी कि पिहू का खयाल रख सकती थी और मैंने अपने पूरे मन और आत्मा के साथ ऐसा किया था। चिकित्सक के रूप में नियमित रूप से मुझे डॉ. वेदांत में एक दोस्त मिला। डॉ. वेदांत के संदिग्ध

इरादे से अवगत होने के बावजूद मैंने अभी भी उनके साथ अपनी दोस्ती बनाए रखी है। यह जानने के बावजूद कि वह एक विवाहित व्यक्ति है, क्योंकि वह एक अच्छा डॉक्टर है, मुझे उसके साथ डिनर पर जाना पड़ा। मेरे पास पिहू के नियामक के लिए आवश्यक धनराशि नहीं है। सिर्फ उसके जीवित रहने के लिए डॉ. वेदांत मुझसे कोई फीस नहीं ले रहे थे। यह उनके और मेरे बीच एक समझौता है। मुझे बहुत से समझौते करने पड़े··· लेकिन मेरे पास कोई विकल्प नहीं था।

आमतौर पर बीटा थैलेसीमिया रोगी बारह या चौदह साल तक जीवित रहते हैं, लेकिन डॉ. वेदांत ने मेरी बेटी को सबसे अच्छा इलाज देने में अच्छा काम किया है। इसने उसे कुछ और वर्षों तक जीवित बना दिया है···कुछ और समय के लिए उसका दर्द सहन करने के लिए। आधुनिक शोध ने बीटा मैरो प्रत्यारोपण (बी. एम.टी.) द्वारा बीटा थैलेसीमिया प्रमुख इलाज योग्य बना दिया है। दुनिया भर में हजारों बच्चों पर यह प्रक्रिया शुरू कर दी गई है। यदि यह सफल होता है तो रोगी को अब रक्त संक्रमण की आवश्यकता नहीं होगी। हमने कुछ जुड़ी प्रक्रिया से पिहू के लिए परिवार में दाता को खोजने की कोशिश की, लेकिन उसके शरीर ने इसका स्वीकार नहीं किया।

> पिहू है, लेकिन वह मेरे साथ ज्यादा समय तक नहीं रहेगी। यह मुझे अपने बच्चे को हर दिन मौत के करीब होने के लिए देखता है। दर्द आपको मजबूत बनाता है; लेकिन मुझे नहीं पता कि मैं और देखने के लिए जीवित रहूँगी या नहीं! सिर्फ पिहू से दूर जाने का विचार मेरे दिल को टुकड़ों में तोड़ देता है। मैंने लंबे समय से भगवान् में विश्वास करना बंद कर दिया है। मैं बस, रोने के लिए एक शांत जगह खोजने की कोशिश करती हूँ, जो छत पर एकमात्र जगह है।

प्रारंभ में पिहू को छह महीने में रक्त संक्रमण की आवश्यकता थी, लेकिन अब उसे मासिक आधार पर इसकी आवश्यकता थी। मुझे पता था कि वह अपने नियत अंत की ओर जा रही थी और मैं इतना नहीं कर सकती थी। मेरे पास इस दुनिया में एक नर्स के रूप में मेरा काम है और यह घर इस पॉश सोसाइटी में स्थित है, जो मेरे पति ने मेरे लिए छोड़ दिया है।

पिहू है, लेकिन वह मेरे साथ ज्यादा समय तक नहीं रहेगी। यह मुझे अपने बच्चे को हर दिन मौत के करीब होने के लिए देखता है। दर्द आपको मजबूत बनाता है; लेकिन मुझे नहीं पता कि मैं और देखने के लिए जीवित रहूँगी या नहीं! सिर्फ पिहू से दूर जाने का विचार मेरे दिल को टुकड़ों में तोड़ देता है। मैंने लंबे समय से भगवान् में विश्वास करना बंद कर दिया है। मैं बस, रोने के लिए एक शांत जगह खोजने की कोशिश करती हूँ, जो छत पर एकमात्र जगह है।

पिहू को खुद को तनाव देने की इजाजत नहीं है। एक सामान्य बच्चे की तरह उसने खेल छोड़ दिया। मैंने कुछ भी करने के लिए पिहू को मजबूर करना बंद कर दिया है। उसे अपने छोटे से जीवन में अतिरिक्त में तनाव क्यों डालना है? मैंने उसे अपनी पढ़ाई पर ज्यादा जोर नहीं डालने को कहा, जिसने उसे कमजोर बना दिया है। वह कई बार फेल रही है, लेकिन जीवन में जिस परीक्षा में वह सामना कर रही है, उससे कठिन कोई परीक्षा नहीं है। मैं उसे वह सबकुछ देने की कोशिश करती हूँ, जो वह चाहती है, जिसने उसे थोड़ा जिद्दी बना दिया है।

एक दिन उसने मुझे फोन किया और नील नाम के अपने स्कूल के एक शिक्षक को हमारे घर किराए पर लेने के विचार करने के लिए कहा। मैं किराए पर भी हमारे घर में रहनेवाले शिक्षक के खिलाफ तैयार नहीं थी। क्योंकि वहाँ कोई भी हमारी हालत के बारे में नहीं जानता और मैं नहीं चाहती थी कि पिहू लोगों और अन्य छात्रों का विषय हो तथा हमारे लिए करुणा और सहानुभूति हो, लेकिन यह लड़की अपने पसंदीदा शिक्षक की मदद करने के लिए दृढ़ थी। मैंने फैसला किया, मैं उस किराएदार को दो या तीन दिनों के अंदर बाहर फेंक सकती हूँ, भले ही मैं 'हाँ' कहूँ, लेकिन जैसे ही मैंने नील को देखा, मुझे अपना विचार बदलना पड़ा। वह बिल्कुल मेरे पति मंगेश की तरह दिखता था। उसके पास वैसी ही आँखें थीं, वही नाक, यहाँ तक कि उसकी मुसकराहट भी वैसी ही होती है।

नील एक अच्छा आदमी है। वह मुफ्त में पिहू को ट्यूशन देने के लिए सहमत हुआ। मैंने सुना है कि उसे स्कूल से बाहर निकाल दिया गया था, क्योंकि वह एक और लड़की अनन्या को ट्यूशन दे रहा था···या शायद अनन्या और नील उससे भी ज्यादा जुड़े थे। स्पष्ट रूप से बोलते हुए मुझे अपने अतीत के साथ कुछ भी नहीं करना था। धीरे-धीरे मैंने उसे पसंद करना शुरू कर दिया—अधिक-से-अधिक।

नील एक अच्छा आदमी है। वह मुफ्त में पिहू को ट्यूशन देने के लिए सहमत हुआ। मैंने सुना है कि उसे स्कूल से बाहर निकाल दिया गया था, क्योंकि वह एक और लड़की अनन्या को ट्यूशन दे रहा था···या शायद अनन्या और नील उससे भी ज्यादा जुड़े थे। स्पष्ट रूप से बोलते हुए मुझे अपने अतीत के साथ कुछ भी नहीं करना था। धीरे-धीरे मैंने उसे पसंद करना शुरू कर दिया—अधिक-से-अधिक। उसने मेरे जीवन में रुचि ली और मुझे उसके अंदर एक अच्छा दोस्त मिला। पिहू को उसके साथ गुणवत्तापूर्ण समय बिताना था। जब मुझे काम पर से देर हो गई तो उन्होंने कुछ इनडोर गेम खेले। पिहू नील के साथ बेहद खुश थी। मैं खुश थी कि पिहू ऐसे देखभाल करनेवाले व्यक्ति से प्यार

करती थी। जब मैंने नील के साथ अपना दर्द साझा किया तो उसने मुझे गले से लगा लिया और मुझे सांत्वना दी—एक सच्चे दोस्त की तरह।

लेकिन मुझे कुछ स्वीकार करना है। मैंने उसे पसंद करना शुरू कर दिया था। मैं अकसर सोचती थी कि क्यों एक आदमी, जो मेरे पति के समान दिखता था, वह मेरे जीवन में आया था और मेरे परिवार की देखभाल कर रहा था? क्या फरिश्ते वास्तव में मौजूद हैं? मुझे यकीन था कि नील के यहाँ रहने से चीजें सही थीं। मेरा मानना है कि नील देवदूत है।

□

अट्ठाईस

जब आप दर्द में होते हैं तो खुश होने के लिए प्रयास करते हुए कहते हैं कि आप एक व्यक्ति के रूप में कितने मजबूत हैं। अन्नू ने मेरी बाँहों में छत के कोने पर खड़ी होकर दिल से बात की।

और अचानक, सबकुछ अपनी जगह पर आना शुरू हो गया। यह वही था, जो मैं इन सभी दिनों में जानना चाहता था। हाँ, यह ऐसी स्थिति नहीं थी, जिसे मैंने चुना होगा, पिहू के लिए तो कभी नहीं, लेकिन क्या मुझे सच में परवाह है?

अतीत में, हर रात, मैं केवल छत पर एक आकर्षक महिला को देखने के लिए जाता था। लेकिन मैं उसके छिपे हुए आँसू देखने में नाकाम रहा। दिमाग का दर्द शरीर के दर्द से भी बदतर है। मुझे एहसास हुआ···

क्यों पिहू एक जिम्मेदारी थी···?

क्यों वेदांत अन्नू के इतना करीब था···? और

क्यों पिहू वेदांत से नफरत करती थी?

मुझे एक माँ के लिए सहानुभूति थी और मेरी समझ में आया कि पिहू ऐसी क्यों थी। और ईमानदारी से, यह अजीब लग रहा था कि वे दो महिलाएँ, जिन्हें मुझ पर बहुत अधिक विश्वास था, मुझे अचानक असुरक्षित जिम्मेदारियों, आशाओं और प्रतिबद्धताओं के साथ बोझ महसूस हो रही थीं। ये नई भावनाएँ थीं। मैंने अब तक जिम्मेदारी की शक्ति महसूस नहीं की थी। चूँकि मैं उनके लिए वास्तव में चिंतित महसूस कर रहा था, इसलिए मैं कुछ घंटों बाद उन्हें देखने के लिए गया। अब मैं अपने फ्लैट में वहाँ पर किसी भी समय जा सकता था, क्योंकि मैं अब बाहर का व्यक्ति नहीं था। अन्नू ने दरवाजा खोला और अंदर मेरा स्वागत किया।

"पिहू कैसी है?" मैंने एक साधारण सवाल पूछा। इसमें कई अन्य शामिल हैं।

अन्नू ने मुझे उसके कमरे की तरफ इशारा किया, ताकि मैं खुद उसको देख सकूँ। मैं पिहू के कमरे में गया था। वह बिस्तर पर लेटी थी। उसकी आँखें बंद थीं। मैं उसके

बिस्तर के साथ में एक कुरसी पर बैठ गया। क्या यह मूर्ख लड़की वास्तव में मरने जा रही है? मैंने सोचा। और यह अजीब लग रहा है। शायद क्योंकि मैंने कभी किसी को उसकी मौत पर नहीं देखा था। अन्नू रसोई में व्यस्त थी। उसने उस दिन छुट्टी ले रखी थी। जब मैं वहाँ था, पिहू ने अपनी आँखें खोलीं।

"…क्या मैं आपसे एक सवाल पूछ सकती हूँ?" उसने पूछा और मेरी भावना को तोड़ दिया।
पिहू की विशेषता थी, चाहे आप उसे एक प्रश्न पूछने की अनुमति दें या नहीं, वह फिर भी पूछेगी। हालाँकि उसे बहुत गंभीर देखकर मुझे अजीब लग रहा था।
"क्या आपको मेरी याद आएगी?"
उस प्रश्न का कोई जवाब व्यर्थ था। यहाँ तक कि इस स्थिति में उसका जुनून आश्चर्यजनक रूप से ऊँचा था।

"तुम कैसी हो, पिहू?"

वह मुझे देखकर प्रसन्न थी।

"मैं ऊब गई हूँ।" उसने जवाब दिया।

"कुछ भी नहीं किया जा सकता है। तुम्हें आराम की जरूरत है।"

"हाँ, मैं हमेशा से यही सुन रही हूँ।" उसने अपनी आँखों को घुमाने की कोशिश की, लेकिन उससे भी वह थक गई।

"क्या तुम लूडो खेलना चाहती हो?" मैंने पूछा, बस, उसे अच्छा महसूस कराने के लिए।

"नहीं, मैं कुछ भी नहीं खेलना चाहती।" उसने गंभीरता से कहा, जो मुझे थोड़ा परेशान कर रहा था। मैंने ही उसे बल्ले व गेंद के लिए कहा था और मेरा अपराध अपने चरम पर उसकी तरफ देख रहा था।

"…क्या मैं आपसे एक सवाल पूछ सकती हूँ?" उसने पूछा और मेरी भावना को तोड़ दिया।

पिहू की विशेषता थी, चाहे आप उसे एक प्रश्न पूछने की अनुमति दें या नहीं, वह फिर भी पूछेगी। हालाँकि उसे बहुत गंभीर देखकर मुझे अजीब लग रहा था।

"क्या आपको मेरी याद आएगी?"

उस प्रश्न का कोई जवाब व्यर्थ था। यहाँ तक कि इस स्थिति में उसका जुनून आश्चर्यजनक रूप से ऊँचा था।

"मुझे जाना है। तुम अपना खयाल रखना।" मैंने कहा और जाने के लिए उठ गया।

"मत जाइए, सर। मैं ऊब जाऊँगी।"

"तुम्हें आराम करने की जरूरत है, पिहू।"

"आपको मेरे साथ कुछ समय बिताना चाहिए। आप कल मुझे याद कर सकते हैं।" उसने धीमी, लेकिन गंभीर आवाज में कहा।

"इसका क्या मतलब है ?"

"मैं मर रही हूँ‍‍‍‍जल्द ही‍‍‍" उसने हलकी सी मुसकान के साथ कहा। वह यह बात कैसे कह सकती है ? वह सिर्फ सत्रह वर्ष की थी।

"क्या तुम्हें मरने से डर नहीं लगता ?"

"मुझे डर है कि आप मुझे भूल जाओगे।"

यह अजीब, बेहद अजीब लड़की थी‍‍‍शौकिया लड़की, जो खुद को इतिहास में पंजीकृत कराना चाहती था।

"तुम्हें भूलना इतना आसान नहीं है, पिहू ! तुम एक अविस्मरणीय लड़की हो।"

वह एक संतुष्ट मुसकान मुसकराई।

"तुम मुझसे क्या कराना चाहती हो, पिहू, ताकि तुम न ऊब सको ? मुझे बताओ!"

मुझे नहीं पता था कि और क्या कहना है।

"क्या आप कृपया मुझे एक कहानी सुना सकते हैं ?"

"उम्म, ठीक है ! आपको कौन सी कहानी पसंद है ?"

"एक फरिश्ते और दानव की प्रेम कहानी।"

मैंने उसे देखा, वह मुसकरा रही थी। मुझे नहीं पता कि उस मुसकराहट में मुझे क्या उत्तेजित कर रहा था! शायद मेरा एक हिस्सा, जिसके बारे में मैं पहले कभी नहीं जानता था, उसे एक कहानी सुनाना चाहता था‍‍‍वह कहानी, जो वह सुनना चाहती थी।

"मैं तुमसे वादा करता हूँ, पिहू, एक दिन‍‍‍मैं तुम्हें एक कहानी जरूर सुनाऊँगा।"

□

उनतीस

आरव और मैं हमारे पसंदीदा रेस्टोरेंट 'ओजोन' में बैठे थे और रबड़ी-जलेबी का आनंद ले रहे थे। यह जगह पुणे की सर्वश्रेष्ठ जलेबी और सुपर स्वादिष्ट रबड़ी के लिए प्रसिद्ध थी। आरव ने एक प्लेट का आदेश दिया और भुगतान करने की पेशकश की। वह जानता था कि मेरे पास कोई नौकरी नहीं थी और सीमित बजट पर था।

"मैं समझ नहीं पा रहा हूँ कि वह किस तरह की लड़की है!" आरव ने जोर से कहा।

"क्या ये सभी चीजें वास्तविक हैं?" मैंने अपना सिर हिलाया।

"संदेह कहाँ है?" आरव ने अपने मुँह में आधी जलेबी डाल ली।

"अन्नू मुझसे ग्यारह साल बड़ी है और पिहू मुझसे ग्यारह वर्ष छोटी है। मुझे अन्नू पसंद है, जबकि पिहू मुझे पसंद करती है और पिहू मरनेवाली है। क्या यह एक फिल्मी कहानी की तरह नहीं है?"

"यह बिल्कुल एक फिल्मी कहानी नहीं है; लेकिन तुम खुद अपने आपको एक नायक की तरह मानते हो।" आरव ने थोड़ा तुनककर जवाब दिया।

"मैं वाकई इस पूरी स्थिति को लेकर परेशान हूँ, क्योंकि शायद मैं बेरोजगार हूँ। मैंने इन बेकार मुद्दों पर बहुत अधिक समय बिताया है।" मैंने स्थिति को नकारते हुए कहा।

"नौकरी की खोज का क्या परिणाम आ रहा है? साक्षात्कार के लिए कोई कॉल आई?"

"कुछ भी नहीं, यार"वैसे भी, कोचिंग संस्थान अगले हफ्ते शुरू होंगे। वे प्रति घंटे दो सौ रुपए का भुगतान कर रहे हैं। यह मेरी जीविका के लिए पर्याप्त नहीं है। मुझे जल्द ही एक और नौकरी ढूँढ़नी है।"

बेहद स्वादिष्ट जलेबी की प्लेट, जो हमारे बीच रखी थी, वह अब खाली हो चुकी थी। आरव वास्तविक बिंदु पर आया कि उसने इस बैठक को क्यों बुलाया था। मैं आपको व्हाट्सएप पर एक स्कूल के विवरण भेज रहा हूँ। उन्हें आठवीं और नौवीं

मानकों के लिए गणित के शिक्षक की आवश्यकता है। मेरी आँखें दिलचस्पी से चौड़ी हो गईं।

> "नहीं, असल में··· मैं पुणे छोड़ना नहीं चाहता हूँ।"
> मूर्ख व्यक्ति हमेशा खुद को चतुर व्यक्ति के रूप में मानते हैं। उसके अगले वक्तव्य ने मुझे उसकी दूसरी चतुराई का अनुमान कराया। वह मुझे वास्तव में मुझसे ज्यादा जानता था।
> उसने मुझे एक स्थिर नजर से देखा और कहा, "अपने शरीर के दास मत बनो।"

"वाह, यह भी खूब रही। कौन सा स्कूल?"

"सेंट एंथनी स्कूल, गोवा।" आरव ने कहा।

मैंने अपने सीवी को अग्रेषित करने और मेरे लिए स्कूल ढूँढ़ने पर धन्यवाद नहीं दिया। किंतु कहा, "गोवा क्यों? पुणे में उनकी शाखा नहीं है क्या?"

"इससे क्या फर्क पड़ता है? या तुम्हारे पास स्थान की कोई वरीयता है?"

मैंने और स्पष्टीकरण नहीं दिया था। मुझे पता था कि वह उसे नापसंद होगा। मैंने लंबे समय से अपना मन बना लिया था कि आरव भावनात्मक रूप से मूर्ख था। यहाँ मैं समुद्र का मालिक बनना चाहता था और मेरा दोस्त मुझे एक छोटी मछली दे रहा था।

"नहीं, असल में··· मैं पुणे छोड़ना नहीं चाहता हूँ।"

मूर्ख व्यक्ति हमेशा खुद को चतुर व्यक्ति के रूप में मानते हैं। उसके अगले वक्तव्य ने मुझे उसकी दूसरी चतुराई का अनुमान कराया। वह मुझे वास्तव में मुझसे ज्यादा जानता था।

उसने मुझे एक स्थिर नजर से देखा और कहा, "अपने शरीर के दास मत बनो।"
□

पिहू को उसके चल रहे इलाज के हिस्से के रूप में खून चढ़ाया गया था। वह कुछ दिनों के बाद बेहतर थी, लेकिन आखिरी एपिसोड ने उसे बेहद कमजोर बना दिया था।

वह रविवार की सुबह थी। मैं कुछ नहीं कर रहा था, जब किसी ने मेरे दरवाजे पर दस्तक दी थी। उस दस्तक के स्वर से मुझे पता था कि वह अन्नू थी। मैंने खुद को दर्पण में नीचे तक देखा। फिर मैंने अपने बालों के माध्यम से एक त्वरित कंघी चलाई और दरवाजा खोला। वह एक सुरुचिपूर्ण सफेद सलवार-कमीज में खड़ी थी। उसने तीन बार पहले ही खटखटाया था। वह हमेशा बहुत सादगी से तैयार होती है, लेकिन उसकी बुद्धिमानी उस पर और चार चाँद लगा देती है। सरलता की अपनी सुंदरता होती है, यह बात सही है।···

"हाय, नील! आप कैसे हैं?"

"काफी अच्छा। कृपया अंदर आएँ।"

सचमुच बोल रहा हूँ, मैंने इन औपचारिकताओं से नफरत करना शुरू कर दिया था। मैं उसे संबोधित करना चाहता था और उन पूर्व निर्धारित प्रश्नों से अधिक उससे बात करूँगा—आशा है कि मैंने आपको परेशान नहीं किया...और क्या हम कुछ मिनटों के लिए बात कर सकते हैं!

"क्या संडे की कोई योजना है?" उसने पूछा।

"ऐसा कुछ भी नहीं...खाली हूँ। दरअसल, पिहू 'कुंग फू पांडा 3' को देखने पर जोर दे रही है।"

"अगर आप दिन के लिए कोई निश्चित योजना नहीं रखते हैं तो आप क्यों नहीं आते?" मैंने उसकी आवाज में अकेलापन महसूस किया, जिसने अपने जीवन में रिश्तेदारों या दोस्तों की अनुपस्थिति को रेखांकित किया। मेट्रोपोलिटन शहरों में एक आम प्रवृत्ति। लोग बड़े घरों में रहते हैं, लेकिन वहाँ कोई रिश्तेदार और मित्र नहीं होते हैं।

"कुंग फू पांडा?...क्या वह एक चीनी फिल्म नहीं है?" मैंने पूछा, अपने दाहिने हाथ से बालों को घुमाकर, सभ्य दिखने की कोशिश करते हुए मैंने एक बेवकूफी भरा सवाल पूछा, "वह एक चीनी फिल्म नहीं है?"

"असल में वह एक एनीमेशन फिल्म है। नायक पांडा एक महान् योद्धा बनने के सपने देखता है। वह बच्चों के बीच काफी लोकप्रिय है...और बड़ों के भी..."

अन्नू के स्पष्टीकरण में उत्साह था। मुझे लगता है कि सिर्फ पिहू ही नहीं, बल्कि वह भी इस चरित्र को पसंद करती है। मैंने उस पांडा के बारे में सुना था, लेकिन निश्चित रूप से दिलचस्पी नहीं थी।

"कोई जबरदस्ती नहीं है। अगर आपका मन नहीं हो तो आप न कहने के लिए स्वतंत्र हैं।" अन्नू ने बाद में विचार करते हुए कहा।

यह खतरनाक है। जब कोई कहता है कि कोई दायित्व नहीं है। मैं मुसकराया।

"मुझे साथ आना अच्छा लगेगा।" मैंने यह सुनिश्चित करने की कोशिश की कि मेरा उत्साह उतना भी नकली प्रतीत नहीं होता, जितना था।

"थैंक यू! इससे पिहू बहुत खुश होगी।"

अन्नू के स्पष्टीकरण में उत्साह था। मुझे लगता है कि सिर्फ पिहू ही नहीं, बल्कि वह भी इस चरित्र को पसंद करती है। मैंने उस पांडा के बारे में सुना था, लेकिन निश्चित रूप से दिलचस्पी नहीं थी। "कोई जबरदस्ती नहीं है। अगर आपका मन नहीं हो तो आप न कहने के लिए स्वतंत्र हैं।" अन्नू ने बाद में विचार करते हुए कहा।

हमने अपने 3 डी चश्मे पहने हुए थे और फिल्म एक वसा पांडा से शुरू हुई, जो शायद ड्रैगन योद्धा था‌‌‌‍..वह घाटी को बचाने के लिए किसी से लड़ रहा था। मैंने हॉल में चीयर्स और हँसी सुनी। पांडा की चाल और चेहरे की अभिव्यक्ति मजाकिया थी, लेकिन उसने मुझे अपील नहीं किया। बीस मिनट या उसके बाद मैंने अपनी रुचि खो दी। मैं ऊब रहा था। एक पांडा के चारों ओर एक पूरी फिल्म चल रही थी और वह उसे सँभालने के लिए बहुत अधिक था।

हमने दोपहर के शो के लिए टिकट बुक किए। अन्नू हमें अपनी मारुति K-10 में शिवाजी स्टेशन के पास ई स्क्वायर मॉल में ले गई। पिहू खुश थी। सवारी के दौरान वह खुद को समर्थन देने और सीधे रखने के लिए कार के दरवाजे की तरफ झुक गई। मैंने उसको सहारा देने की पेशकश करने के बारे में सोचा, लेकिन फिर वापस हो लिया कि मूर्ख लड़की ने कहीं इसे संकेत के रूप में लिया तो दिक्कत होगी। ई स्क्वायर मॉल में जैसे मनुष्यों की बाढ़ आ गई थी। खैर, वह एक रविवार का दिन था। हम थिएटर पहुँचे और अपनी सीटों पर बैठ गए। मैं बहुत लंबे समय के बाद एक फिल्म हॉल में था। पिहू ने खुशी से बीच वाली सीट ले ली।

फिल्म हॉल में होना मेरे लिए काफी बोरियत भरा था। मुझे याद है, जब 'क्लियोपेट्रा, द ब्यूटीफुल पिशाच' देखने के लिए गया था। वह फिल्म कुछ नग्न महिलाओं के बारे में थी, जिन्होंने पिशाच की तरह कपड़े पहने हुए थे। वे खुद के वस्त्र उतारती थीं, ताकि पिशाच आ सके और उनका खून चूस सके। मेरे बचपन में फिल्म के नाम पर यह देखते थे।

"खड़े हो जाओ, नील। राष्ट्रीय गान शुरू होने वाला है।" अन्नू ने मुझे वास्तविकता में वापस लाने के लिए हिलाया। पिहू भी गान के लिए खड़ी थी। मेरे कंधे का सहारा ले रखा था। मैंने कोई प्रतिरोध नहीं किया। यह केवल तिरपन सेकंड के लिए था। आखिरकार मैंने राष्ट्रीय गान के लिए अपनी भावना की सराहना की।

हमने अपने 3 डी चश्मे पहने हुए थे और फिल्म एक वसा पांडा से शुरू हुई, जो शायद ड्रैगन योद्धा था‌‌..वह घाटी को बचाने के लिए किसी से लड़ रहा था। मैंने हॉल में चीयर्स और हँसी सुनी। पांडा की चाल और चेहरे की अभिव्यक्ति मजाकिया थी, लेकिन उसने मुझे अपील नहीं किया। बीस मिनट या उसके बाद मैंने अपनी रुचि खो दी। मैं ऊब रहा था। एक पांडा के चारों ओर एक पूरी फिल्म चल रही थी और वह उसे सँभालने के लिए बहुत अधिक था।

लेकिन पिहू मुसकरा रही थी। वह बहुत खुश लग रही थी। मैंने अन्नू को देखा। वह

बिना किसी अभिव्यक्ति के चुपचाप देख रही थी। मैंने दर्शकों को अपने चारों ओर देखा, उनमें से ज्यादातर परिवार थे।

मैंने वापस फिल्म पर अपना ध्यान लगाया। योद्धा पांडा का चरित्र बेहद मजाकिया था। उसके विद्रोहियों ने दर्शकों को हँसा दिया। एक बिंदु पर हम सभी हँसे और पिहू ने मेरी हथेली को पकड़ लिया। उसने एक अवांछित प्रेमिका की तरह व्यवहार किया। मैं चाहता था कि वह अपना हाथ हिलाए, लेकिन अन्नू वहाँ थी। पिहू मुसकरा रही थी और शो का आनंद ले रही थी। मुझे एहसास हुआ कि कभी-कभी मूर्ख बनना अच्छा होता था। कारण जानना हमेशा सही नहीं होता है। मैंने अपने हाथ को उसके हाथ में रहने की इजाजत दे दी।

□

तीस

अन्नू अपने काम पर कम समय खर्च कर रही थी। मैं उसे एक विस्तारित परिवार के सदस्य की तरह मदद कर रहा था। मुझे असीमित जिम्मेदारियाँ दे दी गई थीं। कई अवैतनिक वादे किए गए थे। असुरक्षित वादों के बारे में सबसे अच्छी बात यह है कि कोई बोझ नहीं है, फिर भी आप जुड़े हुए हैं।

मैंने अपने लिए रोटी के साथ अंडे की भुर्जी बनाई और साथ में एक कप चाय भी। मैं गोवा में स्कूल से साक्षात्कार प्रस्ताव लेने पर विचार कर प्लास्टिक की एक कुरसी पर बैठा था। मैं एक नया रिश्ता बनाने के कगार पर था। एक टूटी हुई माँ और एक मरने वाली बेटी—दोनों के बीच आशा थी। मैंने फैसला किया, मुझे केवल पुणे में नौकरी की तलाश करनी चाहिए।

दरवाजे पर एक दस्तक सुनने पर मैंने लगभग अपनी चाय समाप्त कर ली थी।

"तुम यहाँ क्यों हो, पिहू ?"

उसने जवाब नहीं दिया। वह अपनी साँस को थामने की कोशिश कर रही थी।

"अंदर आओ'''क्या सबकुछ ठीक है ? तुमने यहाँ आने के लिए खुद को इतना तनाव क्यों दिया ?"

"मुझे आपका साथ चाहिए, सर।"

मैंने उसे बैठने में मदद की।

"मैं तुम्हारे लिए क्या कर सकता हूँ ?"

"मुझे कुछ खरीदने की जरूरत है। क्या आप मेरी मदद करेंगे ?"

"तुम खरीदारी करना चाहती हो ?"

उसने 'हाँ' में सिर हिलाया।

"तुम्हारा दिमाग खराब है !" मैंने जितना विनम्र हो सकता था, उतना विनम्र होने की कोशिश की।

"नहीं, वे बहुत ही महत्त्वपूर्ण चीजें हैं।" उसने काफी गंभीरता से कहा।

"मैं वह सब तुम्हारे लिए ले आऊँगा। मुझे बताओ!"

"नहीं, मुझे वह खुद खरीदना है। इसमें पंद्रह मिनट लगेंगे।"

पिहू के खराब स्वास्थ्य के अलावा मुझे इस विचार के बारे में एक और बड़ी समस्या थी—पैसा।

अगर उसने मुझसे भुगतान करने की उम्मीद की तो क्या होगा ?

कैसे मुझे उन अवांछित शॉपिंग बिलों से छुटकारा मिल सकता है ?

"मैं केवल एक शर्त पर तुम्हारी मदद कर सकता हूँ। अगर अपनी माँ को बता दो तो!" मैंने थोड़ा संशयी बनते हुए कहा।

"मैंने पहले से ही माँ की अनुमति ले ली है। आप चाहें तो उन्हें फोन करके पूछ सकते हैं।" उसमें झूठ बोलने के लिए पर्याप्त बुद्धि नहीं थी।

फिर मैंने कहा, "लेकिन मेरे पास नकद रुपए नहीं हैं और मेरा ए.टी.एम. कार्ड काम नहीं कर रहा है।"

"मेरे पास पैसा है!"

मुझे यह वाक्य पसंद आया है। काश, मैं रोज-रोज यह एक ही शब्द दोहरा सकता! मेरे पास बाइक थी, लेकिन मैं पिहू के साथ कोई जोखिम नहीं लेना चाहता था। मैंने एक टैक्सी बुक की और वह दस मिनट में आ गई।

हम अंदर बैठ गए और ड्राइवर ने गाड़ी घुमा ली।

"क्या यह खरीदारी इतनी महत्त्वपूर्ण है, इतनी कि ऐसी स्थिति में भी तुम खुद को इतना परेशान कर रही हो ?"

"हाँ, कल एक महत्त्वपूर्ण दिन है।"

"अच्छा, क्या है ?"

"चलिए, प्रतीक्षा करते हैं, सर।"

हम सात मिनट में आर्ची की गैलरी पहुँच गए।

"आप आना चाहते हो ?" उसने मुझसे पूछा।

"नहीं, तुम जाओ। मैं यहाँ इंतजार करूँगा।"

मुझे न तो उस उपहार की दुकान में दिलचस्पी थी और न ही उसमें, जो वह कर रही थी।

उसने गरदन हिलाई और अंदर चली गई। मैंने किसी भी व्यय से बहुत दूर राहत की साँस ली थी। उपहार की दुकान के बगल में एक क्रॉसवर्ड बुक स्टोर था। मैं उसमें घुस गया। मैंने पुस्तक की दुकानों में कभी भीड़-भाड़ नहीं देखी, इसलिए मुझे वह पसंद आया। प्रत्येक मॉल का एक दिन होता है। हर शॉपिंग क्षेत्र में कुछ-न-कुछ प्रचार कार्यक्रम होते रहते हैं; लेकिन ये क्रॉसवर्ड हमेशा खाली मिलते थे। मैं कुछ किताबों के मध्य से गुजरा।

> *"मुझे पता है, आप मेरी माँ को पसंद करते हो।"*
> *मेरी अभिव्यक्ति जैसे भूख हड़ताल पर चली गई, बिल्कुल उस अकेली गिलहरी की तरह, जिसके पास सिर्फ एक नट बचा था। मैं अवाक् था। मुझे उसकी बकवास पर प्रतिक्रिया कैसे देनी चाहिए? लेकिन, फिर मैं अचानक चिंतित था, कैसे इस लड़की ने अनुमान लगाया कि मैं उसकी माँ के साथ क्या कोशिश कर रहा था?*

मैं लगभग दस मिनट बाद बाहर आया। मुझे फोन आया। उसने अपनी खरीदारी पूरी कर ली थी। यह अजीब था। दस मिनट में एक लड़की खरीदारी कैसे पूरी कर सकती है? शायद उसके पास खरीदने के लिए कुछ विशिष्ट था।

हमने घर वापस जाने के लिए एक सवारी किराए पर ली।

"तुमने क्या खरीदा?"

"एक उपहार।"

मैंने नहीं पूछा कि यह किसके लिए था!

"क्या मैं आपसे कोई बात पूछूँ?" उसने मुझ पर अपनी नजर गड़ाते हुए पूछा। जब भी वह एक प्रश्न पूछने की अनुमति माँगती थी तो मुझे सिहरन-सी होती थी।

"क्या आप मेरी माँ को पसंद करते हैं?"

"यह किस तरह का सवाल है?"

"मुझे पता है, आप मेरी माँ को पसंद करते हो।"

मेरी अभिव्यक्ति जैसे भूख हड़ताल पर चली गई, बिल्कुल उस अकेली गिलहरी की तरह, जिसके पास सिर्फ एक नट बचा था। मैं अवाक् था। मुझे उसकी बकवास पर प्रतिक्रिया कैसे देनी चाहिए? लेकिन, फिर मैं अचानक चिंतित था, कैसे इस लड़की ने अनुमान लगाया कि मैं उसकी माँ के साथ क्या कोशिश कर रहा था?

"तुम क्यों पूछ रही हो? ऐसा लगता है कि तुम सबकुछ पहले से ही जानती हो!"

"मैं बस, आपके चेहरे की अभिव्यक्ति की जाँच करना चाहती थी।"

मैंने उसे टालने पर विचार करते हुए गहरी साँस ली। मैंने विषय बदलने का फैसला किया।

"तुमने केवल दस मिनट में क्या खरीदारी की?"

"एक कार्ड।"

"किसके लिए?"

उसके चेहरे की अभिव्यक्ति को समझना मुश्किल था। उसने शरारती मुसकराहट दी।

"यह आपके लिए है।"

◻

इकतीस

मैं अपनी पुस्तकों से घिरा हुआ था। नहीं, कामुक उपन्यास, जो हर वक्त मुझे रिझाते थे, वे नहीं, बल्कि गणित की पाठ्य पुस्तकें। मैं विभिन्न पुस्तकों में अभ्यास की तुलना कर रहा था। यदि इस पुस्तक के सवाल का सामना करना पड़ता है कि कौन सी पुस्तक बच्चों को बेहतर सीखने में मदद करती है तो मैं बाजार में जो उपलब्ध था, उसका पूरा विश्लेषण प्रस्तुत करना चाहता था और जो सबसे प्रभावी होगा। मुझे यकीन था कि सेंट एंथनी स्कूल प्रबंधन मुझे नौकरी दे सकता है। मैं साक्षात्कार देने जा रहा था! और फिर, बाद में वहाँ पुणे में रहूँगा‍‍‍खुशी से। कुछ दिन पहले मुझे पता चला था कि सेंट एंथनी स्कूल की पुणे में भी शाखा थी। इस जानकारी ने साक्षात्कार में मेरी रुचि बढ़ा दी थी।

अचानक दरवाजे पर मुझे दस्तक सुनाई दी और बेहद धीमी आवाज में मेरा नाम भी—"नील‍‍‍"

उसने मुझे हक से बुलाया और मुझे यह पसंद नहीं आया, बल्कि मैं प्यार कर बैठा अपने ही नाम से। हालाँकि उसने मेरी खोजबीन में अपनी दस्तक से बाधा डाली, लेकिन उसने मुझे एक अधिकार के साथ बुलाया और मुझे यह पसंद नहीं आया और मैंने दरवाजा खोला—

"हाय, नील! आप क्या कर रहे हैं?"

"कुछ भी नहीं, अन्नू‍‍‍बस, गोवा में एक साक्षात्कार की तैयारी कर रहा हूँ।"

"ओह!" उसका चेहरा स्पष्ट रूप से बदल गया।

"‍‍‍तो क्या आप गोवा में स्थानांतरित हो जाएँगे?"

मैं उसके चेहरे पर उसकी असुविधा पढ़ सकता था। मैं आंतरिक रूप से मुसकराया। काश, मैं अपनी भावनाओं को व्यक्त कर सकता!

"जरूरी नहीं। यहाँ पुणे में भी एक शाखा है; लेकिन उनकी भरती गोवा में होती है।"

"बहुत अच्छा!" उसका चेहरा फिर से उत्साहित हो गया।

"मुझे आपसे एक छोटा सा सहयोग चाहिए। मुझे अस्पताल जाना है और पिहू अस्वस्थ है। वह आराम कर रही है। मैंने उसका दोपहर का भोजन और सबकुछ व्यवस्थित कर दिया है। अगर उसे किसी मदद की जरूरत हो तो क्या आप उस पर नजर रख सकते हैं और मुझे सूचित कर सकते हैं?" उसने मुझे आत्मविश्वास से देखा।

"अस्पताल जाना है? आज तो रविवार है!"

"हाँ···कोई इमरजेंसी ऑपरेशन आ गया है।"

"ठीक है! पिहू के बारे में चिंता मत करो।" मैं मुसकराया। मेरे चालाक दिमाग ने कहा कि यही सही वक्त है बात करने का।

"रुको अन्नू, मुझे तुम्हें कुछ देना है।"

उसने गरदन हिलाई। मैं अपने कमरे में आया और रुपयों का एक बंडल उठाया। फिर दरवाजे पर वापस आकर मैंने वह बंडल उसे सौंप दिया—एक नकली आत्म-सम्मान भरी अभिव्यक्ति के साथ धीरे-धीरे मुसकराते हुए। आंतरिक रूप से मैंने लाख अज्ञात देवताओं से प्रार्थना की कि उसने मेरी नकली उदारता को खारिज कर दिया।

"यह क्या है?"

"पिछले तीन महीनों का किराया।"

विश्वास कीजिए, उस वक्त जो आत्मविश्वास मेरे चेहरे पर था, वह कोई भी देख सकता था।

"मूर्खतापूर्ण बातें मत करो! आप इसे बाद में दे सकते हो।" उसने अधिकार के साथ कहा।

> ***"रुको अन्नू, मुझे तुम्हें कुछ देना है।"***
> ***उसने गरदन हिलाई। मैं अपने कमरे में आया और रुपयों का एक बंडल उठाया। फिर दरवाजे पर वापस आकर मैंने वह बंडल उसे सौंप दिया—एक नकली आत्म-सम्मान भरी अभिव्यक्ति के साथ धीरे-धीरे मुसकराते हुए। आंतरिक रूप से मैंने लाख अज्ञात देवताओं से प्रार्थना की कि उसने मेरी नकली उदारता को खारिज कर दिया।***

उसने मेरी उदारता को नकार दिया। मेरे दूसरी बार आग्रह करने पर भी वह नहीं मानी, वह पीछे की ओर मुड़ गई और बोली, "नील, तुम सिर्फ हमारे किराएदार नहीं हो।"

□

जब इस बार मेरा दरवाजा खटखटाया गया, मुझे पता था, वह पिहू थी। मैं एक इंच भी नहीं हिला था। उसने तुरंत ही फिर से खटखटाया।

अचानक मैंने महसूस किया कि वह अस्वस्थ थी। मैंने दरवाजा खोला।

उसने मुझे एक कार्ड दिया। शिक्षक सभी आकारों और अस्थिरता के बहुत सारे कार्ड प्राप्त करते हैं—विभिन्न अवसरों पर। इस आकार और बनावट ने कहा कि यह महँगा है। चमकदार पेस्टल लिफाफे को प्यार, देखभाल, भरोसा, हिम्मत...के रूप में एक गहरे रंग में स्वयं मुद्रित कर दिया गया था। मैंने देखा कि मेरी उँगलियाँ काँप रही थीं। छह महीने पहले अनन्या से एक कार्ड प्राप्त हुआ था।

"आप कैसे हो, नील?" वह हाँफ रही थी। उसने मुझे मेरे नाम से संबोधित किया था।

"नहीं, सर...कुछ भी नहीं।" यह एक कठिन झटका था।

वह दीवार के सहारे खड़ी थी और इसलिए मैंने सबकुछ छोड़कर पहले उसकी अंदर बैठने में मदद की।

"तुम यहाँ क्यों आई हो? तुम इस स्थिति में नहीं हो।"

वह अभी भी अपनी साँसों को थामने की कोशिश कर रही थी।

"क्या सबकुछ ठीक है? क्या मैं तुम्हारी माँ को बुलाऊँ?"

"नहीं, मैं ठीक हूँ, सर।"

मैं उसके लिए एक गिलास पानी लाया।

"तुम यहाँ क्यों आई हो? तुम मुझे ऊपर बुला सकती थीं। तुम्हें अपने कमरे में वापस जाकर आराम करना चाहिए।"

"मैं बस, एक मिनट में जाऊँगी। बस, आपको यह देना था।"

उसने मुझे एक कार्ड दिया। शिक्षक सभी आकारों और अस्थिरता के बहुत सारे कार्ड प्राप्त करते हैं—विभिन्न अवसरों पर। इस आकार और बनावट ने कहा कि यह महँगा है। चमकदार पेस्टल लिफाफे को प्यार, देखभाल, भरोसा, हिम्मत...के रूप में एक गहरे रंग में स्वयं मुद्रित कर दिया गया था।

मैंने देखा कि मेरी उँगलियाँ काँप रही थीं। छह महीने पहले अनन्या से एक कार्ड प्राप्त हुआ था।

"मैं यह कार्ड नहीं ले सकता।" यह कहकर मैंने उसे वापस सौंप दिया।

"आपको यह लेना होगा..." उसने मेज पर कार्ड रख दिया और दरवाजे के सामने घूमना शुरू कर दिया। मैंने उसे पहली मंजिल पर जाने में मदद की और यह कह दिया कि उसे नीचे आने की जरूरत नहीं, बल्कि मैं ऊपर आ जाया करूँगा।

खैर, मैं किसी भी अवसर पर विचार नहीं कर सका, जो उस कार्ड को योग्यता देता। मैंने उसे मेज पर से उठाया और कचरे में फेंक दिया। वह बहुत अच्छी तरह से जानती थी कि मुझे उसकी माँ पसंद आई। उसने कई अवसरों पर खुद भी कहा था और फिर भी उसने मुझे एक कार्ड देने की हिम्मत की थी।

मैंने अपना दोपहर का भोजन पूरा कर लिया और कुछ देर सोने के लिए चादरों के बीच गोता लगाने के लिए तैयार हो गया। मैंने परदे बंद कर दिए, बत्ती बुझा दी और पंखे की गति तेज कर दी। मेरी आँखें बंद हो गईं। मैं अपनी सपनों की दुनिया में प्रवेश करने के लिए तैयार था। लेकिन दरवाजे पर नहीं, बल्कि मेरे सिर के अंदर दस्तक हुई। मुझे लगा कि यह वही कार्ड था, जिसे उसने कल खरीदा था। मैंने सोचा कि आज क्या विशेष अवसर था? जब वह इतनी गंभीर रूप से बीमार थी, तब भी उसे उस कार्ड को क्यों खरीदना पड़ा?

मैंने अपना बिस्तर छोड़ा और डस्टबिन से कार्ड लाने के लिए गया। मैंने लाइट का स्विच ऑन किया और कार्ड निकालकर खोला। उसमें लिखा था—

"हाय नील सर,

आपके कारण मैं फरिश्तों में विश्वास करती हूँ...

हैप्पी फादर्स डे!"

□

बत्तीस

मैं उस कार्ड को बार-बार पढ़ रहा था। मैंने दर्पण में अपनी छवि को पकड़ने के लिए कार्ड को फिर से देखा। मैंने एक व्यक्ति को शीशे में देखा, जो पिहू के पिता जैसा दिखता था। पहली बार मैंने उस व्यक्ति को देखा, जो दर्पण में था, पर वह मैं नहीं था।

दर्पण में दिख रहा व्यक्ति उन सभी सवालों का जवाब दे रहा था, जो मुझे इतने दिनों से परेशान कर रहे थे। सबकुछ अपनी जगह पर आ गया। पिहू मुझे बहुत चाहती थी, क्योंकि मैं उसके पिता की तरह दिखता था—सच्चाई 'सबसे खराब' से बहुत अलग थी, जो मैंने पिहू के लिए माना था। उसने अनन्या को नापसंद किया, क्योंकि उसने सोचा था कि अनन्या मेरे बारे में बकवास कर रही थी। जल्द ही एहसास हुआ कि उसने अनन्या के बारे में शिकायत क्यों की थी! उसने अपना हाथ फिल्म हॉल में मेरे हाथों पर क्यों रखा था! सब समझ आ गया था अब, क्योंकि उसने अपने पिता को मेरे अंदर देखा था!

पिहू वैसी नहीं थी, जैसी मैंने अब तक सोचा था। सारी घटनाएँ मेरी आँखों के आगे घूमने लगीं, जब पिहू ने मुझे घर किराए पर देने की पेशकश की थी, उस ब्रोकर के कार्यालय के आगे...सब मेरी आँखों के सामने आना शुरू हो गया था। हर बार जब वह घर में घुस गई थी, हर बार मैंने उसे परेशान किया था और उसने सिर्फ अपरिपक्व मुसकान के साथ जवाब दिया था। बहुत पहले, मेरा दिमाग अब और सोचने के लिए बहुत सुस्त था और फिर कहीं से एक आवाज ने कहा—

'...वह जल्द ही मर जाएगी...'

जीवन का भय मृत्यु के डर का पालन करता है।

दर्पण में व्यक्ति अभी भी मुझे घूरकर देख रहा था। मैंने उससे नफरत की। वह कितना आत्म-केंद्रित था! मुझे उससे नफरत थी! आँखों के बारे में कुछ था, जिससे मैं असहज था। चूँकि मेरे हाथ अचल बने रहे, जमे हुए, मैं आँखों तक नहीं पहुँच सका;

किंतु देख सकता था। कुछ और बूँदें निकलना जारी रहीं, जिन्होंने मेरे गालों को गीला कर दिया और सूखे होंठों के लिए रास्ता बना दिया। मैंने नमकीन आँसुओं का स्वाद लिया। आखिरी बार जब मुझे आँसू का सहारा लेना याद आया तो मैं तीसरी कक्षा में था।

यह जीवन में उन क्षणों में से एक था, जब आपका मन, हृदय और आँखें एक-दूसरे से बात करना बंद कर देती हैं। मैं चौंका नहीं था। मैं भावनात्मक भी नहीं था। मैं खुश नहीं था और अचानक मैं···मैं नहीं था।

मैं अपने घर में अगले चौबीस घंटे तक ही सीमित रहा। मैं पिहू या अन्नू से मिलने नहीं गया था। मैं खुद का सामना नहीं कर सका।

अगले दिन, पूरा साहस जुटाकर, मैं पिहू को देखने गया। अन्नू ने दरवाजा खोला और अंदर मेरा स्वागत करने के लिए दरवाजे से अलग हो गई।

यह पहली बार नहीं था, जब मैं पिहू को देखने गया था। पर आज मैं सिर्फ पिहू के लिए आया था।
"वह ठीक नहीं है, बेहद कमजोर है···वह सुबह से बिस्तर पर ही है।" अन्नू ने एक चिंतित माँ की तरह बताया।
"क्या मैं उसे देख सकता हूँ?"
"जी, बेशक।" उसने वहीं से पिहू के कमरे की तरफ इशारा किया, "क्या आप चाय लेंगे?"

"पिहू कैसी है ? क्या मैं उसे देख सकता हूँ ?"

यह पहली बार नहीं था, जब मैं पिहू को देखने गया था। पर आज मैं सिर्फ पिहू के लिए आया था।

"वह ठीक नहीं है, बेहद कमजोर है··· वह सुबह से बिस्तर पर ही है।" अन्नू ने एक चिंतित माँ की तरह बताया।

"क्या मैं उसे देख सकता हूँ ?"

"जी, बेशक।" उसने वहीं से पिहू के कमरे की तरफ इशारा किया, "क्या आप चाय लेंगे ?"

"हाँ, चाय ठीक रहेगी।" मैंने जवाब दिया, हालाँकि वास्तव में मुझे जरूरत नहीं थी, मैं केवल इतना चाहता था कि मुझे पिहू के साथ अकेले कुछ समय बिताना चाहिए।

मेरी कमजोर पिहू अपने बिस्तर पर लेटी होगी। वह दर्द में थी। उसका दर्द उसके चेहरे पर स्पष्ट था। स्वीकार करना अचानक बहुत मुश्किल हो गया था।

उसकी कोई गलती नहीं होते हुए भी उसे इस तरह दंडित किया जा रहा था। वह सिर्फ एक निर्दोष लड़की थी। उसकी सादगी ने उसे सबसे प्यारी लड़की बना दिया, जिसे मैंने कभी भी नहीं जाना था। यहाँ वह दर्द में संघर्ष कर रही थी, फिर भी वह उसके जैसे किसी भी गलती के लिए इस तरह दंडित नहीं हो रही थी। उसकी आँखें मुझे ही देख रही थीं।

"कैसे हैं आप, सर?"

"ओह, मुझे मेरी परवाह नहीं है˙˙˙तुम कैसी हो?" मैंने अपनी काँपती उँगलियों को उसके सिर पर रखा। अगर मुझे ऐसा करने का अधिकार था तो मुझे अब और विचार करने की परवाह नहीं थी।

"आप कल मुझसे मिलने क्यों नहीं आए?"

"मैं व्यस्त था˙˙˙मैं अपनी आगामी नौकरी के साक्षात्कार की तैयारी कर रहा था।"

"क्या आपको मेरा उपहार पसंद आया?" उसने निर्दोषता से पूछा।

"यह एक शानदार उपहार था, आज तक का सबसे अच्छा! मैं सच कह रहा हूँ, पिहू!"

"तो मेरा रिटर्न गिफ्ट कहाँ है?" वह लड़की मेरी समझ से परे थी।

"मुझे बताओ, मैं तुम्हें क्या उपहार दे सकता हूँ, पिहू?"

"क्या आप मुझे वह दोगे, जो मैं चाहती हूँ?"

"अच्छा, मैं अपनी पूरी कोशिश करूँगा।"

वह मुसकराई।

"क्या तुम मेरी माँ से शादी करोगे?"

❑

तैंतीस

उसकी उम्र की एक लड़की ऐसी चीजों के लिए कैसे पूछ सकती है ? वह बहुत छोटी थी''इतनी मासूम! मैं 'हाँ' कैसे कह सकता हूँ ? या नहीं, उस मामले के लिए ? चीजें वैसे ही हो रही थीं, जैसे मैं चाहता था। मैंने अन्नू को प्रभावित करने के लिए घंटों योजनाएँ बनाई थीं। लेकिन जब पिहू ने मुझे उसके लिए ऐसा करने के लिए कहा तो यह वही नहीं था। मुझे लगा, मैं अन्नू का पति होने के लायक नहीं था। एहसास उसके प्रति जागरूक होने का विषय है, जो पहले से ही वास्तविक है।

उस रात फिर से मैं सोने में सक्षम नहीं था और छत पर जाने के लिए अपनी पूरी कोशिश कर रहा था। मैं चिंतित था कि अन्नू वहाँ हो सकती है! यह हर रात छत पर एक-दूसरे को देखने के लिए लगभग एक अनुष्ठान था। मैं उसका सामना नहीं करना चाहता था, हालाँकि मुझे नहीं पता था कि क्यों ? मैं खुद से लड़ रहा था।

यह एक आधा अतीत था और मैं अभी भी थोड़ा जाग रहा था। बहुत देर हो चुकी थी और मुझे लगा कि अन्नू ने अब तक छत छोड़ी होगी।

मैंने व्हिस्की का अपना दूसरा पेग समाप्त कर दिया और अतीत में अपनी सारी धारणाओं को साथ लेकर आगे बढ़ गया; लेकिन यहाँ मैं गलत था। वह वहाँ थी। शायद मेरा इंतजार कर रही थी।

"अन्नू''तुम अभी भी यहाँ हो ?"

उसने एक शब्द भी नहीं कहा, बस गरदन हिलाई। वह रो रही थी। उसके पास कई कारण थे।

"आप इतने लेट क्यों आए हैं ?" मुझे देखकर उसकी हिचकियाँ बँध गईं।

"तुम परेशान दिख रही हो!"

वह मेरे सामने आ गई। वह चाँदनी में खो गई, लेकिन उसके आँसू बंद होने से इनकार कर रहे थे।

मुझे यकीन है कि उसे उस वक्त एक मानवीय स्पर्श की जरूरत थी। उसे आराम

करने की जरूरत थी। वह निश्चित रूप से मेरे द्वारा गले लगाने की उम्मीद कर रही थी, लेकिन मैंने उसे वह सांत्वना नहीं दी। अपने हाथों को उसके कंधों पर रखकर मैंने कहा, "सब ठीक हो जाएगा।"

क्योंकि यह सबसे बुरा था, जिसके साथ मैं आ सकता था, लेकिन ऐसी स्वीकृति कि आप कुछ भी नहीं कर सकते थे, जो हमारे पास था। आप केवल ऐसी स्थितियों में इन्हीं अर्थहीन शब्दों का जप कर सकते हैं— 'सबकुछ ठीक होगा'।

"मुझे नहीं पता''नील, क्या अच्छा होगा! यह कैसे हो सकता है?" उसने अपना सिर हिलाकर एक विचार को सामने रख दिया।

> *"मुझे यकीन नहीं है'' कुछ सप्ताह''एक महीने'' अधिकतम।"*
> *मेरी कल्पना की तुलना में इस बात ने मुझे और जड़ बना दिया। कुछ दिनों तक मैं पिहू से दूर भागता था। अब मैं कामना करता हूँ कि उसके साथ रहने के लिए मेरे पास कुछ और समय होता!*
> *"क्या मैं तुम्हारी कुछ मदद कर सकता हूँ, अन्नू?"*

"मैं अब और चिंतित नहीं हूँ। मेरे साथ यह सब बहुत हो चुका।"

एक चट्टान की तरह मैं खड़ा रहा। उसने कुछ सेकंड इंतजार किया, फिर बोली, "कोई भी मेरी मदद नहीं कर सकता'' "

मैंने जान-बूझकर शब्दों को वापस रखा सहानुभूति। मैंने किसी भी झूठी उम्मीद की पेशकश नहीं की, न कोई प्रतिबद्धता।

"हमारे पास कितना समय है?"

वह समझ गई कि मैं क्या पूछ रहा था।

"मुझे यकीन नहीं है''कुछ सप्ताह''एक महीने''अधिकतम।"

मेरी कल्पना की तुलना में इस बात ने मुझे और जड़ बना दिया। कुछ दिनों तक मैं पिहू से दूर भागता था। अब मैं कामना करता हूँ कि उसके साथ रहने के लिए मेरे पास कुछ और समय होता!

"क्या मैं तुम्हारी कुछ मदद कर सकता हूँ, अन्नू?"

"नील, हाँ, मुझे आपकी मदद चाहिए।"

"कुछ भी। कुछ भी''मैं हूँ।"

"पिहू अपने पिता को आपके अंदर देखती है। उसके मन में यह बहुत मूर्खतापूर्ण इच्छा है कि वह मरने से पहले''वह चाहती है''हमारा घर बस जाए।"

मैं सोच रहा था कि क्या अन्नू को पिहू की इच्छा के बारे में पता था? इसने निश्चित रूप से संदेह स्पष्ट किया था।

"तुम मुझसे क्या करवाना चाहती हो?"

"क्या आप···उसके सामने मेरे···साथी की तरह काम कर सकते हैं?"

अचानक ऐसा लगा कि ब्रह्मांड मेरा समर्थन कर रहा था और जहाँ मैं था वह एक पूरी तरह से बदला हुआ आदमी था।

"नील, मुझे खेद है कि मैं आपको इस सब में खींच रही हूँ। लेकिन क्या आप इसमें मेरा साथ उसके लिए दे सकते हैं?"

"क्या यह संभव है?···कृपया···"

अन्नू ने मेरे सामने फिर से दोहराया। कम-से-कम मैं उन्हें समर्थन कर सकता था।

"आपको बस, मुझे मेरे नाम से फोन करने की जरूरत है··· और रसोईघर में मेरे साथ कुछ समय बिताएँ।"
"तुम चिंता न करो, मैं मैनेज कर लूँगा।"
"पिहू को ऐसा महसूस होना चाहिए कि हम एक साथ हैं।"
सब एक तैयार योजना की तरह तय कर लिया गया। वह इसे गहरी सोच दे रही थी और मैं, एक बार, किसी की मदद करना चाहता था।

"मुझे क्या करने की जरूरत है, ताकि हम दोस्तों से ज्यादा दिख सकें?"

"आपको बस, मुझे मेरे नाम से फोन करने की जरूरत है···और रसोईघर में मेरे साथ कुछ समय बिताएँ।"

"तुम चिंता न करो, मैं मैनेज कर लूँगा।"

"पिहू को ऐसा महसूस होना चाहिए कि हम एक साथ हैं।"

सब एक तैयार योजना की तरह तय कर लिया गया। वह इसे गहरी सोच दे रही थी और मैं, एक बार, किसी की मदद करना चाहता था।

यहाँ एक माँ थी, जिसकी बेटी मर रही थी और जो अपनी बेटी की मूर्खतापूर्ण इच्छा पूरी करने के लिए सबकुछ कर रही थी। एक मरनेवाली लड़की अपनी आखिरी साँस लेने से पहले अपनी माँ का घर बसा हुआ देखना चाहती थी। और उनके निस्संदेह प्यार के विपरीत, यहाँ नील एक माँ और बेटी के बीच फँस गया था। अगर कुछ और नहीं तो मुझे एक बात का यकीन था—

पिहू ने सावधानीपूर्वक सारी योजना बनाई थी और संसार छोड़ने से पहले सबकुछ देखना चाहती थी।

पिहू एक अपरिपक्व लड़की नहीं थी।

चौंतीस

गरमी की छुट्टियाँ आखिर में खत्म हो गईं। मुझे विभिन्न स्थानों से साक्षात्कार के लिए कॉल्स मिल रही थीं। इससे पहले मैंने पुणे के बाहर किसी भी नौकरी के लिए आवेदन करना बंद कर दिया था। अब मेरे लिए कहीं भी, भारत भर में, अवसर के लिए खुला था। मुझे क्राइस्ट कॉलेज, बैंगलोर से एक साक्षात्कार कॉल मिली। अगर मैं साक्षात्कार के पहले दौर को कहीं भी क्लियर कर सकता हूँ तो मुझे कुछ परीक्षण कक्षाएँ लेनी होंगी। भरती प्रक्रिया को पूरा करने के लिए दो-तीन दिन की आवश्यकता होगी।

मैं पिहू को देखने गया था। वह अपने बिस्तर पर थी। एक पैर कंबल से बाहर था। मैंने एक नग्न पैर देखा और मेरी नजर खराब नहीं हुई। मैं पिहू के बिस्तर पर बैठ गया, उसके करीब। मुझे कोई हिचकिचाहट नहीं थी। कोई टेस्टोस्टेरॉन नहीं था, कोई एड्रेनलाइन नहीं बढ़ा था, एक नए अनुभव से फैले मन का कोई हार्मोनल असंतुलन कभी भी अपने पुराने आयामों पर वापस नहीं जा सकता।

"तुम कैसी हो, पिहू?" मैंने प्यार से पूछा।

उसने वही पुरानी मुसकराहट दी, जो वह हमेशा देती थी! लेकिन मैंने कभी नहीं समझा था।

"मैं अच्छी हूँ। मुझे यहाँ दर्द होता है।" उसने अपने निचले पेट के चारों ओर छुआ, "और ये दवाएँ मुझे हर समय सुलाए रखती हैं।"

"दर्द जल्द ही खत्म हो जाएगा।"

"मुझे पता है।" उसने जवाब दिया।

हम एक ही सोच पर नहीं थे, मुझे पता था।

"तो, आप लोग शादी कब कर रहे हो?" उसने पूछा।

"किसने कहा कि हम शादी कर रहे हैं?"

"किसी ने नहीं। यही कारण है कि मैं आपसे पूछ रही हूँ।" उसने एक मुसकराहट

के साथ कहा। किसी भी प्रश्न से बचने का सबसे अच्छा तरीका दूसरे से पूछना है।

"तुम्हें क्यों लगता है कि मैं तुम्हारी माँ के लिए उपयुक्त हूँ? सिर्फ इसलिए कि मैं तुम्हारे पिता जैसा दिखता हूँ?"

बोलने से पहले उसके लिए सोचना दुर्लभ था।

"नहीं-नहीं, बिल्कुल नहीं।" उसने अपने अगले शब्दों को कहने से पहले कुछ सोचा।

"पर···क्योंकि, आप मेरे फरिश्ते हैं।"

☐

अन्नू ने मुझे अगले दिन उनके साथ रात का खाना खाने के लिए कहा था। मैं 'नहीं' कहना चाहता था, क्योंकि इसका मतलब उसकी व्यस्तता के लिए अतिरिक्त बोझ था, लेकिन मैं पिहू के लिए सहमत था।
मैं उसके कमरे में गया। वह अपने बिस्तर पर लेटी थी। वह एक एनिमेटेड फिल्म देख रही थी। वह दुबली हो गई थी। उसके बाल घुँघराले हो गए थे। वह हर पहर अपने कमरे में रहती थी। वह पूरक इंट्रावेनस तरल पदार्थ पर थी। एक छोटी सी सुई उसकी नस में डाल दी गई थी, जो प्लास्टिक ट्यूब से जुड़ी थी।

डॉ. वेदांत ने वैकल्पिक दिन में दौरा किया। पिहू की हालत हर गुजरनेवाले दिन में और खराब होती जा रही थी। अब उसे अस्पताल जाने की जरूरत थी। मैं उनके साथ दो बार गया था। स्थिति हाथ से फिसल रही थी, जैसे कि पिहू हमसे दूर जा रही थी। अन्नू को सँभालना था, खुद को और मजबूत करना था। सभी चीजें स्थान पर थीं और अधिकांश सुविधाएँ घर पर ही मौजूद होती थीं पिहू के लिए। उन्होंने चिकित्सकों और अन्य हेल्थकेयर पेशेवरों के साथ मरीजों के रीडिंगों को देखते हुए और रिकॉर्डिंग के दौरान उनके कर्तव्यों में चिकित्सक विशेषज्ञ को प्रशासित किया था। अनुकूलित देखभाल योजनाओं के निर्माण और मूल्यांकन के लिए उन्हें समन्वयित करने के लिए।

अन्नू ने मुझे अगले दिन उनके साथ रात का खाना खाने के लिए कहा था। मैं 'नहीं' कहना चाहता था, क्योंकि इसका मतलब उसकी व्यस्तता के लिए अतिरिक्त बोझ था, लेकिन मैं पिहू के लिए सहमत था।

मैं उसके कमरे में गया। वह अपने बिस्तर पर लेटी थी। वह एक एनिमेटेड फिल्म देख रही थी। वह दुबली हो गई थी। उसके बाल घुँघराले हो गए थे। वह हर पहर अपने कमरे में रहती थी। वह पूरक इंट्रावेनस तरल पदार्थ पर थी। एक छोटी सी सुई उसकी नस

में डाल दी गई थी, जो प्लास्टिक ट्यूब से जुड़ी थी।

"मेरे पास कुछ अच्छी खबर है। मुझे कुछ साक्षात्कार कॉल्स मिलीं हैं।" मैंने हँसने की कोशिश की।

"वाह! यह वास्तव में अच्छी खबर है। कौन सा स्कूल?"

"गोवा में एक और दूसरा बैंगलोर में।"

"यह बुरी खबर है!" उसका चेहरा, जो थोड़ा चमक गया था, वह बुझ गया।

"समस्या क्या है?"

"तब माँ को शहरों को बदलने की जरूरत होगी।"

वह आश्चर्यजनक रूप से अजीब थी, हर समय, लेकिन मुझे लगता है, मैंने उसे जिस तरह से स्वीकार किया था, उसे स्वीकार कर लिया था।

"तो क्या हुआ? तुम्हारी माँ भी मेरे साथ आ जाएँगी। इसमें बुरा विचार क्या है?"

"तुम्हारी माँ? उन्हें इस तरह संबोधित करना बंद करो। उन्हें 'अन्नू' कहो।"

मैंने अपनी गरदन हिलाई।

"दोस्तो, मुझे आप दोनों की बातचीत में बाधा डालने के लिए खेद है, लेकिन रात के खाने का समय हो गया है।" अन्नू ने प्रवेश किया और मुझे बचा लिया।

"ठीक है, माँ।" उसकी आवाज में संतोष था।

मेरे परिवार के साथ साझा समीकरण के प्रकार के साथ मुझे कभी नहीं पता था कि किसी के लिए क्या महत्त्वपूर्ण होना चाहिए। यह मुश्किल था कि पिहू बहुत खुश थी, क्योंकि वह मेरे साथ रात का खाना खा रही थी। उसकी माँ ने उसके लिए बिस्तर पर मेज खींच ली। वह आमतौर पर रात को ही खाना खाती है।

"आज नहीं, मैं डाइनिंग टेबल पर खाना चाहती हूँ।"

"तुम इतनी ताकतवर नहीं हो।" अन्नू ने कहा।

पिहू को सहारे के बिना पंद्रह मिनट से अधिक समय तक बैठना मुश्किल था। लेकिन वह हारनेवाली नहीं थी।

"इस बार मैं कोशिश करके देखता हूँ, अन्नू।" मैंने जान-बूझकर उसे उसके नाम से संबोधित किया। मैंने अभी तक पिहू के सामने ऐसा कभी नहीं किया था। हमेशा 'मैम' या 'अन्नूजी' कहता था।

मैंने खड़े होने में पिहू की मदद की। उसके समर्थन के साथ चलना आसान था। वह एक कुरसी पर बैठी, जो उसके हाथों को भी सहारा दे सकती थी। यह पहली बार था, जब हम भोजन साझा कर रहे थे।

जब हम साथ खाते हैं तो रात का खाना हमेशा बेहतर लगता है। मेरा दिमाग तुरंत

याद करने के लिए चला गया—आखिरी बार जब मैंने अपने परिवार के साथ खाना खाया था।

"भोजन कैसा है, नील?" अन्नू ने पूछा।

"बहुत स्वादिष्ट!" मैंने जवाब दिया।

मैं ईमानदार था और मेरा दिल एक अजीब खुशी से भर गया, क्योंकि यह पहली बार था कि हम किसी भी औपचारिक 'सर' या 'मैडम' के बिना स्पष्ट बातचीत कर रहे थे। और इसे ऊपर करने के लिए हमारी छोटी सी मूर्ख लड़की भोजन करते वक्त पूरे समय में मुसकरा रही थी।

"आपका पसंदीदा पक्वान्न क्या है, नील सर?" पिहू ने अपने खाना खाते वक्त पूछा। जिस गति से वह खा रही थी, वह स्पष्ट संकेत था कि उसे भोजन में रुचि नहीं थी।

"मुझे दम आलू और दाल मखनी बहुत पसंद हैं।" मैंने मुसकराहट के साथ कहा।

"मुझे भी दाल मखनी बहुत पसंद है।"

"मेरे पास पूछने के लिए एक महत्त्वपूर्ण सवाल है।"
अन्नू और मैंने एक-दूसरे को देखा। हमने महसूस किया कि एक बम स्टोर में था।
"आप लोग शादी कब कर रहे हैं?"
पिहू ने ऐसे पूछा जैसे कि एक माँ अपने बच्चों से पूछती है, ताकि जब वे बस जाएँगे तो वह शांति में आराम कर सके।

और मैंने अपनी हथेली को एक हाई फाइव के लिए उठाया, जिसे उसने धीरे से बजाया।

"रात के खाने के दौरान बात नहीं करते।"

परिवार के मुखिया ने उच्चारण किया था तो हम चुप हो गए थे। मैंने लगभग अपना भोजन पूरा कर लिया था, जबकि पिहू अभी भी चपाती से जूझ रही थी।

"क्या हुआ, पिहू? कोई परेशानी? आज आप खाने में इतनी धीमी क्यों हैं?"

"मेरे पास पूछने के लिए एक महत्त्वपूर्ण सवाल है।"

अन्नू और मैंने एक-दूसरे को देखा। हमने महसूस किया कि एक बम स्टोर में था।

"आप लोग शादी कब कर रहे हैं?"

पिहू ने ऐसे पूछा जैसे कि एक माँ अपने बच्चों से पूछती है, ताकि जब वे बस जाएँगे तो वह शांति में आराम कर सके।

"बात करना बंद करो, पिहू! यह भोजन का समय है।" अन्नू ने कहा।

"बहुत जल्द, पिहू!" मैंने कहा और निश्चित रूप से यह बात उसके चेहरे पर मुसकान ले आई।

वह बड़ी संतुष्टि के साथ वापस भोजन करने लगी, लेकिन थोड़ी देर बाद बंद कर दिया।

"क्या तुम अपने बिस्तर पर जाना चाहती हो?" अन्नू ने पूछा।

उसने अपना सिर हिलाया।

"क्या मैं आप दोनों से एक प्रश्न पूछ सकती हूँ?" उसने हमेशा की तरह खतरनाक सवाल पूछा। उसे वास्तव में परवाह नहीं थी कि उसे ऐसा करने की अनुमति है या नहीं।

आँखें बड़ी करते हुए तेजी से उसने पूछा, "मुझे अपने जीवन में अपना सर्वश्रेष्ठ क्षण बताओ!"

"एक मूर्ख की तरह व्यवहार करना बंद करो। यह सोने का समय है।" अन्नू ने कहा।

"प्लीज···" पिहू ने नकली गुस्सेवाला चेहरा बनाकर कहा।

"जब तुम्हारी माँ ने मेरा प्यार स्वीकार कर लिया!" मैंने झूठ बोला।

अन्नू लगभग चौंक गई थी; लेकिन वह बहुत अच्छी तरह से जानती थी कि ये वे शब्द थे, जो पिहू को खुश करेंगे। पिहू ने अपनी माँ को देखा। उसकी माँ ने एक चेहरा बनाया।

"आपके लिए?" उसने अपनी माँ का जवाब माँगा।

"मैं तुम्हारे बेवकूफी भरे सवालों का जवाब नहीं दे पाऊँगी, प्लीज।"

अन्नू ने अपनी भौहें उठाईं, लेकिन आखिर में वह बोली, "जब तुम पैदा हुई थीं, वह मेरे जीवन का सबसे खुशी का दिन था।" यह अंतिम रात्रिभोज के पल की तरह लग रहा था।

"पिहू, तुम मुझे अपना सबसे अच्छा क्षण बताओ?"

"यह अभी है—एक परिवार के रूप में रात का खाना खाने के बाद।"

उसने एक प्रतिबिंब में जो कहा, वह सबकुछ जैसे मेरे अंदर घुस गया। उसके मन में एक परिवार को लेकर जो लालसा थी, वह पूरी हुई थी। मैंने क्यों पूछ लिया और उससे एक ही सवाल पूछा। एक पिता के बिना एकमात्र बच्चे का जो दर्द था, वह मेरे सामने था। उसके अगले शब्दों ने रात के खाने को और भी मुश्किल बना दिया।

"क्या मैं आपको 'पापा' कह सकती हूँ?"

"तुम्हारी बकवास बहुत हुई, पिहू!" अन्नू चिल्लाई।

□

पैंतीस

मैंने अपने सभी प्रमाण-पत्रों और अनुभव-पत्रों की व्यवस्था की, यहाँ तक कि मोटी सोने की चेन भी और अपना सामान पैक किया। साक्षात्कार के लिए मैं गोवा जाने के लिए तैयार था। मैं अन्नू को अकेले छोड़कर जाने के बारे में बुरा महसूस कर रहा था, लेकिन मुझे वह काम चाहिए था। मुझे जीवन में कुछ तो करना था।

मेरे दिल के बहुत दूर कोने में मुझे क्लॉस्ट्रोफोबिक लग रहा था। माँ और बेटी दोनों ने मेरी जिंदगी की तुलना में बड़ा निर्माण किया था। मेरे पास उस लड़की के दिल को तोड़ने का साहस नहीं था, जो कुछ दिनों में मर रही थी। मैं उसका सामना नहीं करना चाहता था और झूठ भी नहीं बोलना चाहता था। मैं इस घर को छोड़ना चाहता था। मुझे अन्नू को लिखना पड़ा कि मैं एक सप्ताह के लिए जा रहा था। अपनी उँगलियों को मैंने कीपैड पर घुमाया और लिखा—

'अपना खयाल रखना और मुझे पिहू के बारे में पोस्ट करती रहना।'

लेकिन फिर मैंने संदेश मिटा दिया। मेरे शब्द नकली होंगे। वे कुछ भी नहीं बदल सकेंगे। मैंने पिहू से मुलाकात की। मैंने अपनी रेडियो कैब बुक की और इंतजार करने के लिए बाहर निकला। यह वह जगह थी, जहाँ जब मुझे सड़कों पर फेंक दिया गया था और कहीं नहीं जाना था। और फिर पिहू मेरे दिमाग में आई। मुझे लगा, मैंने यह किया। मैंने अपने पीछे उस घर को देखा। यह वह जगह थी, जिसे मैं खोने जा रहा था। मैंने कैब को रद्द कर दिया। मुझे पिहू को देखना था।

अन्नू ने दरवाजा खोला। उसने अनुमान लगाया कि मैं साक्षात्कार के लिए जाने के लिए तैयार था।

"गुड लक, नील!" उसने कहा।

वह पारदर्शी थी, वह खुश नहीं हो सकती थी।

"धन्यवाद, क्या मैं पिहू को देख सकता हूँ?"

उसने मुसकराकर मुझे अंदर आने को कहा और मेरा स्वागत किया।

पिहू अपने बिस्तर पर लेटी हुई थी। वह जरूर परेशान थी, क्योंकि उसने अपने कवर दूर कर दिए थे और मैं उसके नंगे व पीले पैर देख सकता था। अन्नू ने उन नग्न पैरों को ढकने के लिए कवर उस पर खींच दिया और पिहू को उठाया।

"आप कुछ˙˙˙चाय या कॉफी पीना चाहेंगे?"

"चाय!" हालाँकि मुझे कुछ भी नहीं चाहिए था।

"आप कहाँ जा रहे हो?" पिहू ने मेरा बैग देखा और बाकी का अनुमान लगाया।

"गोवा, साक्षात्कार के लिए। मैंने तुम्हें बताया था न!" मैंने पिहू को खुशी से जवाब दिया।

"कैसी हो तुम?"

"बहुत अच्छा, सर।" उसने मुसकान के साथ कहा। यह उसकी हमेशा जैसी मुसकराहट नहीं थी।

"क्या हाल है?" मैंने फिर पूछा।

"बहुत बुरा! बेचैनी हो रही है।" उसने मुझे देखा और एक मासूम-सा चेहरा बनाकर कहा।

"आप साक्षात्कार के लिए क्यों जा रहे हैं?"

"क्योंकि उसे किया जाना जरूरी है और तुम्हें ज्यादा बात करने की अनुमति नहीं है।"

"मुझे पता है। आप वहाँ से मेरे लिए क्या लाएँगे?"

"तुम क्या चाहती हो?" मैंने बेसब्री से पूछा। जो भी मैं कर सकता था, उसे वादा करने के लिए तत्पर था। उसने कुछ सेकंड के लिए सोचा। मुझे आश्चर्य हुआ कि यह छोटी पागल लड़की वास्तव में क्या कहेगी!

"आप साक्षात्कार के लिए क्यों जा रहे हैं?"
"क्योंकि उसे किया जाना जरूरी है और तुम्हें ज्यादा बात करने की अनुमति नहीं है।"
"मुझे पता है। आप वहाँ से मेरे लिए क्या लाएँगे?"
"तुम क्या चाहती हो?" मैंने बेसब्री से पूछा। जो भी मैं कर सकता था, उसे वादा करने के लिए तत्पर था। उसने कुछ सेकंड के लिए सोचा। मुझे आश्चर्य हुआ कि यह छोटी पागल लड़की वास्तव में क्या कहेगी!

"मैं चाहती हूँ कि आप एक अच्छी कहानी के साथ वापस आएँ।"

"तुम एक कहानी क्यों चाहती हो?"

"मैं माँ की कहानियों से तंग आ गई हूँ। मुझे अपने पापा से नई कहानियाँ चाहिए।"

जब भी उसने मुझे अपने पिता के रूप में संबोधित किया, मुझे ऐसा लगा जैसे उसने मेरा एक हिस्सा चुरा लिया हो।

"मैं तुम्हारे लिए सबसे अच्छी प्रेम कहानी के साथ वापस आऊँगा।"

मैं देख सकता था कि दवाओं के कारण उसे नींद आ रही थी। वह जागने के लिए कड़ी मेहनत कर रही थी। तो मैंने उससे झूठ बोल दिया, उसके माथे पर चूमा और कहा, "मैं जल्द ही वापस आऊँगा। मेरी प्रतीक्षा करना।"

वह समझ गई और उसने गरदन हिलाई। कभी-कभी भावनाओं को नियंत्रित करना मुश्किल होता है। मुझे नहीं पता कि मैं उनके साथ क्यों आगे बढ़ता जा रहा था! यही कारण है कि मैं जाने से पहले उससे मिलना नहीं चाहता था। मुझे नहीं पता था कि उन्हें कैसे सँभालना है?

मैं उसके करीब गया और उसके कानों में फुसफुसाया, "तुम मुझे 'पापा' कह सकती हो।"

❑

छत्तीस

साक्षात्कार और डेमो कक्षाएँ अलग-अलग दिनों में निर्धारित की गई थीं। सभी डेमो कक्षाएँ और प्रारंभिक साक्षात्कार अच्छी तरह से चले गए। चूँकि प्रिंसिपल उपलब्ध नहीं था, इसलिए मुझे एक और दिन के लिए वापस रहने के लिए कहा गया था, क्योंकि प्रिंसिपल के साथ चर्चा करनी थी।

मैं शाम को फ्री था, इसलिए मैंने अन्नू को फोन किया। उसने मुझे बताया कि पिहू अच्छा महसूस नहीं कर रही थी। फिर अचानक उसने कॉल को डिस्कनेक्ट कर दिया। मैंने माना कि वह आँसुओं में टूट गई थी और मैं नहीं चाहता था कि मैं उन्हें सुनूँ। मुझे वहाँ होना चाहिए था। लेकिन मैं न तो डॉक्टर था और न ही एक फरिश्ता था।

पिहू में सबकुछ था और हर कोई जो उसकी मदद कर सकता था और समुद्र-तटों के दौरे के बारे में सोच सकता था। मैंने एक ऑटो किराए पर लिया और कैलंग्यूट बीच पर गया। जब मैं बीच पर अकेले बैठा था, मैंने देखा कि लोग अपनी शाम का आनंद ले रहे हैं। बच्चे रेत के घर बनाने में व्यस्त थे, युवा लहरों के साथ खेल रहे थे और पानी में फिसल रहे थे। कुछ लोग शराब व बीयर पी रहे थे, जबकि लड़कियाँ व्यस्त थीं और स्वयं की सेल्फी ले रही थीं। मैं अकेला बैठा था और अकेले उन सभी को देख रहा था। बीच छोटी स्कर्ट पहने हुई लड़कियों से भरा था, स्वीमिंग सूट, बिकिनिस, नग्न पैरों की बहुतायत पर ध्यान दिया। मैंने अपनी जिंदगी उनके लिए खोजकर बिताई थी। अब एक झलक का पीछा करते हुए मुझे उनके लिए कुछ भी महसूस नहीं हुआ। मैंने कुछ जोड़ों को मस्ती करते देखा। मुझे किसी ने उत्साहित नहीं किया और ऐसा पहली बार था।

सूरज क्षितिज पर था, जिसने बादलों को सिंदूरी कर दिया था। यह ऐसी दृष्टि थी, जो लोगों का सपना था। मैंने एक युवा जोड़े बच्चे को देखा। बच्चा रेत के साथ खेल रहा था और माता-पिता उसकी दिलचस्पी के साथ मदद कर रहे थे। मैंने उन्हें लंबे समय तक देखा। समुद्र-तट पर खुशी थी, जो कि मैं अपने सिगरेट में जला रहा था, सब राख में जला दिया गया था और ऐसा लगता था कि मेरी आत्मा भी जल रही थी। फिर एक

आवाज ने मेरे विचारों को रोक दिया।

"सर, प्लीज हमारी एक तसवीर खींच दें?" उस परिवार के आदमी ने बुलाया।

मैंने अपनी जगह छोड़ी और दो चित्रों में अपनी खुशी पर कब्जा कर लिया। वह लड़का मेरे पास आया और तसवीरों की जाँच की। मुझे अभी भी उनके शब्द याद है।

"यह एक आदर्श परिवार की तसवीर है, धन्यवाद!"

मुझे यकीन नहीं है कि उस वाक्य ने मुझे इतना क्यों छुआ! अगले दिन स्कूल के प्रिंसिपल के साथ मेरी एक उपयोगी बातचीत हुई। मैं पुणे के लिए सफर शुरू करने के लिए तैयार था। मैंने मापुसा से शाम को बस पकड़ने का फैसला किया।

बस से यात्रा बेहद परेशानी भरी थी। मैं बस से यात्रा करने में कभी सहज नहीं रहा; मैं ट्रेनों को पसंद करता हूँ। लगभग 4 बजे मैंने सुना कि बस कंडक्टर चिल्ला रहा है—सतारा··यात्रियो, जो सतारा में उतरना चाहते हैं, यहाँ उतर जाओ। बस पुणे में दो घंटों में होगी··

यह आदमी अपनी आवाज के शीर्ष पर क्यों चिल्ला रहा था, मैंने अपनी निद्रा अवस्था में ही सोचा।

मैंने दो बार अन्नू को कॉल की, लेकिन उसने मेरी कॉल नहीं उठाई और न ही उसने वापस फोन किया। मैं डर गया था। फिर भी, मुझे यकीन था कि कुछ भी गलत होगा तो अन्नू निश्चित रूप से मुझे बुलाएगी। मेरा मन बार-बार पिहू के पास जा रहा था। मैं उसे याद कर रहा था।

बस से यात्रा बेहद परेशानी भरी थी। मैं बस से यात्रा करने में कभी सहज नहीं रहा; मैं ट्रेनों को पसंद करता हूँ। लगभग 4 बजे मैंने सुना कि बस कंडक्टर चिल्ला रहा है—सतारा···यात्रियो, जो सतारा में उतरना चाहते हैं, यहाँ उतर जाओ। बस पुणे में दो घंटों में होगी···

यह आदमी अपनी आवाज के शीर्ष पर क्यों चिल्ला रहा था, मैंने अपनी निद्रा अवस्था में ही सोचा।

"ओ भाई, यह बस केवल पुणे जा रही है। फिर तुम क्यों चिल्ला रहे हो?"

"यह बस मुंबई में समाप्त हो रही है, सर। पुणे के लिए दो घंटे में तैयार रहें, अन्यथा आप मुंबई में उतरेंगे।" बह मुसकराया। वह अपने तंबाकू के दाग लगे दाँत दिखा रहा था।

मैं अपने अप्रिय स्वर पर चिल्लाया। मुंबई के उनके उल्लेख ने मुझे अचानक याद दिलाया, माँ वहाँ होगी। मैंने स्पष्ट रूप से उन तारीखों को याद किया, जिनका उन्होंने उल्लेख किया था। पिछले हफ्ते वह मुंबई आईं और एक महीने तक वहाँ रहीं। ऐसा नहीं था, मैं उसे याद कर रहा था। शहर के नाम से याद आ गया था। मुझे एहसास हुआ कि

मेरे भाई निखिल और भाभी नेहा वहाँ होंगे। हाँ, मेरा पूरा परिवार वहाँ था। मैं परेशान था। वह मेरा गंतव्य था।

कंडक्टर ने पुणे में उतरने के लिए भ्रम में चिल्लाया। जल्द ही कंडक्टर ने चिल्लाना शुरू किया, "पुणे! पुणे! पुणे! जो नीचे उतरना चाहते हैं, कृपया आगे आएँ।"

मैं नीचे नहीं उतरा था। शायद मैंने अपना मन बना लिया था क्या हमने लोनावाला पार किया था! निखिल का घर वहाँ से केवल एक घंटे की दूरी पर था। मेरे दिमाग ने तर्क दिया, तुम उसके घर क्यों जा रहे हो?

मैं वाशी बस स्टॉप पर उतर गया और एक ऑटो किराए पर लिया। मैंने पहले कभी परिवार की परवाह नहीं की, लेकिन कोई स्पष्टीकरण नहीं था।

मुंबई में आपको ऑटोवाले के साथ बातचीत करने की आवश्यकता नहीं है, मीटर, मेला और वर्ग का पालन करें। हर कोई जानता है कि वे हिंदी में बात करेंगे। कभी-कभी यह विश्वास करना मुश्किल था कि आप महाराष्ट्र में थे। मैंने ऑटोवाले से सानपाडा, मुंबई के बारे में पूछा।

"सानपाडा में कहाँ?"

"गुरुद्वारा के पास, मिलेनियम सोसाइटी।" बीस मिनट या उसके बाद मैं सोसाइटी के बाहर खड़ा था।

"आप किससे मिलना चाहते हैं, सर?"

"निखिल कुमार···" उन्होंने मेरा नाम दर्ज करने के लिए मेरे सामने विजिटर रजिस्टर बढ़ाया। उसने मुझे दिशा, चौथी मंजिल, दूसरा फ्लैट बताया।

"सानपाडा में कहाँ?"
"गुरुद्वारा के पास, मिलेनियम सोसाइटी।" बीस मिनट या उसके बाद मैं सोसाइटी के बाहर खड़ा था।
"आप किससे मिलना चाहते हैं, सर?"
"निखिल कुमार···" उन्होंने मेरा नाम दर्ज करने के लिए मेरे सामने विजिटर रजिस्टर बढ़ाया। उसने मुझे दिशा, चौथी मंजिल, दूसरा फ्लैट बताया।

"लेकिन सर घर पर नहीं हैं। कुछ मिनट पहले मैडम के साथ निकले हैं।" यह नेहा होनी चाहिए। मैंने सोचा था। मेरे दिमाग में भ्रम, जाने या जाने के लिए, समाप्त हो गया। मैं जाकर माँ से मिल सकता था और शायद उनमें से दो वापस आ गए थे। मैं लिफ्ट के बाहर इंतजार कर रहा था, जब कॉल करने के लिए मैंने फोन को निकाल लिया। उसकी आवाज में ईमानदारी से चिंता थी। वह मुझे याद कर रही थी।

"और बताओ? तुम कैसी हो, अन्नू? तुमने मेरी कॉल का जवाब क्यों नहीं दिया?"

"नील, तुम कहाँ हो?"

वह सबकुछ उसने कहा था। मैं पुणे जाने के रास्ते में था?

"क्या हुआ? सबकुछ ठीक है?" उसने कुछ भी नहीं कहा।

"मैं जल्द ही वापस आऊँगा, अन्नू। मजबूत रहो। बस, दो घंटे, मैं वादा करता हूँ!"

"पिहू सीरियस है, नील!"

एक पल के लिए मैंने सोचा कि मुझे अपनी माँ से मिलने की अपनी योजना छोड़नी चाहिए, लेकिन मैं केवल कुछ ही कदम दूर था। और कुछ था, जो मैं उनसे कहना चाहता था। मैंने साहस इकट्ठा किया और फ्लैट की तरफ चला गया। मैंने जो कदम उठाया, वह भारी हो गया, क्योंकि भावनाओं के साथ बोझ हो गया। मैं अपने पूरे जीवन को उन चरणों के साथ याद कर रहा था। मैं सोच रहा था कि क्या मैं कभी भी नेहा का सामना कर पाऊँगा? या मेरे भाई निखिल का? मैंने अपनी किस्मत का शुक्रिया अदा किया कि वे वहाँ नहीं थे। मैं फ्लैट के बाहर खड़ा था, नाम-पटल पढ़ रहा था—'नेहा और निखिल कुमार'।

मैंने नेहा के साथ अपने भाई का नाम पढ़ा। मुझे फिर से एहसास हुआ कि मैंने उसे कितना दुःख पहुँचाया था। मेरे भाई के लिए यह कितना मुश्किल होगा, जो नेहा और मेरे बारे में सबकुछ जानता था। मैं ईर्ष्या कर रहा था कि वह उसे क्षमा करने के लिए इतना मजबूत था। मैंने दरवाजे पर दस्तक दी। हर गुजरनेवाले दूसरे क्षण के साथ मेरे दिल की धड़कन एक मैराथन भाग गया। मुझे उम्मीद थी कि मेरी माँ किसी भी क्षण द्वार को खोलने के लिए आएगी और मैं उसे गले लगाऊँगा। मैं डंबफॉल्ड था। मुझे नहीं पता था कि क्या कहना है या कहाँ देखना है! वह मेरी उम्मीद नहीं कर रही थी या तो।

मैंने नेहा के साथ अपने भाई का नाम पढ़ा। मुझे फिर से एहसास हुआ कि मैंने उसे कितना दुःख पहुँचाया था। मेरे भाई के लिए यह कितना मुश्किल होगा, जो नेहा और मेरे बारे में सबकुछ जानता था। मैं ईर्ष्या कर रहा था कि वह उसे क्षमा करने के लिए इतना मजबूत था। मैंने दरवाजे पर दस्तक दी। हर गुजरनेवाले दूसरे क्षण के साथ मेरे दिल की धड़कन एक मैराथन भाग गया।

"हाय नेहा!" मैंने अंत में कहा।

वह खाली थी। उसने मेरे औपचारिक 'हाय' का भी जवाब नहीं दिया। वह महिला, जो निखिल के साथ बाहर गई थी—माँ थी।

"तुम कैसे हो?" उसके चकित चेहरे और घबराहट भरी आवाज ने कहा कि मेरी उपस्थिति अवांछित थी।

"मैं अच्छा हूँ।" मेरा खोया चेहरा अन्यथा कहाँ होगा।

"तुम यहाँ अपने भाई से मिलने के लिए आए हो?"

"आपको सत्य बताने के लिए, मुझे यकीन नहीं था कि वहाँ कौन था।" मैंने जवाब में चिल्लाया।

"कोई भी घर पर नहीं है और मुझे खेद है, मैं आपको घर के भीतर आमंत्रित नहीं कर सकती, खासकर अन्य परिवार के सदस्यों की अनुपस्थिति में।"

जीवन कैसे बदल गया था! यह वही महिला थी, जो मेरे साथ शामिल थी मेरे स्पर्श और सहवास के लिए खुला था। हम हमेशा उन क्षणों के लिए प्रार्थना करते, जब कोई भी घर पर नहीं होगा और आज, मैं उससे बात करने के लिए भी संघर्ष कर रहा था!

"मैं समझ सकता हूँ।"

"तुम ठीक हो न?"

"हाँ।"

वह हिचकिचाई और पूछा, "क्या तुम पैसे चाहते हो?"

मैंने उन्हें किसी भी त्योहार पर कभी नहीं बुलाया। उन्हें अपने जन्मदिन पर कभी कामना नहीं की¨उसने और क्या सोचा होगा? शायद¨

"नहीं, मुझे कोई पैसा नहीं चाहिए।" मैंने चारों ओर देखा।

"मैं किसी और समय आऊँगा।" मैंने अपना बैग उठाया और वहाँ से जाने लगा। "नील¨! मुझे एक अनुरोध करना है।¨" कृपया यहाँ मत आना। निखिल के लिए तुम्हें देखना बहुत मुश्किल होगा। मैंने अपने पैरों को देखा, उसके अनुरोध को समझ गया।

"क्या मैं आपसे कुछ पूछ सकता हूँ?" मैंने पूछा। उसने 'हाँ' में सिर हिलाया। "निखिल को हमारे बारे में कैसे पता चला?" "मैंने बताया¨उस वाकये के बारे में¨हमारे बीच क्या हुआ¨एक दिन।" "और तुमने नहीं सोचा था कि मुझे विश्वास में लेना जरूरी था?" मैंने उसे देखा। "यह मेरा इकबालिया जुर्म था, तुम्हारा नहीं।"

"क्या मैं आपसे कुछ पूछ सकता हूँ?" मैंने पूछा।

उसने 'हाँ' में सिर हिलाया।

"निखिल को हमारे बारे में कैसे पता चला?"

"मैंने बताया¨उस वाकये के बारे में¨हमारे बीच क्या हुआ¨एक दिन।"

"और तुमने नहीं सोचा था कि मुझे विश्वास में लेना जरूरी था?" मैंने उसे देखा।

"यह मेरा इकबालिया जुर्म था, तुम्हारा नहीं।"

"जब मैं तुम्हारे साथ निखिल को धोखा दे रही थी, मुझे सोना मुश्किल हो गया। उसने मुझे हर दिन चोट लगाना शुरू कर दिया। मैं शांति चाहती थी। मैंने फैसला किया

कि मैं दो नावों पर सवारी नहीं कर सकती, इसलिए मैंने अपने पति को सबकुछ बता दिया।" उसने उत्तेजित होकर कहा, लेकिन मैंने आत्मविश्वास से पूछा।

"निखिल ने कैसा व्यवहार किया ? उसने तुम्हें दंडित नहीं किया ?"

"स्वीकार सबसे बड़ी सजा है, नील। और निखिल इनसान है।" उसने उन शब्दों में कई चीजें कही थीं। मैं कुछ भी नहीं कर सकता था, लेकिन फिर उससे पूछा, "तुमने क्यों सोचा कि मैं यहाँ पैसे के लिए आया हूँ ?"

"निखिल ने कहा कि तुम जीवन में किसी-न-किसी पैच से गुजर रहे हो और पैसे के लिए मुझसे संपर्क करने का प्रयास कर सकते हो। उन्होंने यह भी कहा कि मैं दे सकता हूँ, तुमने कुछ नकदी ली।"

मेरी चुप्पी से एक अलग निष्कर्ष निकला। मैंने अपने परिवार को केवल पैसे के लिए इस्तेमाल किया था। मैं चुप रह गया।

"क्या तुम्हें कुछ रुपए चाहिए ? मुझे बताओ, कितना ? आखिरकार, हम परिवार हैं।"

"नहीं।" पहली बार मेरे जीवन में, मैं परिवार के अर्थ को समझ गया।

एक भाई, जो मुझे नहीं देख सका, मेरी मदद करने की कोशिश कर रहा था, भले ही उसने मुझसे इतनी नफरत की। मुझे वहाँ खड़े होने का कोई साहस नहीं था। मैंने लिफ्ट को बुलाने के लिए बटन दबा दिया।

नेहा ने बंद करने के लिए दरवाजा खींचा। मैंने कहा, "रुको।" मैं जो बैग लाया था, उसे छोड़ दिया और उसकी भीतरी जेब से अपने हथेलियों के बीच चोरी की हुई सोने की चेन निकाली।

"मैं यहाँ पैसे के लिए नहीं आया था, मैं यहाँ अपने परिवार के लिए आया हूँ।"

□

सैंतीस

अचानक पिहू से मिलने की तीव्र इच्छा कुछ दिनों पहले बढ़ी। मैं चाहता था कि वह उससे बचें। यह मूड स्विंग नहीं था। यह कुछ परे था, जिसे मैं आपको समझा नहीं सकता। मैं तीन घंटों में पुणे पहुँचा, कोर के लिए चिंतित, लगभग अपने पैर की उँगलियों पर चल रहा था। अपने सामान को दरवाजे पर छोड़कर। मैंने पहली मंजिल पर कदम चढ़ाए, जब मैंने ताला लगा देखा तो दरवाजे पर दस्तक देने वाला था। फर्श पर चटाई के चारों ओर गंदगी ने कहा, कोई भी कुछ दिनों के लिए घर नहीं रहा था। मेरा फोन रेंज ठीक से रिंग करने से पहले मैंने कॉल उठाया।

"हाय, अन्नू…"

"नील, क्या तुम पहुँच चुके हो ?" अन्नू की आवाज में दहशत थी।

"हाँ, अन्नू, कहाँ…"

"हम आदित्य बिड़ला अस्पताल में हैं। जल्दी आओ, नील !"

उसने वार्ड विवरण साझा किया। मैंने अपने फ्लैट को ताला लगा दिया, अपने बैग को वहीं रख दिया और नियत समय में अपनी बाइक स्टार्ट कर दी। मैं अस्पताल जा रहा था और मेरा दिमाग मुझे रास्ते में यादों के साथ सफर करा रहा था।

मैंने उन साक्षात्कारों के लिए अचानक पश्चात्ताप किया। मैं कुछ और दिनों के लिए इंतजार कर सकता था। मैं आदित्य बिड़ला अस्पताल पहुँचा। अन्नू निजी कमरे के बाहर खड़ी थी, किसी से बात कर रही थी। मेरे पास लाखों प्रश्न थे, पर उससे पहले उसे देखने की तात्कालिकता थी।

मैंने अन्नू के साथ बातचीत करने के लिए इंतजार नहीं किया था, जो भी था।

"पिहू ?" मैंने अन्नू को देखा और पूछा।

अन्नू ने जवाब नहीं दिया। उसने दूसरे व्यक्ति को छोड़ा, वह मेरे पास आई और मुझे गले लगा लिया। उसने अपने आँसू बहने दिए। गले लगने के बारे में अच्छी बात यह है कि जब आप एक देते हैं तो आपको भी एक मिलता है। अगर जीवन ने मुझे पीड़ित

> *मैं अंदर चला गया। मेरी पिहू शांति से सो रही थी। उसने हरे रंग का अस्पताल का गाउन पहन रखा था। एक गहरी चुप्पी थी, जिसमें संलग्न उपकरणों से कुछ आवाजें आ रही थीं, बस। उसकी आँखें बंद थीं और पीला चेहरा बड़े पैमाने पर ऑक्सीजन के साथ ढक दिया गया था। मैं उसकी नींद देखने के लिए ही संतुष्ट था और उसे नहीं उठाना चाहता था। चादरें उसके शरीर से निकलनेवाली ट्यूब को छुपा रही थीं। वह उनसे बँधी थी। वह हिलने की स्थिति में नहीं थीं। कुछ स्क्रीनें थीं, जो कुछ संख्याएँ दिखा रही थीं। मैं बिस्तर के बगल में रखी कुरसी पर बैठ सका।*

होने के कारण नहीं दिए होते तो मैं कभी गले लगाने की चिकित्सा शक्ति को नहीं जान पाता।

'क्या सबकुछ''''खत्म?' मैं खुद से नहीं पूछ पाया था, शब्द जुबाँ पर नहीं आ पाए थे।

"पिहू, कैसी है अन्नू?" मैंने उसके कंधे पर हाथ रखे और उत्तर जानने के लिए उसे एक हाथ की लंबाई में पीछे किया।

"अंतिम चरण।" उसने कहा।

"वह तुम्हारी प्रतीक्षा कर रही है, मुझे ऐसा लगता है।"

मैं परेशान था और एक शब्द नहीं बोल सका।

"गोवा के लिए जानेवाले दिन आंतरिक रक्तस्राव शुरू हुआ। हमने कुछ रक्तदाताओं की व्यवस्था की'''लेकिन उस समय तक उसके शरीर ने जवाब नहीं दिया। वह बेहद कमजोर हो चुकी है'''अब वह मुश्किल से साँस लेने में सक्षम हो पा रही है। इसलिए हम उसे अस्पताल ले आए। हम पिछले दो दिनों से यहाँ रह रहे हैं'''चूँकि मैं एक नर्स हूँ, हम लोग कमरा पाने में सक्षम थे। फिर उसे आई.सी.यू. में शिफ्ट कर दिया गया।" अन्नू ने बताया कि वह किस चीज से दो-चार हो रही थी।

मैं अंदर चला गया। मेरी पिहू शांति से सो रही थी। उसने हरे रंग का अस्पताल का गाउन पहन रखा था। एक गहरी चुप्पी थी, जिसमें संलग्न उपकरणों से कुछ आवाजें आ रही थीं, बस। उसकी आँखें बंद थीं और पीला चेहरा बड़े पैमाने पर ऑक्सीजन के साथ ढक दिया गया था। मैं उसकी नींद देखने के लिए ही संतुष्ट था और उसे नहीं उठाना चाहता था। चादरें उसके शरीर से निकलनेवाली ट्यूब को छुपा रही थीं। वह उनसे बँधी थी। वह हिलने की स्थिति में नहीं थीं। कुछ स्क्रीनें थीं, जो कुछ संख्याएँ दिखा रही थीं। मैं बिस्तर के बगल में रखी कुरसी पर बैठ सका।

मैंने उसके माथे को छुआ, लेकिन वह बिल्कुल नहीं हिली। पिहू को दवा की कुछ उच्च खुराक दी गई थी। मुझे बताया गया था कि उसे गहरी नींद के लंबे चरणों में भेज दिया गया था। उसकी वर्तमान बेहोशी ऐसी ही थी। मैं चेतना पाने के लिए उसके लिए इंतजार

कर रहा था। मुझे यह भी यकीन नहीं था कि वह जाग जाएगी! एक बार भी। लेकिन अन्नू ने कहा था कि वह मेरे लिए इंतजार कर रही थी। मुझे उम्मीद थी कि वह करेगी।

मेरा इंतजार अंतहीन होनेवाला लग रहा था और मिनट तेजी से घंटों में बदल रहे थे। मैं उसके साथ बिताए गए दिनों को याद कर रहा था। उसने छोटी चीजों के लिए मेरे साथ कैसे तर्क किया था। उसने कभी भी परवाह नहीं की कि मैं क्या कर रहा था और जब भी वह महसूस करती थी, तब चली आती थी। उसने अंतहीन रूप से लूडो खेलने के लिए जोर दिया। उन यादों में से कुछ ने मुझे हँसाया और उन सभी ने मुझे उसका बचपना बहुत याद दिलाया।

मैं बेचैन हो गया।

मैंने कुरसी छोड़ी और कमरे में घूमना शुरू कर दिया। अन्नू समझ गई कि मेरे दिमाग में कुछ था। प्रतीक्षा के दो घंटे बाद पिहू ने अंततः अपनी आँखें खोलीं। मैं उसे सचेत देखने के बाद बहुत ज्यादा खुश था। उसने अपनी आँखों को देखने के लिए खोला था। जैसे ही उसने अपनी आँखें खोलीं, उसने कुछ फुसफुसाया।

"हाय पिहू, मैं वापस आ गया हूँ। साक्षात्कार अच्छा था। मुझे नौकरी मिल गई।"

पिहू मुसकरा दी। मैं उस मुसकान को पकड़ना चाहता था। मैंने धीरे–धीरे उसका हाथ पकड़ लिया, लेकिन अन्नू का चेहरा इस गहरी भावना को देखने पर कुछ परेशानी में पड़ गया और उसके माथे पर एक शिकन आ गई।

"अब तुम सो जाओ। कुछ भी चिंता मत करो। मैं तुमसे वादा करता हूँ कि तुम्हारा साथ कभी नहीं छोड़ूँगा।"

उसने थोड़ा सिर हिलाया।

पिहू मुसकरा दी। मैं उस मुसकान को पकड़ना चाहता था। मैंने धीरे-धीरे उसका हाथ पकड़ लिया, लेकिन अन्नू का चेहरा इस गहरी भावना को देखने पर कुछ परेशानी में पड़ गया और उसके माथे पर एक शिकन आ गई।
"अब तुम सो जाओ। कुछ भी चिंता मत करो। मैं तुमसे वादा करता हूँ कि तुम्हारा साथ कभी नहीं छोड़ूँगा।" उसने थोड़ा सिर हिलाया।

मैं कुछ मिनट के लिए वहाँ खड़ा था। पिहू की हालत फिर से बिगड़ गई थी। मैंने अनुमान लगाया कि वह कुछ कहना चाहती थी। अन्नू उसके पास आई और उसके मुँह को ढकनेवाले मुखौटे को हटा दिया।

उसने फिर धीरे से फुसफुसाया, "गोवा से आप मेरे लिए क्या लाए हैं?"

अन्नू ने मास्क वापस रख दिया। मैंने उसका चेहरा देखा।

"मैंने तुमसे कहा था···मैं एक कहानी के साथ आऊँगा।"

दुनिया की सबसे खूबसूरत मुसकराहट लिये उसके होंठ खुल गए।

मैंने कहानी के बारे में सोचा। यह शायद उसके लिए आखिरी कहानी होगी। मैंने अन्नू को देखा, मैंने अपनी बेटी को पकड़नेवाली एक प्यारी माँ को देखा, जो जीवन के एकतरफा रास्ते की ओर बढ़ रही थी। मेरी आँखें कमरे के दर्पण पर चली गईं। यहाँ एक माँ थी, जो अपनी बेटी के जीवन के लिए कुछ भी करने के लिए तैयार थी और फिर वहाँ प्यारी-सी पिहू थी। वह चाहती थी कि वह अपनी माँ को छोड़कर एक साथी के साथ मिल जाए। और फिर एक नील था, जिसे मैं उम्र के बाद से जानता था। उसकी आँखों में अदृश्य आँसू थे। मैंने सोचा, मैं उसे शायद क्या कह सकता हूँ। उस पल में नेहा के कहे शब्द अचानक मेरे जेहन में आ गए। जैसे अचानक मेरे दिमाग में बिजली कौंधी—'स्वीकार करना सबसे अच्छी सजा है।' बहुत देर हो चुकी है, इससे पहले मुझे खुद को दंडित करना पड़ा। मैं उसके बिस्तर पर बैठ गया और पूछा, "क्या तुम एक फरिश्ते और राक्षस की कहानी सुनना चाहती हो?"

वह हँसी।

> पिहू की आँखों में थोड़ी सी चमक आई थी। अन्नू भी कहानी के बारे में उत्सुक लग रही थी।
> "एक फरिश्ता और एक राक्षस दोनों रहते थे कहीं।" मैंने एक गहरी साँस के बाद शुरू कर दिया। उन दोनों की आँखें मेरे चेहरे पर जमी हुई थीं और वे अच्छी कहानी की उम्मीद करने की कोशिश कर रही थीं। मैंने पिहू के हाथ को सहारा देने में मदद की; लेकिन उसने मेरे हाथों में अपने हाथ बाँध लिये।

"मैं एक बुरा कहानीकार हूँ, पिहू; लेकिन मैं वादा करता हूँ कि मैं अपना सर्वश्रेष्ठ प्रयास करूँगा। मैं किसी दिन एक कहानी भी जरूर लिखूँगा और लोगों को दानव एवं फरिश्ते के बारे में बताऊँगा। इससे दुनिया को असली फरिश्ते के बारे में पता चलेगा।"

पिहू की आँखों में थोड़ी सी चमक आई थी। अन्नू भी कहानी के बारे में उत्सुक लग रही थी।

"एक फरिश्ता और एक राक्षस दोनों रहते थे कहीं।" मैंने एक गहरी साँस के बाद शुरू कर दिया। उन दोनों की आँखें मेरे चेहरे पर जमी हुई थीं और वे अच्छी कहानी की उम्मीद करने की कोशिश कर रही थीं। मैंने पिहू के हाथ को सहारा देने में मदद की; लेकिन उसने मेरे हाथों में अपने हाथ बाँध लिये।

"फरिश्ते का नाम है पिहू और दानव का नाम नील है। एक दिन राक्षस नील को अपनी अपमानजनक गतिविधियों के कारण स्कूल से निकाल दिया गया था...उसे कहीं नहीं जाना था। और वह तब हुआ, जब परी पिहू ने उसे रहने के लिए अपने घर की पेशकश की। उसने सोचा, यह आदमी मेरे पिता की तरह दिखता है। भगवान् ने मेरे पिता

को एक अलग रूप में वापस भेज दिया है। पिहू फरिश्तों में विश्वास करती थी, क्योंकि उसकी माँ ने उसे बताया था कि एक राक्षस ने उसके पिता को दूर कर दिया था और एक फरिश्ता आकर फिर से सब ठीक करने जा रहा था। पिहू ने सोचा—नील ही वह फरिश्ता था। उसने उसकी परवाह करनी शुरू कर दी और हर संभव तरीके से उसका समर्थन किया। लेकिन दानव नील पिहू और अन्नू के साथ कुछ भी नहीं करना चाहता था। वह एक व्यावहारिक व्यक्ति था, जिसने अपने फायदे के अलावा किसी और चीज की परवाह नहीं की थी। उसने दोनों के लिए नकली चिंता और प्यार को प्रदर्शित किया और बदले में उनके घर में मुफ्त में रहने का आनंद लिया। उल्लेख करना जरूरी नहीं है, उसे एक परिवार मिला, जो उसे बहुत प्यार करता था। उसके बिना जीवन में नील का एकमात्र उद्देश्य था— अपने शरीर की लालसा को पूरा करना और बहुत सारा पैसा कमाना। वह अपनी जरूरतों और इच्छाओं का दास था। उसने महिलाओं का कभी सम्मान नहीं किया, शायद जब से वह एक बच्चा था, तब से। उसने उनके साथ मुलायम खिलौने की तरह व्यवहार किया। वह इतना बुरा था कि जब वह स्कूल में था, तब भी उसने अपनी टीचर्स को नहीं छोड़ा···"

अचानक मैं और आगे नहीं जा सका। अन्नू मेरे वर्णन के साथ चुप्पी में डूब गई और अपने हाथों से उसके मुँह को ढक रहा था। पिहू का चेहरा पढ़ना मुश्किल था, लेकिन उसने मुझे बिना पलक झपकाए देखा, लेकिन जो कहानी मैंने शुरू की थी, उसे पूरा करना था, इसलिए मैं फिर से कहता चला गया।

> "फिर एक दिन एक कमजोर पल में अन्नू ने नील से कहा कि पिहू के पास केवल रहने के लिए सीमित समय था। नील अप्रभावित था। किसी ऐसे व्यक्ति की परवाह क्यों की जाए, जिसके साथ उसका कोई संबंध नहीं था! और यहाँ तक कि उसने बुरा भी महसूस नहीं किया। इसके बजाय उन्होंने इसे अन्नू के रोने के लिए एक कंधा बनने का अवसर माना। यह सब राक्षस नील की योजना का हिस्सा था; लेकिन फरिश्ता पिहू अभी भी अँधेरे में उस पर विश्वास करती थी।

"तब राक्षस को पता चला कि···अन्नू एक संपत्ति की मालिक थी। उसने इसे अन्नू के दिल को जीतने का अपना लक्ष्य बना दिया, ताकि किसी दिन वह उससे शादी कर सके और पॉश इलाके में एक महँगी संपत्ति का अप्रत्यक्ष मालिक बन सके। इस तरह उसे कुछ भी नहीं करना पड़ेगा और वह भी अमीर होगा। उसने अन्नू को सहानुभूति देनी शुरू कर दी और उसकी सभी संभव तरीके से मदद की। उसने अन्नू के दिल को जीतने के लिए निर्दोष पिहू का लाभ उठाया।

"फिर एक दिन एक कमजोर पल में अन्नू ने नील से कहा कि पिहू के पास केवल रहने के लिए सीमित समय था। नील अप्रभावित था। किसी ऐसे व्यक्ति की परवाह क्यों की जाए, जिसके साथ उसका कोई संबंध नहीं था! और यहाँ तक कि उसने बुरा भी महसूस नहीं किया। इसके बजाय उन्होंने इसे अन्नू के रोने के लिए एक कंधा बनने का अवसर माना। यह सब राक्षस नील की योजना का हिस्सा था; लेकिन फरिश्ता पिहू अभी भी अँधेरे में उस पर विश्वास करती थी।

"लेकिन मुझे···मेरी बेटी, मेरी पिहू···यह स्वीकार करने दो कि राक्षस नील तब तुम्हारी माँ से प्यार नहीं करता था। उसने कभी उससे प्यार नहीं किया और न ही वह तुम्हें प्यार करता था।"

मैंने अपने सारे साहस को इकट्ठा किया और पिहू को देखा। यह एक ही समय में दुःखी और दुःखी होने की जटिल मानव अवस्था थी। मैंने दर्पण को देखा। अब मैं उस आदमी का सामना कर सकता था। मैंने अन्नू को देखा था। मैंने अब अपने भीतर किसी अपराध को हावी नहीं होने दिया।

भावनाओं को छोड़कर मैंने जारी रखा, "लेकिन आज, मैं एक अलग व्यक्ति हूँ, पिहू।"

उसने एक शब्द नहीं कहा, न ही उसने अपनी मांसपेशियों को स्थानांतरित किया।

"पिहू, मैं तुम्हारी माँ के लायक नहीं हूँ। वह सबसे अच्छी माँ हैं, वह एक राक्षस को भी देवता बना सकती हैं। वह तुम्हारे लिए मजबूत रही हैं, भले ही वह अंदर से टूट गई थीं और इससे कोई फर्क नहीं पड़ता कि इस कहानी को स्वीकार करने के बाद तुम मेरे साथ कैसा न्याय करती हो; पर मैं वादा करता हूँ, मैं उसे कभी अकेला नहीं छोड़ूँगा। मैं एक फरिश्ता नहीं हूँ, जैसा तुमने मेरे लिए सोचा था, पिहू! तुम सच में फरिश्ता हो, मेरी बेटी, जिसने मुझे एक बेहतर व्यक्ति बनाने के लिए अपने जीवन से छुआ। हम सभी के अंदर एक फरिश्ता और राक्षस है और आज तुमने मेरे अंदर के राक्षस को हमेशा के लिए मार डाला है। अगर कोई जीवित फरिश्ता है···तो वह तुम हो।"

जब मैं अंत में अकेले मर रहा था तो मैं जीने की आशा खो रहा था। उसका लंबा हाथ आखिरकार मेरा हाथ पकड़ रहा था। मैं अपनी बेटी को अपने दिल में रोते हुए मेरी आत्मा को डराने के लिए तैयार हो गया। मैं कई सालों बाद रोया और इसके साथ मैंने अपने सभी अपराधों को धोया। मुझे दुनिया की परवाह नहीं थी; मैंने केवल पिहू की परवाह की, जब मैंने कहा—

"मेरी बेटी, प्लीज मुझे माफ कर दो। प्लीज, अपने दानव को माफ कर देना···"

□

उपसंहार

मेरा फरिश्ता उसी रात चला गया। मैंने भगवान् का शुक्रिया अदा किया। जब वह गहरी नींद में थी, वह चली गई और वह मेरे अंदर के दानव को साथ ले गई। कम-से-कम कहने के लिए अन्नू टूट गई थी, लेकिन वह एक आत्मविश्वास वाली स्त्री है, मुझे पता है। वह अपने जीवन के टुकड़ों को उठाएगी और फिर से जीवन शुरू करेगी। एक-दूसरे से बात करने के बाद लगभग एक महीने और अन्नू ने अपने नुकसान से निपटने की कोशिश की और मैंने घटनाओं की श्रृंखला के बारे में लंबी चर्चा की और कई जुर्म कुबूल किए।

मैंने जो भी आँसू बहाया, हर गलती के साथ मैंने कबूल किया। मुझे अंदर एक मजबूत फरिश्ता मिला। मेरे दिल के अंदर मेरी पिहू!

अन्नू अजीब थी, लेकिन बस, उसने इतना क़हा, "एक असली कबूले जुर्म ही सबसे बड़ी सजा है।"

हम दोबारा दोस्त बन गए और मुझे उसके बारे में जो कुछ पता चला, उसके बाद मैं उससे ज्यादा उम्मीद नहीं कर सका। जैसा कि मैंने लोगों को कहानी बताने के लिए पिहू से वादा किया था, मैंने अपनी पुस्तक शुरू की। यह पुस्तक, जो मेरी प्रिय बेटी की याद में लिखी गई है। मैंने अपनी माँ, आरव और अन्नू से पूछा।

परिप्रेक्ष्य देकर पुस्तक में योगदान करने के लिए और वे अपने ईमानदार विचारों को साझा करके बाध्य हैं। मैंने निखिल को कुछ भी कहने की कोशिश की, लेकिन उसने इनकार कर दिया। मुझे पता था कि उसके लिए फिर से याद रखना मुश्किल होगा और उसे ज्यादा परेशान नहीं किया।

मैं पुणे के पास स्थित एक अंतरराष्ट्रीय स्कूल में पढ़ाने लगा, जबकि अन्नू मानवता की सेवा करने के अपने काम के साथ जारी है। समय बीत चुका है, मैं अपनी माँ के करीब आ गया हूँ और अपने दिल में बदलाव के बारे में जानना, निखिल ने भी अब मुझसे थोड़ा

बोलना शुरू कर दिया था। उसने मुझे बताया कि वह मुझे एक उचित अवसर देना चाहता था और मैं इस अवसर को जाने नहीं दूँगा। जब भी मुझे उसकी जरूरत होती है, वह मेरे लिए वहाँ रहा है; अब यह मेरी बारी थी कि वह अपने स्नेह के योग्य साबित हो सके।

पिहू को हमें छोड़े एक साल हो गया था। उसके निधन पर शोक करने के बजाय अन्नू एक छोटी पूजा करना चाहती थी और लोगों को इकट्ठा करना चाहती थी, ताकि उसकी बेटी की आत्मा अपनी माँ को 'बसते हुए' देखकर खुश हो सके। इसलिए, मैंने छत पर उसी घर में एक छोटा सा कार्यक्रम करने में उसकी मदद की। मैंने अपने परिवार को फोन करने की अनुमति माँगी और उसने दे दी। मैं अपने परिवार के सामने अन्नू को पेश करना चाहता था, क्योंकि मैंने पिहू से वादा किया था कि मैं उसकी माँ को कभी अकेला नहीं छोड़ूँगा, चाहे कुछ भी हो जाए! मेरी माँ थोड़ी अनिच्छुक थीं। एक महिला के आस-पास उनका सबसे खूबसूरत लड़का देख रही थी, जो एक बार शादी कर चुकी थी और ग्यारह वर्ष बड़ी थी। लेकिन वह एक माँ है और उसे पता था कि कोई भी मेरे अंदर अच्छा आदमी नहीं ला सकता था, सिवाय उसके।

आश्चर्यचकित आगंतुक मेरे पिता थे। मैंने उनके और निखिल के आने की उम्मीद नहीं की थी, लेकिन उन्होंने आगमन किया और मैं उन्हें पर्याप्त धन्यवाद नहीं दे सका। अन्नू ने कुछ सहयोगियों को भी बुलाया था, जिनमें डॉ. वेदांत भी शामिल थे और हर कोई मूड को खुश रखने की कोशिश कर रहा था, ताकि अन्नू के मूड को थोड़ा सा भी उदास होने की इजाजत न मिले। हम सभी ने रात का खाना खाया और पिहू को बहुत याद किया।

मैंने आसमान की ओर देखा तो वहाँ सबसे चमकीला सितारा पाया और माना कि यह पिहू ही देख रही है। आरव को छोड़कर मैंने सभी से माफी माँगी। वह और मैं ऐसी औपचारिकताओं से परे हैं और वह जानता था।

उस रात, सितारों के साथ चमकदार चौड़े आसमान के नीचे, हर किसी को कुछ खोनेवाले रिश्ते मिलते थे। निखिल, नेहा, मेरे माता-पिता और मेरे सबसे अच्छे दोस्त आरव! किसी ने अपने बेटे को पाया और किसी को खोया भाई मिला, जबकि किसी को सबसे अच्छा दोस्त मिला और अन्नू उस व्यक्ति को वापस ले गई, जिस पर वह भरोसा कर सकती थी, जितनी वह मंगेश पर वापस आ सकती थी और मैंने, बहुत लंबे समय के बाद, अपना परिवार...मेरा परिवार पाया।

मैं उसी कोने में गया, जहाँ अन्नू ने मुला नदी को देखकर घंटों बिताए थे। मैंने अपनी प्यारी छोटी बेटी को याद किया। वह साधारण लड़की नहीं थी, बल्कि कुछ उच्च उद्देश्य के लिए आई एक लड़की थी। वह मुझे एक महत्त्वपूर्ण सबक सिखाने के लिए पैदा हुई थी—एक स्त्री, सिर्फ एक शरीर से कहीं ज्यादा होती है।

□□□